【劉再復文集】㉖〈劉再復詩文集〉

獨語天涯

劉再復 著

題贈知己摯友再復兄

古今中外，洞察人文。
睿智明澈，神思飛揚。

——高行健，著名作家，諾貝爾文學獎獲得者。

煌煌大著，燦若星辰。
光耀海南，特此祝賀。

——李澤厚，著名哲學家、思想家。

一枝巨筆，兩度人生。
三十大卷，四海長存。

——劉劍梅，劉再復長女，香港科技大學人文學部教授。

出版説明

劉再復

香港天地圖書有限公司即將出版我的文集，二零二二年出齊三十卷，這是何等見識、何等作為、何等氣魄呵！天地出「文集」，此乃是香港文化史上的盛舉，當然也是我個人的幸事、大事，我為此感到衷心的喜悦。

我要特別感謝天地圖書有限公司。「天地」對我一貫友善，我對天地圖書也一貫信賴，我曾為天地圖書的傳統題詞：「天地遼闊，所向單純，向真，向善，向美。圖書紛繁，索求簡明，求質，求精，求好。」天地圖書的前董事長陳松齡先生和執行董事劉文良先生都是我的好友。和我情同手足的文良好兄弟雖然英年早逝，但他的夫人林青茹女士承繼先生遺願，繼續大力支持我的事業。此文集啟動之初，她就聲明：由她主持的印刷廠將全力支持文集的出版。三四十年來，「天地」歷經多次風雲變幻，對我始終不離不棄，不僅出版我的《漂流手記》十卷和《潔白的燈芯草》、《尋找的悲歌》等，還印發了《放逐諸神》和八版的《告別革命》，影響深遠。現在又着手出版我的文集，實在是情深意篤。此次文集的策劃和啟動乃是北京三聯前總編李昕（現為商務顧問）和天地圖書的董事長曾協泰二兄，他們怎麼動起出版文集的念頭我不知道，但我知道他們都是性情中人，都是出版界老將，眼光如炬，深知文集的價值。協泰兄和李昕兄商定之後，請我到天地圖書和他們聚會，決定了此事。讓我特別高興的是協泰兄拍板之後，天地圖書的全部脊樑人物，全都支持此事。天地圖書總經理陳儉雯小姐（陳松齡的女兒）直接代表天地掌管此事，編輯主任陳幹持小姐擔任責任編輯。其他參與「文集」編製工作的「天地」同仁經驗豐富，有責任感且好學深思，具體負責收集書籍、資料和編輯、打字、印刷、出版等事宜，讓我特別放心。天地圖書全部精英投入此事，保證了「文集」成功問世，在此我要鄭重地對他們說一聲謝謝。

閱讀天地圖書初編的文集三十卷的目錄之後，我的摯友、榮獲諾貝爾文學獎的著名作家高行健特寫了「題贈知己摯友再復兄：古今中外，洞察人文。睿智明澈，神思飛揚。」十六字評價，一言九鼎，讓我高興得好久。爾後，著名哲學家李澤厚先生又致賀，他在「微信」上寫道：「煌煌大著，燦若星辰。光耀海南，特此祝賀。」我的長女劉劍梅（香港科技大學人文學部教授）也發來賀詞：「一枝巨筆，兩度人生。三十大卷，四海長存。」我則想到四五十年來，數十卷書籍，至今之所以不會過時，多年不衰，值得天地圖書出版，乃是因為三十卷文集都是純粹的學術探索與文學創作，而非政治與時務。政治以權力角逐和利益平衡為基本性質，即使民主政治也改變不了政治的這一基本性質。我的所有著述，所有作品都不涉足政治，也不涉足時務，所以站得住腳，贏得相對的長久性。

我個人雖然在三十年前選擇了漂流之路，但我一再說，我不是反抗性的政治流亡，而是自然性的美學流亡。所謂美學流亡，就是贏得時間，創造美的價值。今天我對自己感到滿意的就是這一選擇沒有錯。追求真理，追求價值理性，追求真善美，乃是我永遠的嚮往。我對此無愧無悔。我的文集分兩大部份，一部份是學術著述，一部份是散文創作。無論是人文學術還是文學創作，我都追求同一個目標，持守價值中立，崇尚中道智慧，既不媚左，也不媚右；既不媚上，也不媚下；既不媚俗，也不媚雅；既不媚東，也不媚西；既不媚古，也不媚今。所謂中道，其實是正道，是直道，是大道。

最後，我還想說明三點：一是本「文集」，原稱為「劉再復全集」，後來覺得此名不符合實際，因為收錄的文章不全。尤其是非專著類的文章與訪談錄。出國之前，特別是上世紀七十年代末與八十年代初的文字，因為查閱困難，幾乎沒有收錄集子之中。所以還是稱為「文集」較好，可留有餘地。待日後有條件時再作「全集」。二是因為「文集」篇幅浩瀚，所以成立了一個編委會，我們不請學術權威加入，只重實際貢獻。這編委會包括李昕、林崗、潘耀明、陳松齡、曾協泰、陳儉雯、梅子、陳幹持、林青茹、林榮城、劉賢賢、孫立川、李以建、葉鴻基、劉劍梅、劉蓮。「文集」啟動前後，編委們從各自的角度對「文集」提出許多很好的意見，所有的意見都非常珍貴。謝謝編委們！第三，本集子所有的封面書名，全由屠新時先生一人書寫完成。屠先生是《美中郵報》總編。他是很有才華的追求美感的書法家。他的作品曾獲國內書法比賽中的金獎。

「文集」出版之際，僅此說明。

於美國科羅拉多州波德
二零一九年十二月三日

目錄

《獨語天涯——一千零一夜不連貫的思索》

《獨語天涯——一千零一夜不連貫的思索》目錄

獨語自序

【一】

我喜歡何其芳年青時的詩文，尤其是他的《畫夢錄》，出國之後，我常望着高遠的天空和低迴的雲彩，想起其中的名篇「獨語」和它的畫夢般的句子：昏黃的燈光下，放在你面前的一冊傑出的書，你將聽見各個人物的獨語。溫柔的獨語，悲哀的獨語，或者狂暴的獨語。每一個靈魂是一個世界，沒有窗戶，而可愛的靈魂都是倔強的獨語者。借用老詩人〈獨語〉的概念和它的如夢如畫的詩意，我穿過歷史耀目的長廊，又一次展開心靈之旅。

【二】

漂流之夜。沒有圓月，沒有星斗，於幽暗中我甚麼也看不見。然而，因為獨語，我感到肉眼看不見的兄弟姐妹就在身邊，百種草葉與萬種花卉就在身邊，遠古與今天的思想者就在身邊。黑暗企圖淹沒一切，但我卻聽到暗影深處和我共鳴的輕歌與微語。於是，我在虛無中感到實有，在烏黑中看到薄明與亮色。

【三】

漂泊者用雙腳生活，更是用雙眼生活。他用一對永遠好奇的童孩眼睛到處吸收美和光明。哲人問：

小溪流向江河，江河流向大海，大海又流向何方？我回答：大海流向漂泊者的眼裏。歌德在《浮士德》中說：人生下來，就是為了觀看。真的，人生下來就是為了觀賞大千世界與人性世界的無窮景色。所以，在我的遠遊歲月與獨語天涯中，一直跳動着喬伊斯的這句話：漂流就是我的美學。

【四】

英國思想家卡萊爾說：未曾哭過長夜的人，不足以語人生。日本文學批評家鶴見祐輔在他著寫的《拜倫傳》序言中引述了這句話。

我曾經在最愛我的祖母逝世時哭過長夜，曾經在故鄉的大森林被砍成碎片時哭過長夜，曾經在看到慈祥而善良的老師像牲畜一樣被趕進牛棚時哭過長夜，曾經在殷紅的鮮血飄向大街時哭過長夜，曾經在被拋入異邦之後面對無底的時間深淵哭過長夜，我還經歷了一輪又一輪的煉獄，胸中擁有許多煉獄的灰燼。我應當擁有獨語人生的資格了。

【五】

像那些在荒漠沙野中身陷孤獨的求道者，我常對自己提出的問題是：「我還能做甚麼？」尋找答案時，想起了尼采的話：真理開始於兩個人共同擁有的那一刻。可是我只有一個人。然而，我立即想到：主體多重，我不僅是一個現在的自己，而且還有一個過去的自己和未來的自己。分明是三個人。我可以和他們對話，可以和他們共同擁有真理起程的時刻。

【六】

在大浪滔滔的既往與未來的合流之中／在永恆與現在之中／我總看到一個「我」像奇蹟似的／孤苦零丁四下巡行

——這是泰戈爾的詩句。

我看到的自己也是孤單的身影，踽踽獨行在宏觀的歷史大道與微觀的現實羊腸小路上，獨語在過去、現在、未來三個時間維度上。雖是無依無傍，無着無落，卻與滔滔大浪共赴生命之旅，在莽莽蒼蒼的大宇宙中，與神秘的永恆之聲遙遙呼應。於是，儘管獨行獨語，卻擁有四面八方，古往今來，身內身外。

【七】

心靈之窗敞開着，面對着共存的一切：太陽與墓地，存在與時間，洪荒與文明，星斗與小草，嬰兒宇宙與孩提王國，羅馬古戰場與阿芙樂爾號炮艦，柏拉圖的理想國與奧斯維辛集中營，荷馬的七弦琴和喬伊斯的意識流，中國的長城與博爾赫斯的迷宮。在思想的漫遊中，我時而與堂·吉訶德相逢，時而與哈姆雷特相逢，時而與賈寶玉、林黛玉相逢，時而與達吉雅娜與洛麗塔相逢。衝鋒、猶豫、迷惘、憂傷，不同顏色的獨語，我都能傾聽，而對於我的獨白，他們難道就只有沉默嗎？

【八】

丹麥哲學家、存在主義先驅克爾凱郭爾在《非此即彼》書中寫道：「你知道，我很喜歡自言自語。我發現，在我的相識者中間，最有意思的就是我自己。」我相信北歐這位大哲人的話，因為他擁有自己的語言，那是他存在的第一明證。可是，二十年前，我絕不敢承認這句話，因為那時候我丟失了自己的語言。喪失個體經驗語言，只會説黨派和集團的語言，這不是真的人，而是一隻鸚鵡，一個木偶，一副面具，一堆稻草，一顆螺絲釘，一台複印機，一條牛，甚至是一隻蜷縮在牆角時而咆哮時而呻吟的狗。

【九】

九年前的那個夏天，烈日幾乎把我的體力蒸發盡了。在疲憊中，我覺得自己的身上甚麼也沒有剩下。對着天盡頭那灰濛濛的落日，我突然產生一種「驚覺」，這也許就叫做「頓悟」。我想到：頭一輪的生命終結了。過去，我曾經向故國索取過，故國也曾給予過，而我也努力償還，以至最後為了故國的孩子站在烈日的暴曬下呼喊。我能給予的都給予了。我不再欠債。我已從沉重的階級債務和民族債務中解脱。這是生命的大解脱。一陣大輕鬆如海風襲來。輕鬆中我悟到：此後我還會有關懷，然而，我已還原為我自己，我的生命內核，將從此只放射個人真實而自由的聲音。

【一〇】

驚覺之後，我在鏡子前看到的自己是完整的，不是碎片，也沒有裝飾。這是生命的原版。母親賦予的生命原版，不再被意識形態所剪裁、所截肢、所染污的生命原版。美極了，葳蕤生輝的生命原版。這是神奇童年的心和手，這是自由歌哭的咽喉，這是叢林般的還帶着嫩葉清香的頭髮，這是親吻過大曠野並播放着泥土潮味的嘴唇，這是能看穿皇帝新衣的眼睛，這是瞳仁，閃閃亮亮地正在映射每日常新的太陽。

我要在生命的原版上寫下屬於自己的文字。我的仁厚無邊的天父與地母，我愛你，我要獻給你最美麗的禮物：心靈的孤本，生命的原版，和天涯的獨語。

【一一】

拒絕合唱。埋頭在山西高原上寫了《厚土》、《舊址》、《無風之樹》的李銳，突然抬起頭來說：拒絕合唱！這是一個寫作者在黃土高坡上的獨語，然而，它該也是，該也是一代驚覺者的獨立宣言。我要在宣言書上簽字，我要在簽字後發出更響亮的生命的歌哭，我要獨立咀嚼天地的精英然後獨自吐出我的蠶絲我的獨唱和可能的絕唱。合唱已吞沒了我的青年時代，我不能再把整個人生送到合唱裏，我已看清合唱的媚俗與空洞，我已給合唱的指揮員發出拒絕的通知。

【一二】

沒有拒絕，便沒有生活。沒有良知拒絕，不可能有良知關懷。面對黑暗與不公平，左拉發出的聲音是：「我抗議！」冰心發出的聲音是：「我請求！」請求是妥協性抗議，也不容易。我無法再面向龐大的客體，但我可以要求主體發出聲音：「我拒絕！」至少必須拒絕謊言，失去拒絕能力，就意味把自己交給撒謊的世界。

【一三】

此刻，康德從他的林間小道散步到我的心間小道。依依稀稀，我聽到了他的獨語：「人之可貴，是他只遵從自己所發出的法則。這些法則不是他人提供的，而是自己生產出來的。」這是康德對我的第一百次提醒。不錯，我的主體黑暗主體懦弱主體混亂主體匱乏都是因為我太崇尚他人提供的原則，遵從的結果只有一個：只能說他人的話，無法履行內心的絕對命令，包括天真天籟的命令。於是，正如天空失去星辰，我失去了地上的道德律。

【一四】

窗外是穆穆的秋山，山中是娓娓的秋湖，窗內是雪白的書桌，桌上是素潔的稿子。沒有人干預我、騷擾我。太陽只給我溫暖與光明，沒有叫嚷；思想大師與文學大師們只給我智慧、思想和美，沒有喧囂。偉大的存在，無須自售。活着真有意思，活着可以和太陽、山川及人類的大師們交談。緊緊抓住活着的一剎那，一片刻，一瞬間。死了之後，太陽對於我沒有意義，大師的精深與精彩也不再屬於我。

【一五】

層巒起伏的遠山，在繚繞的薄霧中屹立。夕陽還在，黑夜尚未完成它的大一統。我又沉浸於寂靜中。我不僅看到寂靜，而且聽見了寂靜。易卜生在《當我們這些死者甦醒的時候》一劇中，讓一個人物輕輕地問另一個人物：「瑪亞，你聽見寂靜了嗎？」如果這是問我，我要回答：聽見了，我聽見了群山孤嶺的寂靜，聽見了星河銀漢的寂靜，聽見了高原上大森林顫動的寂靜和雲天中兀鷹翱翔的寂靜，聽見太陽與小草在相依相托中愛戀的寂靜。寂靜不是死滅。寂靜是孕育。死亡是轟動，孕育是沉默。

【一六】

不僅是易卜生聽到了寂靜，所有天才的詩人與作家都能聽到寂靜。他們具有第二視力也具有第二聽力。這種聽力是偉大的造物主賜予他們的內聽覺。貝多芬耳朵聾了的時候卻創造了人間最美的音樂，他顯然聽見了大寂靜中的大韻律。第二聽覺使大藝術家們從「無」中聽到「有」，從虛空與沉默中聽到潛在的大音，這是萬物萬有從「無」中遠遠走來的足音，這是正在孕育、正在誕生的足音。不論是從母親腹中走來的孩子還是從宇宙深處走來的星光，他們都能聽見其天樂般的情韻。唯有這些無聲中的有聲，具有永恆之美。

【一七】

薇拉・妃格念爾，我心目中最高貴、最美麗的俄羅斯女性。你出身貴族家庭，才貌非凡，本可享受人世奢華，卻偏偏同情窮人、投身革命而坐牢二十年。你在自傳《俄羅斯的暗夜》中說：「孤獨與寧靜使人心神專注，更能傾聽過去的訴說。」人類精神寶庫中最豐富的部份，不是今天的訴說，而是過去的訴說，是從蘇格拉底、荷馬開始的偉大死者們的訴說，這些精神戰士的訴說鐫刻在書本上。書本沒有聲響。書海是一片大寂靜。

【一八】

此刻，我聽到了「過去的聲音」，聽到了柏拉圖與亞里士多德的訴說；聽到了康德與杜斯妥也夫斯基的訴說；聽到了喬伊斯的《尤里西斯》和普魯斯特的《追憶似水年華》。他們的訴說是那樣冗長而深奧，我常常站在他們的門外。這回，孤獨與寧靜把我帶進門裏，我終於領略了他們的訴說。《尤里西斯》的門坎，連福克納都覺得難以踏進，但他踏進了。他說：「看喬伊斯的《尤里西斯》，應當像識字不多的浸禮會傳教士看《舊約》一樣：要心懷一片至誠。」孤獨、寧靜、至誠，這三者把我的心扉打開了，過去一切最深邃的獨白與對語汩汩地流入我的血脈，多麼美妙多麼迷人的過去的訴說呵，可惜我傾聽得太晚了。

【一九】

妃格念爾，當沙皇的王冠落地，當你所獻身的目標像東方日出，當人們都沉醉於革命的狂歡節之中，你還喜歡孤獨與寧靜嗎？寧靜與孤獨是逍遙之罪嗎？你會為狂歡節中的孤獨者與獨語者辯護和請命嗎？記得帕斯捷爾納克在《日瓦戈醫生》裏對着狂歡的人群說：個人的生活在這裏停止了。真的停止了嗎？應當停止嗎？革命注定要抹掉個人生活與獨自行吟的權利嗎？能回答我嗎？詩一樣美麗的革命家與悲劇創造者。

【二〇】

夜半時分，我推開了窗戶。窗外除了遠空中的幾顆疏星閃爍之外，全是無。無聲、無息、無歌、無曲，千山無語，萬籟無音，連長堤那邊的公路上也沒有喧囂，沒有笛鳴。寧靜壓倒一切。此刻，我意識到大寂靜的濃度。濃得像蜜，像酒。我聞到蜜和酒清洌的香味，並渴望吮啜。於是，我朝向空中伸出雙手，然後深深呼吸。我的思想除了需要鹽的泡浸之外，還需要蜜和酒的滋潤。偉大的、遼闊的北美大地，對於別人來說，也許意味着黃金，意味着白銀，而對於我則意味着這蜜和酒。

【二一】

天底下有誰會像我這樣迷戀蜜和酒？天底下又有誰在痛飲一片虛無的液汁後又如此迷戀自己的獨存獨在獨思獨想獨歌獨訴獨言獨語？如果不是被群體的喧囂所愚弄，如果不是當夠了被偉人與群眾操縱的布袋木偶，如果不是聽夠了以階級的名義革命的名義國族的名義發出的慷慨陳詞，如果不是看夠了用一千副面具一萬副面具表演的歷史悲劇與鬧劇，如果不是連自己也說煩說膩了從一個模式裏印出來的話語，我怎能從睡夢中醒來，怎能知道夜半的蜜夜半的酒夜半的大寂靜如此清醇，一滴一滴都會激發我生命的自由創造與自由運動。

【二一二】

終於遠離噪音。我的故家就在深山老林中。小時候，我害怕猛獸，但喜歡聽到山谷裏的虎嘯，那一聲聲雄偉，啟蒙了我的孩提時代的豪情。然而，我始終討厭蚊子的嗡嗡，這種噪音真會傷害人的靈魂。我少年時的浮躁，顯然是蚊子激發的。叔本華認為思想者最好是個聾子。他厭惡噪音，以至埋怨造物主造出人的耳朵必須始終豎着始終開放着是個極大的缺陷。如果耳朵可以自由開翕，隨時可以關閉，生活一定會美滿得多。

【二一三】

都說上帝擔心人們沉醉於寂靜安寧的生活，會不思進取，才製造出撒旦來激活人的熱情。可是，我明明看到太陽是孤獨的，月亮是孤獨的，它們無須魔鬼的刺激也天天放射光明。上帝何嘗不是孤獨的。只有魔鬼才喜歡吵吵鬧鬧。

【二一四】

一直在構築一個屬於自己的精神故鄉，但是我的故鄉與周作人的那種「自己的園地」不同。我並未築起一道與世隔絕的籬笆，然後躲在籬笆裏談龍說虎，飲茶自醉，顧影自憐。我只是在家園裏獨自沉思，而思索的根鬚卻伸向大地的底層與心臟，每一根鬚都連着時代的大歡樂與大苦悶，也連着鄉村、城市、大道、監獄和廣場。我的園地封閉着又敞開着，孤立着又漂泊着，躲藏着又屹立着。這不是風雪可以吹倒的茅棚草舍。

【二五】

世界很大，人群熙熙攘攘，但無處可以傾訴。正如四周都是海，但沒有水喝。處於人群中的思想者就是處於滄海中的孤島。思想者的人生狀態注定是孤島狀態，能在孤島上翹首相望，作歌相和，便是幸福。

【二六】

我喜歡獨自耕耘，遠離人群的目光。

美國作家愛默生說：「我愛人類，但不愛人群。」我的心與愛默生相通。人類整體是真實的，每一個個體也是真實的，但一團一團人群的真實卻值得懷疑。

人群是甚麼？人群就是「戲劇的看客」（魯迅語），天才的刺客，人血饅頭的食客，寡婦門前擠眉弄眼的論客；就是今天需要你時把你捧為偶像的喧囂，明天不需要你時把你踩在腳下的騷動。

【二七】

人群不認識梵高。此時他的畫價創下世界紀錄，可是生前只賣出過一幅畫：《紅色的葡萄園》。售出的場合是布魯塞爾的「二十人畫展」上。他創作了八百幅油畫和七百件素描，可是個人畫展是他死後兩年才舉辦的。

人群把活着的梵高視為瘋子，把死後的梵高視為神。真的梵高活着時只能對着天空與畫布傾吐，死後只能在向日葵綽約的花影下沉默。

【二一八】

陽光如火的中午，一群黑鳥自遠處飛來，遮住了天空與太陽，然後飛進梵高的眼裏。這之後，他完成了最後一幅畫：《麥田上空的烏鴉》。第二天，他仰望無底的蒼穹，用手槍頂住自己的太陽穴，扣動扳機，死在金黃色的麥田裏，離開了蒼白、冷漠，與美隔絕的人間。

給天才送行的只有烈日、雲影和麥地上輕拂的風，之後還有他的七個親人和友人。梵高的死與群眾無關，正如他的存在以及不朽不滅的圖畫，與群眾無關。

【二一九】

蘇格拉底死於人群的愚昧。在三十人少數專政時期，他被禁止講學；在民主時期，他被判處死刑。當時的審判官有意釋放他，可是情緒激憤的群眾，卻要利用選舉權把他處死。人群乃是情緒的傀儡。寡頭專政是可怕的，民主名義下的群眾專政也是可怕的。群眾常常踐踏天才與處死天才。

蘇格拉底不屬於任何組織和集團，只堅信雅典城傳統的法律概念。他只和個人交談，視個人為絕對的、批判任何事物的生命存在。蘇格拉底是人類早期最卓越的獨語者。他的語言不是集團的語音，他從來不是集團的代言人，也不是大眾的代言人。可見，世界的哲學從一開始就是個人的聲音。

【三〇】

真理活在事物深處。它不是鬧轟轟的集體眼睛可發現得了的。它需要個人的眼睛去體察、去發覺，所以真理常常在少數人手中。群眾雖然佔有多數，但未必佔有真理。雨果曾經大聲地叫道：「站在多數一邊隨大流？寧肯違背良心受人操縱？決不！」（引自《雨果傳》第四三七頁，湖南文藝出版社）這是天才的拒絕。知識分子拒絕群眾比拒絕政權還難，所以許多知識分子都是民粹主義者。

【三一】

生活在矮人群裏而要求得安全，就必須自己也是矮人。或者屈膝跪下，顯得比矮人還低；或者低下頭去，眼睛只看自己的腳趾，這才平安。身上高於矮人的部份都是禍根，如果高出整整一個頭顱，脖子可能會被砍斷。然而，必須有敢於不怕削去頭顱的大漢在社會中站立着，社會才有活力和境界。有人批評過日本，說它是一個沒有柏拉圖與亞里士多德的希臘，但是，近代的日本出現了福澤諭吉、伊藤博文、川端康成、三島由紀夫，日本人應當可以反駁批評了。

【三二】

普希金的詩吟：我的無法收買的聲音，是俄羅斯人民的回聲。普希金愛俄羅斯人民，但不愛一團一團的人群，也不奢望人群會聽懂他的聲音，於是，他又說：「在冷漠的人群面前／我說着／一種自由的真理的語言。／但是對凡庸愚昧的人群來說／可貴的心聲卻可笑到極點。」

人群的評語並不重要，重要的是可貴的心聲。

如果死亡不能把我從宇宙中趕走，那麼，唯一的原因就是我留下了未曾背叛自己的真實的個人的聲音，和統一的聲音不同的聲音，從強大的集體聲浪中跳出並存活下來的聲音。

【三三】

十幾年前，我寫作《愛因斯坦禮贊》時，筆下情思洶湧，彷彿有神靈在搖撼我的身體與靈魂。愛因斯坦就是神靈的使者，他到地球上告訴人類許多真理，還告訴我一個真理：人，只是宇宙中的一粒塵埃。人到世上，是塵埃的偶然落定。生命終結，即塵埃飄走。

愛因斯坦給我一種眼光：從宇宙深處看人的極境眼光，從無窮遠方觀察自身的莊子式的「齊物」眼光。這是偉大的人文相對論。這種觀光使我知道自己在宇宙中的位置，使我心志昂揚但又擺脫人間自大的瘋人院。

果園裏的遊思

【三四】

「耕耘自己的果園吧！」伏爾泰如是說。

生命的萌動、發展、成熟與無盡之美全在耕耘之中。我耕耘，所以我存在；我耕耘，所以我與田野、鄉野、大地如此密切。大地之子本應耕耘自己的果園，把握住自己的春夏秋冬和恰如燈火一閃、花葉一季、紅樓一夢的人生。荒廢，荒廢，荒廢的時間太久了，被階級、革命、國族的名義剝奪的時間太多了。荒廢的時間沒有屍骨，死了的歲月看不見。快從荒廢中甦醒，快從時間的殘骸中張開眼睛。我對自己如是說。

伏爾泰小說《憨第德，或樂觀主義》的結束語正是耕耘的呼喚，他還告訴人們，辛勤的耕耘可以使人類免除三大災難：寂寞，惡習與貧窮。

【三五】

果園早就有了，早在亞當與夏娃背着上帝相戀的時代就有了。智慧果就在那裏生長。果園先於人類社會而存在。然而，今天果園正在消失，正在被人類創造的物質文明所包圍。市場吞沒一切，果園成了孤島。因為到處是物慾的汪洋，作為孤島的果園便顯示出它的稀有。果園，不僅是人類最初的出發點，而且是人類精神最後的堡壘。近處與遠方的思想者兄弟，請守住你的果園，守住你最後的故鄉。

【三六】

資源就在附近。亨利．大衛．梭羅（Henry David Thoreau）在《湖濱散記》中這樣提示我。不錯，資源就在附近，就在案頭上，就在書架上，就在窗外的草圃，就在林間的小徑，就在頭頂的天空，就在友人與孩子的額角，甚至就在你自己的身上。梭羅，你說的多好呵：一個堅強而勇敢的人，無論在天堂或在地獄，都能照管好自己。真的，到處都有生活與礦石。

陶淵明就在他的屋前屋後找到無盡的資源，面對悠悠南山，他唱出了千載不滅的歌。菜畦隴畝，苗圃田舍，僅僅是為了稻粱之謀嗎？它不也是一代歌王的第一泉流嗎？於日常生活中發現金子礦藏，於最平凡處發現永恆的美，於茅棚溝渠中流出神奇的情思。陶淵明過着多麼簡單的生活，然而，簡單的生活不簡單。

【三七】

俄國的天才導演塔可夫斯基是另一位卓越的耕耘者。他的每一部創作都是電影經典。他在自傳《雕刻時光》中這樣說明他對藝術的理解：「藝術的目的便是為了人的死亡做準備，耕犁他的性靈，使其有能力去惡向善。」藝術的確可以征服死亡而比人的生命更加長久，然而，藝術的成功不是注定的，它必須耕犁，必須「耕犁人的性靈」。誰能想到這一點呢？人的性靈也是一片果園，一片田畝，一片需要拓荒、需要耕鋤的大地。這裏也需要擺脱貧瘠、乾旱與枯焦。

【三八】

美國作家 Vanloon 在他的名著《人類的故事》中，描述了培根、達爾文、哥白尼、伽利略和許多先知先覺者的悲劇，然後說：「該做的事情，總歸是有人會把它完成的，儘管那些無知的芸芸眾生曾經詆毀那些洞察先機的偉人為不切實際的空想主義者，但到頭來最後享受這些發現與發明的利益的還是那些曾經信口雌黃的芸芸眾生。」許多先驅者的悲劇總是他們先是為世界發現真理，然後被世界所詆毀，最後被世界所利用。先驅者的卓越品格就在於，明知人生是如此一幕無可逃遁的悲劇，但還是要去完成該做的事。

【三九】

經歷了一次瀕臨死亡的體驗之後，我對世界產生了特別的依戀。這不是畏死的貪生，而是醒悟到浩茫宇宙中唯一的人間太精彩了，而我卻有那麼多如歌如畫的山水未曾登臨，那麼多開滿杜鵑花的土地未曾觀賞，那麼多洋溢着天才的書卷未曾覽閱，那麼多躲藏的千古神秘未曾領悟。心胸遠未舒展，心靈遠未盡興，筆墨遠未縱橫，所愛的遠未致意，所憎的遠未告別。拂去傷感的眼淚，看得更分明的是時光、生命、美，太陽、土地、人，是晨曦暮靄、春花秋實、田疇碧野、雲彩穹蒼蔥蘢的詩意，是窗外小草、筆下方格、胸中情思的大自由與大自在，這一切，哪一樣不值得我投入身心去熱烈愛戀呢？

【四〇】

我體驗過愛。心驗不能替代體驗。唯有體驗才真切、才可靠。刻骨的體驗之後才有銘心的記憶。

我體驗過愛，知道愛並非愛其愛本身，並非僅僅愛其可愛處。愛是愛其整個生命和它的全過程。正如愛大河，是既愛它的清澄，也愛它的混濁；既愛它的微波，也愛它的狂瀾；既愛它的低吟，也愛它的長嘯；既愛它的昂揚，也愛它的徘徊。它的全部流程和全部景觀我都傾心。

【四一】

生命過程有歡樂、有憂傷，有前行、有曲折，有成功、有失敗；有駱駝似的辛苦跋涉，有獅子般的浴血呼嘯，有小鹿般的恓惶逋逃，滄滄桑桑，浮浮沉沉。而我，愛其過程中的每一項。每一項都在豐富我與造就我，每一項都可以展示很美的心靈狀態。我詛咒苦難的製造者，但欣賞生命在苦難的打擊中迸射出來的堅韌的光芒。

【四二】

生命是多重體。生命是各種主體情思的交織。愛是生命的一脈，恨也是生命的一脈。以為生命裏只有愛，以為前行途中相逢相遇的只有愛，未免把生命過於詩意化了。這種詩意化的生命認知，將導致生命的脆弱，一旦遇到恨、邪惡與坎坷，便無法支撐下去，於是就頹廢，就消沉，就自殺。許多生命脆弱者不是沒有愛，而是太深地沉湎於愛。

【四三】

我常對着大自然讚嘆。對着晴空、麗日、圓月、星光、藍波、白浪，我讚嘆：太美，太精彩了。而對着雨天、落日、缺月、暗夜、狂濤、怒浪，我也讚嘆：太美，太精彩了。有後一部份，大自然才不是一幅單薄的圖畫，而才是壯麗的造化、崇深的戲劇，才是力與矛盾的歌舞，才是滾動着宇宙活氣的偉大奇觀。

【四四】

經歷過大劫難之後仍然對人類抱有信念，這一信念才是最堅固的信念。經歷過大挫折之後仍然對人生滿懷信心，這一信心才是最可靠的信心。在挫折中同時折斷脊骨、肝膽與信念，才是不幸。

【四五】

劫難、苦難、磨難；憂愁、憂傷、憂患；失戀、失落、失望等等，都是生命自然。接受生活，就是要接受生命自然的全部。不僅接受幸運的那一部份，也要接受苦難的一部份。只有接受它，才能超越它。不承認苦難是生命自然的一角，就會恨世界、恨自己。憤世嫉俗者的生命自然觀是殘缺的。

【四六】

「要愛挫折——愛自己的挫折」，存在主義學草創者薩特這樣說。存在是豐富的，因為它包括挫折。挫折使人從昏迷變為清醒，從驕奢變為踏實。挫折刺痛了我的神經，激活了我身內那些已經沉睡和即將沉睡的一切，重新贏得軀體與靈魂的活潑。挫折的時刻，我的整個思想才貼近大地、貼近真實、貼近人間，不再滑動於浮華的表面，生活於假象之中。一想起挫折，我就有無數的話要說，挫折比成功帶給我更多結實的語言與哲學。我要感謝挫折，感謝它在我的生命流程中投下精彩的大波瀾。

【四七】

當代詩人帕斯說過：「靈魂也需要愛情。」僅僅充當柏拉圖式的精神戀愛者，恐怕很少人能做到。然而，靈魂真的需要溫馨，需要撫慰，需要知音。我天生是一個偉大靈魂的熱戀者，從少年時代就追求着荷馬、但丁、莎士比亞、歌德和托爾斯泰，直到現在我如果一天聽不到他們的獨語，就會感到寂寞。我丢三掉四，顧此失彼，生活雜亂無章，但讀書總有心得，就因為我在他們的書籍中投下了最真摯的情感。靈魂之愛，不僅幫助我理解，而且幫助我記憶。

【四八】

此時我最高興的事是發現自己的性情心態和孩提時代差不多，並未變得蒼老與狡黠。我覺得自己的心高出時間一千丈。時間的河水在我腳底下潺潺流淌，叮噹作響，並沒有沖走兒時那個屬於我的天真共和國。

【四九】

每天，我都在書中看到許多很美的精靈。除了書本，我還在花園草地裏看到另一些精靈：蜂蝶紛飛，蟋蟀與秋蟬在草間樹間吱吱叫着，也許不是叫，而是歌吟；螞蟻在紫丁香叢中最高的一片碧葉上奔忙着，彷佛在呼喚着甚麼。繁茂的樹叢大約就是他們的國土，百草園大約就是他們望不到邊際的宇宙；從紅砂岩縫隙中鑽出來的一群小甲蟲，帶着盔衣，正在向着樹墩裏的一個目標進擊，果敢、果斷、迅猛，不知是遊戲還是戰爭。觀賞着精靈們的戲劇，我想到：倘若人趣暗淡，別忘了天趣永恆。

【五〇】

沿着被林蔭覆蓋着的小河道散步。聽流水叮噹，鶯歌燕啼，看鮮花怒放，綠影婆娑，再加上草香與樹香的繚繞，便感到自己被生氣勃勃的生命所擁抱、所包圍、所撫愛。在美與生命的包圍之中，我想到的全是活着的美好。活着多麼好！即使遭逢到挫折與劫難，也沒有消沉和頹廢的理由。生氣勃勃的生命包圍着你，你也應當報以生氣勃勃的生命。

【五一】

深秋的草地，遍地是落葉。春夏的繁榮與燦爛，這麼快就化為落葉，令人感嘆。生命的暫時性是無可辯駁的真理。然而，落葉之後，明年又是繁榮與燦爛，那時，大地上找不到一縷大自然的白髮，落葉又化作春夏的輝煌。生命的永久性也是無可辯駁的真理。

【五二】

人過中年，我常常發現自己更加年輕。時間尖叫着，奔突着，青春躁動着，盤旋着，生命彷彿剛剛開始。大海依然洶湧，想像力如海豚時時躍向天空，戲弄波濤的興致依然濃厚；雙腳渴望行走，眼界渴望伸延，生命期待着新的跨度。近處與遠處佈滿陌生者與未知數，讓我着迷的領域比大地還要寬廣遼闊，曙光把我帶到太陽面前，新一輪的人生出現在地平線上。身內外的一切都在告知我一個信息：你醒了！你醒了！所以你擁有生命年輕的早晨！

【五三】

雖然年過五十，但總覺得還在生長，還在成長。少年時代在生長，青年時代在生長，此時還在生長，特別是那些看不見的生命部份，更是在生長。彷彿沒有不惑之年。四十之後的人生堆滿困惑，化解了一個困惑總是陷入更難解的困惑之中。彷彿沒有成熟之年。看看過去幼稚的自己，好像是成熟了，但面對明天和廣漠無際的天宇蒼穹，卻只感到太多的無知和永遠的幼嫩。這不是長不大，而是長不到達不到那個落幕般的終點。

【五四】

每次讀海德格爾的《存在與時間》總是難以抑制內心的激動。既然死已確定，那麼生就該面對將死必死而選擇而思索而奮鬥；既然形體化為灰燼已確定，那麼未成灰燼之前就該盡情燃燒盡情創造盡情放射光明；既然最後要永遠躺下永遠睡着永遠沉默在墳裏，那麼此時就該站着醒着坦然地歌哭着。見到暴虐就該抗爭，見到妖魔就該詛咒，見到孩子落入血泊，就該發出拯救的吶喊，可不能在死前就躺着睡着跪着和讓心性枯萎着。

【五五】

儘管四方漂流，無家可歸，但太陽一直像兄弟跟隨着我，把我浸潤得渾身溫暖。暴君一個一個死亡，太陽卻一天一天升起。每一次黎明都不重複，每一輪太陽都是新的，千篇一律的公式只屬於無法變改的黑暗。想到這一點，我就對生活充滿信心。

【五六】

博爾赫斯喜愛但丁在《神曲》中的這一詩句：「在我們人生的中途／我發現自己正在黑暗的森林。」博爾赫斯引述這句話時正當三十五歲。我在這個年齡時是七十年代中期。這個時候，我實實在在地感到落入黑暗的森林之中。兩類森林都使我害怕，一類是權力的森林，一類是人群的森林。權力用的是大革命的名義，人群用的是大民主的名義，兩者都要我作追隨他們的羔羊。森林龐大無邊，但沒有一條可走的路。此次迷失之後，我才確認，靈魂的船長並非他人，唯有自己的心靈是穿越森林的嚮導。

【五七】

我喜歡正在被貶抑的中國的八十年代，在這一年代裏，沉睡在中國人心裏的某種東西醒來了。唯有「醒」字能說明這一動盪的歲月。人是人人非奴人是人人非畜人是人人非獸人是人人非牛鬼蛇神人非魑魅魍魎人是人人非黑幫人非黑四類黑五類黑九類人是人人非非人類，這一簡單的被時代壓扁的公式醒來了，這一被如簧巧舌詛咒得幾乎死滅的常識醒來了。從苔痕斑斑的心中醒來之後，便是不安便是洶湧便是奔突便是吶喊便是暴發便是死魂靈的復活與再生便是黃土地的復甦與再造便是百花怒放百鳥爭啼啼得叫權勢者氣得用拳頭來打碎，於是沒有聲音於是假聲音在嘲弄真聲音於是九十年代總是在討伐八十年代，從愚蠢的政治人到聰明的讀書人。

【五八】

那些看不見的，我看見了；那些聽不見的，我聽見了；那些觸摸不到的，我感受到了。所以我總是不能輕鬆，總是想在窗口下對着垂柳與斜陽着筆。

我看到春天裏的滿園落葉滿地狼藉，我看見夏日艷陽下血的陰影總是化解不了的陰影，我看到靈魂的蛆蟲鬼蜮的城堡蒼蠅的天堂和水鄉澤國中的陷阱，我看到死魂靈在耕耘在播種在繁衍從那一岸繁衍到這一岸，我看到覆蓋一切的市場上甚麼都拍賣從牙齒到眼睛從肝膽到熱腸從詩到小說從政治到文化從綱領到旗幟，我看到天霽雲開的大地長滿潰瘍窮時疼痛富時疼痛由窮變富時更加疼痛。我甚麼都看見了，我閉上眼睛也看見了，我必須記下我所看見的一切。

【五九】

雖然被戰士的語言蒙住過眼睛，還是看清妖魔當道的年代，無知、幼稚、荒唐，竟把妖魔當作旗手。但錯誤在良心上鑄下記憶，於是看清。記得那時豪壯的歌聲企圖淹沒呻吟，但還是呻吟，最後又加入了大地的哭泣，哭泣的時代結束之後，我和我的兄弟又用一個一個的文字拭擦眼淚，但淚水總是抹不乾淨。因此，我的文字總是潮濕的，沒有火藥的居所，也沒有為魔鬼辯護的居所。

【六〇】

漂流海外，幾度對着煙波漠影滄然涕下。長空悠遠，讓自己緬懷不盡的不是那些通衢大道，也不是那些庭院紅牆，倒是家鄉那些已經消失的溪邊的小草和尚未消失的父老鄉親的白髮。嬸嬸曾和母親一起在陽光下親吻過我的臉頰，然而此時她已被長埋在黃土地下；沉睡在山塢裏和茶園裏的爺爺和奶奶，一去不還，他們的墓前此刻是長着荒草還是芳草？還有北方的兄弟姐妹，那些撫慰過我心靈的朋友，一一全都變成遙遠的夢。生者逝者，滄桑如雲，人生最後的實在還是這些永恆的思念。

【六一】

身經一場靈魂深處的大革命，看到爆破、撕打、詛咒、奴役，然後便看到廢墟，看到漫山遍野的靈魂的屍首。沒有化作屍首的，也都古怪，要麼是呻吟要麼是咆哮。廢墟上有許多人的骷髏，靈魂顯然已經抽空，只剩下虐待別人的意志和野心，我常常遭逢到這些空殼的暴力，於是逃離，逃得很遠，然後為這些騷動過的靈魂的屍首寫着葬歌。

【六二】

人死時一別而去，甚麼也帶不走，來時赤條條，死時也赤條條。古代的帝王將相不甘心死時的赤條條，想帶走珍珠玉佩，想帶走嬌妻美妾，於是有殉葬品和殉葬人；然而，他們仍然甚麼也沒帶走，只給後世多留下一個貪婪的惡名。知道甚麼都帶不走，不妨在生前瀟灑一點，別為那填不滿的慾望而心勞日拙地掙扎。

【六三】

我同時愛着祖國的兄弟和人類的兄弟。我深知，只有愛人類才能愛祖國。如果我仇恨人類並煽動我的同胞兄弟去樹立敵人，那麼，我將會把祖國置於孤絕的境地，並使祖國陷入自我燒烤之中。我熱愛着，所以一直把「四海之內皆兄弟」的標語緊貼在自己的心壁上；我熱愛着，所以我一直鼓動着抛棄「敵人」這一大概念；我熱愛着，所以我遠離仇恨揚棄仇恨，獨自在這靜謐的百草園裏唱着祝福兄弟的歌。

【六四】

宗白華先生把自己的美學論集命名為《美學散步》。我喜愛這一名稱。思索與寫作如同散步時才有冷靜與從容，才能揚棄浮躁氣與火藥味。散步時是輕鬆的，但每一步都踏着開滿鮮花的土地。散步時無所企求也沒有終極目的，唯有在無所奢望時心靈才有自由的漫遊。

【六五】

卓越的存在主義作家卡繆，接受過馬克思主義並加入過共產黨，但他始終與毫無希望的教條保持距離。當他即將入黨的時候，他對朋友說：「在我將要經歷的生活中，我將始終拒絕在生活和人之中放一冊《資本論》。」在這位真正的作家心目中，一切神聖的經典，都不能阻止和妨礙他成為人和過人的生活，更不能阻礙他的天才原創力沖決世俗的羅網而外化為精彩的精神大建築。經典讓人豐富，不是讓人貧乏。經典可以是太陽，也可以是墓地。

【六六】

猶太人有句告誡人的警語：「不要太靠近深淵，否則你會落水。」但是，我一直無法接受這一警告，依然固執地靠近深淵並在深淵岸邊發出自己的聲音。使我如此執着是因為我有一個頑固的念頭：天堂有限，人類無法都擠在天堂裏，總得有人靠近深淵，我不靠近誰靠近。支持我的信念的還有那些已經獻身的科學家與思想者，他們就是一些不畏落入深淵首先敲開地獄之門的卓越者。

【六七】

人類愈來愈聰明，愈來愈善於保護自己。當今的房屋不僅有鐵門，還有電子警報系統。今天中國學界所選擇的崇拜偶像也是最安全的偶像，這些偶像有學問，然而冰冷，他們遠離深淵，對人間的黑暗不置一詞。

【六八】

可以修正自己，但不能背叛自己。背叛時的自我是虛假的，修正時的自我是真實的。柏拉圖曾用他的哲學腦袋向世界發出這樣的宣言：我寧願和整個世界不和，也要和自我保持一致。他說：「我寧願我的琴是不協調的……或是整個世界都與我不和，都反對我，也不願我是一個與自我不和、反對自我的人。」柏拉圖忠誠於自己，因此他也忠誠於社會。整個西方數千年的文化，幾乎成為柏拉圖哲學的伸延與叩問。

【六九】

古羅馬奴隸最大的快樂大約是逃離鬥獸場的快樂。鬥獸是絕望的力的較量，絕對沒有公平與正義的較量。人與人鬥已很痛苦，與獸鬥就更加痛苦。與人鬥有理可講，與獸鬥無理可講。我逃離牛棚時代時有種逃離鬥獸場的感覺，其快樂，乃是一種奴隸解放的快樂，原始的，初級的，但又是實實在在的大快樂。

【七〇】

桂冠、地位、名聲甚至自己的著作曾給我造成一種幻象，以為自己很有知識。這種幻象幾乎麻木了我的思想。一場劫難把我拋到海外，在陌生的世界裏我才意識到一切都很陌生，並強烈地意識到自己的「無知」。這種意識使我從麻木中覺醒，並獲得無窮無盡的動力。美國的通訊衛星之父約翰·皮爾斯說：「知識使人明目，技術使人高效，而意識到無知才使我們充滿活力。」

【七一】

自由固然與身外世界有關但更要緊的還是身內的世界。一個沒有力量戰勝外部誘惑的人，一個沒有力量拒絕各種目光的人，一個沒有力量反抗各種神聖名義壓迫的人，依然沒有自由。總是豎起耳朵聽着外部世界風吹草動的小鹿與兔子，雖然身在大曠野，但沒有自由。

【七二】

喬治·桑塔耶那曾說：智慧來自幻滅。我在經歷了一次幻滅之後，相信了這句話。幻滅之後，我才學會懷疑和對一切理所當然的理念進行叩問。不再困死於理所當然的模式便有思想智慧不斷從牢籠中跳出。自殺是消極的否定，幻滅則可能是積極的否定。智慧是對僵化、平庸、鄙俗、愚蠢、蒙昧和偶像的否定。

【七三】

到了自由的國度，原以為到處是自由。幾年過去了，才知道自由常常在遙遠的地方。中國的民歌唱道：「在那遙遠的地方，有一位好姑娘。」這位姑娘的名字就叫做自由，要接近她，還需要艱苦跋涉。沒有能力，沒有勤奮的雙手與雙腳，就沒有自由。連車子都開不動，哪有馳騁青山大道、綠野平疇的自由。

【七四】

自由是甚麼？無數思想家與哲學家皺着眉頭拋出一個又一個的定義。而對於我，自由是一種獨語，一種解脫，一種體驗，一種拒絕，一種排斥，一種不順從駕馭與支配的反叛，一種不理會權力控制與他人目光的驕傲，一種蔑視各類權威姿態與官僚姿態的尊嚴，一種不在乎升沉榮枯的孤絕，而且還是一種能夠管好自己、可對自己發出責任命令的自覺。

【七五】

看不見的世界比看得見的世界更為重要。精神世界、情感世界、蘊藏於人性深處的愛的世界，那是真正廣闊無邊、奇麗無比的世界。我的眼睛的成長，就是愈來愈看清這個世界並被這個世界所激動。看到蒼穹閃爍的晨星，我高興；看到屹立大地的人格，我高興；看到孩子們的心魂如同原野中綠盈盈的勁草，我更是激動不已。英國生物學家赫爾登（John Burdon Sanderson Haldane）說過：「一個從未接觸過『視所不見的世界』的人，不會有太大的出息，這些人充其量只是『善良的動物』而已。」

【七六】

丹納在《藝術哲學》中對《浮士德》作了這樣的闡釋：歌德的詩篇，描寫人在學問與人生中受了挫折，感到厭惡，於是徬徨、摸索，終究無可奈何地投入實際行動；但在許多痛苦的經歷和永遠不能滿足的探求中，仍舊在傳說的帷幕之下，不斷地窺見那個意境高遠的天地，只有理想的形式與無形的力量的天地，人的思想只能到它大門為止，只有靠心領神會才能進去。（《藝術哲學》，傅雷譯，人民文學出版社一九六三年版，第三六三頁）這段話曾感動過我，使我沒有停留在理念中。理念確實只把我帶到高遠天地的門口，唯有生命體驗後的大徹大悟，才使我接近這天地的心臟，並在那裏擁抱着人間的大悲哀與大歡樂。

【七七】

前些年，我曾說應當有憂患意識：河流正在變質，社會正在變質，沙漠正在向東部移動，森林正在走向毀滅。有人回應說：憂患意識太落後。近日讀法國思想家埃德加．莫林的談話，才知道他把「沉淪意識」視為最新意識，只有意識到地球可能沉淪，我們才可能實現拯救。他說：我們將命中注定地陷入沉淪。……這是一個壞消息：我們無可挽回地失落了。如果有一種福音，即好消息，它應當以壞消息為基礎：我們失落了，但我們有一所房子，一個家園，一個祖國，這便是小小的地球。在地球上，生命為自己修建了花園，人類建起了自己的家。從此以後，人類將地球看作其共有的家園。地球並不是福地樂土，也不是人間天堂，它是我們的家園，是我們地球人生死與共的地方。我們應當老老實實種好自己的園子，即將地球文明化。

有憂患意識和沉淪意識，才能使我們這些不同種族的人類子弟手臂相連，一起護衛和耕耘共同的家園。

【七八】

笛福筆下的魯濱遜，脱離社會跑到汪洋中的孤島，此時，他不得不赤手空拳去重建人類原始階段最粗糙的文明，從小木屋到小木船。每一種建造都那麼繁重、艱辛。未曾有過如此體驗的人們常會忘記：時時刻刻包圍着我們並讓我們享受的平常的一切，從鐘錶、燈光、車船到文字，是多麼難得寶貴。我們像魚生活在一種海裏，這種海，不是自然海，而是偉大的工藝海。這是人類勞作、耕耘出來的海，每當我在海中浮沉時，就對自己的偉大同類充滿感激。

《山海經》的領悟

【七九】

當八十年代中期中國作家在尋根的時候，我無所作為。因為我早已清楚我的根在《山海經》裏，在那個草樹蓁蓁密密、到處洋溢着原始野性與洪荒氣息的神話世界裏。那是一個人、神、獸三位一體的世界，那是一個生命無邊無沿、無拘無束的世界，那是一個不長心術權術也不長教條酸果的世界。無論是蛇身人面還是龍身人面的龐然大物，都是不加粉飾的、最本真的大地的兒子。

【八〇】

追日的夸父，填海的精衛，以乳為目的刑天，補天的女媧，治水的大禹，這些遠古的神話英雄，他們身上活潑而堅韌的神經，就是我的根，他們的名字就是我靈魂的血肉與骨骼。靈魂是需要血肉與骨骼的，更需要脊樑。人世間跪着與匍匐着的靈魂太多，而且長出了蘚苔與莠草，所以我更是緬懷偉大祖先那堅韌的、赤子的靈魂。

【八一】

原始神話告訴我：你的祖國的偉大日神是一位女性，她是帝俊之妻，名字叫做羲和。她生育了整整十個太陽，並在甘淵這個地方完成了輝煌嬰兒的洗禮。每一個太陽都是必須的。説后羿射下九個多餘的太陽，那是《淮南子》編造的。我從偉大的女性日神中得到啟示：我心內也需要有十個太陽。我需要有多重多元的光明之源，需要有四面八方的暖流與知識流。

【八二】

我身內十個太陽的名字是夸父、精衛、刑天、女媧，還有曹雪芹、荷馬、柏拉圖、莎士比亞、歌德與托爾斯泰。每一個太陽都不能少。我所以能睥睨烏雲，輕慢寒風暴雪，心靈上空常有朝霞，黎明與黃昏都蓄滿暖意，就因為胸中有着十個燦爛奪目的太陽。有這些永恆永在的驕陽麗日相伴相隨，還怕黑暗與黑暗的動物嗎？還感嘆人生缺少流光溢彩嗎？

【八三】

彷彿是在青年時代，那時我丟失了十個太陽，只留下一個人造的赤熱的太陽。儘管人們說，這是最紅最紅的紅太陽，儘管我十年如一日地生活在它的光環中，可是，留下的卻全是黑暗的記憶。

【八四】

追超烈日，填平滄海，補修蒼天，斷了頭顱之後還照樣操戈舞劍，這有可能嗎？誰都會回答不可能。然而，遠古的英雄卻把不可能當作可能去爭取、去努力、去拚搏，知其不可為而為之。這正是東方偉大的日神精神，中國永遠不滅不亡的原因。我的故土上的五個太陽，每一天都以它璀璨無比的光波提示我：別忘了，別忘了大地上第一曲英雄的悲歌和它的主旋律。

【八五】

夸父面對燃燒的火海，精衛面對蒼茫的汪洋，刑天面對失去頭顱的身軀，大禹面對漫衍中國的洪水，女媧面對破敗的天空，他們都有絕望的理由。但是，他們面對絕望而反抗絕望。我們的祖先是一些硬在絕望中挖掘出希望並發展希望的偉大孤獨者。在他們開天闢地的茫茫史篇中，每一頁都鐫刻着這樣的真理：人活着，不是為了等待希望，而是為了創造希望。

【八六】

法國思想家埃德加．莫林和他的朋友這樣闡釋他們的希望原則：「不是希望使人活着，而是活着產生希望。」或者說：「活着孕育了希望，希望又使人活着。」刑天不僅體現這種希望原則，而且啟示後人：人類可以在自己的身上完成「復活」，即實現再生，可以在更新生命中實現新的希望。在險惡的逆境中，首要的原則是不要倒下，即不被命運所擊倒，然後重新創造命運。生存、死亡、復活；希望、破滅、再生。這正是時空軌道上永恆的生命鏈。

【八七】

夸父真傻，精衛真傻，女媧真傻。太陽追得着嗎？大海填得了嗎？蒼天補得上嗎？跋涉一個個白天與黑夜，口銜一塊塊細小的木石，手捏一團團的泥土，不分朝夕，不捨晝夜，奮不顧身地作力量懸殊的較量，勇敢、執着、堅韌，一身俠骨與傲骨。他們做着聰明人嘲弄的事業，卻走上聰明人無法企及的天地境界：在蒼穹與大地之間展開彩虹般的自由羽翼。

【八八】

不是爭取成功，只是爭取信念。他們的眼睛緊緊地盯着前邊那個美麗的目標，不知道甚麼叫做勝利，甚麼叫做失敗。魯迅說：「中國少有失敗的英雄。」因為中國人失落了遙遠的祖先的大心靈與大氣魄，而落入「成者為王，敗者為寇」的勢利理念中。

【八九】

《紅樓夢》中的諸多人物誰最傻？除了一個傻大姐之外還有一個傻哥哥，這就是賈寶玉。傻大姐是天生的白癡，甚麼也不懂。傻哥哥可有大智慧。呆中的迷惘，癡中的執着，傻中的正義與公道，憨中的詩書評論與大迷惘，沉默中的逃離家園和告別塵界，哪樣不是真性情與真智慧？賈（假）不假，傻不傻，能在殭屍國裏守住點活靈魂、活情感就不傻。

【九〇】

聰明人只能沾染太陽的一點光輝和大海的一抹浪花，他們永遠是太陽與大海的局外人，而憨傻的夸父與精衛卻溶入太陽和溶入大海，化作偉大存在的一部份。聰明人早已灰飛煙滅，傻子卻與太陽、大海一起穿越時空的圍牆與邊界，活到今天。

【九一】

夸父追逐太陽，最後溶入太陽。太陽是他所求的道，不屈不撓的求道者最後得道並化為道的一部份。夸父求的是光明之道，他的名字是光明的一角。

每天每天，當太陽從山那邊的岩角上噴薄而出，金黃色的光燄灑向花叢、草地、屋頂和我的圖畫般的窗口，我就想到，這是夸父的精靈，原始的，野性的，赤裸裸，單純的精靈。這些精靈一走入我的身心，我就想行進，想嘗試，想奮發，顯然，他們在我的生命當中又投下了神秘的熱能。

【九二】

存在者是肉身，它屬於形而下國度；存在是道身，它屬於形而上國度。夸父、精衛、刑天、女媧都告訴我：存在者不可沉湎於帝王之家、溫柔之鄉。宮殿裏的蟲豸還是蟲豸，瓊樓玉宇中的貓狗還是貓狗。要奮飛，要長出穿越滄海怒浪的雙翼，要尋找存在的意義。

【九三】

夸父、精衛、刑天、女媧：天地之間永恆的天真；只知耕耘、不知收穫的天真；只知奮飛、不知佔有的天真。有天真在，便不顧路途中有巨火烈燄，人生中有滄海般的大苦難，貼近目標時有斷頭的危險。有夸父、精衛、刑天、女媧的名字在，就會有偉大的耕耘者與追求者。王朝明明滅滅，天真的探尋者卻生生不息。

【九四】

夸父沒有群落與國度，精衛告別父親炎帝之後成了東海的流浪者，刑天則獨往獨來，女媧是最偉大的孤獨者。他們以天地為居所，沒有故鄉，然而，他們為他人創造故鄉。夸父在死亡的時刻還把自己身體的一部份拋入人間，化作一片桃林。那就是千載萬載、無數炎黃子孫的家園。

【九五】

刑天丟了頭顱，但心還在。心靈可以長出另一種眼睛。原始英雄擁有大心，但沒有巨大的腦。大心裏有大性情、真性情。現代人腦的發達卻使心縮小，小到容納不了一點真情真性。夸父的性情瀰漫天空，精衛的性情覆蓋大海，刑天的性情穿越古與今。我在心裏建造了夸父塔、精衛塔、刑天塔，好在人慾橫流的世上守住一份大性情與真性情，遏制住心的萎縮。

【九六】

剛毅木訥者天然地藏拙。拙中有大智慧。大禹治水三過家門而不入，女媧補天千載萬載而不知疲倦。夸父無言，精衛無語，刑天無音，原始的大英雄們都是拙人、拙神。他們不是修煉於口舌，而是修煉於肝膽和性情的最深處。

【九七】

我喜歡女媧，不喜歡共工。撞斷天柱容易，建構蒼天和修補蒼天卻很艱難。破壞天柱不是工程，補天卻是偉大的工程。女媧的勞作是大寂寞，沒有人知道她流過多少汗水。共工流了血，流血轟動了天內天外，人們都知道他是革命英雄。英雄的標尺變了，所以人們崇拜流血與暴力。我要質疑這個標尺，為女媧，也為精衛：你，才是真正的英雄。

【九八】

白雲千載，藍天悠悠，誰是中國第一代理想主義者，誰是山高海深的第一代大夢的主體？是精衛，是夸父，是女媧。移山填海，修天補地，中國的遠古有大浪漫、大理想。可惜中國今天只剩下小浪漫：作家筆下的情愛小故事，霓虹燈下的色情小夜曲，精衛當年奮戰過的東海碧波中的小寓言。

【九九】

遠古時代的鳳凰美麗而自由，牠「飲食自然，自歌自舞」，快樂地翱翔於原初的日月山川之中。可是，不知道從甚麼時候開始，牠被文化改造了，「五采而文」：「首文曰德，翼文曰義，背文曰禮，膺文曰仁，腹文曰信。」（見《西山經》）從此，鳳凰的頭顱變得沉重，翅膀變得沉重，身軀變得沉重。中國的鳳凰既然背負德、義、禮、仁、信，怎能自由地「自歌自舞」。我謳歌精衛，同情鳳凰。但願鳳凰的翅膀不再負荷過重，真的可以自歌自舞，如我今日自語自說。

兩個自我關於故鄉的對話

【一〇〇】

東方之我：想到故鄉和祖國，我的情感單純到只剩下一個「戀母情結」，像哈姆雷特那樣，因為害怕傷及自己的母親，總是猶豫徬徨，即使面對殺父的仇敵，也遲遲不敢伸出犀利的寶劍。

【一〇一】

西方之我：自然的故鄉祖國和人造的故鄉祖國在我心中並不相同。自然的故鄉故國，既是山川、原野、池塘、阡陌，又是父親、母親、兄弟、外婆。我愛他們，他們也愛我。人造的故鄉祖國，有大街，有高樓，但也有王冠、槍彈、權力和計謀，我時而仰視着它，時而只想逃離它。政治化的祖國要我當一條夾着尾巴的狗；革命化的祖國要我當一顆螺絲釘；市場化的祖國，可能要我充當可以售賣的商品，為了贖回往昔的榮耀，把靈魂拍賣給魔鬼梅菲斯特。

【一〇二】

東方之我：生活與寫作都像六盤九曲的古棧道，在雲山霧海之中漂漂蕩蕩之後，還是覺得葉賽寧的話對：找到故鄉就是勝利。六、七十年代風煙瀰漫，我贏得社會，卻丟失了故鄉；八十年代，我身在社會，心在故鄉；社會改造我，讓我身上燒着烽火，心中築起堡壘，我反抗社會，返回故鄉。我找到了故鄉，找到了那一片蜂蝶紛飛的百草園，找到了那一片含水含煙的甘蔗林與相思樹，找到那一座飄雨飄霧的武夷山，找到了那一堆芳草萋萋、荊棘叢叢的老祖母的墓地。

【一〇三】

西方之我：故鄉故國不僅是祖母墓地背後的峰巒與山崗。故鄉是生命，是母親般的讓你棲息生命的生命，是負載着你的思念、你的眼淚、你的憂傷、你的歡樂的生命。歌德筆下的少年維特，他的故鄉是一個少女的名字，她叫做「綠蒂」。這個名字使維特眼裏的一切全部帶上詩意，使世俗的一切都化作音樂與彩夢。維特到處漂泊，尋找情感的家園，這個家園就是綠蒂。正如林黛玉是賈寶玉的故鄉，林黛玉一死，賈寶玉就喪魂失魄。

【一〇四】

東方之我：故鄉固然是心靈，但故鄉畢竟是土地。古人說：寧為累臣，不為逋客。充當專制王朝下的臣民固然痛苦，離開母親的土地更加痛苦。汨羅江的浪濤固然無情，但它畢竟可以沖走相思的飢渴。

【一〇五】

西方之我：我永遠愛戀那片黃土地。漂泊海外，才明白自己像隻蝸牛，總是揹着黃土地與黃面孔浪跡四方。看到榕樹的碧葉，看到蒲公英，看到小溪邊的鵝卵石，都會想起故鄉。然而，我愛故鄉的土地，不是愛那個小窩，那個溫柔之鄉。我記得我們家屋後的那群雄鷹，牠們一直把遼闊無垠的天空視為故鄉。故鄉不是綁住雙腳的囚牢，而是容納生命大羽翼的地方。我們與山鷹同時誕生，我們既是峽谷之子，又是藍天之子。

【一〇六】

東方之我：年青時喜歡《奧德賽》，可惜聽不到荷馬的七弦琴。俄底修斯漂泊四方，最後還是回到自己的家園伊塔卡。引導他的船隊返航，是對於妻子的思念。世界多風多浪，故人畢竟是最後的港灣。

【一〇七】

西方之我：盲詩人筆下的「妻子」的確就是故鄉。俄底修斯的故鄉不是伊塔卡，而是那一雙照明他追尋之路的妻子的眼睛和伴隨着他漂泊的、藍髮似的海洋。「妻子」不是一個生兒育女的胴體，而是一個代表着愛、青春、美貌和記憶的名字，哪裏有愛和青春的記憶，哪裏就是故鄉。

【一〇八】

東方之我：《山海經》，百家語，屈原辭賦，李杜詩篇《西廂記》，《紅樓夢》……全是我的故鄉。故鄉在，靈魂就不會荒蕪。記得那瘋狂的十年歲月，故鄉被封禁，我只能用疏疏落落的眼睛對着疏疏落落的天空與白雲。

【一〇九】

西方之我：故鄉可以放在書袋裏。我就常常揹着故鄉浪跡天涯。俄國演員符·伊·卡恰洛夫就說葉賽寧的詩集是他漂泊的故鄉。他說：「我在歐洲和美國漂泊的時候，總是隨身帶着葉賽寧的詩集。我有那麼一種感覺，彷彿我隨身帶着一掬俄羅斯泥土，它們明顯洋溢着故鄉土地那馥郁而又苦澀的氣息。」我曾在新疆的天山懷裏看過天池與哈薩克族的帳篷。帳篷就是哈薩克人的故鄉，他們走到哪裏，故鄉就跟到哪裏。猶太人的帳篷則是他們的教堂，教堂總是跟着他們流浪。列維．斯特勞斯說，原始人把家鄉帶在自己的身邊，其實現代人也可以把故鄉帶在身邊。作家詩人就是永恆的猶太人和哈薩克人。

【一一〇】

東方之我：故鄉不僅是一部部詩集。故鄉就是詩，就是寓言與童話。雲雀黃鶯，香草佳木，白雪公主，全在故鄉裏。走出大學校門，來到大北方，看到漠漠黃沙、濛濛煙霧，更加想念山明水秀的江南故鄉。走南闖北，還是故鄉這邊風景獨好。

【一一一】

西方之我：以往總是把故鄉浪漫化。如今四方漂流，才發現故鄉的不完美。昂首四顧，方知天外有天。看到大峽谷令人眩暈的巍峨，才相信大地上有故鄉所沒有的千古奇色；看到大瀑布震撼大地的磅礴，才知道陽光下有故園所沒有的萬丈豪情。告別故土的遠遊，讓我打開眼界，不再製造故鄉的神話。發現故鄉不完美，不是不愛故鄉，而是期待着更美的光彩補充故鄉。

【一一二】

東方之我：故鄉給人安慰，也給人憂傷。魯迅童年時代的故鄉是圓月下和他一起守望瓜地的兄弟，是拿着鋼叉勇敢地刺向野豬的閏土，可是，幾十年後的故鄉，則是閏土那樹皮似的麻木的臉，是往昔活潑的兄弟顫巍巍地叫他一聲「老爺」。故鄉死了，故鄉死在閏土麻木的臉上，死在讓人驚心動魄的「老爺」國裏。魯迅活到五十六歲，故鄉比魯迅還年輕就死了。故鄉是甚麼？故鄉是憂傷。

【一一三】

西方之我：故鄉是空間，故鄉又是時間。童年記憶裏，故鄉是女性，是母親，是水悠悠的小溪和綠淡淡的楊柳樹；青年時代的記憶裏，故鄉是男性，是父親，是強悍的躍進與粗暴的戰鬥。最後離開故鄉時，濕漉漉的眼睛看到的故鄉是孩子，是孩子像小牛一樣健壯但流淌着鮮血的身軀。祖國是部巨著，少年時讀它，見到山川滿目；青年時讀它，見到紅旗滿坡；中年時讀它，見到牛鬼滿棚；此時讀它，又彷彿是金銀滿箱。我歌唱祖國，只能歌唱它山川滿目，不能歌唱它牛鬼滿棚。

【一一四】

東方之我：詩人作家們都說「鄉愁永遠」，《離騷》唱了兩千年，仍然沒有唱完。屈子遠去，汨羅江的春水還年年歲歲流淌着鄉愁。

【一一五】

西方之我：我有鄉愁，但我的鄉愁不是屈子那種對於都城台閣的回望，更非放不下那些放射着懷疑目光的大街與胡同。我的鄉愁是心靈的密碼。曾有一堆篝火，點燃過我胸中的真誠；曾有一串熾熱的眼淚，澤溉過我人性中的良善；曾有一縷純真的目光，呼喚過我心底的愛戀。我本應守候着這篝火，這眼淚，這目光，然而我遠走了，此時想起，唯有錐心的鄉愁。我的離騷是負疚，是羞澀，是悔恨曾有過的金子般的失落。

【一一六】

東方之我：你的離騷是反離騷，你的鄉愁是反鄉愁。

【一一七】

西方之我：不，我的鄉愁是良知的鄉愁與情感的鄉愁。我的離騷是遠離那些不該遺忘的角落，是對那些丟失了的天真與人性的眷戀。我們這一代人，丟失了那麼多，兒時單純得像晨光像草露，三十而立之時卻滿口爭鬥，變得如狼似虎。

【一一八】

東方之我：對着一個絕望而想自殺的女子，田漢用茶花女說過的話勸慰她：我夢想着鄉村，夢想着純潔，夢想着回到我的兒童時代。女子聽了這話之後走出了絕望。她重新看到了故鄉。不是她去拯救孩提王國，是孩提王國拯救了她。孩提王國彷彿是她的祖國。站立在同一片土地，近處讓她絕望，遠處讓她希望。曙光有時在未來，有時在往昔。往昔與未來常常相接。

【一一九】

西方之我：我終於理解尼采的那句話：「甚麼祖國！哪兒是我們的『兒童國』，我們的舵便駛向哪裏。到那裏去吧，比暴風浪的海更奮勇。」我們的祖國就是「兒童國」。我尋找故鄉、尋找祖國，找了很多，沒想到在異鄉卻找到了故鄉和祖國，這就是與天牛與蜻蜓與山鷹與奶奶與外婆天天相處的兒童國。我的最本真的生命在兒童國裏，我的最本真的歷史在兒童國裏，我的不可消滅的夢與資源在兒童國裏。

【一二〇】

東方之我：兒童國是個大搖籃。它搖蕩着，搖着讓我們入睡，搖着讓我們做夢，搖着讓我們覺醒。到如今，我們的夢和醒，我們的記憶與靈感，還是連着它的搖蕩。

【一二一】

西方之我：我的鄉愁就是思念這個兒童共和國，就是依戀這個只有雲彩沒有硝煙、只有霓霞沒有瘴氣、只有草露沒有酸果的共和國。我知道世上的權力與市場都在摧毀我的兒童國。我還知道它被摧毀得差不多了，我看到我的祖國的斷牆頹垣和破磚碎瓦。我憑弔過它的廢墟。我的鄉愁，我的憂傷，我的離騷，全在這依戀與痛惜之中。

【一二二】

東方之我：可是我們的兒童國還浮在記憶裏，浮在你和我的心史心傳裏。記憶中的兒童國是不朽的。父親去世，你曾大聲啼哭；奶奶講述狐仙故事，你曾窮追猛問；堂哥哥帶你去山上砍柴，你的手掌全是傷痕卻滿不在乎；你咬了兩根鹹蘿蔔，喝了一碗稀飯，然後滿臉春風踏上上學的小路，一點也不嫌棄媽媽的貧窮……這個祖國，該是在你心中。

【一二三】

西方之我：海明威曾說，「不幸的童年是作家的搖籃。」搖籃過去造就了我，今天也許還會拯救我。我常常聽到奶奶的歌聲，她提醒我不要走入陷阱。幾次面臨黑色的深淵，我都感到爺爺的手臂把我拉向故鄉。我要回到我的兒童國，免得從宇宙深處來到地球一回，忙忙碌碌，卻當了一隻政治動物與金錢動物。

【一二四】

東方之我：朋友說，海外漂流者中，你丟失得最多，因為你本來擁有的最多。國家對你那麼器重，社會對你那麼寵幸，你有那麼多的榮譽，那麼多的鮮花與掌聲，可是，你卻毅然展翅高飛。我對朋友的困惑無言以對。

【一二五】

西方之我：遠離昔日的家屋，遠離朝思暮想的土地和情同手足的朋友，不辭黑風巨浪的顛簸，也不怨陌生國裏的空空落落，不為別的，只為了一張平靜的書桌。這書桌，便是故鄉，便是兒時的竹筏搖籃、茅棚農舍。可曾記得當年在溪邊汲水，這書桌，正是那條清澄的小溪。瀲灩波光，粼粼月影，就在桌上浮游。你知道嗎？我的另一番鄉愁就是對書桌的眷戀，從青年時代到中年時代，整整二十年，久久思慕，久久渴念，久久呼喚。

【一二六】

東方之我：書桌上的平靜之鄉，確實是中國知識人的百年之夢。說起書桌的鄉愁，使我想起顧頡剛先生的故事。顧先生的妻子臨終那一年，因身體不好，把小女兒寄養在叔母處，有一天，叔母因有事把孩子送回顧先生的家中，讓她和母親同眠一夜。這一夜小女兒高興得無法形容，「看着她的母親就笑，捫着她的母親又笑。」顧先生為此事感動得眼淚也迸出來了。他後來說：「我對於學問的眷戀，就像這嬰兒對於母親的眷戀。」（見一九二四．十一．二十九給李石岑的信）學問、書桌，就是知識人的故鄉。他們對於學問的眷戀，正是刻骨揪心的鄉愁。

【一二七】

西方之我：顧頡剛先生說他能走上學問之路，完全得益於童年時代的好奇心。他說：「我是一個特富於好奇心的人。」不到七、八歲，他就喜愛翻看書籍。而翻看書籍，不是為了功課，也不是為了家長，只是「遏不住好奇的慾望，要伸首到這大世界裏探看一回」。除了讀書，他又嗜好遊覽，在童年時最盼望的是掃墓，可以藉此到遠處去觀賞湖山與森林。他所以喜歡遊覽，也是為了「要伸首到這大世界裏探看一回」。這顆「好奇心」，是鄉中之鄉，顧先生的晚年非常寂寞，他的鄉愁，該是眷戀蹦跳着好奇心的孩提王國。

【一二八】

東方之我：他鄉再好，生活在他鄉畢竟是個異鄉人。孤獨感、滄桑感、惶惑感全屬於丟失母國的漂泊者。普希金的詩云：「無論命運會把我們拋向何方／無論幸福把我們向何處指引／我們——還是我們：整個世界都是異鄉／對我們來說，母國——只有皇村。」

【一二九】

西方之我：我從小就會背誦「整個世界都是異鄉」的詩句，在異鄉的系譜中我排除了苦難的黃土地。可是當這片鄉土變成牛棚與馬廄的時候，我對它開始感到陌生。牛棚與馬廄不是我的家園，它永遠是我的他鄉。當生我育我的村莊拆除兒時的搖籃，要求我變成一顆螺絲釘的時候，我對這個村莊也感到陌生。卡繆的「異鄉人」，雙腳踏着熟悉的土地，心靈卻進入不了統治土地的概念，於是，他逃離這些概念，成了這些概念的異鄉人。

【一三〇】

東方之我：我明白了，人的尊嚴是無條件的。任何名義都不能把它消滅，包括「母國」與「故鄉」的名義。不能讓國家的偶像撕毀人的尊嚴與自由。不錯，應當告別偶像。故鄉畢竟是人間，不是牛棚與狼窩。我在對母親社稷朝拜的時候，不該允許故鄉對自己的兄弟拳打腳踢。

【一三一】

西方之我：蟲豸在黑暗中爬行，惡鬼在蕭疏的村落裏唱歌，牠們借助着祖國的土地繁殖，一旦繁衍到可以主宰故土，便宣稱自己蠕動的身軀就是祖國，而且以祖國的名義讓我和牠們一起投入黑暗。在這個時候，我唯一的選擇是如此直說：那一片土地是我的祖國，但在土地上蠢蠢蠕動的生物不是我的祖國。

【一三二】

東方之我：回過頭看看過去，方悟到壓迫自己最甚的正是自己的同胞。所有的譭謗、攻擊、誣衊都是來自同一血緣的人類。戰場、牢獄、牛棚，都是同胞同族設立的。當「故鄉」、「祖國」成為壓迫者的面具時，確實必須把它撕毀。

【一三三】

西方之我：漂洋過海，穿越萬里煙波來到天涯海角的異邦，而且寄寓在遠離繁華的洛磯山下，但太平洋彼岸故土上的同胞仍不放心，他們還幾次伸出長長的手要扼制我的咽喉，堵塞我發出個人的聲音，這才使我知道：同胞扼制同胞、兄弟統治兄弟的慾望，是何等強烈？

【一三四】

東方之我：解構同胞，才知道怎麼愛同胞；解構兄弟，才知道怎麼愛兄弟；解構祖國，才知道怎麼愛祖國。愛遼闊廣大的祖國容易，愛祖國的一棵樹木和一個受冤屈的兄弟多麼難。

【一三五】

西方之我：是的。懷想祖國時不是懷想豪華的紀念堂與停放在堂裏豪華的水晶宮，而是懷念水晶宮外衣食無着的母親與孩子。祖國是活的，有血有肉，有覺有知，有情有義。我緬懷故鄉時，記起窮兄弟的小葉笛，它對着向日葵和野薔薇吹奏戀歌；也記起大躍進的斧頭，它對着掛滿綠葉的榕樹無情砍去。

我的故鄉不是刀鉞，而是那一片清脆的葉笛。

【一三六】

東方之我：國家放逐一批流亡者，本意是為了使他們自生自滅，從此銷聲匿跡，但是卻使這些流亡者贏得走向世界深處的可能。歷史就是這樣厚愛着漂流的生命。

【一三七】

西方之我：當愛爾蘭的黑暗沉重到令人窒息的時候，喬伊斯決定離開他的祖國開始流亡。他把生命灑向歐洲大陸，在巴黎、羅馬、蘇黎世和的里雅斯特等地放開自己的眼睛，並創作了本世紀最卓越的作品之一——《尤里西斯》。經過流亡和創造的喬伊斯說：「要想成功就得遠走高飛。」我丟掉雖然很多，但丟掉的一切都沒有價值。唯有遠走高飛，才能丟掉名譽、地位這些沉重的負累。我比別人丟掉更多的負累，收穫更多，應當飛得更高更遠。

【一三八】

東方之我：喬伊斯並非政府逼走，他的流亡乃是自我放逐。人是一種運動的生物，作家更是如此。偉大的作家就其內在心靈來說都是一樣的，都是尤里西斯和浮士德。他們以不停留不滿足為美為樂。他們的生命在於他們的視野。唯有漂流，他們才擁有最明亮的眼睛。

【一三九】

西方之我：知識分子的共同故鄉，是人類歷史所積澱的知識海洋。他們的心靈與人格是世界文明所締造的。他們對世界文明乳汁的吮吸，造成了自身的覺醒，但也造成自身的苦痛。

【一四〇】

東方之我：人類的知識一旦產生，就屬人類所共有。任何國家的邊界都不能成為知識的圍牆與關卡。思想沒有國籍，國界對於思想者沒有意義。

【一四一】

西方之我：東西方的區分，海內外的界線，太平洋與大西洋的水域，只活在地圖上，並不活在我們心中。我們心中只有一張思想者部落的四維空間大地圖。古希臘，古羅馬，古埃及，古中國之間沒有國界，今美國，今法國，今德國，今中國之間也沒有國界。荷馬、蘇格拉底一直被我視為老鄉。盧梭、莎士比亞、托爾斯泰一直被我視為部族的長老。

【一四二】

東方之我：離開母親懷抱之後，開始讀書。進入書海便生活、安睡在另一博大的懷抱裏，從安徒生的懷抱到托爾斯泰的懷抱。生命在永恆的懷裏成熟。他們的懷抱，確實是我們的搖籃與故鄉。

【一四三】

西方之我：故鄉有時很小，有時很大。說故鄉像郵票那麼小是對的，說故鄉像大海那麼廣闊也是對的。故鄉有時就是沙漠中突然出現的深井，荒野中突然出現的小溪，暗夜中突然出現的燈火；有時則是任我飛翔的天空，任我馳騁的大海，任我索取的從古到今的大師的智慧。

【一四四】

東方之我：生命不僅可以在自己身上找到，還可以從其他生命中找到——從往昔知音與後世知音找到：不是在我的名字上找到我的意義，而是在讀者與知音的名字上找到意義。容納生命意義的過去與未來的心坎，就如同容納童年的處所，那是情感的故鄉。文學，應當對着未來無數年代的知音訴說。故鄉活在過去，故鄉也活在將來。

【一四五】

西方之我：曹雪芹把故鄉推到很遠，推到無數年代之前女媧補天的地方。然而，女媧的母親是誰，我們仍然不知道。基督是上帝之子，女媧是誰的女兒？把故鄉推到超驗世界中，才意識到自己的生命源遠流長，現實中的一頂小桂冠、一場小風波絕不重要。

《紅樓夢》閱讀

【一四六】

幾年前一個薄霧籠罩的清晨，我匆匆逃離北京。匆忙中抓住兩本最心愛的書籍放在挎包裏，一本是《紅樓夢》，一本是聶紺弩的《散宜生詩》。英國人說，寧可失去印度，也不能失去莎士比亞。此時，我想到這句話，並在心中喃喃私語：寧可失去心愛的北京城，但不能失去《紅樓夢》。

【一四七】

帶着《紅樓夢》浪跡天涯。《紅樓夢》在身邊，故鄉故國就在身邊，林黛玉、賈寶玉這些最純最美的兄弟姐妹在身邊，家園的歡笑與眼淚就在身邊。遠遊中常有人問：「你的祖國和故鄉在哪裏？」我從背包裏掏出《紅樓夢》說：故鄉和祖國就在我的書袋裏。

【一四八】

在帶有意象組合的中國語言文字裏，「好」字是「女」和「子」二字組成的。在曹雪芹眼裏，女子就是好，尤其是未出嫁、未進入社會的少年女子，更是宇宙精華。她們就是真，就是善，就是美。可惜，她們擁有的生命時間與少女歲月太短暫，「好」很快就會「了」。《紅樓夢》就是一曲《好了歌》，一曲少年女子青春了結的輓歌，至好至美生命毀滅的輓歌。

【一四九】

曹雪芹關於少女的思索，超出前人的水平，不在於他作了「男尊女卑」翻案文章，而在於他在形而上的水平上，把少女放在廣闊的時間與空間中，表現出他對宇宙人生的一種很深刻的見解。在空間上，女子是與男子相對應的人類社會的另一極。只有兩極，才能組成人類社會。然而，在約伯的天平上，這兩極是永遠傾斜的。在曹雪芹看來，唯有女子這一極才有份量，才是重心。這一極的少女部份，不僅有造物主賦予的集天地之精華的超乎男子的美貌，而且她們一直處於爭名逐利的社會的彼岸。她們不必像少年男子那樣，從小就為進入仕途經濟而做準備，把人生納入角逐權力的軌道。這種幸免乃是少女的大幸。

【一五〇】

曹雪芹把女子分為未嫁的少女與已嫁的婦女，在兩者之間劃了一條嚴格界線。女子嫁出之後，便從清澈世界走入角逐權力財力的污濁世界，身心全然變形變質。因此，曹雪芹拒絕讓自己筆下最心愛的女了出嫁。所以林黛玉、晴雯等一定不能結婚，包括不能與賈寶玉結婚。少女要保持自己天性中的純潔本體，就一定要站立在男子世界的彼岸。

【一五一】

曹雪芹幾乎賦予「女子」一種宗教地位。他確認女子乃是人類社會中的本真本體世界。把女子提高到與諸神並列的位置，對女子懷有一種崇拜的宗教情感。——「這女兒兩個字，極尊重、極清淨的，比那阿彌陀佛、天始天尊的這兩個寶號還更尊榮無對的呢！」寶玉把女兒尊為女神，有女子在身邊，他才獲得「靈魂」。他說：「必得兩個女兒伴着我讀書，我方能認得字，心裏也明白；不然我自己心裏糊塗。」賈雨村對冷子興介紹寶玉，說他「其暴虐浮躁，頑劣憨癡，種種異常，只一放了學，進去見了那些女兒們，其溫厚和平，聰敏文雅，竟又變了一個。」和但丁靠着女神貝亞特麗齊的導引而走訪地獄一樣，賈寶玉靠着身邊女神的導引，走訪了中國華貴而齷齪的活地獄。

【一五二】

曹雪芹筆下的那些未被世俗塵埃所腐蝕的少女，都比男性更熱烈地擁抱生命自然，更愛生命本身。她們懂得文化，但對文化保持警惕。她們天生地敏感到，名利等身外之物，也屬於文化。她們不為文化而死，卻個個為情為生命自然而死。而《紅樓夢》中的男子沒有一個為愛殉身，包括賈寶玉。

【一五三】

《紅樓夢》沒有被限定在各種確定的概念裏，也沒有被限定在「有始有終」的世界裏去尋求情感邏輯。反抗有限邏輯，《紅樓夢》才成為無始無終、無真無假、無善無惡、無因無果的藝術大自在，其綿綿情思才超越時空的堤岸，讓人們永遠說不盡、道不盡。

【一五四】

賈寶玉從哪裏來？到哪裏去？一塊石頭發源何處，又將被拋向何處？不知道？宇宙無終無極，宇宙中的一粒塵埃，又如何考證它的去處？應當也是無終無極。

賈寶玉與甄寶玉，哪個是真、哪個是假？假（賈）的説着真話，甄（真）的説着假話。假作真來真作假，原是無真無假。

林黛玉的悲劇是善的結果，還是惡的結果？王國維問：是幾個「蛇蠍之人」即幾個惡人的結果嗎？回答説：不是，是共同關係的結果，是共同犯罪的結果。在「共犯結構」中，所有榮國府的人都在參與製造林黛玉的悲劇，榮國府外的大文化也在參與。連最愛林黛玉的賈寶玉和賈母，也是「罪人」。然而，這是無罪之罪，無可逃遁的結構性之罪。這種罪是惡還是善？應是無善無惡。

【一五五】

文學中因果報應的模式，代聖賢立言的模式，都是通過一個情節暗示一種道德原則。《金瓶梅》的色空，是因果報應的色空。西門慶為色而亡，也是一種暗示。而《紅樓夢》的色空則無因無果。它悟到一切都是幻象，一切都會過去，一切都歸於虛空。《紅樓夢》有哲學感，《金瓶梅》則沒有。

【一五六】

在卓越的大作品中，其人物的命運總是有多重的暗示。不管是名教中人還是性情中人，都本着自己的信念行事，做的本是無可無不可的事，善惡該如何判斷？名教賦予薛寶釵以美德，但美德也帶給她不幸。她有修養，會做人，甚麼事都順着他人，這本是一種善，然而，善也會帶來不善。金釧兒投井死了，這是王夫人的責任。當王夫人訴説此事時，薛寶釵如果不加附和而讓王夫人難受，是不孝；而如果順着王夫人而附和，則是不仁——對死者沒有同情心。性情中人賈寶玉，他愛一切美麗的少女，又特別愛林黛玉。愛得博本是好事，然而一旦博就難以專。林黛玉則只愛一個，專是專深了，可就愛得不博。

那麼，到底是「博愛」善還是「專愛」善呢？其實各有各的暗示。賈寶玉性情好，好到無邊就反抗不了老祖母和父母親的婚姻安排，導致林黛玉的悲劇命運。

【一五七】

紅學家們在追究「誰是兇手」，誰是「殺人的元兇」。一會兒追到賈政，一會兒追到薛寶釵與王夫人，這種追究全是白費力氣。以往的佛典用因果觀念解釋萬物萬有，世界無非一因緣；今日的「紅學」用階級因果解釋萬物萬象，又說世界無非一根源（階級根源）。解釋《紅樓夢》的悲劇全用世間法、功利法，非得找出是非究竟不可，就像訴諸法庭，非判個勝負、非查個水落石出不可。可是賈寶玉早已看透這世間法庭，他逃離恩怨糾葛，出家做和尚來償還現在的罪孽。曹雪芹比所有筆下的人物，都站立得更高，他用宇宙遠方多維的眼睛看到的是無因無果的永恆衝突。

【一五八】

賈寶玉、林黛玉和大觀園女兒國裏的少女，好像是來自天外的智能生物，美麗的星外人。她們嘗試着到人間來看看玩玩，但是，她們最後全都絕望而返。這個人間太骯髒了！所有的生物都在追逐金錢、追逐權勢，這一群吃掉那一群，竟滿不在乎，甚至還在慶功、加冕、高歌。於是，美麗的星外人終於感到自己在人間世界生活極不相宜。她們在天外所做的夢在地球上破碎了。於是，她們紛紛逃離人間，年紀輕輕就死了。

【一五九】

人生成熟的過程就是「看破紅塵」的過程，即看破一切色相的過程。把各種色相都看破，把物色、財色、官色、美色、器色都看穿，從色中看到空，從身外之物中看到無價值，便是大徹大悟。《紅樓夢》的哲學要旨就在於看破色相。看破色相，是幻滅，又是精神飛升。

【一六〇】

賈寶玉在早年的時候不徹不悟，喜聚不喜散，喜「好」不喜「了」，喜色不喜空；到了後來，就悟到「了」就是好，色就是空，人間沒有不散的宴席。能對「了」有所領悟，便有哲學。

【一六一】

黛玉死後，寶玉不與寶釵同床而在外間住着。他希望黛玉能夠走進他的夢境。但兩夜過去，「魂魄未曾來入夢」，寶玉為此感到憂傷。夢是幻象，不是色。了斷了色，卻斷不了生之「幻象」。斷了塵緣並不等於斷了生緣。這與武士道的「一刀兩斷」不同：武士道斷了色，也斷了空（幻象）。

【一六二】

當歷史把賈寶玉拋入人間大地的時候，他也許還不知道，這片大地是一片汪洋，他是找不到歸宿的。在汪洋中，林黛玉是唯一可以讓他寄託情思的孤島。然而，這一孤島在大洋中是不能長存的。滄海的風浪很快就迫使她沉沒。這一孤島消失之後，賈寶玉的心靈再也無處存放。於是，他生命中便只剩下大孤獨與大徬徨，最後連徬徨也沒有，只能告別人間。

【一六三】

因為有死亡，時間才有意義。有死亡，才有此生、此在、此岸。假如人真的可以永垂不朽、萬壽無疆，真的沒有死亡之域，那麼，壽命的多寡便沒有意義。因為人的必死性才使生命的短促成為人的遺憾。林黛玉在葬花時意識到生命必死，所以她才有那麼多憂傷和感嘆。如果林黛玉是個基督教徒或佛教徒，大約就沒有這種感嘆。基督教徒是為死而生的，即生乃是為死作準備，林黛玉不是為死作準備，而是感慨人生的短促、無望、寂寞，沒有知音！

【一六四】

存在是暫時的，人生的華宴是暫時的。圓滿與榮耀在時間的長河中留居片刻的可能性是有的，但僅僅是片刻。時間本身是最大的敵人，一切都會被時間所改變、所掃滅，包括繁榮與鼎盛。曹雪芹在朦朧中大約發現了時間深處的黑暗內核，這一內核有如宇宙遠方的黑洞，它會吞食一切。

【一六五】

作家李銳發現：中國兩百多年來三個大作家有絕望感。這三個作家是曹雪芹、龔自珍、魯迅。曹雪芹確實感到絕望。他除了看到人性中不可救藥的虛榮與其他慾望乃是空無之外，還看到一切均無常住性，所有的「好」都會「了」，所有的宴席都會散，所有嬌艷的鮮花綠葉都會凋零，所有山盟海誓都會瓦解。在他的悟性世界中，沒有永恆性，連賈寶玉與林黛玉這種天生的「木石良緣」也非永恆，「天長地久」的願望在他鄉，只有有限存在的悲劇永遠留存着。時間沒有別的意義，只有向「了」、向「散」、向「死」固執地流動。曹雪芹從這種流向中感受到一種根本性的失望，也就是絕望。在當代學人們的直線時間觀中，這種流向裏還蘊含着「進步」的意義，於是，他們總是滿懷希望。而曹雪芹看不到「進步」，只看到一切無常無定的變動之後，乃是白茫茫一片真乾淨。

【一六六】

聖經的《雅歌》中說：「愛，如死亡一般強。」到底是愛比死亡更強，還是死亡比愛更強，這始終是個爭論不休的哲學問題。說死亡比愛強，這是對的；說愛比死亡強，也是對的；兩個命題都符合充份理由律。我們很難回答這個問題：是朱麗葉與羅密歐的愛戰勝了死亡還是她與他的愛被死亡所戰勝。從表面上看，曹雪芹的回答是死亡才是最強者，一死甚麼都「了」，一死一切皆空，包括愛也是空的。但從深層上看，曹雪芹所經歷、所體驗的愛又是不朽的，他的所有最美麗的人生感慨全在愛之中，他所著寫的愛的故事又是天長地久的，而他本身也相信，這些女子的故事是不滅的。閱讀《紅樓夢》，我只覺得：死亡固然剝奪了林黛玉、晴雯等少女的生命，表現為強者，但林黛玉、晴雯生命終結之後又遠離了死亡，她們的愛仍在我們的憶念中流動，死亡並未止住這一流動。

【一六七】

《紅樓夢》寫盡了虛榮人生的荒誕性。人必死，席必散，色必空，也就是最後要化為灰燼與塵埃。明知如此，明知沒有另一種可能，卻還是心勞日拙地追逐物色、財色、女色，追求永恆的盛宴，幻想長生不老，於是，就構成一種大荒誕。夢醒，就是對這一大荒誕的大徹大悟。

【一六八】

基督教有拯救，所以死亡便失去它的鋒芒；佛教有輪迴，所以死亡也失去它的鋒芒；近代的烏托邦有理想，所以死亡也失去它的鋒芒。曹雪芹沒有拯救的神聖價值觀念，也沒有輪迴的確認，警幻仙境也不是烏托邦的理想國，因此，他筆下的死亡仍有各種鋒芒。死亡依然是沉重的，死亡後有大哭泣與大悲傷。《紅樓夢》是中國最偉大的傷感主義作品。

【一六九】

只要人存在於非人性的物質世界之中，他（她）就注定要處於黑暗之中。因為這一物質世界與人性是對立的，它總是要按照自己的尺度來規範人性、剪裁人性。即使這一物質世界是瓊樓玉宇，富麗堂皇得如宮廷御苑，賈元春還是準確地告訴自己的父母兄弟：那不是人的去處。

【一七〇】

宮廷不是人的去處，榮國府、寧國府何嘗就是人的去處？幸而有個大觀園，可讓賈寶玉和乾淨的少女們有個躲藏之所，然而，生活在大觀園裏的林黛玉、晴雯，還是一個一個死亡。人生本就無處逃遁，注定要在黑暗中掙扎。真摯的友情與愛情所以重要，就因為它是無可逃遁的世界中唯一可以安身立命的家園與故鄉。這一故鄉的毀滅，便會導致絕望。林黛玉絕望而死，是她發現唯一的家園——賈寶玉，丟失了。

【一七一】

李澤厚在《論語今讀》中說：中國的「聞道」與西方的「認識真理」並不相同。後者發展為認識論，前者為純「本體論」：它強調身體力行而歸依，並不重對客體包括上帝作為認識對象的知曉。因而，生煩死畏，這種「真理」並非在知識中，而在於人生意義與宇宙價值的體驗中。生煩死畏，追求超越，此為宗教；生煩死畏，不如無生，此為佛家；生煩死畏，卻順事安寧，深情感慨，此乃儒學。（《論語今讀》第一零六頁，香港天地圖書公司版）《紅樓夢》的哲學觀念似乎偏重於佛家：生煩死畏，一切皆空，早知今日，何必當初？何必當初把石頭修煉成生命到人間來走一遭，還不如化為石頭回到泥土中去，回到茫茫無盡的宇宙深處？然而，《紅樓夢》在反儒的背後卻有「深情感慨」的儒家哲學意蘊：它畢竟看重人，看重人的情感，把情感看作人生的最後的實在：一切都了情難了。

【一七二】

每次閱讀描寫秦可卿隆重的出殯儀式，我就想起死的虛榮。人類幾乎不可救藥的虛榮不僅化作生的追逐，也化作死的顯耀。由此，我又想起托爾斯泰的《戰爭與和平》。安德烈在奧茲特里茨的戰場上負了傷之後，凝望着高高的天空。天空既不是藍色的，也不是灰色的，只是「高高的天空」。托爾斯泰接着寫道：「安德烈親王死死地盯着拿破侖，想到了崇高的虛榮、生命的虛榮，沒有人能理解生命的意義，他還想到了死亡那更大的虛榮，沒有一個生者能夠深入並揭示它的意義。」然而，曹雪芹揭示了它的意義，這就是虛榮的空無與虛無，如同高高的天空並非實有。曹雪芹描述死者生前活在大豪華的權貴家族裏，然而，寂寞、虛空、糜爛，沒有意義。與失去生的意義相比，隆重的出殯儀式，更是失去死的意義：屍首還在被利用——被虛榮者製造假象。於是，死的虛榮便有雙重的不和諧。

【一七三】

賽珍珠從小生活在中國，並貼近中國社會底層。她敏銳地發現，中國婦女生活在兩道黑暗之中，後邊是黑暗，這是傳統的輕蔑婦女的理念；前邊也是黑暗，即等待着婦女的是生育的苦痛、美貌的消失和丈夫的厭棄。曹雪芹似乎也發現這兩道黑暗，但他又發現，天真的少女可以生活在這兩道黑暗的夾縫之中，於是，他一面鼓動少女反叛背後的那一道黑暗，不要理會三從四德的說教，應讀《西廂記》；一面則提醒她們不要走進男人的污泥社會。所以他心愛的女子林黛玉就在這一夾縫中渡過，既反叛後一道黑暗，又未進入未來的黑暗。

【一七四】

夢是黑暗的產物。黑夜裏的夢五彩繽紛。白日夢也是在閉上眼睛、進入黑暗之後才展開的。人處於無望與絕望時，主體的黑暗被一束來自烏托邦的美妙之光所穿透，於是，黑暗化作光明，絕望被揭示為希望。夢幻仙境，就是烏托邦的光束。曹雪芹在所有的夢都破滅之後還留着這最後的一夢。

中國的夢是現實的。仙境也是現實的，只不過是比現實更美好一些。秦可卿死時寄夢給王熙鳳，林黛玉死後賈寶玉希望她能返回他的夢境，這都是現實的。中國只有現實的此岸世界，沒有西方文化中的靈魂彼岸世界。

【一七五】

黛玉在《葬花詞》中說：「明媚鮮妍能幾時，一朝飄泊難尋覓。」最美的東西，卻最脆弱，最難持久，這是最令人惋惜的。少女之美，是一次性的美，一剎那的美，它是人間的至真至美，但又最脆弱，最難持久。感悟到至美的短暫、易脆與難以再生，便是最深刻的傷感。

【一七六】

《紅樓夢》中的尤三姐拔劍自刎，為愛而死於血泊之中。我們看到的不是美的死亡，而是死亡的美。哲學家或把死亡視為存在後的虛無，或視為虛無後的存在。那些純潔得像孩子的詩人，他們自殺時，一定信奉後一種哲學。屈原正是以死創造了一個虛無後的美麗存在，在「無」中實現「有」，在「死」中實現「美」，所以我們年年紀念他並年年都能感受到濃濃的詩意。

【一七七】

人生很難圓滿。出身再高貴，氣質再高潔，總難免要走進世俗世界。曹雪芹最惋惜的是那些冰清玉潔的少女，最後也得落入男人社會的泥潭。人間的女強人，世俗社會在恭維她，但詩人則暗暗為之悲傷。

【一七八】

《紅樓夢》中最多情的女子是林黛玉，但她憂憤而死。《紅樓夢》中最單純的女子應是晴雯，但也憂憤而死。《紅樓夢》中最高潔的女子應是妙玉，但她被劫奪而死。最美的生命獲得最壞的結果，這就是中國社會。

【一七九】

《紅樓夢》寫情的美好，也寫情的災難。寶玉滿懷人間性情，他愛一切人，特別是愛至真至美的少女，但一切和寶玉相關的人，都蒙受災難。因為這個人間，乃是權勢統治的世界，真情真性只能自我摧殘，難以推及他人。

【一八〇】

林黛玉到人間，只是為了償還眼淚。淚就是她的生命本體。她的故鄉在遙迢的青埂石下，而不是在中國江南。在人間她是一個異鄉人，一切都使她感到陌生，極不相宜。卡繆《異鄉人》中的默爾索，生活在故鄉也如同異鄉，與社會格格不入。他對周圍的一切，對所謂信仰、理想甚至母親、情人都極為冷淡。他的母親死了，照樣尋歡作樂，滿不在乎。林黛玉對世俗的追求也冷漠到極點，但她不同於默爾索，她對情感執着、專注，把真情真性視為至高無上，是一個「情感先於本質」的存在主義者，情感就是她的存在根據和前提，而且也是存在的全部內涵。除此之外，一切都是虛空，一切都無價值，而且可能是負價值。

【一八一】

林黛玉為自己舉行了兩次精神祭禮：一次是「葬花」；一次是「焚稿」。兩者既是林黛玉美麗的行為語言，又是曹雪芹的宇宙隱喻。葬花除了行為語言之外，還有精神語言，這就是《葬花詞》，兩者構成傷感到極點的心靈儀式。這一儀式，是林黛玉生前為自己舉行的情感葬禮，而《葬花詞》則是她為自己所作的輓歌。「焚稿」也可作如是解釋，詩稿如花，焚如葬。葬花只是排演，焚稿則是真的死亡儀式。

【一八二】

葬花，是林黛玉對死的一種解釋。她固然感慨生命如同花朵一樣容易凋殘，然而，她又悟到，花落花謝的性質是很不相同的。因此，選擇一個瞬間及時而死，並選擇「質本潔來還潔去」的潔死，在走入男人世界的彼岸之前就死。「潔死」，是對男人名利社會的蔑視與抗議。既然人生只是到他鄉走訪一趟，既然只是匆匆的過客和漂泊者，怎能在返回遙遠的故鄉時，帶着一身污垢？

【一八三】

林黛玉因為感悟到生命之美的絕對有限，所以很悲觀。她不信任青春，也不信任愛情。在人間，賈寶玉是她「唯一的知己」，這是絕對的「唯一」。但她知道，寶玉雖然愛她，卻不像她只愛一個人。他是個博愛者，心分給許多女子，即使沒有她，他還有許多寄託。本世紀張愛玲寫《傾城之戀》，也表明自己對愛情的不信任。一個對愛傾注全部生命全部心靈卻無法信任愛，這才是無盡的悲哀。

【一八四】

花開花落，似乎很平常，然而，林黛玉卻真正了解它的悲劇內涵。「一年三百六十日，風刀霜劍嚴相逼」，花朵的盛開竟是風霜相逼的結果。鮮花在艱難中生根、孕育、萌動、含苞、怒放。怒放的片刻，恰如西西弗斯把石頭推到山頂，而一旦到了山頂，接下去便是滾落、下墮，花的命運也是如此，花開總是緊緊連着花落。可是，落紅化作春泥之後，明年又是一番苦辛，一場掙扎，又是一輪怪圈似的悲劇性奮鬥與循環。

【一八五】

《俄狄浦斯王》時代的人類不認識自己的母親。《哈姆雷特》時代的人類認識了自己的母親但不知道怎麼對待自己的母親。《紅樓夢》時代的人類認識了自己的母親，卻發現母親也是人間的枷鎖，母性的權威常常製造着兒女飽含眼淚的悲劇。

【一八六】

人終有一了、一散、一死。死後難再尋覓，難再相逢，所以相逢的瞬間才寶貴。也正是人必有一了、一終、一散、一死，所以生前對身外之物的追求，才顯得沒趣。生命的瞬間性、一次性，少女青春的無常任性，使情感顯得珍貴，卻為人生注入無盡的憂傷。

【一八七】

賈寶玉一生下來就因為胸前帶着寶石而讓人視為怪異，離開家庭後走入雲空，也是怪異。真正的個性往往忘記自己世俗的位置與角色，只顧觀看與探索，不知自己的來處與去處。

【一八八】

賈寶玉一定會走向遠方，沒有人能留住賈寶玉，薛寶釵的溫馨美貌，襲人的殷切柔情，母親的潮濕眼睛，都不能留住他。他的生命一定要向前運行，在如煙如霧的神秘大地中運行，在絕望與希望的交替中運行，他注定要辜負許多愛他的人，因為除了林黛玉，任何他者的生命都不是他的故鄉。林黛玉的遠走給他留下永久的鄉愁。此後唯有不斷尋覓，他的生命才能得到解脱。

【一八九】

《紅樓夢》沒有譴責。包括對那個被紅學家們稱為「封建主義代表」的賈政也沒有譴責。對賈母、王熙鳳、王夫人等也沒有譴責。他以大愛降臨於自己的作品，即使對薛蟠、賈環這種社會的劣等品，也報以大悲憫，諷刺與鞭韃也有眼淚。大作家對人只有理解與大關懷，沒有誣衊、控訴、仇恨與煽動。

【一九〇】

現實主義、浪漫主義及其他主義等概念永遠無法說明《紅樓夢》。《紅樓夢》作為偉大的小說，它是一個任何概念都涵蓋不了的大生命、大結構。它是大現實，每一個人物的出路都安排得那麼周密，以至後人無法改變。然而，它又是大浪漫，其大憂傷、大性情、大夢境全都超越世間。用「主義」談論《紅樓夢》難免要失敗。

【一九一】

曹雪芹與海德格爾相似，確認死亡的真實，生命必有終了。太虛幻境，只是小說虛構的理想園，並非真實。確認生命短暫，才有對死——生命消失時的悲哀和對將死將亡的思索。鴛鴦死時，賈寶玉痛哭。傷心至極的悲泣，既是痛哭，又是痛惜。祖母的死，他未痛惜，祖母畢竟已經衰老，而鴛鴦的生活剛剛開始。寶玉深信死的真實，知道永遠再也見不到那個美麗的、曾經天天相處相逢的生命了，這種失落感造成他心靈永遠的空缺與創傷。秦可卿死，晴雯死，他悲痛欲絕，都因為他深知這兩位美麗絕倫的知音永遠無法在宇宙中二次出現。

【一九二】

巴爾扎克還想擠入貴族行列，作品中還有世俗的眼光。曹雪芹則沒有。他本是貴族，然後看透貴族，最後則走出貴族豪門。他看透豪門之內那個金滿箱、銀滿箱的世界。這個世界充塞着物慾色慾權力慾，但並不快樂。曹雪芹告別豪門之後再回過頭來看貴族，便進入超越貴族的更高境界。

「我是誰」的叩問

【一九三】

八十年代初，有一句話總是留在我的記憶中：「人們必須作極大的努力——然後才能醒過來。」這是俄國思想家舍斯托夫在紀念大哲學家愛德曼．胡塞爾時說的。（轉引自《哲學譯叢》一九六三年第七期）二十年前，我正在致力於從睡夢中醒來。我已沉睡了整整一個青年時代，如果睡眠繼續伸延，連中年、晚年也渾渾噩噩，那麼，我此生的「生」便是假象，唯有死是真實。我必須醒來，醒來也許也需要整整一個時代。醒，是生與死的轉換。

【一九四】

沉睡得太久了，睡得忘了我是誰，睡得忘了生命的本真與本然。那個赤條條的農家子到哪裏去了？那雙明晃晃的孩子的眼睛到哪裏去了？那副暖烘烘的書生胸襟到哪裏去了？那個沒有名號、沒有面具的「真我」到哪裏去了？醒來之後第一件事就是找自己。連自己也找不到的尋找不是悲歌是甚麼？

【一九五】

要向人們承認，我確實中過魔。着了魔在沉睡中得了本體病：我丟失了自己。我喜歡浮士德也喜歡堂．吉訶德，但更喜歡後者，因為他更天真。他就坦率地承認自己中了魔：「我心中明白，我清楚自己着了魔，知道這一點就足矣，我的心中就夠踏實了。」唯有坦白，才能踏實。我必須坦白自己曾經中了魔法，我必須從魔法的籠罩中逃亡，逃到天涯海角，逃到這靜謐的、只有天籟、少有人籟的果園。

【一九六】

一位法國思想者說，笛卡兒發現獨斷論是沉睡。不錯，獨斷論從人們身上奪去了懷疑，奪去了叩問，奪去了生龍活虎的思索，只留下睡眠。獨斷論是沉睡，宿命論是沉睡，歷史必然論是沉睡。理論製造沉睡，教條成了催眠曲。

他人的沉睡是打鼾，我的沉睡是麻木。被人吃沒有感覺，參與吃人沒有感覺，自己吃自己沒有感覺。顯然中了魔。我呼喚大自然幫助我，呼喚草地與果園幫助我，呼喚天真的孩子和尚存天真的老人幫助我。我需要美的療治與意義的療治。

【一九七】

甦醒了，迷濛的眼睛張開了。第一眼看到的是自己，第一個問題便是「我是誰」？環顧四面八方，環顧青山與綠水，環顧大海與雲霞，小聲地問，大聲地問，撕肝裂膽地問：我是誰？問題就是鐘聲，問題就是吶喊，問題就是大覺醒。儘管問題滴着淚，但我已從問題中翻過身站立起來。有質疑才有尊嚴，有叩問才有生命大激流。我是誰？我要像屈原那樣朝着藍天深處發出我的提問，我的提問要像獅子那樣長吼，像奔雷那樣在雲層中爆發出巨大的響聲。

【一九八】

誕生於黎巴嫩的偉大詩人紀伯倫在《沙與沫》中說：「只有一次我無言可對，那是當一個人問我：『你是誰？』」無法回答，他只能說：「上帝的第一個思想是天使，上帝的第一個字眼是人」。人太豐富了，人太精彩了。「我」太豐富了，「我」太精彩了。說我是天空之子是對的，說我是大地之子也是對的；說我是大河是對的，說我是河邊上的一顆沙粒也是對的；說我是森林是對的，說我只是林中的一片葉子也是對的；說我是太陽、是黑夜、是雄鷹、是啼鵲、是鮮花、是野草、是嚮導、是迷路者……都是對的。我是一個世界，我身中的內宇宙有着無數日月、無數星辰、無數霓霞，那裏也是無始無終、無邊無涯。人間的字眼太有限，一千個概念也無法把我界定。

【一九九】

「一切都可以放棄，除了我的七弦琴。」牧羊出身的俄羅斯天才詩人謝爾蓋·葉賽寧就是這樣把詩歌視為高於一切。人本來就豐富，詩人則更加豐富，所以他說：「我將永遠不能和自己講和，我對我自己是陌生的。」他是永恆的宇宙浪子和世界遊民，心靈五彩繽紛，情思溢滿天際海角，我們該說他是誰？是大舞蹈家鄧肯的情侶？是托爾斯泰孫女的丈夫？是同路人？是反革命？甚麼字眼也不能把他描述，把他確定。一確定便是死亡，無數雄姿英發的大生命就慘死於確定之中。葉賽寧逃避和反叛他人的確定和自己對自己的確定，所以他對自己總是陌生，總是超越，他的歌唱總是不重複自己。

【二〇〇】

確定是一種專制，命名是一種暴力。一個豐富的、精彩的生命存在一旦被命名，一旦被簡化、被本質化為一個「分子」，一種概念，這個概念，這個名稱，就是兇惡的狼牙、殘暴的鎖鏈，就是暗無天日的囚牢。

【二〇一】

命名時主體被外界強行注入黑暗，注入本質，被強行改變原先的生命內涵。原先主體中的自由、光明、思索全被剝奪。被命名之後，母親不認識，妻子不認識，朋友不認識，他們都躲得遠遠，像逃離瘟神、病菌、魔鬼，最後，被命名者也不認識自己，黑暗吞沒了他的記憶與信心，他也覺得自己可能正是被命名的黑幫與害人蟲。

【二〇二】

我是誰？暴虐的命名者告訴提問者：你是「國民公敵」，你是「右派分子」、「反革命分子」。提問者說「不」。可是提問者的同事、朋友包圍着他，手指頂着他的額角：「你就是國民公敵！」接着是兄弟、兒女、妻子加入了包圍圈，也用手指點着他的額角：「你就是國民公敵！」提問者迷惘了，不知道自己是誰，終於接受了「國民公敵」的命名，背叛了自己。最後的猶太，不是別人，正是自己。

【二〇三】

阿Q一直搞不清「我是誰」和「誰是我」，自己的名字與祖宗的姓氏一團模糊。麻木與渾渾噩噩倒也自在，可是，在堅硬的拳頭打擊之下，他卻立即確認「我是蟲豸」。只有承認自己是蟲豸、是芻狗才能逃出劫難。天地不仁，使權勢者視百姓為芻狗、為蟲豸；天地不仁，又使小老百姓視自己為蟲豸、為芻狗。

【二〇四】

在六、七十年代的文化大革命風煙中，我曾經像一隻顫動着雙腳的兔子，豎起耳朵聽着平素仰慕的權威學者確認自己等於零，即所有的著作均無價值，而且確認自己是個負數，即連人也不是而是「害人蟲」、是「牛鬼蛇神」、是「落水狗」。這種負數的確認雖然踐踏自己的心靈卻獲得一條出路。負數有時可以成為生命的救星。只是，它一直成為我雙腳發顫的噩夢。

【二〇五】

一九七九年底，中國女作家宗璞終於發出一聲「我是誰」的叩問。她的小說《我是誰》的主人公、女教師韋彌，就是一個生命的負數。她的丈夫自殺，她自己被剃成陰陽頭，被奪去全部女性的美，一切感覺都已麻木，唯一的感覺就是自己變成蟲子。蟲子的眼睛張開着，於是，她看到其他教師也是佈滿傷口的蟲子，全是一本正經的爬蟲。麻木的蟲子爬着還能活，可是她偏偏夢見蟲子們突然變成雁群，在黑暗的天空中排成明亮的「人」字。人字出現在靈魂的上空，還能甘心作為爬行的蟲豸嗎？雁群的啟迪，使她知道「我是誰」，也使她落入更痛苦的深淵。

【二〇六】

賤民的兒女與奴隸的兒女在童年時代不知道「我是誰」，於是，他們照樣在河流中戲水，在沙土中滾爬。待到有一天，他們被告知乃是一個賤民之後，他們才感到天昏地黑，知道這個世界不屬他，他將永遠生活在歡樂與尊嚴之外。知道「我是誰」，往往是大不幸。

【二〇七】

命運之神給少年無辜者一個絕望的通知：你是誰？知道嗎？你是黑五類的子弟，你是賤民之子。這是一個晴空霹靂，一個黑色的轟炸。在這一瞬間，少年無辜者完成了一種絕望的自我意識：我是非人，此後家鄉、祖國、校園、大地不再屬於我。我的名字存放於悲慘的另冊之中。第一個給賤民之子送去「你是誰」的通知的人，心靈必須是一塊鐵石。

【二〇八】

金庸《射鵰英雄傳》中的歐陽鋒，走火入魔，竟忘了「我是誰」。當黃蓉告訴他，只有一個名叫歐陽鋒的人可以和你一比高低，他更想不清此人是誰。而當他一旦知道「我是誰」之後也就瘋了。

歐陽鋒是個梟雄，他知道「我是誰」之後而發瘋，尚有些悲壯。而賤民之子知道「我是誰」後而發瘋，則是令人傷心慘目的悲哀。

【二〇九】

我是蟲豸嗎?!是我自己變成蟲豸，還是社會把我變成蟲豸?平地一聲雷，中國作家發出這一聲叩問醞釀了三十年。可是，比起卡夫卡，卻又遲了七十年。天才的卡夫卡，在世紀之初就預見，人類將會在某一個瞬間被外在的力量變成一隻甲蟲。他的《變形記》第一句話便是：「一天早晨，格里高爾·薩姆莎從不安的睡夢中醒來，發現自己躺在床上變成了一隻巨大的甲蟲。」如果格里高爾·薩姆莎是人類的符號，那麼，他經歷的是一個偉大的覺醒的早晨。在這個早晨裏，他發現人類喪失了一種最重要的東西，這就是他自身。

【二一〇】

一個德國人預言，人在進化的鏈條上往前走，人將變成超人，這是尼采；另一個德國人預言，人在進化的鏈條上往前走嗎?人將變成非人——甲殼蟲。這是卡夫卡。誰是誰非?到了世紀末，人類發現自己個個背負着甲殼，這就是機器。人成了機器的奴隸、電腦的附件。不僅戰場上士兵用坦克、飛機作為自己的甲殼，而且所有城市的居民都把汽車和房子當作甲殼，人際的溫暖已經消失，世界變成很寒冷。連母親都討厭自己的兒子，妹妹都憎恨自己的哥哥。而政治權力則迫使自己的人民個個帶上鋼鐵一樣堅硬的面具，沒有謊言就不能生存。

【二一一】

在古希臘，人類因為處於幼年時期而像俄狄浦斯王那樣不認識自己的母親——不認識自己的歷史與祖先，即不知道「誰是我」。而到了二十世紀，人類的眼睛卻發生另一種迷失，不知道自己是不是人，不認識自己，即不知道「我是誰」。紀伯倫在「我是誰」的提問面前感到難以回答是因為人太豐富，而卡夫卡在「我是誰」問題之前感到難以回答是因為人太荒誕，於是，他提出的是更高的哲學懷疑：我是人嗎？這一懷疑，便是二十世紀的大苦悶。

【二一二】

「五四」新文學運動之前的文學敍述者都是全知全能者，並不叩問「我是誰？」而新文學運動則一開始就發出「我是誰」的叩問。「我是狂人嗎？」他們認為我是狂人就是狂人嗎？他們認定自己是聖人就是聖人嗎？食人者自稱是聖人，我看到食人者食人卻被視為瘋子，這是合理的嗎？可是四千年的說教都說這是合理的，所以我要戳穿這些說教。

【二一三】

文學上的全知全能者正在消失，但現實中的全知全能者卻很強悍。他們指鹿為馬，指人為牛為蟲為螺絲釘。他們規定我是誰，如果我不知不覺，便無災無禍；如果我有知有覺，質疑一下這個誰，便難以平安。誰想過安穩的日子，誰就該收起「我是誰」的叩問。

【二一四】

從東方漂流到西方，走出一個文化困境，又走進另一個文化困境，兩邊彷彿都是家園，兩邊彷彿都是墓地。情感的鄉愁隨風飄蕩，一會兒落在藍水的這一岸，一會兒落在藍水的那一岸。我是誰？我是此鄉人，還是異鄉人？我是生活在兩道光明之中還是兩道黑暗之中？我是被兩片大地所組合的完整人，還是被一片汪洋大海所割切的分裂人？我不知道自己是誰。至今朦朦朧朧，若明若暗。

【二一五】

故國給我一張護照，但不給我「綠卡」，我的住房被沒收，我的著作不能自由出版，我的思想與文字在祖國沒有居住權。

異國給我一張「綠片」，但我不要護照，我記得自己是中國人。

我的身份證是分裂的。人是身體、靈魂、身份證三位一體的生物，可是，我被切割成碎片。我是誰？我是整體還是碎片？是完整的鐘錶，還是搖動的鐘擺？還是破散的零件？

【二一六】

突然想起英國荒誕派劇作家哈羅爾德·品特（Harold Pinter），想起他的影影綽綽、縹緲不定，想起他的茫然不知所措的《看管人》和劇中的流浪老頭兒戴維斯。他被帶到一間常常漏雨、天花板上總是掛着一隻吊桶的破舊房子，出於同情，主人讓他住在這裏，而且要讓他管這所房子，可是，需要他的身份證，儘管他是個能幹的一直在「做着服務工作」的人。為了身份的證明文件，他必須到一個非常遙遠的名叫「錫德克普」的地方去取，「必須去那兒，不然，我就完蛋了」，可是，天一直在下雨，他又找不到鞋子，因此，他永遠去不成，永遠也無法證明自己是誰，也就無法簽定一份看管一間破舊不堪的房子的契約，最後，無論他怎麼乞求，還是被轟走。

我記得我的同時代人，都是戴維斯式的看管人。有的被安排看管一台打字機，有的被安排看管兩張病床，有的被安排看管三隻牛或馬，有的被安排看管四輛或五輛自行車，有的被安排看管六個燒開水的鍋爐。我認識一個知名作家，看管了七個廁所。不管做甚麼工作，都沒有貴賤之分，這是革命國度的好處，但都需要有身份證，沒有北京戶口證明文件，是不許在北京掃廁所的。燒開水也要警惕，沒有身份證的人，可能會在水裏放毒，千萬不要忘記階級鬥爭。

【二一七】

我自己也想當個看管人，只想管住自己的靈魂。當下世間，人們爭名於朝，爭利於市，騙子痞子橫飛四野，物慾人慾到處奔流，做甚麼壞事都是天經地義，我應管住自己的靈魂，守住做人的邊界。我是誰？我是看管自己靈魂的人。這算角色嗎？這是拿得出手的名片嗎？我又是猶豫與徬徨。

【二一八】

有時也找到自己的角色。小女兒問：你寫人論二十五種，我屬哪一種？你屬哪一種？我說我在二十五種之外，屬於霧中人。我時而腳踩大地，時而浮遊霧中。我看世界，常常如同霧中看花，料世界看我應如是，情與貌，略相似。地上的強者們追逐桂冠、追逐名位，還追逐「轟動」，可我只能在雲霧中吶喊幾聲，朦朦朧朧，與愛我的同伴作個呼應，告訴他們：我還活着，我也有聲音。

【二一九】

有時從空中落到地上。如今地上到處是網絡。政治網絡，物慾網絡，人際網絡等等。一進入網絡就不再是自己，一進入底盤就跟着轉。這是結構性的運轉，只有充當個螺絲釘與珠子才安全。文化大革命時，整個中國是個巨大的轉盤，個個都是轉盤的珠子。我是誰？我是跟着轉的珠子。如今是另一種轉盤，另一種珠子，可是我，卻是一粒跳出轉盤的珠子。我是誰？我應是盤外人，網外人，檻外人。

【二二〇】

思想者是如此確定，又是如此不確定。說「我思，故我在」是對的，說「我思，故我不在」也是對的。我就生活在這對美麗的悖論中。只有思想時，我才存在。只有在自由表達時，我才存在。我遠離高蓋山下圖畫般的鄉土，從南到北，從東到西，漂洋過海，不為別的，就為一個自由思想和自由表達的權利。美國這片土地的長短優劣，讓人們去作千秋評說，而它能給予我自由表達的權利，我便覺得它好，覺得我在。

【二二一】

愛默生曾經如此自白：「我昨天不是笑就是哭，夜裏睡得像具死屍，今天早晨又站又跑，我會是別的甚麼呢？……我可以用任何生物、任何事物的名字來象徵我的思想，因為每一種生物都是人的代表或感受者。」（參見《美的透視》第一六五頁，湖南文藝出版社）也許和愛默生有同感，於是，問起「我是誰」，我便回答說：我是可能性。我是不確定的潛伏着多種可能的生命體、思想體。我讀書，但不能只讀人們規定的書；我思想，但不能按照人們規定的思想去思想。我超越他人也超越自己。當我的思想與情感達到高峰體驗時，我忘了我；當我與宇宙韻律同一節拍時，我不知道我是誰。所以我說，我思故我不在——我思故我無法確定我。

【二二】

我最喜歡的人生格言是法國的思想家帕斯卡爾（一六二三至一六六二）的這一段話：

思想形成人的偉大。

人只不過是一根葦草，是自然界最脆弱的東西；但他是一根能思想的葦草。用不着整個宇宙都拿起武器來才能毀滅；一口氣、一滴水就足以致他死命了。然而，縱使宇宙毀滅了他，人卻仍然要比致他於死命的東西要高貴得多；因為他知道自己要死亡，以及宇宙對他所具有的優勢，而宇宙對此卻是一無所知。

因而，我們全部的尊嚴就在於思想。正是由於它而不是由於我們所無法填充的空間和時間我們才必須提高自己。因此，我們要好好地思想；這就是道德的原則。

思想，——人的全部的尊嚴就在於思想。

人的偉大——我們對於人的靈魂具有一種如此偉大的觀念，以致我們不能忍受它受人蔑視，或不受別的靈魂尊敬；而人的全部的幸福就在這在尊敬。（此段譯文採用《世界散文隨筆精品文庫．法國卷》第二十頁）

帕斯卡爾的話是真理。我的人生的幸運就在於領悟了這一真理並把它鐫刻在心靈的深處。於是，我知道：因為我思想自由，所以我贏得人的全部尊嚴和全部價值。我是誰？我是會思想的一根葦草。

【二二三】

傅柯（Foucault）在一九八二年這樣說：「或許，當前的目標並不在於發現我們是誰，而是拒絕我們是誰。」只要有權力關係，我們就有拒絕的可能與必要。龐大的權力關係每時每刻都在規定我們是誰。規定之後，便是支配與控制。在權力的牢籠中，我們被規定為機器、工具與奴僕，反抗這種規定，就會被指責為狂人、瘋子和異端。拒絕我們是誰，便是拒絕權力強加給我們的非人本質。拒絕，是對牢籠的衝破；拒絕，是主體的屹立和解放。

自嘲書

【二二四】

小女兒讀了《人論二十五種》後問：「爸爸，我屬於哪一種人？」「你自己認吧！」「我大概屬於俗人。」孩子心地單純，敢於承認自己是俗人。其實，誰能免俗？人們說我是雅人，不錯；說我是俗人，也不錯；說我是高貴者，不錯；說我是卑賤者也不錯。我不是在和李澤厚一起談論「吃飯哲學」嗎？不是也「食不厭精」、為「食無魚」而牢騷嗎？不是也曾為能當上一個甚麼「委員」、甚麼「代表」、「所長」而在心裏美滋滋的嗎？這「美滋滋」與「俗膩膩」有甚麼兩樣？

【二二五】

偉人號召要夾着尾巴做人的時候，我和同行們一樣，也把尾巴夾得緊緊，絲毫不敢放鬆。生有雙眼，但不敢坦然地看看四面八方。聖賢號令去跳忠字舞，我立即修容整裝，到街頭搖頭擺尾，跳得酸溜溜。生為學者，卻像戲子那樣搔首弄姿。所以我說，我也參與創造那個又酸又辣的時代。

【二二六】

雷鋒說：對人民要像春天般的溫暖，對敵人要像冬天那樣冷酷無情。領袖說：向雷鋒同志學習。於是，我在「社會主義教育」運動中，便對着那些人造的敵人——那些在泥巴裏滾爬一生的窮兄弟喊叫、咆哮，勒令他們「坦白交代」，輕易踐踏他們那份樸實的尊嚴。那時候，我哪裏是人？完全是冬天，完全是冰寒雪凍、暴虐暴躁的冬天：僵冷的面孔，僵冷的心，僵冷的語言。

【二二七】

中國古話說，牆倒眾人推。文化大革命時，劉少奇一倒，億萬民眾全都走向推他的行列，雄赳赳，氣昂昂，個個臉上都有義憤狀。我也是眾人中的一員，也面對已經倒了的牆莫名其妙地義憤填膺。時間過去之後，我在八十年代被人們視為也是個「啟蒙者」，可我記得自己是蒙昧到極點的烏合之眾的一個分子。

【二二八】

明知自己的老師已被五花大綁地推上大街示眾，明知自己敬重的詩人正在牛棚裏呻吟與哭泣，明知把無常鬼的紙糊高帽戴到老學者頭頂不對。明明不滿，明明懷疑，卻隨着大流跑到天安門前對着領袖歡呼，差些也滴下感激的眼淚，不知興奮甚麼，不知感激甚麼，空空洞洞對着空空洞洞，瘋瘋癲癲對着瘋瘋癲癲。

【二二九】

母親二十七歲就守寡，做牛做馬養活我和我的弟兄，天底下哪有甚麼情意能比得上可憐的母愛。可我卻那麼輕易地背叛母愛。在青年時代，竟天天唱着《爹親娘親不如毛主席親》的歌。把受苦的母親看得無足輕重，把大慈大悲的娘扔到九霄雲外，還說這才是革命。革命就該拋棄母親，革爹娘的命嗎？

【二三〇】

那時候才二十多歲，一身風華，滿腦記性。人家背誦「老三篇」，我還外加多背了《反對自由主義》和《湖南農民運動考察報告》的一大半。不是為了顯耀記性，而是為了顯耀革命性。想比戰士更戰士，想比革命更革命。原始人用樹葉子給下體遮羞，現代人用布匹和革命辭句遮羞。可是同事們只用了三篇，我卻用了五篇。已經當了十足的精神奴隸了，還想壓倒其他奴隸。

【二三一】

少年時把蘇聯當作神廟，對北邊的老大哥崇拜得不得了。老師帶我們去參觀烏克蘭大白豬，我和同學們都說老大哥就是神奇，連豬也比我們的豬肥大。青年時把毛澤東當神廟，供奉紅色太陽神，沒有資格當他的紅衛兵，也想擠進他的赤衛隊，好端端的心地變得黑乎乎，還說太陽照得我們心裏亮堂堂。中年時又把老學者當神廟，拜了死的拜活的，拜了日神拜月神，熬過了熱氣熬冷氣。走出神廟之後才明白：迷信不僅使人變得很矮小，還使人活得非常累。

【二三二】

社會科學院的人本是文雅書生。文化大革命時卻到處搶劫，像土匪一樣地到教育部、統戰部搶劫檔案。我曾經為不能參加這種「革命行動」而抱屈。如果我有資格，可能也會和他們一起去當土匪。此時，想起這些往事，才知道官與匪往往同質。君子與小人、革命英雄與土匪之間只隔着一道小門坎。

【一一三三】

老是充當群眾的尾巴。一九五八年當了第一回群眾的尾巴，結果是大激情之後蒙受大飢餓，差些餓死；第二回是六、七十年代，充當了紅衛兵的尾巴，糊裏糊塗、渾渾噩噩跟着他們滿街跑，結果是大狂歡後蒙受大折磨，他們到北大荒，我們到「五七幹校」。一九八九第三次當尾巴，又是渾渾噩噩跟着情緒走，一直走到鮮血橫流處。最後一次本是群眾尾巴，卻被誤認為是群眾首領。

【一一三四】

本想好好當人民，可是時勢不支持。它叫我們去鬥爭，去橫掃，結果當了暴民。當了暴民心緒不定，要求當順民。充當順民本該像牛像馬不說話，偏偏路見不平愛開口，於是，變成了今天漂泊四方的遊民。大地混混沌沌，我亦踉踉蹌蹌。

【一一三五】

一九八九年夏天，當我的安全受到威脅時，我先是逃到南方躲藏起來，後又逃離國門，即使是留在國內，也一定是到處逃竄，不願意當英雄與烈士。在逃亡的路上，我才想到自己曾經十遍百遍背誦過「唯有犧牲多壯志」的詩句比較容易，真去犧牲不容易。中國知識者總是充當兩種角色，一是英雄；一是受難者。前着想救贖他人，後者想讓他人救贖，就是撐不起獨立的骨架。直到逃亡之後，才想到充當另一角色。

【一二三六】

從東方逃到西方，見到第一位好友就說：「這回我可斯文掃地了！」在逃亡的流離顛簸中，只知道活命第一，哪裏還記得甚麼文人衣冠、書生模樣。往日的溫文爾雅全都灰飛煙滅，只剩下一臉鬍子，一身汗氣，一雙疲憊而迷惘的眼睛。斯文掃地，多失面子。然而，有這次破碎，才有靈魂的重整。破碎是幻滅，有幻滅才有飛升。

【一二三七】

斯文掃地固然醜陋，但能把良心看得大於面子，能看透宮廷牆內的峨冠博帶和宮廷牆外的蠅頭小利，讓母親賜予的天性，痛快地燃燒一場，還燒掉自以為美麗的空殼與架子，應當也算是心靈的勝利。只是想起滿身污泥，不免對着荒誕的故事嘆氣。

【一二三八】

明知賭博不是好事情，可是一見到金碧輝煌的賭城就興奮，總想進去試試自己的運氣，老是被飄渺的希望蠱惑着，贏了樂滋滋，輸了垂頭喪氣。進了賭場，才知道慾望的強大，人性的脆弱。蘇格拉底早就說：人應當認識自己的慾望。到了「自由世界」，才知道自己老是被慾望騷擾着，差些當了慾望的傀儡。

自白書

【二三九】

幼年時失去父親之後，我常獨自仰望星空。覺得遠走的父親在天上，留下的母親在地上。於是，我一面像古希臘神話中的安泰在貼近大地母親時獲得力量，一面則像影片 *Lion King* 中的小獅王在思索天空貼近父親時獲得力量。這雙重力的源泉，使我無法躲藏在象牙塔之中，注定要熱烈擁抱社會、關心民瘼；又使我喜歡傾聽天籟，喜歡夢想、瞑想、玄想和心靈的飛升，無法像動物那樣在名利的沙堆裏爬行。

【二四〇】

我是一個矛盾體，一個多重體，一個雜體，一個混凝體。有時很重，有時很輕，有時輕重各半。有時像孩子，比女兒還像孩子；有時像老朽，朽得甚麼都不想動。有時像個導師，非常嚴肅；有時像隻猴子，十分刁頑。進入書本時我會廢寢忘食，進入遊樂場時我也會留連忘返。有人說我溫和，不錯；有人說我粗暴，不錯；有人說我勤奮，不錯；有人說我懶惰，不錯。

【二四一】

心靈彷彿也是個分裂體，時而像太陽，時而像黑洞；時而佈滿晨曦朝霞，時而佈滿烏雲暴雨；時而清新得像一滴露水，時而混濁得像一團混球。常常想當基督的信徒，但也常覺得可以做撒旦的朋友。

【二四二】

逃亡逃亡，逃離政治，逃離糞窖，逃離噩夢，逃離死亡的陰影，逃離各種地獄，最後才知道最難逃脫是自我的地獄。自我無數，自我心中的地獄無數。自我之中確實有善，善可以凝聚成一個天國；但是自我之中又有無數的惡，各種惡都可能在自己身上發生。我的好處只是老想到戈爾丁的《蠅王》所作的警告，惡是人類的天性，正如蜜蜂釀蜜一樣，人類的惡難以制止，時間也難以制止，作為一個正常人，要盡力逃離惡。

【二四三】

杜斯妥也夫斯基在給他的哥哥的信中說，應把人類的頭腦與心靈分開。他自己正是一個仰仗心靈寫作的人，即把全部生命投入寫作的人。創造技術工藝與創造科學理性，只需要大腦，但創造文學則一定需要大心，一顆能包容人類全部苦難的大心。有一位朋友來信對我說：讀你的書，便知道你是兩個人，既是理性中人，又是性情中人，而兩者都是真實的。這一評說使我非常高興。

我確實有時用「腦」生活，有時用「心」生活。用腦思慮世界的我與用心思慮世界的我常常衝突。康德說他一生的大事件都是在大腦中展開，可是我的大事件則有一半在心靈中展開。

【二四四】

李澤厚和我的對話錄《告別革命》出版之後，國內的革命激進論者與海外的民主激進論者都加以譴責，於是，有些人便嘲諷說：此書兩邊不討好。聽到這種說法，我便想起一八五六年托克維爾在他的名著《舊制度與大革命》出版之後寫給妻子的信，信上說：「我這本書的思想不會討好任何人；正統保皇派會在這裏看到一幅舊制度和王室的糟糕畫像；虔誠的教徒……會看到一幅不利於教會的畫像；革命家會看到一幅對革命的華麗外衣不感興趣的畫像；只有自由的朋友們愛讀這本書，但其人數屈指可數。」（引自香港牛津大學出版社《舊制度與大革命》第二七八頁）我所以記住托克維爾的話，是因為我覺得自己正是一個「不會討好任何人」的人，面前始終只站立着兩個讓我對他忠誠的無言的巨漢：歷史與真理。

【二四五】

每天每天，我與之搏鬥的唯有時間。我知道時間不會對我特別仁厚，他像消滅所有人的青春活力一樣，也會最後消滅我的活力。我害怕我的暢遊於生命之中與暢遊於歷史、宇宙之中的思想有一天也會被消滅，所以我必須抓住今天，抓住每一個早晨與黃昏。如果說我也有長處，這長處首先是害怕丟失時間，所以一直努力耕耘；其次是不害怕貧窮，所以耕耘得很從容。

【二四六】

我是個農家子。當我還在鄉間小路上踉踉蹌蹌學步時，就羨慕小鳥、蝴蝶與蒼鷹。一個從小就醉心於天地間翔舞的生命，一個聽慣了婉轉的鶯歌和大曠野中的嗩吶的生命，長大之後卻生活在一個需要充當螺絲釘的社會裏，於是，我便感到自己與時代不相宜。

【二四七】

八十年代初期，我像剛跳出籠子的鳥兒，在天空與大地上着實痛痛快快地飛翔了一陣。那時候，我確實感到生活值得愛。也是在那時候，我悟到：好的生命故事應在籠子之外，而不是在籠子之中。

【二四八】

我的遠祖是從動物世界裏走出來的生物，並無天使的基因，因此，他人所有的惡在我身上都可能發生。正因為這樣，我總是不斷地對自己提出質疑，不斷取，不斷捨，不斷與心中的魔鬼較量。

【二四九】

第一視角看到大牆之內的牢房是地獄；第二視角看到大牆之外的他人是地獄；第三視角看到沒有大牆的自我也是地獄，而且是最難衝破的地獄。因為自我也是地獄，所以惡才難以防範，並導致人生各種曲折的命運。

【二五〇】

我不在乎自己是不是一個作家與學者，但在乎自己是不是一個人，一個曾在時間與空間中爭取過意義的人，一個和陽光下的豬、鞭子下的牛、繩索中的狗有區別的人，一個敢於坦然地抬起頭來看看世界又敢於邁出矯健的雙腳走在自己選擇的道路上的人，一個無須依靠權力的支撐卻能活得十分真實的人。

【二五一】

沒有人可以讓我委託良心，也沒有人能接受我的良心的委託。一切都只能自我完成。良知的委託者與守衛者只有一個，那就是不穿任何盔甲、手無寸鐵的你自己。

【二五二】

整個青年的時代，我都生活在《大海航行靠舵手》的歌曲籠罩之中，舵手的名字成了垂掛在我脖頸上的救生圈，以為沒有這一救生圈就會在大海裏沉淪。我的覺醒就是意識到沒有這一救生圈也能活得很好。救生圈就在自己的手上，自己正是自己靈魂的船長與命運的舵手。

【二五三】

進入中年之後，我便拒絕捆綁在任何戰車上。無論戰車是貼着帝王的標籤還是人民的標籤。任何政治集團都是戰車。它只能把你帶進他們規定的目標，不會給你以自由。

【二五四】

大自然一直是我的偉大導師。師高山，師大海，師星空，師小草。造化時刻都在創造，春天夏天在創造，秋天冬天也在創造。連死亡也是造化創造的手段。有死亡才有繁衍。我的身軀和它所負載的精神，也是造化的一部份。它在進入墳墓之前，已經歷過一次又一次的死亡。幻滅就是一種死亡；友人的去世，也是我身心一部份的死亡。這些死亡使我悲傷，但其死的信息也加入我的創造。

【二五五】

歌德説過一句話：有成果才是真的。魯迅也説過，要有「創作實績」，千萬不要充當空頭的文學家。歌德和魯迅的話使我不敢活得太輕鬆，太高超，也不敢輕信「述而不作」的空靈哲學。

【二五六】

雖不在乎輸贏，但我一直避免成為這樣一種失敗者：來到這個人住的星球上，卻全然不知人生的意義。

【二五七】

只要真誠，即使走了錯路也值得。錯誤是生命現實的一部份血肉。錯誤中有人的蒸氣。它反映着曲折人生中真實的努力與掙扎。真誠，這是我內心最高的法律。

【二五八】

思想使人從自然進入歷史，又使歷史進入心靈，最後又使心靈進入永恆。自從我明白人最重要的是應當有思想之後，我閱讀書本與閱讀社會便有源源不絕的心得。

【二五九】

我一直感激全世界的人道主義作家。因為他們創造的許多沉重而苦難的生命走進我的心中，使我的人生難以輕浮。

【二六〇】

卡繆在《鼠疫》中批評世界上許多人不認識自己，在他們自己滿心以為是在理直氣壯地與鼠疫作鬥爭的漫長歲月裏，自己卻一直是個鼠疫患者。我講懺悔意識，就是提醒：在東方的政治鼠難中，每個中國人都曾經是鼠疫患者，身上一直帶有鼠疫的病毒。每個人都是帶菌者。

【二六一】

所以借用「懺悔」的概念，主張文學須有懺悔意識，是因為我看到人類的悲劇並非只是幾個壞人造成的，而是人類共同犯罪的結果。這一思慮使我確認自己不僅經歷錯誤的時代，而且參與創造一個錯誤的時代。

【二六二】

任何一個大師和任何一個卓越的成功者，都很難把我帶入他們走過的胡同。我不會重蹈他們的腳印。他們的腳印是成功的印記，而我的重疊的腳印卻是失敗的明證。我崇尚他們，只是為了走自己的路，而不是為了重複他們的路。

【二六三】

啟蒙者的悲劇是他們本想引導大眾，但最後卻落入迎合大眾的陷阱。啟蒙者先是被大眾捧為偶像，然而，為了不離大眾，他們只好迎合大眾那種不斷製造新偶像的需要，於是，啟蒙者變成被啟蒙者。

【二六四】

如果把我投入牢獄，大概還是能活下去。因為我已習慣於生活在自己的生命空間中，而且覺得這個空間無限廣闊。使我感到擁擠不堪的一直是外在的空間。即使生活在幅員廣大的美國，我仍然感到屬於自己的外在空間非常有限，而只有心內的空間可以任意馳騁。我的隱秘的快樂都是來自這個看不見的國土。

【二六五】

一九八九年夏天的一個早晨，我就要辭國而踏上漂流路。在上路前的那一刻，妻子、朋友和我走到樓頂的陽台上，把手上的鴿子放開，看着牠飛上天空。一隻微小的生命獲得自由的瞬間令我激動不已，我向牠頻頻招手。可是，在空中徘徊了一陣之後，牠卻掉頭飛來，在我們頭頂上盤旋好久，最後才飛向白雲深處。看着白鴿，我想到喬伊斯《尤里西斯》的三部曲：尋找——漂泊——歸家。以雪白的羽毛為界，我的尋找的悲歌告一段落，人生將進入漂泊階段，而將來歸宿何方，家在何處，卻不知道。

【二六六】

賈平凹在推測命運時，曾對我說：你的過去、現在和將來，都得到女性最大的幫助。確乎如此。女性確實是把我引向光明的女神。不僅是女性的美與溫情，還有女性的痛苦，都是我前行的動力。她們的痛苦，正如羅丹所說：這痛苦，正好體現着我們人類所負荷的遺產——期望與思戀。如果沒有期待與思念，哪有生的美好！

【二六七】

迄今為止，我都在愛戀中渡過。先是戀着故鄉和母親，後又戀着妻子，之後又戀着詩歌與小說，現在又戀着女兒的名字和記憶中難以消逝的美麗的名字。因為總是愛戀着，所以身上少有寒氣，對人間總是報以熱情。

【二六八】

我從小就是麥田與稻田裏的拾穗者，撿拾着收穫季節中最成熟但被遺漏的果實。我拾來的麥穗和稻穗常被叔伯們拿去作種子。後來我又是書本田野裏的拾穗者，這些種子後來決定了我的命運。我是他人的結果，也是自我的結果。我是我自己的種植者。

【二六九】

當我穿越一次地獄之門而從死亡的邊界上掙扎過來之後，便不再怕死，覺得即使在被死神跟蹤的路上，人生仍然可以繼續飛升。人在任何時候都可以創造意義。在被權勢者視為不幸的逃亡中，也可創造另一生命的形式和意味。

【二七〇】

不管走到哪裏，不管生活在哪個國度，我都把真誠交給那些把我視為兄弟的人們。那些擁有知識而把自己抬得高高的人，那些只有姿態而沒有心靈的人，與我並不相干。

【二七一】

當朋友們說我是有心人的時候，我知道自己也是負心人。人們只知道我呼喚過愛，不知道我也反叛過愛，當愛撫慰我並給予我永恆居所時，我反叛永恆，反叛停留，反叛讓我滿足的溫柔之鄉，繼續尋求我的前方。

【二七二】

筆是我的血管的伸延，墨汁是我的血液的一部份。我寫作的時候，投入全生命，與工具無關。

【二七三】

從黎明到深夜，我唯一的工作是把不斷流逝的歲月引向稿紙上的方格，把無盡的時間一滴一滴地化為自己的作品。我逃離政治，但是，當政治的刀刃刺殺了無辜生命的胸膛而使鮮血充塞歲月的時候，我也不能不把鮮血引入我的方格、我的正在耕耘的土地。

【二七四】

金庸《神鵰俠侶》的女主角小龍女在古墓中穿行如飛，用她自己的行為語言說：我習慣在黑暗裏走路，用不着借助光明。由此，我想起自己年青時，只知道借助人造的太陽走路，這是錯誤時代生產出來的錯誤性格。

【二七五】

我為自己設置的禪境，不把自己當作偶像，而把自我當作物像，即把自己作為我的他者，對自己進行靜觀與調侃。自身對自身的領悟，其樂無窮，其境無限。

【二七六】

沒有集團，沒有陣地，沒有將帥，沒有旗幟，沒有綱領，沒有章程，全部快樂在於獨立的自由的沉思。我永遠是一個精神界的散兵游勇，宇宙的浪子，世界的遊民。

【二七七】

入睡時做着噩夢已經可怕，醒着時張開眼睛看到世界佈滿噩夢更為可怕。可是，我的眼睛偏偏看到這個世紀的沒完沒了的噩夢。

【二七八】

雖未曾被失敗所征服，但我常常回到失足過的地方，那些曾經使我頭破血流差些丟失靈魂的地點，對我格外重要。在那些地方多想想，在那些地方閱讀人生，最有心得。

【二七九】

我比故國中的許多人都更加痛苦，因為我的心靈不是容不得某一個人，某一件事，而是容納不下整整一個時代，一個錯誤的時代，一個把人性視為罪惡並把它踐踏成碎片的時代。這種時代的任何呼聲，任何口號，任何悲壯的行為都使我感到人間的怪誕，感到自己與它格格不入。

【二八〇】

在故國時，我所以避免與論敵爭論，是因為我發現在他們這一方面不只擁有筆，而且擁有地上的大旗，天上的太陽，還有一群裝扮成馬克思和列寧卻從早到晚磨着牙齒的官僚。

【二八一】

回顧以往，有時也像在懸崖絕壁上回首深谷，會冒出一身冷汗。差些成為畜，差些成為獸。進入牛棚而成為畜可怕，進入狼窩而成為獸更可怕。可是變成畜與獸的人太多了，那時頭頂滿天星辰，腳邊則是滿地虎狼。

【二八二】

苦難一面襲擊我，一面卻在我的生命宇宙中積累了一個新的自己。苦難振作起我的快要塌下的肩膀，快要跪下的雙腳，和快要蒼白的思索，給了我一個更加活潑、更加結實的生命。

【二八三】

我譴責我生活過的時代，不是因為這個時代虧待了我。其實，我恰恰被時代所寵愛，並差些被養育成這個時代的號筒。我所以對這個時代始終無法認同，乃是因為它缺乏我內心深處所渴望的一種最基本的東西，這就是愛。

【二八四】

在逃離故國的路上，在迷茫的海中，船隻隨着波浪上下顛簸，船艙裏是死亡似的黑暗。奇怪，就在大黑暗中，我突然看到以前沒有看清的世界，我擁抱過並且為之獻身過的世界。這個世界是何等的虛假、冷酷、不誠實。就在那一瞬間，我想起普魯斯特的話：「在我幼小的時候，我覺得聖書中的任何人物的命運都沒有諾亞那樣悲慘，他因洪水氾濫，不得不在方舟裏度過四十天。後來，我經常生病，也迫不得已成年累月地呆在『方舟』裏過活，這時我才明白，儘管諾亞的方舟緊閉着，茫茫黑夜鎖住了大地，但是諾亞從方舟裏看世界是最透徹不過的了。」

【二八五】

人世間每天都有鹹味的風浪，都有可能把我的靈魂捲走。因此，我每天都要讀書自省，以求能守住年少時代就伴隨着我的生命之真和生命之善。我害怕善良向我告別，給我留下靈魂的荒野。

【二八六】

我並不聰明，但我願意長久地負軛前行，時時泡浸在汗塵之中。我一歇腳就渾身彆扭，彷彿進入死亡狀態。

【二八七】

只要孜孜不倦，道路自然就會展開在你的面前。在我感到迷失的時候，總是想到歌德的這句話。我不斷前行着，並非去爭取不敗的紀錄，只是去證明不倦的信念。

【二八八】

在八十年代末的歷史風浪中我意外地贏得一種收穫，這就是丟掉一個包裝自己的外殼，一個被許多人羨慕的外殼：桂冠、名號和地位。於是，像脱殼的蝴蝶，我飛向自由的天空。這個時候，我意識到：沒有包裝的生活開始了。沒有包裝的生活才是生活。

【二八九】

三十歲左右的時候，我專心聽命於領袖的語言，結果完全喪失了自己。真正的失語，是自覺的語言被他者的語言所取代。這是我人生中屬於失敗性質的體驗。這一體驗使我知道人生不能依靠在偉大人物的身上過活。大人物的肩膀，一般都不太可靠。

【二九〇】

所有好的老師，所有想起他們的名字就難以平靜的老師，都是教我如何走自己的路的老師，而不是教我沿着他的路走下去的老師。

【二九一】

年齡增長了，我愈來愈清楚生與死的距離。年輕時，我不知道這個距離，以為這個距離非常漫長。而今天，我知道生與死的時間距離僅僅是一剎那，空間距離只是一條門檻。

【二九二】

我沒有敵人，也沒有陣地，決不捲入任何戰場。那些把我當作敵人的人，是他們的需要，我不會迎合他們的需要而陷入爭鬥的泥潭。一旦和他們抱頭扭打，就不可能往前走得太遠。

【二九三】

當人們在嘲笑責任的時候，我卻陷入尋求心靈責任的焦慮與苦惱之中。被虛假的金光大道欺騙之後，我仍然在尋找一條通往心靈責任的樸實大路。因此，我思考懺悔意識。

【二九四】

如果天堂的大門太矮，人必須低下頭甚至抽掉脊骨並彎下腰才能走進去，那麼，我拒絕進入天堂。我寧願在天堂門外永遠站立着，即使站立在風雪的鞭打之中。

【二九五】

我兩次生活在鄉間。第一次是父母的村莊，那時生活在田野裏，玩的是把泥土揉成麵團，然後塑造出各種人，那是我的最初的作品。大學畢業之後，我第二次來到鄉村，又生活在原野裏，又是滿身泥土，然而，此次我卻被他人揉成麵團，被塑造成一個馴良的工具，心靈熄滅了創造。這就是我的童年和青少年時代。

【二九六】

據說尼羅河畔有座巨大的雕像，早晨太陽升起，陽光一旦落在它的身上，就會發出音樂。我的青年時代很像這座雕像，以為只有人造的太陽落在自己身上才有靈感，可是現在即使沒有太陽，我也會發出自己的音樂般的獨語，時時為人類歌唱。

【二九七】

世界多數人已無需文化，只需要文化消費，在這個時代裏，卓越的作家恐怕必須具備一種力量反抗吞噬心靈的消費潮流，及時地退出市場，只管生產，不管消費。

【二九八】

傑出的電影導演塔可夫斯基曾經界定他自己的人生使命，這一使命不僅是做一個藝術家，更重要的是做一個人。要作為一個人就必須作為一個歷史參與者對歷史履行責任。我常常不得不參與歷史，就是想到做一個人的重要。

【二九九】

我不取悅任何人。不唱那些不屬於自己的歌。在所有煎熬的層面裏最使我感到痛苦的是對自己的背叛。因此，我首先是以全部身心對自己忠誠，然後才忠誠於讀者。

【三〇〇】

光芒萬丈的太陽是一部永恆的偉大啟示錄。它每天都在重複一個叫我不可忘記的主題：萬物萬有的無盡之美完全來自光明的心身，你的所有選擇都應無愧於這一照臨你的宇宙的火把。

【三〇一】

提出「文學對國家的放逐」這一命題，是因為我不僅把作家視為一般的生命，而且視為天地間最活潑、最自由的生命。他不應當像死人的照片被釘在現實的牆壁上，也不應當像鬥士被捆綁在任何戰車上，包括「國家」這一龐大的戰車。作為生命，作家可以駕馭一切非生命，包括國家這一無機偶像。

【三〇二】

文學的主體性理論，只是為了提醒自己：不要忘記有一個精彩的宇宙就在你的身上，你自己就是這宇宙的旗手。我的提示只是為了自我解放，並非着意與現代的思想秩序作對，如果說這是「革命」，那也完全是無心的。

【三〇三】

把自己當做一個人，才會記得自己是唯一的雙腳動物，應當用腳不斷前行，不能滿足今天或重複昨天。只會重複的存在是鐘錶式的存在，並非人的存在。

【三〇四】

我在許多學問家的著作中找到生命的外殼。這些外殼被燦爛的文字與知識的繁花錦簇包裝着，可惜，我一直找不到他的靈魂的內核。也許根本就沒有內核。無核的生命自然也沒有骨骼。

【三〇五】

自我有時非常迷人，有時又是一團混沌。惡的難以抗拒，就在於惡既來自他人，也來自自我。人生永恆的悲劇，正是對地獄無處可以逃遁，即使逃到天涯海角，它也跟着你。意識到這一點，所以我雖不再被外在評語所左右，但頭腦中總是騰出廣闊的一角，以容納批評。

【三〇六】

從高高的社會地位掉落下來，使許多人傷心「失落」。而我則覺得好像誤遊天空的安泰突然落入大地的胸脯，重新被他的母親所擁抱。於是，力量又重新注入身軀。

【三〇七】

愛，導致我關懷，導致我思考，導致我批評，導致我吶喊，導致我擁抱苦難的孩子，導致我闊別祖國與故鄉，導致我今日的漂流四方。

【三〇八】

我的心性非常脆弱，既承受不了英雄的暴力，也承受不了群眾的暴力。我經歷過對英雄和對群眾的雙重幻滅。文化大革命正是對英雄崇拜與群眾崇拜的雙重懲罰。懲罰之後我常想起伏爾泰的話：一人暴政和數人暴政是有區別的。幾個人的暴政是侵犯他人權利、依據顛倒的法律施行專政的團體。……你願在何種暴政下生活？一種也不願意。但是如果我必須選擇，我對一人暴政的反感要少於數人的暴政。一個暴君總有些好的時刻，一群暴君則從無好的時刻。如果一個暴君對我做了一件不公正的事，我可以通過他的情婦、他的懺悔神父或他的侍童去使他罷休；但所有誘惑都不可能接近一群嚴厲的暴君。……如果我只有一個暴君，當我看見他走過時，我可以用以下的方式逃脫：緊貼牆邊，匍伏在地，用前額碰地，或使用其他無論哪個國家的風俗習慣。但如果有一百個暴君，我就有一天重複一百次禮儀的危險。

（《伏爾泰隨筆集》第二五七至二五八頁，上海三聯書店）

【三〇九】

我的生命充滿矛盾，統一是絕對不存在的。只有矛盾，只有矛盾迸發出來的思想與激情。我在不同的時空中有不同的情緒與情感，熱烈與冷峻都是真實的。不要在我身上尋求統一性。因為有對立，生命才不是一潭死水。

【三一〇】

三十年前，讀魯迅的《過客》，我完全想不到，過客正是我的宿命。不僅是我個人，也是所有的思想者的宿命。不斷往前走，一個村莊又一個村莊，一個城市又一個城市。連魯濱遜那種找到一個荒島、孤島駐紮下來的幸運都沒有。

童心說（一）

【三一一】

對着稿紙，我於朦朧中覺得自己寫的並非文字，一格一格只是生命。錢穆先生把生命分解為身生命與心生命，我抒寫的正是幸存而再生的心生命。

心生命的年齡可能很長，蘇格拉底與荷馬早就死了，但他們的心生命顯然還在我的血脈裏微笑着。此時許多魁梧的身軀還在行走還在追逐，但心生命早已經死了。不是死在老年時代，而是死在青年時代。心靈的夭亡肉眼看不見。

我分明感到自己的心生命還在。還在的明證是孩提時代的脾氣還在，那一顆在田野與草圃上驅馳過的童心還在。眼睛並未蒼老，直楞楞、滴溜溜地望着世界，甚麼都想看看，甚麼都想知道，看了之後，該說就說，該笑就笑，該罵就罵，一聲聲依舊像故鄉林間的蟬鳴。無論是春的蟬鳴還是秋的蟬鳴全是天籟。

【三一二】

我和明代末年的異端思想家李卓吾是同鄉。他走過的許多鄉間小路我都熟悉都感到格外親切。他在流浪中飄落散失的基因說不定有幾粒潛入我的血液。七十年代，當我窮得要命的時候，還是買下他的《焚書》與《藏書》。他的《童心說》成了我人生的一部偉大的啟示錄。因為讀他的書，我才發現我的家鄉有一顆太陽般的靈魂。這顆靈魂的名字就叫李卓吾。從年輕時節到今天，我在冥冥之中一再聽到他從萬物萬有之母的懷中發出的呼喚：同鄉兄弟，我的《童心說》獻給我的同一代人也獻給你的同一代人，特別是要獻給你。你的生命快要被堆積如山的教條吸乾了，你的天真快要被濃妝艷抹的語言埋葬了。你正在被時代所裹脅，一步一步邁向佈滿死魂靈的國度。救救你的天真，救救你的天趣！往回走，返回你的童心，返回清溪與嫩柳滋潤過你的搖籃。你是無神論者，天國不是你的歸宿，但地上的天國屬於你。地上的天國就是你的天籟世界，童心就是這天國的圖騰。

【三一三】

準確無誤，我聽到偉大同鄉的呼喚，如同天樂般清晰而響亮的呼喚。家鄉的靈魂在黑暗的年代裏像高舉星光似地高舉着人類的童心。溫柔的、亮晶晶的童心把擁有百萬大軍的龐大帝國嚇壞了。帝國的監獄在京城的郊區扼殺了他的生命，妄圖一舉撲滅他的燃燒的思想。然而，帝國失敗了。當帝國潰滅的時候，我老鄉的學說卻跨越時間的邊界走向曹雪芹的眼睛，還走到今天，一直走到我的筆下。

【三一四】

今天我要禮讚你，李卓吾，率真的老鄉，勇敢的先驅，童心說的草創者。你孜孜求真，於是，你厭惡「假人」和假人的奴隸。假人胸間有物的跳動，但沒有心。假人也有聲音，但不是心聲，而是肉聲。道學太沉重，對人的要求太多，以至要求人人都作堯舜。要求太多而做不到，就偽裝，就作假，就言假言，事假事，文假文。你發現國中有個假人國，你的童心對着假人國跳着、笑着、罵着，文字擺開堂堂之陣，正正之旗，旗幟站立着，飄拂着，嘩啦啦地在高空中響動着，響了將近五百年。

【三一五】

《童心說》的主體，童心的主人，堂堂正正。心上無邪，身上無惡，形上無垢，影上無塵，不愧不作。頂天立地地向着假人們挑戰：誰敢邀堂堂而擊正正？

童心就是力量。

童心是比知識更有力量的力量。

【三一六】

詩正在被權力所淩辱，被道學所歪曲，被金錢所欺壓。

文學正在失去真心真情真性，文學就要死了。面對文學的枯竭，誕生於我家鄉的異端思想家大聲疾呼：回歸童心！胸中如果有如許無狀可怪之事，不妨痛痛快快地敍述；喉間如果有如許欲吐而不敢吐之物，不妨痛痛快快地傾吐；口頭如果許多欲語而莫可以告語之處，不妨痛痛快快地說出。發狂大叫，流涕慟哭，向人世擲出響噹噹的真言真語真話。

【三一七】

秘魯作家胡安．拉蒙．里維羅（一九二九至一九九四）表述了一個精彩的觀念：作家不可能成熟，他們應當永遠追隨孩子。他說：「歲月使我們離開了童年，卻沒有硬把我們推向成熟。……說孩子們模仿成年人的遊戲，是不真實的；是成年人在世界範圍內抄襲、重複、發展孩子們的遊戲。」（引自《世界散文隨筆精品文庫（拉美卷）》第二二一頁，中國社會科學出版社，一九九三）我所以喜歡這句話，是因為我總是覺得自己過去的所為和今後可能的作為，全是人生的初稿，一切都不可能成熟。

【三一八】

到處尋找天才，崇拜天才，但常常忘記我們身邊就有一群天才，這就是孩子。「孩子是未被承認的天才」，俄國的詩人沃羅申（一八七七至一九三二）早就發現了。他在一九零三年寫的一首無題詩常讓我吟誦：讓我們像孩子那樣逛逛世界／我們將愛上池藻的輕歌／還有以往世紀的濃烈／和刺鼻的知識的汁液／夢幻的神秘的吼叫／把當今的繁榮遮蓋／在平庸灰暗的人群中間／孩子是未被承認的天才。（引自《俄國現代派詩選》第二零八至二零九頁，上海譯文出版社）

【三一九】

上一個世紀之交的俄國詩人尼古拉·馬克西莫維奇·明斯基（一八五五至一九三七）用他的詩表達了一種人生感受：給予辛勞不已的人生以安慰的，不是來自哲人的著作，也不是來自詩人甜蜜的杜撰，不是來自戰士的赫赫功勳，也不是來自禁慾者的苦苦修煉。而是來自美好生命的再生：「心靈完成了一個偉大的循環／看，我又回到童年的夢幻。」（引自《俄國現代派詩選》第九七至九八頁）在生命的循環鏈中，晚年不是落入衰朽，而是與朝日般的童年相接，自然是大幸運。

【三二〇】

在《遠遊歲月》中，我寫了〈二度童年〉。人可以有數度童年，可以有多次誕生。每一次誕生都會給生命帶來新的晨曦與朝霞，新的生命廣度與厚度。每一次內心的裂變都給人帶來兩種方向，一種是走向衰老，一種是走向年輕。能夠把裂變變成童年的源泉，是幸福的人。他在裂變中揚棄過去，告別主體中的黑暗，及時地推出一個初生的宇宙。每一次誕生，都會剪斷一次臍帶，從而贏得更大的自由。

【三二一】

人的最後一次誕生與死亡相接。如果這一次誕生是回歸童年，那麼，它首先是與過去的童年相接。許多死者在臨終前看到兒時的自己。這個遙遠的過去的自己，往往正是詩人的未來。一個在世俗勢力壓迫下的詩人，他孜孜以求的未來，正是過去，正是幼年時代那副未被世俗灰塵所污染的心靈狀態。

【三二二】

流亡到美國的俄國詩人布羅茨基説過：詩與帝國對立。人類的童心也天然地與帝國對立，尤其是與強大而不誠實的帝國對立。古羅馬帝國和希特勒的第三帝國，還有斯大林的革命大帝國，都已成了廢墟，但詩還在，人類的童心還在。

詩與童心在人類行進史上至少已凱旋了三回。當三大帝國進入墓地的時候，詩與童心卻依舊在大陸與大洋中吞吐着黎明。天下之至柔與天下之至剛的較量永遠不會停止，我永遠屬於柔者的行列。

【三二三】

把呼喚生命之真的童心説視為異端，那是帝國權力的界定。知識背後常常是骯髒的權力。被視為異端的未必是邪説。此岸視為邪者彼岸尊為正，此時視為是者他時化為非，時間的激流洪波一直在重新定義着歷史。所以我要像茨威格那樣呼籲：給異端以權利。哪怕你不同意異端的內涵，也該保衛異端的權利。說話的主權神聖不可侵犯。

我常唸着俄國思想者贊米亞亭的話：異端是人類思想之熵唯一的救藥。儘管這藥是苦澀的，但它對人類的健康是必要的。如果沒有異端，也應當創造出異端。

然而，權勢者總是砍殺異端，連我的偉大同鄉也給扼殺了。

然而，權勢者砍不死童心說。童心說此刻就歌吟在我的筆底。

【三二四】

童心並不只屬於童年。形而上意義的童心屬於一切年齡。我喜歡老孩子，他們至死還佈滿着生命的原始氣息。歌德到八十歲還熱烈地愛戀着。詩的生命永遠處於戀愛中，永遠蘊藏着一個頑皮孩子的精靈。道德家們只會對着歌德搖頭，搖動的眼睛看不見白髮覆蓋下那些活潑的精靈。詩人最可引為自豪的，便是他永遠是個沙灘上拾貝殼的孩子，到老也帶着好奇的眼睛去尋找美與海的故事。癡癡地尋找着，以致忘了世俗世界的戒律。

【三二五】

常常想起《末代皇帝》最後一幕：溥儀臨終前回到早已失去的王宮。

經歷過巨大滄桑之後的溥儀已經滿頭白髮，然而，他的童年卻在滄桑之後復活了。他最後一次來到王宮，來到無數眼睛羨慕的金鑾殿。此時，他沒有傷感，沒有失去帝國的悲哀，沒有李後主的流水落花春去也的慨嘆。他一步步走上階梯，走近王座，然而，他不是在王座上眷戀當年的榮耀，而是撲到王座下去尋找他當年藏匿着的蟋蟀盒子。盒子還在，蟈蟈還蹦跳着，這是他一生中最美好的童趣。童趣還活着，它沒有隨着政權的死亡而死亡。當別人在欣賞王宮王冠的時候，他，皇帝本人，只記得大自然母親給予他的天真。這活生生蹦跳着的蟋蟀比鑲滿珍珠的王冠還美，唯有孩提時代的天趣才價值無量。皇帝覺醒了！在生命最後的時刻，皇帝覺醒了！他知道王冠是怎樣的沉重和天真王國是怎樣的美好。人生要終結了，一個帝國的皇帝最後的夢不在天堂，而在藏匿於王座下的蟋蟀盒子。

【三二六】

皇帝醒來了。在將死的軀殼裏，皇帝的童心醒來了。儘管只是瞬間，但這一瞬間是永恆的。嬌宮艷殿，瓊樓玉宇，早已發出朽氣，但這一瞬間是清新的。心勞日拙，年追月求，一生的奔逐將化作灰燼和歷史的嘲弄，但這一瞬間是美麗的。有這美麗的瞬間，最後的皇帝大約可以放下成敗榮辱而帶着笑意瞑目。

【三二七】

秦王朝的丞相李斯，原是上蔡的普通百姓，後來卻登上權力的尖頂，擁有天子之下最大的榮耀。他自己身居相位，而幾個兒子也跟着無比顯赫，都娶秦公主為妻。當他的當了三川郡守的大兒子回來省親時，他大擺酒宴，朝廷百官爭先朝賀，停在他門前的車架有千數之多。可是，在政治鬥爭中他因為敗給趙高而落得腰斬咸陽，死得很慘。臨死之前，埋藏在他記憶深處的天趣突然覺醒，他對兒子說：我想跟你再牽着那條黃狗，同出蔡東門去追野兔，還能辦到嗎？他在人生的最後瞬間才發現生命的歡樂並不在權勢的峰頂上，而是在大自然的自由懷抱之中。伴着皇帝在宮廷裏用盡心機，不如伴着狗在原野上追逐野兔。李斯在這一瞬間中，突然把握住生命最後的實在，但已經為時太晚。

【三二八】

我要告訴所有的朋友，我要帶給他們一個真實的訊息。

我的童年的眼睛已回到我的眼眶裏。回來了，從母親的搖籃裏睜開的眼睛回來了。

我放下望遠鏡與顯微鏡，放下洞察古今的學者姿態，只留下母親給予我的原始的、沒有雜質的眼睛。

我找回了我的童心視角，我要用這個視角坦然地看看昨天、今天與明天。

在童心視角下，繁雜的被層層注疏的世界變得十分簡單。真實真理，本就是簡單的。黑的就是黑的，白的就是白的，透明的是淚，不透明的是血。我看見了血，血就是血，被塗抹的血痕也是血。我看見血的圖畫高高地懸掛在歷史的大牆上和現實的廣場上，我不相信殺人有理，不相信吃孩子的心肝有理，不相信製造流血的遊戲有理。真實與真理在我眼裏，很簡單。真實與真理，本就很簡單。

【三二九】

孩子的眼睛直愣愣，孩子的眼睛無遮攔。

豐子愷一輩子研究孩子，他說孩子的眼光是直線的，不會拐彎。藝術家的眼光如同孩子，但需要有一點彎曲。孩子眼裏直射的光芒能穿透一切，包括銅牆鐵壁。甚麼也瞞不住孩子的眼睛。安徒生筆下的孩子眼睛最明亮，唯有他，看出又說出皇帝的新衣乃是無，乃是空，乃是騙子的謊言。學者、論客、將軍、官吏，眼睛都瞎了。學問、知識、權力、金錢、光榮，他們都佔有了，可惜眼睛瞎了，裝瞎也是瞎。孩子在瞎子國裏穿行，孩子在撒謊國裏穿行，孩子的眼睛像太陽似地照着瞞和騙。我要給孩子的眼睛，以最深刻的信任。

【三三〇】

孩子的眼睛直愣愣，孩子的眼睛一眨也不眨。

外婆送來了生日大蛋糕，孩子的眼睛鼓得圓滾滾，一眨也不眨。

天上飛來了直升機，地上坦克的履帶輾過大街然後輾過小同伴的屍首，孩子的眼睛又鼓得圓滾滾，然後發呆，然後迷惘，然後驚叫，然後吶喊，然後大流淚。我要給孩子的眼睛以最深刻的信任。

【三三一】

賈寶玉含着那一塊通靈玉石和帶着女媧時代那一雙原始的眼睛來到人間了。寶石亮晶晶，眼睛亮晶晶，於是，眼睛看見紅磚碧瓦下生命一個一個死亡，美一片一片破碎。那些最真最美的生命與人世間最不相宜，死得也最早。世界的老花眼，怎麼也看不慣晴雯和林黛玉。擺佈人間的原來是老花眼，原來是虛偽、虛假與虛名。

無端的摧殘，無痕的殺戮，無聲的吞食，賈寶玉看見了；有情的慘劇，有心的哭泣，有愛的毀滅，賈寶玉看見了。

世人的眼睛看見金滿箱，銀滿箱，寶玉的眼睛看見白茫茫，看見空蕩蕩，看見血淋淋。

寶玉最後的眼睛直愣愣，滿眼是大迷惘，滿目是大荒涼。

【三三二】

孩子愛提問。孩子的眼睛佈滿大問號。

天問，地問，人問；生的叩問和死的叩問；孩子的眼睛佈滿大困惑。

人間的權勢者忙得很，他們無暇留心孩子迷惘的眼睛。

人間的帝王將相脆弱得很，他們不敢面對孩子詰問的眼睛。

【三三三】

可惜世界就要丟失孩子的眼睛了，可惜人類就要丟失自然的天趣了。

人類的童年在縮短。科學技術的光波已覆蓋了人類的年幼歲月，孩子過早地成了電腦的一個部件。孩子在吸毒，兒童在犯罪，一聽說孩子械鬥的消息，我就渾身顫慄。不是怕死，而是害怕世界的末日真的到來。

戈爾丁在他的《蠅王》裏警告人類：世界正在失去偉大的孩提王國，如果失去這一王國，那是真正的沉淪。想起戈爾丁的警告，就急於告訴世界：倘若孩提王國也墮落，地球將經歷了一個新的冰川期，又是白茫茫一片真乾淨。

記得盧梭也敲下警鐘，人類的少年正在提前墮落，青春期野蠻而殘酷。青春期的生命本是最慷慨和最善良的生命，他們既最愛別人，也最讓別人愛。然而，青春王國正在崩潰。他們早已失去孩子的眼睛，青春的眼睛也顯得陰冷，瞳仁裏散發着寒氣。我抒寫，我此刻不僅抒寫孩子的頌歌，也寫孩子的輓歌和青春的輓歌。

【三三四】

我一直記得英國作家赫胥黎（Aldous Huxley）的大困惑和他對世界所發出的提問：為甚麼？為甚麼人類的年齡在延長，而少男少女們的心靈卻在提前硬化？為甚麼？為甚麼那麼多少男少女剛走出校門心理就已僵冷？為甚麼？為甚麼那麼多年輕的孩子在動脈硬化前四十年身心就麻木？這是為甚麼？為甚麼人類尚未蒼老就失落了那一顆最可愛的童心？赫胥黎面對着的是人類生命史上最大的困惑。他寫着寫着，寫了《滑稽環舞》，寫了《知覺之扉》，還寫了《美麗新世界》，甚麼是美麗新世界？那是少男少女以及整個人類的童心不再硬化的世界，那是童心穿過童年、少年、青年時代而一直跳動到老年的世界。童心，少年之心，美麗新世界的尺度。

【三三五】

赫胥黎所期待的世界，為我展示了光明。我也熱烈地期待着。可我經受過一種可怕的教育，整整一個青年時代，天天，月月，年年，教育者讓我念念不忘人間的仇恨。所有的教育都要讓我拋棄一樣東西，這就是愛，這就是我仁慈而貧窮的母親賦予我的童心。連根拔掉的教育，逼迫我的同胞變形變性變態。我的心靈也差些變性差些死亡。但是畢竟沒有死，在嚴寒的人性凍成冰河的季節裏，它還殘存着一點溫熱。發現人氣尚存的時候，我驚喜，驚喜了許多年了。至今，我仍然把暖熱的幸存視為奇蹟。所以我珍惜它，把這點暖熱注入筆尖，一個字一個字地驅逐着刺骨的風雪。

【三三六】

赤子之心，在我的故國還存在嗎？革命大潮橫掃一切，席捲一切的時候，赤子之心躲藏在哪裏？我依稀記得，記得它的呻吟。

革命大潮之後是慾望的大潮。又是席捲一切。在席捲一切的時候，赤子之心躲藏在哪裏？真有退出市場的作家、真有退出黃金世界的人間情意嗎？

我在無數的書籍中，在小說、詩歌、散文中，絕望地發現，赤子之心奄奄一息。雖然還在幾支筆下殘喘着，但快死盡了。詩人天生反叛社會，可是他們太聰明，只知適應社會。適者生存，適者發展，適者擁有帝國的榮耀和市場的榮耀。

【三三七】

嘻嘻笑笑把真話當作笑話的笑話裏，赤子之心喪失殆盡；手段就是一切語言就是本體在玩弄策略的迷宮裏，赤子之心喪失殆盡；有趣但沒有天趣有趣但只有痞趣的蒼白故事裏，赤子之心喪失殆盡；賣弄着學問搖擺着身腰裝扮着飽學的姿態裏，赤子之心喪失殆盡。精神氣候空前寒冷，人們在吃飽喝足之後嘲笑赤子之心。孩子般的心靈像稀有動物似地躲藏在原始大森林裏，在蛇蠍和毒蚊的咬叮中無處安生。權力、錢勢，張着老虎的牙齒對着赤子之心，力量過於懸殊，弱者只能逃亡。

【三三八】

賈寶玉和薛寶釵成親之後，他倆之間有一場關於「赤子之心」的辯論。寶釵勸誡寶玉不要胡思亂想，應記住聖賢教導的道德品行；然而，寶玉困惑：甚麼是道德，甚麼是人品？沒有赤子之心，沒有天賦的正直、誠實、良善，道德是否可能？賈寶玉對着寶釵說，我們生存在又貪又嗔的塵網之中，只知權力錢勢的「好」，不知權勢錢勢終有一「了」。在不知「了」的世界裏，赤子之心該怎麼存活？

寧、榮國二府和它們牆外的社會，都在圍剿赤子之心，倘若發現哪裏還有赤子之心的呻吟，他們就會把它逮住，然後把它切成碎片。

【三三九】

賈寶玉看見金釧兒投井死了，看見晴雯含恨死了，都是被自己母親逼死的。

本該是大慈大悲的母親，本該是溫情脈脈的母親，本該是擁抱天下一切兒女的母親，這回也逼死無辜的孩子。

母親也殺人。賈寶玉親眼看到母親也殺人！這是比一切兇殘更令人恐怖的兇殘。他絕望了，發呆了，他不能在母親的府第裏再居住下去了。他不能長存在一個連母親也變成兇手的人間。告別故園，告別自己愛戀過的生命和生命的屍首，告別自己滾爬過但到處是血迹的土地，他遠走了，逃亡了。逃亡者身內還有天真，天真是承受不了一個殘酷的事實：

母親也殺人。

看過母親殺人的眼睛永遠帶着大迷惘。

【三四〇】

莫言的《酒國》裏有一嬰兒的宴席。酒國的名菜是孩子肉製成的「紅燒肉」。肉裏伴着許多令人心醉的香料。香噴噴的嬰兒肉使酒國金滿天下銀滿天下譽滿天下。

這個酒肉氾濫的城市，公民們培養着嬰兒，然後拍賣嬰兒，然後殺戮嬰兒，然後烹飪嬰兒和燒烤嬰兒，然後製造具有酒國特色但沒有血色也沒有血痕的嬰兒盛宴。來自四面八方的高等食客品嚐着嬰兒肉，唱着醉醺醺的讚歌。歌聲裏帶着人肉味。我討厭這肉味肉聲。

醉着的歌者多半是無罪的，因為他們不知道是嬰兒肉。我期待着懺悔意識能夠覺醒，就是要他們知道無罪之罪，知道他們也在參與吞食嬰兒的筵席。

【三四一】

我愛故國，但我總是想到魯迅的告誡：你的誕生地是個黑染缸，你千萬不要被同化。我常聽到自豪的聲音：我們具有強大的同化力，世界上沒有一處可以同化猶太人，但我們中國卻把他們同化了。

在自豪的聲浪中，我警覺着；在「牢記血淚仇」的聲浪中，我警覺着。我知道仇恨的教育想把我同化成只會廝咬的奴才，我必須反抗同化，無論是黑色的同化還是紅色的同化。我的文字全是對同化的反叛。

我不會加入嬰兒餐，食客們同化不了我。

【三四二】

帶着南方鄉村晴朗的天空，我步入少年時代之後又步入青年時代，可是，此時天空佈滿烏雲，我心中也一片黑暗。因為我落入了一個與自己的生命最不相宜的時代，這是個失真的時代，一個需要包裝的時代，一個沒有面具就難以活下去的時代。在這樣的時代裏，我惶惶不可終日，真如喪家之犬。我喪失的家園，就是童年時的那一片晴朗的天空。

【三四三】

孩子無需包裝，孩子無需面具。

我真喜歡金庸《射鵰英雄傳》中的老頑童周伯通，永遠不知人間勢利的老孩子。

他拾到一個面具，高興極了。其實他不知道面具是甚麼，只覺得好玩，人的臉孔還需要遮攔，好玩；面具對於他是陌生的，奇異的，面具只是他的玩具，像美國鬼節中的孩子，面具只是玩具。他不知道，人間已佈滿面具，連龐大的學說也成了面具。沒有面具就不能存活，在政治塔尖上的風流人物，至少有一百副面具。

可惜中國的老頑童快滅絕了。想了好久，想不出幾個老頑童的名字。將來有一天，我回故國，一定要去尋找戲耍着面具的老孩子。

【三四四】

「揭穿假面具是最痛快的事情！」這是瞿秋白臨終前最精彩的話。瞿秋白，你在生命最後的時刻，完全是一個天真的孩子，你坦白地說：「我始終戴着假面具。我早已說過，揭穿假面具是最痛快的事情，不但對於動手去揭穿別人的痛快，就是對於被揭穿也很痛快，尤其是自己能夠揭穿。現在我丟掉了最後一層面具，你們應當祝賀我！」應當祝賀你，從赤都回到赤子之鄉的瞿秋白！你在一個充滿包裝、充滿面具的國度裏喊出「揭穿假面具」的赤子之聲，並贏得赤子無所遮攔、無所顧忌的大快樂。你生命最後的瞬間是真實也是美麗的。

【三四五】

在波羅的海寧靜的水濱，站立着安徒生的美人魚，在風濤中凝固的故事與雕塑。

兩度和她見面，每一次都是生命的重新相逢，每一次我都呆呆地凝望着她。我知道自己生命中最隱秘的內核與她相通，這內核，便是對愛的期待，一切悵惘都因為愛的失落。

面對着她，我還想到民族的生命與性格。一個國家，一個名字叫做丹麥的國家，竟然以童話作為民族的圖騰，不怕人們說它幼稚。這樣的國家是幸運的，它將永遠擁有夢與天真。難怪丹麥這樣甜這樣浪漫。我的故國太老了，它早已遠離童話。高掛的圖騰，曾是孔夫子，曾是諸葛亮，曾是毛澤東，遠近都太多人的策略與謀略，缺少天真。我更喜歡美人魚，她才是我生命本體的家園。

【三四六】

回歸童心，這是我人生最大的凱旋。

當往昔的田疇碧野重新進入我的心胸，當母親給我的最簡單的瞳仁重新進入我的眼眶，當人間的黑白不在我面前繼續顛倒，我便意識到人性的勝利。這是我的人性，被高深的人視為淺薄的人性，被淺薄的人視為高深的人性。

此刻我在童孩的視野中沉醉。大地的廣闊與乾淨，天空的清新與博愛，超驗的神秘與永恆，這一切，又重新使我嚮往。揚棄了假面，才能看到生命之真和世界之真。

我的凱旋是對生命之真和世界之真的重新擁有。凱旋門上有孩子的圖騰：赤條條地渾身散發着鄉野氣息的孩子，直愣愣地張着眼睛面對人間大困惑的孩子。

童心說（二）

【三四七】

斯皮爾柏格（Steven Spielberg）製作的電影《太陽帝國》是我最喜愛的影片之一。每次看完之後，我都忘不了男主角，那個英國孩子Jim。總是忘不了那雙迷惘的、困惑的、發呆的眼睛，那雙在戰爭結束後垂掛在肩頭上和髮間裏絕望的眼睛。

Jim用孩子的眼睛看戰爭，看到的是整個人類的不幸，戰爭雙方都不幸，誰也逃脫不了不幸。而他自己，一個孩子，在戰爭中不僅失去雙親，而是失去整個世界。戰爭中的世界沒有任何一條路，戰鬥不得，逃亡不得，連投降也沒人接受。他從小就做着在藍天裏飛行的夢，也被戰爭粉碎，儘管空中到處都是飛機。戰爭製造了大地的廢墟，也製造了心靈的廢墟。戰後的Jim，只剩下一雙無言的、發呆的、裝滿大困惑的眼睛。孩子的眼睛是時代的鏡子。

【三四八】

孩子的眼睛是單純的。孩子的眼裏沒有敵人。唯有孩子真的相信四海之內皆兄弟，敵對的雙方都是兄弟。然而，在孩子眼裏展示的是比野獸還兇狠的廝殺。Jim不知道這是為甚麼？在太陽帝國日本的一方，有讓他恐懼和憎惡的戰神，也有救援他的、和他一樣只做着飛行夢的年少朋友。然而，朋友又慘死在密集的槍口下。朋友的鮮血染紅了太陽。夢破碎了，戰爭的神話破碎了，唯有死亡是真實的。唯有孩子的眼睛看清了真實，看清了戰爭。

【三四九】

看了斯皮爾柏格導演的《E.T.》，便知道最能與陌生世界相通的是孩子。人類對假設的外星人充滿恐懼，只有孩子對他們沒有防範。孩子心中沒有猜疑和碉堡。人類通往地球之外的智能生物世界的唯一使者是兒童。兒童的語言與心靈，是投向天外的曙光。天使在何方？天使在身邊。

【三五〇】

成年人喜歡尋找神世界，希望神能幫助自己進入不朽不滅的永恆。孩子則喜歡鬼世界。鬼很醜，但活潑、真實、沒有架子。孩子沒有力量，但也沒有邪惡，所以他們不怕鬼。如果真有鬼世界，孩子也能和他們相通。美國的鬼節，其實就是兒童節。

【三五一】

如果說「從一粒沙可看出一個世界」這句話還有些誇張的話，那麼，說「從一顆童心可以看到一個民族」就絕無誇大。童心這面鏡子才足以照明世界是否衰老。在將死而未死的世界，童心總是徬徨無地。童心的逃亡，是世界垂死的象徵。

【三五二】

讓人間的暴君最感到頭痛的是提問。孩子最喜歡提問，孩子的天性就是提問，《一萬個為甚麼》的書是孩子們最喜歡的書。他們的最簡單的問題往往使暴君感到恐懼：你為甚麼殺人？你殺了人後為甚麼不承認殺人？這是最簡單的屬於孩子的問題。孩子的天性並不排斥自己的回答。孩子往往能回答成人理性無法回答的問題。

「暴君三餐的食物就是人。」孩子可能這樣回答，簡單而明瞭。

【三五三】

懺悔意識並非只是對昨天的反顧，而是用明天的眼睛來注視今天的缺陷與責任。當我的家鄉的大森林被消滅的時候，我用明天的眼睛看到森林的屍首與廢墟，即用一百年後孩子的眼睛來看這屍首與廢墟，於是，我看清了昨天與今天的行為，並感到最深刻的罪孽。

【三五四】

滔天的洪水，燃燒的沙漠，未必能嚇倒孩子。童孩之心無所畏懼，它喜歡在危險中漫遊。然而，市儈氣卻足以把童心置於死地。唯有瀰漫大地的市儈氛圍能把天真徹底埋葬。

【三五五】

人類童心不知權力的邏輯，它在權力森嚴的圍牆外笑着，跳着，歌吟者，所謂天使，就是在權力的大門外自由飛翔的童心。天使就是未被權力污染和俘虜的孩子，所有的畫家想像中的天使都是孩子。

【三五六】

捷克的作家哈維爾當了總統，那是一個特例。大約他的祖國原來已經僵死的沉重權力架構需要他的人性激流去沖垮，因此，歷史奇蹟出現於特殊的瞬間。詩人本來是難以進入權力世界的，因為他胸中跳動的童心天然地無法接受權力的邏輯。他們的感覺器官，在權力王國的肌體中永遠是彆彆扭扭的。

【三五七】

人在踏進社會之前，本是站立在乾淨的水邊。一旦進入社會，就進入污泥世界，進入得愈深，就被濁泥污染得愈重。周敦頤的《愛蓮説》歌吟處污泥而不染的生命，在大自然中，被命名為蓮，在人類社會中，它則被命名為「童心」。人在踏入社會之後而能處於泥污而終生不被侵蝕者，便是童心。

【三五八】

帶着童心到處漂泊，才知道甚麼地方都好看，甚麼地方都好玩，甚麼地方都新鮮，甚麼地方都看不夠。兒童的眼睛就是好奇的眼睛。你是否衰老？只要看看你是否還保留着好奇的眼睛。

【三五九】

無論如何打扮，衰老是無法阻擋的，白髮將無情地佔據你的整個頭顱。任其自然，讓白髮自由生長。但是，心靈確實可以拒絕衰老，拒絕長出白髮。迄今為止，許多詩人的心靈年齡一直是二十歲，而且永遠是二十歲。

【三六〇】

不知道在甚麼時候，我突然發現自己有一個特別的視角，用這一視角看世界，可以不被世俗的理念所蒙蔽。這一視角就是童心視角。童心視角，不是無知，不是幼稚，而是透過聰明人所設置的種種帷幕，直逼簡單的事實與真理。

【三六一】

每天每天，窗外的高山都在對我說：你誕生於高山之中，今天又生活在高山之下，往日是戴雲山，今日是洛磯山。你是永遠的高山之子。所有的山脈都蒙受過狂風暴雨的打擊，但它從不打擊別人。你在瞻仰高山時不要妄想自己也要成為大地上的尖峰，讓別人仰視你。而要記住，博大的生命無須他者肯定，它永遠是天真、純樸的屹立。

【三六二】

薩特說，他永遠希望着，但不打擾別人的希望。我設計不了希望工程，但我要護衛孩子的希望視野，如果讓孩子們看到，前輩用功讀書、勤奮工作最後的結果是走進牛棚和精神審判所，就摧毀了孩子的希望視野和期待視野。也無所謂希望工程。希望工程不是金錢累積的，它是從兒童時代開始展示的前方。

【三六三】

孩子二十歲以後便走上她們自己選擇的路。我和她們彷彿是兩個方向。她們一步步走向太陽，走向強壯，而我一步步走向黃昏，走向墳墓。然而，當童心在我胸中復活的時候，我發現自己也在走向太陽。墳墓被拋到身後很遠的地方。我擔心孩子們和我又是相反的方向：走向成熟，也走向孩提王國的潰敗。

【三六四】

生命衰朽得很快。每一根白髮都在提示你這一點。五十歲之後的生命衰朽得更快，似乎是一種加速度。衰朽得快，不僅是自然體內的微蟲在蠶食你，還有體外的金錢、名譽地位也在蠶食你，一切力量都在加劇你的衰老，都在把你推向墳場。意識到這一點，所以我要努力回歸到嬰兒的天國中。外部世界的細菌與蟲豸不喜歡這一天國。

【三六五】

尼采說人生必經駱駝階段、獅子階段和嬰兒階段。最後是嬰兒階段，我彷彿正在經歷這一生命的第三旅程。嬰兒不是長不大的生命，而是嶄新的心靈存在。第三旅程就是創造嶄新存在的旅程。駱駝把自由化作沉重的責任，揹着責任跋涉沙漠。之後，便如獅子去爭取自由，為自由而戰鬥得遍體鱗傷。這之後，應不辜負駱駝與獅子似的艱辛，努力創造一個嬰兒般的佈滿早晨氣息的新的生命本體。

【三六六】

應當救救自己。全部感覺都被改造過了，連眼睛也麻木。全部性情都被歪曲過了，連哭泣也有點走樣。全部理念都被污染過了，連反教條的文字也帶着教條的尾巴。我知道我是我自己最後的地獄，黑暗聚集在這地獄裏。帶着這沉重的地獄，我怎麼去救救孩子，難道要擁抱着孩子一起滾入地獄，難道要裹脅孩子走進那些無所不在的黑暗。我已被摧殘孩子的時代剝奪了救救孩子的資格。我不可能是拯救者。我只想救救自己，只想孩子幫助我救救我。

【三六七】

正在讀小學四年級的一九五一年，老師按照政府的指令，讓我們這些孩子去參加公審大會。審判之後，十幾個被稱為「反革命分子」的罪犯當場被槍斃。槍聲響後，我們排隊參觀殘破的屍體，紅的血，白的腦漿。腦漿在地上流淌，在顫抖的小草上掛着斑跡，濃烈的腥味讓我差些嘔吐。這是我第一次看到殺人的情景，十歲，心靈還很嬌嫩，是對世界充滿憧憬的時候。後來我意識到，天真早已沾染血痕，恐怖在童年就開始了，它很早就闖入我生命的大門。

【三六八】

眼睛的進化是從畜的眼睛和獸的眼睛進化成人的眼睛，並非是從兒童的眼睛進化成老人的眼睛。我努力保持一雙孩子的眼睛，並非退化。

【三六九】

讓我們的夢永遠年青。我常常低吟着，為所有的不同膚色不同等級的人類兄弟低吟着我的祝福。讓我們的夢在年青時年青，在年老時也年青。讓我們的夢在年輕時佈滿孩子的氣息，在年邁時也佈滿孩子的氣息。讓我們在蹣跚學步時佈滿孩子的氣息，在走過人生艱難的險途之後還佈滿孩子的氣息。

【三七〇】

孩子的早熟，使我感到悲哀。尤其是孩子眼睛的早熟，更使我感到悲哀。當我看到孩子的一副疲倦的眼神時，感到驚訝，而看到他們的蒼老世故的眼神時，則感到恐懼。我喜歡看到老人像孩子，害怕看到孩子像老人。

【三七一】

見到機器的世界在不斷膨脹，膨脹到佔有一切空間，進而佔有人的心靈空間，於是，在物質世界膨脹的同時，人性世界便不斷縮小，縮小到幾乎沒有地盤。過去，我見到的是人性拍賣給政治，此時，我見到的是人性拍賣給市場。

【三七二】

讓我寄寓的世界愈來愈繁榮，也愈來愈骯髒。到處流膿的人間找不到一片可以存放心靈的淨土。眼淚是為無辜的孩子流的，但無處存放；憂傷是為潔白的生命燃燒的，但無處存放；吶喊是為冤屈的靈魂叫出的，但無處存放。

【三七三】

聶紺弩在贈予我的詩中，把我比作哪吒，蓮花的化身。這一比喻是人間給予的最高獎賞，我不需要別的獎賞了。自從這一首詩出現之後，我的生活便有了美麗的路標：往蓮花的方向走去，用生命的事實抹掉比喻，讓自己真的成為污水難以侵吞的蓮荷，然後腳踩雙輪和宇宙的天性同在。切不可在精神雪崩的時代裏，讓天賦的品格與它同歸於盡。

【三七四】

常常在書桌旁坐不住。門外是金色的秋天，九月的菊花開得那麼動人，白樺樹上的每一片葉子都像孩子純真的眼睛。五十歲之後，我每天都伴隨着小花小草小樹生活，稿紙上的每一個格子都被花木的芳香所浸潤。能生活在這些大自然的嬰兒群中真是幸福。我和小花小草都是大自然的孩子，所以他們正是我的兄弟姐妹。就在兄弟姐妹群中，我才讀懂《莊子》的齊物篇。平等的世界，就在眼前最平常的園地裏。

【三七五】

人類偉大的母親，無論是西方的夏娃，還是東方的女媧，都是赤條條的，她們美麗得無須任何裝飾。她們的生命永恆地靜止在青年時代，我從未見過她們蒼老的臉孔。既然原始母親如此年青，那麼，我自然可以永遠是個孩子，如果額頭上長出了皺紋，軀體內的心靈，也該有一對孩子的眼睛。

【三七六】

人類下體的遮羞物愈來愈精緻。開始是樹葉子，以後是麻布，現在則是綢緞，金飾、玉飾還有名號、地位、桂冠，而最精緻的遮羞布是稱作「主義」的各種學說體系。有個龐大的遮羞物，蒼白、貧乏、兇殘都不緊。遮羞物的進化是人類進化的一節故事。我喜歡孩子，孩子不需要遮羞布，他們身上的一切都很美，連撒尿也是美的。我就看過許多孩子撒尿的雕塑，精彩得很。

【三七七】

謀殺生命的兇手也許可以找到，但謀殺天真的兇手永遠找不到。人類正在用自己發明的電視、電腦、香煙、書籍謀殺孩子的天真，剝奪孩子的童年，但人們看不到兇手，看不到無罪的罪人。

【三七八】

在城市中學的草地上，我看到金髮少女們在抽煙。煙霧瀰漫着，我看到這些「霧中人」的眼睛非常蒼老而且充滿倦意。老師只管傳授知識，並不留意孩子的眼睛和瀰漫的煙霧。美國的學校非常自由。自由帶給學生許多快樂，但自由的濫用也搶走了少年眼睛中純真的光芒。我最不願意看到的便是孩子眼睛的黃昏景象。

【三七九】

我所居住的城市 Boulder，發生過一個謀殺女孩的著名案件。電視屏幕上常常出現女孩美麗的頭像。面對相片，我感到雙重驚訝：天底下竟然有人忍心謀殺這樣的孩子；這孩子的眼睛竟然如此成熟。成熟得像她母親，成熟得彷彿早已看透這個將要謀殺她的世界。這副眼睛給我的信息是：她的眼睛沒有童年，在她的整個生命被剝奪之前，她生命中的一個部份：生命的天真，已經被剝奪。

【三八〇】

回到童年，回到割草砍柴的山崗，回到那一塊長滿青苔也佈滿幻想的大榕樹下。想着想着，覺得自己真的實現了一種夢，真的步入了人類思想的峰巒，真的在那裏漫遊，真的在那裏吸取清芬。當年採擷映山紅的時候，我只想到以後要在另一些山脈裏遨遊，沒想到竟然來到這樣的山巒，竟然可以採擷人類思想的鮮花嘉卉。這是多麼美好的人生，想到這裏，我對一切都不抱怨。

【三八一】

當年青詩人海子自殺的時候，我覺得自己比誰都更理解海子。因為他太單純，與一個骯髒的佈滿泥濘的時代完全不相宜。在這個時代裏，單純的心靈很難呼吸，與其讓時代窒息而死，還不如自己斬斷呼吸。

【三八二】

忘記是誰說的話：要抹去孩子眼中的淚水，霪雨灑在蓓蕾上是有害的。

只能熱愛孩子並用整個身心護衛孩子的世界，不能愛那個踐踏孩子的世界。我常用卡繆《鼠疫》里約醫生的話表明自己的這點心跡：「我到死都拒絕愛那個孩子們受到折磨的世界。」

【三八三】

一個民族、一個國家最隱秘的心靈，很難通過書本去尋找，也無法從外部世界去觀察，但可以從孩子的眼睛裏看到一切。五四運動時，文化先驅者們就發現中國孩子照片上的眼睛是呆滯的，沒有光彩。這一發現使他們把拯救孩子的聲音喊得更響亮。今天，我則看到孩子的眼睛不再呆滯，然而，我看到眼光成熟得太早，好些已帶上成年人的狡黠。我害怕看到孩子眼睛裏的世故和狡黠的光芒，也害怕痞子的毒液流入少年的瞳仁。

【三八四】

爭取人的權利，對於我來說，首先是爭取童心自由的權利，這一權利就如安徒生筆下那個孩子：可以道破皇帝新衣的權利和道破後不受皇帝制裁的權利。

【三八五】

當大地變質，當人們做一切壞事都視為天經地義的時候，一個作家站出來吶喊幾聲，決不會損害自己的藝術與威望。赤裸裸的大喊大叫，確實不夠雅。但在天昏地黑的時候，大叫幾聲正是對於大地的情意。約翰·克里斯朵夫剛誕生時他的母親對他說了一句話：「你多麼醜，我又多麼愛你。」

【三八六】

看到世界被世故、虛假、殘暴、投機所充塞，看到人間佈滿市場氣、市儈氣，更明白天真的價值。所謂童心，乃是在污濁空氣的包圍中仍然拒絕世故的自由存在。

【三八七】

孩子的眼光是筆直的，但沒有攻擊性。

孩子的眼光是熾熱的，但沒有燒傷力。

孩子的眼光是柔和的，但沒有卑屈與怯懦。

【三八八】

孩子的眼睛常常只看到手段，殘暴的手段總是讓他們尖叫，不管目標多麼神聖，一看到手段的血腥他們就尖叫。成年人的眼睛看到目標虛幻的藍圖，還用目標與藍圖掩飾手段的卑劣，成人的眼睛常常不可信。

【三八九】

哲學家們摧毀了本質主義，發現了人文宇宙相對論，給人們的思想注入了活水；然而，哲學家的追隨者們正在把世界撕成碎片，所有的文化都變成了碎片文化。於是，人們又陷入新的彷徨，找不到完整的心靈，也找不到童心。童心也被撕成碎片，也被解構。如此以往，將來的人世界恐怕會變成痞子世界。痞子的世界觀是破碎的世界觀。

【三九〇】

印度的甘地從未被中國所接受，但泰戈爾卻征服了中國，這種征服，不是恥辱，而是童心的凱旋。

它向中國展示着希望：古老的大地仍然有童心生長的土壤，擁抱童心的知識者仍然在默默地活着。

【三九一】

孩子最容易讓人看到希望；然而，孩子也最容易讓人感到絕望。在六、七十年代的中國，我看到身穿軍裝的中學生抽打老師，看到他們的眼裏發出一種近乎狼的目光，看到他們從早晨到黃昏去捕獵可憐的詩人與作家，而且還聽到他們不停地宣佈要把人踩上一萬隻腳，叫他永世不得翻身。這個時候，我唯一的感覺，就是絕望。

【三九二】

孩子正在變壞，孩子也佈滿殺氣。魯迅在《孤獨者》中寫道：「一個很小的小孩，拿了一片蘆葦指着我道：殺！」

魯迅言中了。他在寫了《很小的小孩》四十年之後，中國突然出現千百萬嗜殺的小孩，這些紅孩兒被命名為紅衛兵。他們的全部本質只有一個字：「殺！」那他們的戰歌是「殺殺殺，殺出一片新天地。」到了美國之後，則看到孩子不僅在喊「殺」，而且真的開槍屠殺自己的老師與同學。看到流淌的血，我想到斯賓格勒，他預言的性、吸毒和暴力，正在進入少年王國，這是西方真的沒落。

【三九三】

祥林嫂唯一的孩子被狼叼走了（《祝福》）；寡婦單四嫂子唯一的孩子被江湖醫生用「保嬰活命丸」治死了（《明天》）；華老栓唯一的兒子華小栓吃了人血饅頭後昏昏地死了（《藥》）。唯一的孩子、獨一無二的希望死了。希望死得很慘很乾淨，留下的只有絕望。

【三九四】

感悟絕望，所以他深刻；

反抗絕望，所以他偉大。

【三九五】

魯迅在《狂人日記》中讓狂人告訴人們：中國人既被吃也吃人，狂人也吃過妹妹的肉。妹妹的同伴們是些孩子，唯有孩子還沒吃過人。魯迅呼籲「救救孩子」，就是讓未曾吃過人的孩子從此退出吃人的歷史，退出吃人的結構，退出吃人的大循環。

【三九六】

人類的眼睛正在伸延。它正在穿越太陽系伸向宇宙的黑洞和黑洞外的無邊的星海。然而，人類常常看不清眼下的孩子的屍首。有一些人看清了，另有一些人想挖掉看清者的眼睛，所以眼下紅的血比天外黑的洞還要模糊。

【三九七】

與動物相比，人類有一偉大處常被忽略：它不像動物那樣注定要走向腐朽——即使是獅子，也難逃腐朽的宿命。他能在走向腐朽與走向再生的歧路上進行選擇。當飄曳的白髮在頭上預告生命衰老的時候，他們可能轉向新生，即以孩子為導師，重新學習與感悟孩提王國的心靈狀態，再次讓佈滿早晨氣息的天真像旭日從自己的身體地平面上第二次升起，從而遠離動物式的潰敗。

【三九八】

無論歲月如何變遷，我的母親永遠是二十五歲，永遠是我孩童時期看到的那個年青的、秀麗的母親，她像星星一樣永遠不會衰老。母親的情懷是我心靈的搖籃，所以我的心靈也不會衰老。

【三九九】

世紀初的俄國詩人安年斯基（一八五六至一九零九）這樣為孩子請命：「你們找我？我已做好準備。他們做了壞事，我們承當。給我們——監牢，但給他們——鮮花……給我們的孩子，人們呵——太陽！」他還接着請命說：「孩提時代的生命線更為纖細，這個年齡的時光更為短暫……請不要急於責罵他們，而要不失體面地嬌慣。」「假如你們不理解孩子的／低聲抱怨——這是不幸，／讓孩子低聲講話——這是恥辱，最苦莫過／讓孩子戰戰兢兢。」（引自《俄國現代派詩選》第三零九——三一零頁，上海譯文出版社，鄭體武譯）

【四〇〇】

許多人在評說金庸。我進入這個世界不久，但我發現這個世界的童心建構。我喜歡這個世界裏的理想人物郭靖，他永遠帶着孩子般的純真，不知道「金刀駙馬」的價值。當貴族子弟們瘋狂地追求駙馬的桂冠時，他完全不知道這頂桂冠是甚麼。呆呆的，癡癡的，直到他擁有「降龍十八掌」最高強的武藝時，仍然是個孩子。孩子很有力量。孩子可以拆解權力。《鹿鼎記》就是一個童心拆解最高權力的故事。

【四〇一】

魯迅在《狂人日記》中只呼籲救救孩子，沒有規定孩子自身的責任；在《鑄劍》中則要求孩子要盡責任和為責任付出寶劍與頭顱的代價；但是，他只讓孩子自覺獻身，而不是去殺害其他孩子。

【四〇二】

生命需要氛圍，我喜歡生活在大自然的氛圍中，也喜歡生活在書本的氛圍中，尤其喜歡生活在孩子們的氛圍中。當孩子的晴光暖翠照耀着我的時候，我彷彿從冬眠中甦醒，人間的寒冷感立即就會消失。每個孩子都是家庭的太陽，他們的陽光能化解成年的朽氣，正是這種朽氣把人類引向無底的墳墓。因此，我固然呼喚「救救孩子」，但也時時呼喚孩子「救救我」。

【四〇三】

閱讀《幻想的詩學》（法國加斯東·巴什拉著）時，才知道比利時作家弗朗茲·海倫斯有一精彩思想，他認為：人的植物性力量存在於童年之中，這種力量會在我們的身心中持續一生。我雖不完全了解F·海倫斯的「植物性」內涵，但知道植物永遠平和清新，它沒有動物的野蠻、兇猛和吞食他者的慾望。它是植根於大地並和大地連成一體的無邪無侵略性的力量，是天然而經久不衰地播放着芳香的力量。人一旦喪失童年的天真，便是喪失植物性。一個只有動物性而沒有植物性的人，很可能是匹狼或者是匹老狐狸。

寫給思想者與童心作家的致敬語

【四〇四】

羅曼．羅蘭，謝謝你，謝謝你讀出了托爾斯泰的童心：「《戰爭與和平》的最大魅力，尤其在於它年青的心，托爾斯泰更無別的作品較本書更富於童心的了，每顆童心都如泉水一般明淨；如莫扎爾德底旋律般婉轉動人，例如年輕的尼古拉、洛斯多夫、索尼亞和可憐的小貝蒂亞。……最秀美的當推娜太夏（中譯本《戰爭與和平》譯為娜塔莎）。可愛的小女子神怪不測，嬌態可掬，有易於愛戀的心，我們看她長大，明瞭她的一生，對她抱着對於姐妹般貞潔的溫情——誰不曾認識她呢？美妙的春夜，娜太夏在月光中，憑欄幻夢熱情地說話，隔着一層樓，安特萊傾聽着她……初舞的情緒，戀愛，愛的期待，無窮的慾念與美夢，黑夜，在映着神怪之火光的積雪林中滑冰。大自然的迷人的溫柔吸引着你。劇院之夜，奇特的藝術世界，理智陶醉了；心底狂亂沉浸在愛情中的肉體的狂亂洗濯靈魂的痛苦，監護着垂死的愛人的神聖的憐憫……」（引自羅曼．羅蘭《托爾斯泰傳》中譯本第四十六頁，傅雷譯，北京商務印書館，一九九五。）

【四〇五】

托爾斯泰，我的太陽。我真喜歡你晚年孩子般的啼哭，你受不了人間的貧窮、苦難、奴隸般的生活。你像孩子那樣推開擺在桌子的肉和米粉團子，「他們在受苦，我們卻在吃肉」，你吼叫着，吵鬧着。你像最任性的孩子，又像最溫和的孩子。你拒絕一切暴力。你用孩子的執拗拒絕，甚麼堂皇的理由都被你撕成碎片。可惜你死得太早。要是能再活三、四十年該多好呵，我一定能聽到你詛咒世界戰爭的天真而莊嚴的聲音，世間的花言巧語多麼需要你的駁斥。

【四〇六】

謝謝你，偉大的曹雪芹，我心中的另一個太陽。謝謝你賦予我一個偉大的禮物：一個永恆的家園，一個不朽的故鄉。這裏的土地被你十年的眼淚所泡浸，這裏集合着美貌與心靈都精彩絕倫的兄弟姐妹，這裏跳動着一顆名叫「寶玉」的真情真性的心。如果我出生在你之前，那時《紅樓夢》還沒有誕生，我的不朽的家園還沒有問世，我會怎樣的寂寞？我的精神之戀該向何處尋找依託？怕只能以寂寥對着寂寥，以空漠對着空漠。

【四〇七】

賈寶玉的人格心靈何等可愛。在濁水橫流的昔時中國，在朽氣充塞的豪門府第，他的出現，就像盤古剛剛開天的第一個早晨出現的嬰兒，給人以完全清新的感覺。他的眼睛是創世紀第一個黎明的眼睛，與世俗的眼睛全然不同。這雙眼睛所看輕的正是世俗眼睛所看重的；這雙眼睛所看重的正是被世俗眼睛所看輕的；於是，這雙眼睛迷惘了，最後消失在白雲深處。

【四〇八】

向你致意，幽默大家吳承恩。感謝你獻給我一個孫悟空，一個淘氣的精靈，一顆頑皮而英勇的童心。孫悟空是舉世無雙的英雄，又是渾身活潑的孩子。沒有慾望，沒有心機，沒有猜忌，沒有野心，即使在與天兵天將的鏖戰中也不失幽默與天真。超越所有的權威與教條，蔑視天宮天庭的名義，卻敬服師父唐僧的慈悲慈祥。童心不是幼稚，童心是不屈不撓、不死不滅的正義的精靈。

【四〇九】

孫悟空，我真喜歡你的眼睛。你的眼睛在太上老君的煉丹爐裏燒掉了一切雜質，卻留下孩子的瞳仁。孩子的眼睛是千里眼，雲遮霧障，喬裝打扮，你都能把它看穿。豬八戒的眼睛是混濁的，世俗的利益把它攪混。英雄而有赤子之心，大聖而有孩子正直的眼睛，天馬行空而又不失天真爛漫，這是怎樣的美，怎樣的好，怎樣的動人心魄?!

【四一〇】

你好，偉大的安徒生。那年我到哥本哈根，到處尋找你的蹤跡。我知道你喜歡去哥本哈根的大街小巷漫步，監獄，濟貧院，城牆，花園，都全變成你的童話王國。那天我瘋了，到處尋找夜鶯、醜小鴨、老房子、天鵝巢、單身漢的睡帽、老槲樹的夢、墓裏的孩子、妖山、紅鞋、冰姑娘、世界上最美麗的一朵玫瑰。……這全是我少年時的夢，全是我的故鄉。那天我想起了博爾赫斯，他臨終時就想到日內瓦，那是他最後的鄉戀。我到了這裏，才知道我曾有過錐心的鄉愁，渴念的正是你創造的兒童國。

【四一一】

那個衣不遮體的賣火柴的小姑娘，曾經在哪條小胡同裏叫賣?我十二歲的時候就開始想念她了，她是在離暖和的火爐、離聖誕樹、離烤鴨只有幾步遠的地方死去的。在劃亮最後一根火柴的時候，她彷彿覺得，死去的祖母把她帶到天國裏去了，可是，這只是幻相。偉大的安徒生，謝謝你，那麼早就送給我這個賣火柴的小姑娘，這個不幸的孩子是人類給我孩提時代的饋贈，有這個小姑娘在心裏，我就知道暖和的火爐、烤鴨、聖誕樹離窮孩子那麼近，但不屬於她。那麼近，又那麼遠，相隔幾步路，卻相隔幾重山海。你讓我看到這個距離，讓我知道怎麼為消除這個距離而生活。

【四一二】

還有那位母親。死神奪去她唯一的孩子，她在黑夜中冒着風雪去尋找。為了問路，她把一雙眼睛交給了湖泊，用和暖的胸脯去救治凍死的荊棘，最後又用一頭黑髮向魔力花園的看門老太婆換了一頭蒼老的白髮。為了孩子，母親把甚麼都奉獻了。安徒生，母親的偉大是你教導給我的，我的《慈母頌》的靈感是你賦予的。在階級鬥爭的混亂歲月裏，我一直愛着天下所有的母親，包括被稱為「黑五類」的母親，就因為你的偉大的靈魂，早就在我的心坎裏播下這個故事。

【四一三】

杜斯妥也夫斯基，我向你致意。在我生活的年月裏，我找不到一個像你和托爾斯泰這麼偉大的人。沒有一個人像你這樣對真理如此渴望。神是不是存在？基督之深、之美、之愛，是不是真理的終極？人類是不是在不自然的狀況下被創造出來的？倘若是，這個創造者是誰？你像孩子不斷發問，「一邊呻吟，一邊探索人生」。謝謝你，謝謝你幫助我知道，生命固然重要，但不僅要渴望生命，而且要渴望生命的意義，我們不必把生命視為重擔，也不能期待生命渴求意義時能夠輕鬆。「基督終身辛苦，我等也不得休息」，這是巴斯噶的話，也是你的精神。

【四一四】

《卡拉馬佐夫兄弟》的偉大作者，你筆下的人物伊凡的話常讓我記取：「我根本不相信凡事該有一定的秩序，只是對我而言，只有春天剛發出的芽，那一股清新透明亮麗的樣子，才能引起我的崇敬。」今天這句話依然低迴在我胸中。孩子，便是大地春天剛萌動的嫩芽。我對孩子的信賴，我對生命初始清新亮麗的活力的敬意，和伊凡的話有關。

【四一五】

你逢人便要詢問人生的意義，蘇格拉底，這固然太沉重，但是，你是真正的哲學家。甚麼是古希臘的執着？甚麼是人類思想的韌性？甚麼是哲學家的大心靈？蘇格拉底便是。偉大的蘇格拉底，你多麼呆，多麼迂，多麼任性，硬是要叩問出一個意義來，為此，你竟付出生命的代價。然而，當執行死刑的人把毒汁交給你的時候，你依然只有壓倒死神的思索。你最深邃，又最單純。徹底的哲學家到底都是個孩子。

【四一六】

歌德，你是個無神論者，但似乎不徹底。然而，這一不徹底卻給你一個對於天才的精彩認識，你說：「每種最高級的創造，每種重要的發明，每種產生後果的偉大思想，都不是人力所能達到的，都是超越一切塵世力量之上的。人應該把它看作來自上界、出乎意外的禮物，看作純是上帝的嬰兒……它接近精靈或護神，能任意操縱人，使人不自覺地聽它指使，而同時卻自以為在憑自己的動機行事。」（參見愛克曼的《歌德談話錄》）你正是把自己看作上帝的嬰兒，所以你贏得永不衰老與衰歇的罕見的幸福與奇蹟。

【四一七】

浮士德一定會辜負瑪甘淚和其他情人友人們，因為她（他）們不可能以自由心靈伴隨着他的不停頓的偉大而艱辛的腳步，愛他的朋友和情侶一定會要求他把自己的生命納入文明的秩序之中，然而，卓越的漂泊者永遠不可能成為固定秩序的奴隸。

【四一八】

我喜歡浮士德，更喜歡堂·吉訶德。堂·吉訶德更富有童心。謝謝你，塞萬提斯，謝謝你創造一個沒有心機、沒有心術、沒有心眼而只知往前進擊和打抱不平的呆子。阿Q往後退縮，而且滿腹是退縮的理由；而堂·吉訶德則一味前進，卻說不出理由。阿零太老了，而堂·吉訶德則是一個大孩子。理由是灰色的，而天真則如草木常青。堂·吉訶德給我的啟示是：個人與龐大的勢利社會相比，力量懸殊，但還是要與之抗爭，不能丟掉最後的俠義之心。

【四一九】

老泰戈爾，我再次向你致意。如果你還健在，該有多好。我想告訴你：你的早晨與黃昏的飛鳥，一直停留在我的身上。牠的最後一根羽毛，寫着：我信賴你的愛。我不需要甚麼旗幟，只要這一根潔白的羽毛就夠了。

【四二〇】

飄拂着滿頭銀鬚的印度老詩人，我記住你的話：「上帝期待着人從智慧裏重獲他的童年。」所有偉大的生命都是個小孩，他們死的時候，把偉大的童年留給了世界，因此，這個世界不會蒼老。你如此酷愛世界，所以世界雖然以痛苦親吻你的靈魂，你卻報予世界以美麗的詩章。你永遠是個真純的孩子，所以，你才能發出這樣的祝福：讓死了的擁有不朽的名，讓活着的擁有不朽的愛。

【四二一】

「每個嬰孩的出世都帶來了上帝對人類並未失望的消息（七七）」，泰戈爾，想起你這句話，我就不敢輕言絕望。世界彷彿愈來愈寒冷，但是，每一個嬰兒的誕生都是一次早晨的日出，有日出就有暖意。熱帶的哲人與詩人，你所報告的這一偉大訊息，我在這裏必須重複，因為此時世紀末的寒氣與怨氣又再一次籠罩着人間。

【四二二】

想起你的名字，我又想起了遊蕩的光波。你說，遊蕩的光波正像一個赤裸的小孩，歡樂在綠葉叢中，他是不知道大人會說謊的。你不斷讚美嬰兒又不斷讚美光明，原來是因為他們都漂流在撒謊的國度之外。

【四二三】

開創哲學理想國的柏拉圖，我向你致意。我雖然不能很深地進入你的世界，但是，自從我認識你，便學會思想。你第一次賦予思想以一種存在的功能，使思想的內在活動成為可能。因為你，我才覺得思想像物質那樣實在、明晰，那樣可能建構各種雄偉的高樓。人類思想者部落的第一個帳篷是你和你的老師蘇格拉底搭起來的。我，一個從山野裏走出來的農家子，今天如此酷愛思想，甚麼都不想要，只要做一個有思想的人，一個思想者部落裏的人，就甚麼都滿足了。老柏拉圖，正是你，使我做出這樣的選擇。我原諒你對詩人的偏見，因為你留下孩子般的追求理想國的執着。

【四二四】

走東走西，奔南闖北，看到人類依然對二千年前的蘇格拉底、柏拉圖和亞里士多德懷着深深的敬意。不同膚色的學子在讀他們的書，在為闡釋他們的思想皺着眉頭地沉思、做作業、考試，連被革命大潮洗劫過的圖書館也依然站立着他們的著作。種種潮流都捲不走人性底層對他們的敬愛。時間固然能改變一切，但是，畢竟有堅固美好的東西改變不了。時間在充實大思想者的名字的內涵，並沒有抹掉他們的名字。

【四二五】

在圖書館裏面對從亞里士多德到莎士比亞、托爾斯泰的精神大海，我常常情不自禁地伸出手去撫摸他們的著作。這個時候，我便覺得自己是個剛剛出世不久的孩子，我所做的一切剛剛開始甚至還沒有開始，我的路很遠，我的彼岸也很遠，跟着他們，才能走得很遠。

【四二六】

通過一粒蘋果打開真理大門的大科學家牛頓，你好！謝謝你在臨終之前說你只是一個在大海邊上拾貝殼的孩子。知識的滄海無限無垠，再明亮的眼睛也只能發現海岸邊的幾枚貝殼。這是少年時代老師獻予我的第一個啟示錄。因為你的啟示，我才把自己界定為一個坐在海邊岩石上永遠讀着滄海的孩子，在滄海面前懂得謙卑的學生。

【四二七】

北美大地上的沉思者，愛默生，謝謝你告訴我古希臘文學所以具有永恆魅力的秘密：作為悲劇基礎的希臘成年人，一舉一動都像孩子那樣單純、優美。一個有孩子般的天資與天賦的精力的人，歸根結蒂還是個希臘人。希臘文學不僅使我們「感覺到人的永生，還會讓我們感覺到和數千年前的靈魂在同一直覺裏相遇，並在相遇中感覺到時間的消失，以至覺得測量緯度和計算埃及的年代沒有意義。」（參見愛默生的中譯本散文集《美的透視》第一三八頁，湖南文藝出版社）這些語言不僅帶給我生的樂趣，而且還帶給我對死的蔑視。

【四二八】

茨威格，我向你致意。你六十歲就自殺，怎麼如此絕望？可是，我卻從你著作中獲得不死的力量。你為異端辯護，把良知自由視為人類至高無上的善與幸福。你說：人不能只是按照暴君的指示去活、去死，不能讓恐怖掃除一切生命歡樂的創造活力。專制的暴虐，那是毀滅性的瘟疫，它不僅瓦解個人的意志，而且使社會生存成為不可能。人類社會中幸而有你這樣的獨立思想的保衛者，絕對支持思想自由表達的權利，你是個精神英雄，捍衛異端權利的天才。

【四二九】

我還要向你致意，你讓我明白孩子的意義。你對抱着嬰兒的母親說，你的孩子不僅屬於你。他們是人類整體生命的兒女，是整個大生命對於自身的渴望所誕生的。你只是創造的中介，並不是創造嬰兒的一切。你給予他們愛，但不能給予他們強大的思想與靈魂。這些思想與靈魂在他鄉，要由他們去尋找。我愛我的母親，但是，由於你的啟迪，我並沒有向母親索求思想與靈魂。我依靠我自己，並按照那個大生命的渴念去工作和勞動。

【四三〇】

你的才華如此燦爛，卻又如此謙遜與清醒。成名是危險的，你警告着。你說，「人一旦有了成就，這個名字就會身價百倍。名字就會脫離使用這個名字的人，開始成為一種權力，一種力量，一種自在之物，一種商品，一種資本，而且在強烈的反衝下，成為一種對使用這個名字的本人不斷產生內在影響的力量，一種左右他和使他發生變化的力量。那些走運的、充滿自信的人就會不知不覺地習慣於受這種力量影響。頭銜、地位、勳章以及到處出現的本人的名字都可能在他們的內心產生一種更大的自信與自尊，使他們錯誤地認為，他們在社會、國家和時代中佔有特別重要的地位。於是他們為了用本人的力量來達到他們那種外在影響的最大容量，就情不自禁地吹噓起來」。（《昨日的歐洲》第三五六頁）你的這些話，每時每刻都在護衛着我的天真天籟。

【四三一】

沒有一個作家像你這樣蔑視教條主義，那些專制暴虐的愚蠢的辯舌。我和我的同一代人面對的是如此龐大的教條，龐大得使我們的頭顱難以抬起。然而，面對教條，我就想起你的聲音：「自從有了世界，五花八門的災禍就是教條主義者的工作。那些人毫不寬容地堅持自己的觀點和意見是唯一可靠的。正是這些狂熱性使他們要求按照他們自己的模式統一思想和行動。」教條主義者們仇恨異端，可是他們的心靈一旦被仇恨的烏雲掩蓋，就變得一團漆黑。茨威格，你讓我明白：正是這些教條主義扼殺了歷史活的生命，歷史要往前走，是不能理睬他們的災難性的說教的。

【四三二】

福克納，你記得你說過這樣的話嗎？「二十歲到四十歲的人是沒有同情心的。小孩子有這份能力卻不知道，等知道時，已經沒有能力去做了——已經超過四十歲了。……世上的痛苦都是二十歲到四十歲的人引起的。」天然的同情心，這是人類童心的內涵。孩子沒有私利，所以他們會熱烈地擁抱弱者和被凌辱者，會對所有貧窮和苦痛的同伴伸出愛的雙手。二十歲之後走入社會，便進入社會參與瓜分人類文明的果實，此時，「佔有」的觀念壓倒同情的觀念。因此，只有懷着「我只工作，但不佔有，更不掠奪」的觀念，才能自救。福克納，謝謝你的提醒。

【四三三】

拉丁美洲的奇才博爾赫斯，你好。你從幼年開始，就對假面具懷着恐懼。在你的小說裏，總是把面具與邪惡、謀殺聯繫在一起。你的《蒙面染工，默夫的醫生》，書寫一個騙子預言家以金面具掩蓋其患麻風病的真面目。你告知人們：世界上最醜最可怕的面目可以用最昂貴、最美的面具包裝起來。你以對面具的反感、恐懼、拒絕，表明你對人生的絕對真誠。你把面具撕毀得最徹底，所以你便為自己創造了詩的前提。詩的性格是絕對反面具。

【四三四】

我向你致敬，冰心。

你的《寄小讀者》養育了我。一個在山野裏生長的農家子，在吮吸了生身母親的乳汁之後，心靈是乾旱的，幸而遇到你。讀了你的通訊，我的人生就確定了。甚麼仇恨也不能把我拉入深淵，唯有童心的嚮導能把我引入愛的天國。二十世紀中國的愛神，我的散文之母與精神之母，請你放心，兒時就確定的道路比甚麼道路都更加正直更加堅定，在你的愛的旗幟下，我將是你忠誠的士兵。

【四三五】

在魯迅呼籲「救救孩子」之後，你卻呼籲「孩子救救我」。兩種聲音都是需要的。對於我，兩種聲音都是號角。

你在《寄小讀者》的開篇就對小朋友作出這樣的請求：「我從前也曾是一個小孩子，現在還有時仍是一個小孩子。為着要保守這一點天真直到我轉入另一世界時為止，我懇切的希望你們幫助我，提攜我。」你那麼早就意識到孩子的純正之心正是人生的救星。守住孩提時代的天真，避免落入社會的糞窖，便是人生的凱旋。有純真的老師才有純真的學生，自己滿心邪惡，怎麼去拯救孩子。

【四三六】

林語堂，辛勤的老鄉，我向你致意。你在四十歲的時候，覺得自己是個孩子：「一點童心猶未滅，半絲白鬢尚且無。」在八十歲的時候，他又覺得自己還是個孩子：「我以為自己是一個到異地探險的孩子；」「我仍然是一個孩子，睜圓眼睛，注視這極奇異的世界。」到了八十歲，還睜着孩子的大眼睛，還好奇地打量着世界，還好事地到異地到一切陌生的地方去漫遊、去探險、去發現。對於這個喜歡探險的作家，無論是中國還是世界，到處都是未經開發的大陸。在大陸上隨意行走，自由無礙，如同一個小孩走進大叢林一般，時而仰望星空，時而俯看蟲草。他說他的探險程序中沒有預定的目的地，沒有預定的遊程，也不受規定的嚮導的限制。

【四三七】

人生的探險不受規定的嚮導的限制，但是，成功的探險者卻在自己的身上找到最可靠的嚮導，這就是童心。童心把人引向無窮的領域，引向那些被陳腐的頭腦所遺忘的最新鮮的領域，引向被世俗的眼睛所蔑視的卻是最富饒的領域。人間永遠不死的偉大嚮導，就在自己身上。這是無比卓越的造物主和聰慧仁慈的母親賜與我的嚮導。

【四三八】

豐子愷先生，我向你致意。你是二十世紀中國的童心，你寫的是童心，畫的是童心，胸中跳動的是連一層紗布都不包的赤裸裸的童心。二十世紀的中國和世界充滿爭奪，你卻與世無爭；二十世紀的中國政治煽動仇恨，你卻無所不愛；二十世紀的中國被權力和金錢弄得很髒，你的心地卻純潔無垢。你是一個奇蹟，一個柔和的、脆弱的、美麗的奇蹟，一個沒有咆哮、沒有風煙、沒有喧囂的奇蹟。想起你的名字，我就會想起自己本是在母親搖籃裏的嬰兒，除了企求溫馨的陽光之外，並沒有別的奢想。

【四三九】

康德說，在他心頭永遠燃燒的，只有天上的星辰和地上的道德律。而你，豐子愷先生，你說你的內心宇宙裏，只有天上的星辰與地上的孩子。讓我重溫你的話：「近年我的心為四事所佔據了：天上的神明與星辰，人間的藝術與兒童。這小燕子似的一群兒女，是在人世間與我因緣最深的兒童，他們在我心中佔有與神明、星辰、藝術同等的地位。」豐先生，你和康德的話都是我心中的座右銘。在海外漂流中，一想起你的話，我對宇宙與人生就充滿情意與愛意。只要仰望天上的神明與星辰，我的分裂以至破碎的心思就會神奇地凝聚起來，在人生的複雜交叉口上，就會作出一個簡單但又正確的抉擇。神明、星辰是人類偉大的嚮導，藝術與孩子也是人類偉大的嚮導。基督只活到三十三歲，其實，他還是個孩子。

【四四〇】

你太愛孩子，太珍惜人類的本真，所以你不忍心人隨着年歲的增大一步一步地深進社會骯髒的泥潭。為此，豐子愷先生，你甚至希望造物主能把人的壽命定得更短促一些。這樣，人類可多保持一些純真，可「減少許多兇險殘慘的爭鬥」。與你相似，曹雪芹早也有這種動人的心思，所以他讓自己最心愛的少女林黛玉、晴雯們，都帶着孩子的天真與天籟離開人世。她們全都沒有涉及社會後的骯髒故事。你的理想多麼幼稚，但你的理想又是多麼潔白。

【四四一】

當學者們在談論人類進化的時候，豐先生，你卻發現個體生命無可挽回的退化。人的一生是一個退化、老化的過程。你最怕孩子的老人化，最怕看到兒時的那些天真勇敢的小夥伴，一個個退縮、順從、妥協、屈服，從小老虎變成小綿羊。你祝福孩子的心永遠留在孩提王國的黃金世界裏，反叛勇敢的退化，反叛天真的退化，反叛人類之愛的退化。豐先生，你知道嗎：你的文章一個字一個字地在我身上注入反叛的力量。我是一個最古怪的反叛者，我知道我的美好的一切將會在反叛中實現。

【四四二】

幾次從巴黎的香榭麗舍大街走過，都要在凱旋門的空地上停留。此時，總是想起你，偉大的雨果。想起你在一八四二年三月三十日的那一天，你在這塊空地上注視着一個美麗的小孩，她在草地裏尋找最早開花的香堇。草地上有三頭石膏製作的巨鷹，有曾經在拿破崙出殯時用以裝飾香榭麗舍短石柱的巨球，但你發現：孩子關注的是香堇，不是巨鷹。你為此沉思良久。謝謝你，雨果，你的這一發現讓我激動不已，讓我由此想到：一部份人類殺戮、征服另一部份人類的力的顯耀，並非真正的凱旋；唯有人類愛美的天性像孩子那樣在大地上跳躍翔舞，才給予凱旋門以真切的意義。

【四四三】

一切以孩子為師的詩人、作家、思想家，我向你們致意。克爾凱郭爾，你有哲人的大腦袋，但你以孩子為師，我向你致意。你曾說：誰能給我孩子的好心腸！在想像的或真實的需要將人投入憂慮與沮喪中，使人低沉或氣餒時，人喜歡感受孩子有益的影響，並向他學習，於是心靈安寧下來，並以感激之情拜他為師。因為孩子，你在艱難中找到支柱，在憂慮中找到安寧，在氣餒中找到力量，在坎坷中找到不屈不撓的勇氣。孩子是你身上的原始宇宙，天真、坦率、正直、誠實、原創的靈感和思想的第一推動力，全在這不會衰老的鴻蒙世界裏。在你的形而上的沉思中，人所以偉大，就因為他師法孩子。

我曾祈求全知全能的造物主，祈求不要收回他們賦予我的天真與天籟，祈求真與善不要離開我；如今，我於冥冥之中終於找到一條路：師法孩子，追隨孩子，回到童年那一片清新絢麗的原野。

寫給二十世紀的咒語

【四四四】

一九一九年十二月八日，卡夫卡在他的日記說：「痛苦和歡樂，罪孽與無辜，猶如兩隻緊緊互握而分不開的手，必須把它們切開，在肉、血和骨頭之間切開。」我在發出咒語時，首先把二十世紀切開。它的輝煌，我已獻予許多文字，但是，輝煌不應為掩蓋罪孽。一隻是握着智慧的靈巧的手，一隻是血淋淋的握着暴力的手，我要給後一隻手寫下咒語，也要給前一隻手寫下誡語。

【四四五】

《玉碎》，這是日本作家開高健先生以老舍之死為題材的一篇小說的名字。

玉碎，這個意象在我胸中滾動了三十年。我的故國的傑出人物一個一個慘死，不是死於戰爭，而是死於沒有硝煙的另一種暴力，極權的暴力和語言的暴力。老舍、傅雷、鄧拓、陳翔鶴之死是玉碎；彭德懷、劉少奇、陶鑄之死是玉碎；嚴鳳英、孫維世之死是玉碎；我的平凡但心地總是燒着一團火的老師之死，是玉碎。玉的碎片炸開了。碎片直刺我的心肺。我已心疼很久了，此刻還在心疼。

【四四六】

老舍、傅雷、彭德懷，這些傑出人物的死亡，已留在世紀的記憶裏，他們的名字都是紀念碑。而我的老師和我同齡人的許許多多老師，卻是無名氏，他們那麼單純，領着一個月五十塊錢的工資，卻日以繼夜地批閱着學生的作業，青春的頭髮全被課堂裏的粉筆染白。然而，他們被折磨死了。他們的死，沒有在世紀的紀念簿上留下名字，但對於我，他們的死亡永遠是大事件。任何一個無辜者被社會的皮鞭抽打而死，都是大事件。

【四四七】

中國著名音樂家馬思聰逃亡前夕所受到的侮辱和折磨一直讓我耿耿於懷：剝開他的衣服，用鐵鏈抽他；用運動員的釘鞋打他；最後因他姓「馬」而把草塞進他的嘴裏，鮮血淋漓。

這一事件發生在中國音樂學院，手持鐵鏈與釘鞋的是音樂學院的學生，他們在幹着最原始最野蠻的行為之前，正在學院裏學習五線譜，彈奏鋼琴，談論着莫扎特與柴可夫斯基。

【四四八】

我知道大事件中還有更大事件。一九三七年，日本侵略軍在南京挖掘了萬人坑，活埋了我的三十萬同胞。這是東方巨獸的一次人肉盛宴。萬人坑就是巨獸的胃。一口竟然吞食了三十萬我的父老兄弟。屍骨消化完了嗎？血痕磨洗完了嗎？二十世紀可以忘掉恥辱的印記——巨獸的胃、巨獸的牙齒、巨獸的心肝嗎？

【四四九】

宇宙飛船、電腦電視當然是二十世紀的圖騰，然而，萬人坑也是二十世紀的圖騰。恥辱的圖騰還有奧斯維辛集中營，古拉格群島，還有印尼雅加達街頭的機槍，金邊郊外波爾布特的勞改場，還有六、七十年代中國的牛棚。

【四五〇】

一個早晨或一個夜晚，一次權力的遊戲和一次暴力的試驗，「人間」可以立即變成「牛棚」。牛棚對我的教育勝過十所大學。人間與牛棚的轉換告訴我：人從野獸從動物進化成人需要幾百萬年幾千萬年，而人要退化為動物為野獸，只要一剎那。

【四五一】

茨威格在《昨日的歐洲》中說，希特勒開始崛起時，人們缺少警惕。德國知識分子是最看重學歷的，在他們看來，希特勒不過是一個在啤酒館裏煽風點火的小丑，結果上了大當。茨威格本身也是如此，他說：這個名字進入我的耳朵是空空洞洞的，沒有份量的；然而「這個傢伙給我們世界帶來的災難比一切時代的任何一個人都要多。」僅僅奧斯維辛集中營，被希特勒送進去活埋和服苦役的，就有六百萬人。歷史是和數字連在一起的，我們必須把六百萬這個數字刻在二十世紀的牆壁上。

【四五二】

三十年代，納粹上台，整個德國「大眾」都支持他。歡聲雷動，激情澎湃。這些被日耳曼種族優越理論的迷魂湯灌醉了咽喉的民眾，瘋狂地屈從一個名字叫做阿道夫．希特勒的領袖，追隨他去殺猶太人和踐踏歐洲和世界，最後還送掉自己的生命與孩子的生命。掌聲與歡呼聲是有毒的，納粹的毒氣瀰漫全球，與德國國民的掌聲之毒有關。

【四五三】

盲目的崇拜導致人們把一切絕對權力交給一個強大的名字，然而，緊接下去，便是盲目崇拜者們被這一強大的名字任意踐踏與宰割。人民群眾的自作多情與期待救星，便製造了專制政治與歷史悲劇。

【四五四】

發生在亞洲柬埔寨的波爾布特現象一直強烈地刺激着我的神經。他死前不久，又殺死自己的戰友、「國防部長」宋成和他的全家，然後又用軍車來回地輾碎他們的屍體，讓血肉帶着沙土在空中橫飛。這種最殘忍的行為，使用的卻是最神聖的革命的名義。當我看波爾布特在柬國的行為時，我對人的觀念整個地改變了：人，固然是宇宙的精華，但人也是宇宙中的魔怪。人，可以是比獸還壞一百倍的生物。

【四五五】

一個曾經歡迎紅色高棉的柬埔寨年青人，在紅色高棉血洗國家之後說：「現在，只要看到他們在走，我們這些人就這麼害怕。我們就像快被淹死的幼鼠那樣恐懼。」（《血洗高棉》，台北，時報文化出版公司，一九七七年第三十四頁）想起二十世紀的東方，就記住這個「幼鼠」的意象。紅色的革命竟會變成席捲一切的洪水，把人們變成可憐的幼鼠；以至使幼鼠們的任何掙扎、任何苦叫、任何求饒都無濟於事。

【四五六】

《血洗高棉》還記載：波爾布特集團為了節省一顆子彈，指令他們的戰士在槍決異己（包括一部份民眾）時，用鋤頭（鶴嘴鋤）去敲碎腦袋或打斷他們的頸背。在他們看來，一粒子彈的價值遠遠超過一個人的生命的價值。

【四五七】

在斯大林的集中營中被折磨而死的俄國著名詩人奧西普·曼德爾斯塔姆曾説，衡量社會的尺度本是人，但在我們這個時代，權勢者們「沒有時間考慮人」，「他們只是把人當作磚頭或水泥使用，是用來建築的，而不是為之建築的。」把人當作磚石、水泥、螺絲釘、炮灰、牛馬、商品等，這是二十世紀權勢者關於人的共同認識。

【四五八】

二十世紀的極權統治沒有帝王的桂冠，但常常比殘暴的帝王更為可怕。

極權政治不僅產生一個主宰一切、指揮一切的英雄，還生產出無數的精神侏儒與人格侏儒。英雄治下的國家具有大人國的疆域，但組成大人國的卻是無數只會在地上匍匐的小人國和小人城邦。

【四五九】

普羅米修斯因為對人類抱着至情至愛，所以被捆縛在岩石之上，蒙受兀鷹啄咬自己的身體。但他還是幸運的。他無須像中國的知識者在被咬噬之前，必須自己割開胸膛，然後，不僅讓兀鷹撕碎，還要自己把它撕裂。此時，我在陽光下細細端詳自己的心，就看到心上不僅有兀鷹堅利的爪痕，還有自己的齒痕。

【四六〇】

普羅米修斯的祖先是誰？兀鷹大約不知道。牠只啄食普羅米修斯，並未追蹤他的祖先。兀鷹畢竟是神鷹，擁有神的文明，野蠻的邊界有限。我羨慕過普羅米修斯，他能每天都使傷口癒合，而且沒有連累到自己的父輩與祖輩。

【四六一】

整整十五年，我一直忘不了《百年孤獨》的作者馬爾科斯在榮獲諾貝爾獎時的演說。他告訴我們這個世紀在南美洲發生的事：

……我們從未得到過片刻安寧。一位深受愛戴的普羅米修斯式的總統，竟然被困在大火沖天的總統府中，同整支正規軍對抗，最後戰死；在兩起令人可疑而又無法澄清的空難事件中，一位英明的總統和一位為恢復民族尊嚴而鬥爭的民主軍人喪生。在這期間，發生了五次戰爭和十六次政變；還出現了一個惡魔般的獨裁者，以上帝的名義，對當代的拉丁美洲實行了第一次種族滅絕。與此同時，兩千萬名拉美兒童，不滿兩歲就夭折了，這個數字，比一九七零年以來歐洲出生的嬰兒總數還要多。遭受政府迫害而失蹤的人達十二萬，這等於烏默奧（瑞典的一個城市——引者）全城的居民不知去向。許多阿根廷監獄中分娩的被捕孕婦，不知道自己親生骨肉的下落與身份，軍方當局下令把這些孩子秘密交人收養，或送孤兒院。全大陸有二十萬人為改變這種狀況而獻出生命，其中十多萬人死於中美洲三個任意殺人的小國：

尼加拉瓜、薩爾瓦多、危地馬拉。……智利一向以殷勤好客著稱，但竟有一百萬人外逃，佔其總人口的百分之十。被認為是本大陸最文明的烏拉圭，其二百五十萬人口中，有五分之一流亡國外。自一九七九年以來，薩爾瓦多內戰使當地幾乎每二十分鐘就產生一個難民。

【四六二】

馬爾科斯還說，世界每年的出生人口要比死亡者多出七千四百萬，這些嬰兒大部份都出生在貧窮的國家，而那些經濟最繁榮的國家卻積聚了強大的、足以滅絕我們人類，甚至可以消滅所有生存於我們這個不幸地球所有生物的破壞力量。這是世紀的現實。馬爾科斯所以會感到揪心的孤獨，正是因為他找不到一種合適的手段來使人們相信我們生活的現實。

【四六三】

天才找不到描述罪孽與苦難的手段，我又何敢奢望讓人們相信我的那些苦難的記憶和死亡的記憶。於是，天涯海角裏只剩下滴落的眼淚與孤獨的咒語。

【四六四】

我詛咒那些謀殺同胞的兇手，但找不到兇手。是誰把老舍推向死亡的湖泊？是誰把巴金送進任人屠宰的牛棚？是誰把彭德懷的骨頭一根根打斷？是誰把中國國家主席劉少奇變成只剩下一尺多長白頭髮的白毛女？是誰把我心中至善至美的仙子——扮演七仙女的嚴鳳英帶入黑牢、打成死鬼，然後又剖開她的胸膛尋找「罪證」？找不到兇手。這是一個民族的共同犯罪，是二十世紀人類的共同犯罪：人類製造了那麼多花言巧語與豪言壯語，說甚麼為了走向未知的天堂，必須要有鐵的專政……

【四六五】

聽不到有人說「我有罪」。承認「我有罪」的聲音是稀有之聲。

亞當與夏娃作為人的始祖，他們摘取了智慧之果而成為人之後，第一個發現便是自己是赤裸裸的，即發現自己的羞恥。人類的歷史是從羞恥之心的覺醒開始的，但現在的人類卻返回不知羞恥的時代。

【四六六】

米蘭·昆德拉在《生命中不能承受之輕》中，一再重複着「羞澀」二字，他發覺現代人沒有羞澀感。錢鍾書先生在為楊絳《幹校六記》的序文中只表述了一種遺憾：那麼長的歲月做了那麼多的壞事，但沒有人「抱愧」。抱愧感與羞澀感已在世紀的沖浪中消失。

【四六七】

二十世紀是個特別的龐大的工廠，它製造了以往幾個世紀少有的下列幾種特殊人類：只有肉沒有靈的「肉人」；只有軀殼沒有良知的「空心人」；只有技術沒有性情的「單面人」（馬爾庫塞的概念）；只有工具性沒有人性的「機器人」；只有權術心術而不學無術的「政治人」。這些二十世紀的新種族都沒有羞澀感，他們不知道人的寶貴在於知恥。

【四六八】

媚俗，是昆德拉的另一發現。「俗」已接近醜，倘若再濃妝艷抹，賣力「裝」，便成了媚俗，即更加醜。明明在餓肚子，偏挺着肚子大遊行，載歌載舞，這便是媚俗。媚俗是極權主義的肉麻。

【四六九】

在物質層面上，説生物在不斷進化，大約沒有錯。二十世紀人的臉皮顯然比十九世紀厚，而維護臉皮的工具——面具，也比以往的世紀發達。愈聰明的人臉孔愈多，面具也愈精緻。

【四七〇】

二十世紀的權勢者説，所有的答案都有了，所有的結論都有了，你的使命就是謳歌結論，註疏結論，演繹結論。強制之下，知識者分化，一部份就謳歌、就註疏、就演繹，落入俗流卻鑽入社會上層；一部份則提出問題，於是就反省、就質疑、就突破。提出問題的人就是反對媚俗的人，但這些人就受苦，就落魄，就逃亡，就被送入牛棚或牢房。

【四七一】

唐僧不是神，有人的局限。他沒有孫悟空的金睛火眼，沒有如來佛的無邊手掌。但他有愛生命的善良心地。因為他慈悲、善良，所以中國人在以往的十個世紀中，一直敬愛着與敬重着。這是集體無意識。可是，二十世紀的革命鐵靴踐踏了這一心地，毀了這一心地。「千刀萬剮唐僧肉」，一個世紀性的中國詩人這樣呼喊。對慈悲心地的仇恨，是本世紀的恥辱。

【四七二】

托爾斯泰曾說：除了善良，我不知道世界上還有甚麼美好的品格。可是，托爾斯泰的話一直被嘲弄，先是被暴君嘲笑，後是被痞子嘲笑，聰明人則從世紀初嘲笑到世紀末。

【四七三】

本世紀初期，卡夫卡就預感到這個世界不太美妙，他開始說着這個世紀精彩的咒語。如「這世界很快就要擠滿代代繁衍不止的機械人」，「一大堆陳腐的字眼和觀念，這些垃圾比甲冑還要堅厚」，「我們所處的時代是一個被惡魔所掌握的時代，我們只能像犯罪似偷偷地行善為義」，「戰爭與革命無休止地肆虐，我們冰凍的情感竟助長了它們的火燄」，「劊子手永遠背負惡名」等等。

【四七四】

聖經《新約》中的一個故事是基督將橫衝直撞的豬引入魔鬼盤踞的地方，使牠們全部溺死。這一故事給我的啟迪是：人一旦失去理性，就很容易變成魔鬼。六、七十年代，我的億萬同胞都處於橫衝直撞之中，那時，我們在上帝的眼中，一定只是一群即將被祂引入魔窟而溺死的可憐的豬。

【四七五】

最人道和最神聖的思想，得像小偷一樣戴上假面具和面紗偷偷摸摸地從後門運出，因為前門有巡捕和當局的僱傭軍們看守着。這是茨威格在《異端的權利》中描述的情景。這種荒謬的情景，因為我看得太多，而且經歷過，至今我仍然感到戴着面具與面紗生活是我最不能容忍的生活。

【四七六】

印尼的峇里島的鬥雞是一種帶有宗教的社會活動。公雞是社會雄性的象徵。鬥賽的雙方各選出最勇猛的一隻公雞，在腿上捆紮十公分左右的利刃，然後進行慘烈的廝殺。這一古代風俗常使我聯想起我所歷經的中國文化大革命的時代。那些爭鬥的雙方全都像好鬥的公雞，而且激鬥時雙方也都自稱自己帶着最銳利的武器，這就是紅色語錄本。古代由雞代替人鬥，現代由人直接鬥，這就是人類的進化嗎？

【四七七】

存在主義哲學家薩特思索誰是人類最大的敵人，誰應對二十世紀的種種罪惡負責。他讓「英雄」葛拉特（Franz von Gerlach）回答：「如果人類不是遠古以來就受到立誓毀滅他的殘酷敵人的監視，這個世紀可能會是美好的世紀。這個敵人，是一頭無毛，邪惡，食人的野獸——人類自己。」人類與野獸相比，甚麼都有，既有獅子的兇心，狐狸的狡猾，又有毒蛇的陰冷，狼的貪婪，狗的卑賤，而且，雖然無毛，卻有文明的外衣。所有人類的不幸都是披着文明外套的人類本身所造成的。

【四七八】

第一次世界大戰之後，弗洛伊德對人類前途感到悲觀，並在自己的學說中形成「死亡本能」的概念。他看不到有甚麼辦法可以限制人類的侵略本能。兩次世界大戰，使人們看到一個國家對另一個國家的侵略，一個國家對另一個國家主權的剝奪。而在第二次世界大戰之後，我卻看到另一種形式的侵略，這是在一個國家內部人對人的侵略，一部份人對另一部份人的靈魂主權的剝奪。強迫一部份人交出心靈，強迫一部份人變成沒有頭腦的工具。這種死亡本能，形成本世紀的另一類恐怖。

【四七九】

機器還像洪水繼續從工廠車間湧向社會。二十世紀是機器氾濫並建立它的絕對統治的世紀。機器正在取代人和侵吞人的各個領域。

二十一世紀新哥倫布的使命，已不是發現未被開發的大陸，而是發現未被機器所佔領的人的領域：人在哪些部份可以不被機器所取代？人性是否可能？在機器絕對統治下人性荒野上的孤島和綠洲在哪裏？

【四八〇】

大自然在被拷問時是沉默的（歌德語）。倘若不是沉默，它一定會抗議人類在二十世紀中對它的摧殘。森林、草原、山脈、河流，在被人利用之後，一批一批地走向死亡。因為大自然無言無語，我寫了《救救黃河》的文字，寫了《故鄉大森林的輓歌》，以後還要寫小河與小溪的祭詞。童年的小河與小溪的死亡，永遠使我感到心疼。大自然被踐踏時固然是沉默的，但有一天，它會爆發。

【四八一】

盧梭預言：我們的靈魂已經墮落到的程度與我們的藝術和科學近於完美成正比。世紀大腦很發達，但心靈有毛病。這個世紀拚命地發展大腦，以至創造出可以取代大腦的電腦；但是，這個世紀遺忘了心靈。在人類大腦愈來愈大的同時，人類的心靈正在變小、變質與變態。這個世紀的大人物，多數是腦子很好但心地很壞的人，發展下來，世界可能要被聰明的痞子、騙子所擺佈。

【四八二】

現代化的公路與鐵路修築到哪裏，既把金錢帶到哪裏，也把墮落帶到哪裏；既把文明帶到哪裏，也把野蠻帶到哪裏；既把聖母像帶到哪裏，也將妓女帶到哪裏。現代化有時像聖水點化了不毛之地，使它變成金碧輝煌的城市，有時則像洪水兇猛地捲走原先純樸的民風與古典的安寧。

【四八三】

在東京、紐約、香港，看到人們緊張的面孔和快速的腳步，便想到西班牙畫家胡安·日諾維斯在一九六六年所作的畫：《焦點》。這幅畫所描述的當代人類是顯微鏡下或探照燈下的一群驚惶奔跑的螞蟻。畫家發現人類在現代生活的重壓下與在戰爭的重壓下一樣，都是逃難者與逃荒者。

【四八四】

十九世紀詩人們所憧憬的意境高遠的天空已經消失，取代它的是二十世紀卡夫卡首先發現的城堡。迷宮式的、可望而不可即的城堡，在地圖上找不到卻遍地皆是。它牽制着人類的全副身心，讓人們迷失在它的面前。它是籠罩在你頭頂的巨大陰影。是你難以跨越的壕塹和無可奈何的敵對者。在它面前，你無理可說，只能敬畏；你的一切努力都是徒勞，只能空有嘆息與憤怒。它近在咫尺，但誰也無法進入。所有精彩的詩篇和善意的思索，全被拒絕在城堡之外。

寫給時間與友人的備忘錄

【四八五】

生命佈滿秋色，白髮像旗杆在頭頂豎起。人們都說人過半百記憶會像秋葉飄落，然而，我卻忘不了昨天。昨天的苦難記憶像浪濤拍打胸脯，時時提醒我的一項人生使命。這一使命是絕對命令。它要求我把昨天在故土上的體驗心驗記錄下來，這是一部人怎樣變成獸、變成畜、變成奴才、變成工具的故事，我必須告訴時間、友人與後人，以使此後的歲月不要重複這類故事。

【四八六】

轉眼就要接近耳順之年，我不存在任何幻想，也不製造新的幻想。老是生活在幻想之中，就會忘了最平常的事實，就會忘記水、鹽、空氣。

【四八七】

故國曾給我那麼多桂冠與榮譽，但我仍然生活得不舒服，因為那裏缺少生命之鹽，這便是支撐生命的愛、尊嚴和信賴。只要能生活在對同胞對人類的絕對信賴之中，哪怕每天吃的是粗茶淡飯，我也會感到幸福。

【四八八】

可惜沒有信賴。我害怕人們讓我在心中緊繃一根弦，身內築下一個堡壘。青年時代，我和同胞們天天都像士兵一樣建築靈魂的工事與碉堡，處於備戰狀態。信賴全都解除，眼裏放射的全是偵探隊員的目光。一個知識分子，竟像偵探。我害怕生活在這種目光之中。逃亡，便是逃離懷疑的目光。

【四八九】

中年之後，我老是感到疲倦、嗜睡，不僅是身倦，而且是心倦。如今知道了，一顆天生的最高貴、最柔嫩的心靈，老是提着一個沉重的堡壘，還時時蒙受鐵靴的踐踏和語言的射擊，怎能不疲倦？

【四九〇】

憶苦思甜，牢記仇恨。全部教育都要讓我們拋棄一件東西，這就是愛。教育者忘了：愛，是人生之鹽，是人類站立在大地上的泥土與沙石。

【四九一】

人們在追逐時髦，我卻要返回最平常的點上，我要請求還給我鹽。我要生活，我要生活得更像一個人。你許諾給我比糖還要甜蜜的天堂，很好，但請你先要給我鹽。連鹽都沒有，還有甚麼甜蜜蜜的天國。首先要活着，然後才有嚮往。首先要信賴，然後才有信仰。

【四九二】

一個國家，一個時代，發動自己的人民討伐愛，討伐溫情，討伐同情心，這是怎樣致命的錯誤?!一些知識者與詩人也參與這種討伐，並表現出悲壯，這是怎樣致命的醜陋？

【四九三】

人性是脆弱的，經不起鼓動，特別是天天講、月月講、年年講的鼓動。十年、二十年、三十年的連續鼓動，人會完成從人到半人半獸、半人半畜的轉變，如果連續一百年的鼓動，人可能完全變成畜與獸，甚至比獸還壞。

【四九四】

馬思聰流亡海外後幾次痛哭，有一次他要求妻子不要勸慰他，讓他哭個痛快。他的痛哭不僅是對於土地的鄉愁。故國，故國那些兄弟、子弟怎麼一下子變成毒打自己的豺狼虎豹，同胞身上那些鄉土之情怎麼突然熄滅？自己所酷愛、所獻身的孩子怎麼會用仇恨的噴火來相報？怎麼也想不通，只有痛哭。男兒眼淚不輕彈，而音樂家馬思聰則如此痛哭。人們又在唱他的歌，而我卻在記錄他的哭。哭聲也是他的音符。

【四九五】

詩人徐遲在八十年代初來到美國並到費城走訪馬思聰。回國後，他在自己的散文中說，如果我是一方諸侯，我將傾全國之所有，贖回馬思聰這樣的國寶。詩人的心是最純正的，他懂得一代歌王的價值，更懂得贖回一個赤子的歌聲與哭聲，意味着甚麼。但徐遲在中國也是稀有之物，他最後墮樓自殺。

【四九六】

曹雪芹寫的《石頭記》，是一塊被女媧補天時遺棄的石頭經過無數年代的修煉而獲得靈氣轉化成人的故事。而我看到現實的一部石頭記，則是相反的故事——人變石頭的故事。幾代人在一場又一場洗心革面的人造巨爐中冶煉，被掏空的心靈，變成一具具僵冷的完全喪失人性的石頭。曹雪芹的《石頭記》將進入永恆，而時人的石頭記，就該遺忘嗎？

【四九七】

死者紀念碑與紀念堂的每一塊磚石都在召喚人們：勿忘他。我在方格上所寫的每一行字，也構築一座死亡紀念碑，也在提示人們：勿忘那座錯誤的時代大廈，那裏也有你提供的一塊罪惡的磚石，勿忘它。

【四九八】

智利的大詩人聶魯達，僅到過中國一回，就發現，螞蟻般的中國人，他們的身體似乎被當作鐵錘柄用，於是身體就在千百年的勞動中退化損壞。聶魯達為此而傷感。無論是古代的中國人還是當代的中國人，都遺忘生命的權利，所以從政治領袖到文學詩人，一直在鼓動人應當成為鐵錘柄一樣的齒輪或螺絲釘。聶魯達是共產主義者，他的憐憫裏絕沒有種族歧視。

【四九九】

卡夫卡筆下的薩姆莎（Gregor Samsa）在一個惡夢醒來之後發現自己是條甲蟲。我在六十年代中期，則看到革命號角一響，無數中國知識者突然變成牛鬼蛇神，一夜之間就遠遠地被拋出人類界。一場歷經十年的「震動靈魂的大革命」，給我留下的恐懼，便是隨時可以被拋出人類界。動物園裏的猴子們被拋出獸界後進入了人類界，而人被拋出人類界之後，卻只能進入畜界。

【五〇〇】

國籍有的是天然形成的，有的是自我選擇的。而人籍則是偉大的天地母親所賦予的。我不怕被開除國籍，但害怕被開除人籍。在人的世界裏不能做一個人，這才是真的悲慘。北京大學的季羨林教授在《牛棚雜憶》中，記下他被「開除人籍」之後的大苦痛。被開除人籍後的非人群落，是一個真正的悲慘世界。

少年時讀雨果的《悲慘世界》，覺得驚心動魄，經歷了牛棚時代的慘苦之後，再讀《悲慘世界》，只覺得那悲慘是很平常的。最重要的，是雨果筆下的悲慘者，人籍還是保留着的。

【五〇一】

愛因斯坦去世之後，在他的墓誌銘留下只是一句話：愛因斯坦到過地球一趟。如此而已。五、六十年過去了，我的人生度過了大半。如果此刻死神要我坦白地說說來到地球的觀感，我要說，有三樣東西使我難以忘卻：一是從荷馬到杜斯妥也夫斯基的精神大長廊；二是從巴黎到紐約的拂拭藍天的圖畫般的大建築；三是在滄海大洋兩岸都有的秀麗山川和一點也不秀麗的集中營與牛棚。

【五〇二】

一個沒有星月的夜晚，在沉睡中做了一個大夢：司芬克斯重新降臨，守在懸崖的路口，牠不是讓我猜謎，而是讓我用一短語誠實地報告自己的身份、理想、人生宗旨、良知內涵和反叛對象，我立即回答：我是一個手無寸鐵、身無吹灰之力但腦子和心靈絕對拒絕任何暴力的思想者。牠點點頭，讓我通過關卡。

【五〇三】

在香港時，我偶然從電視屏幕上看到深圳法庭正在審判兩個年輕的女殺人犯。她們殺了十七個男子，把他們一個個砍成肉段然後扔到海裏。然而，審訊時她們輕鬆自如，相互嬉笑。這嬉笑更令人驚心動魄。由此，我又一次看到，人性可以喪失得如此乾淨和徹底，她們的笑，是徹底的笑。

【五〇四】

俄國流亡作家蒲寧在獲得諾貝爾獎時說：最激動人心的快樂也不足以和那深深的憂傷相比。出國將近十年，我走過許多國家，觀賞了四海山川，八方城閣，但總是抹不掉內心隱隱的憂傷。我能走出一個時代投下的陰影，但很難走出一個時代留下的憂傷。

【五〇五】

憂傷是心靈。為暴力、為流血而歌唱的歌手，沒有憂傷。他們只有歌喉，沒有心靈；只有肉聲，沒有心聲。

【五〇六】

俄國文學的偉大傳統是憂傷，中國最偉大的小說《紅樓夢》是憂傷。《三國演義》沒有憂傷，致力於權謀的政客與智者，連哭泣也是假的。

【五〇七】

痞子嘲笑信念，嘲笑憂傷，嘲笑赤子心腸。

悲劇的幕後是眼淚，痞子笑劇背後是沙漠。

悲劇的主角是傻子、瘋子與赤子，痞子笑劇的主角是聰明人、機靈人和犬儒人。

【五〇八】

被視為異端，被放逐，漂泊的故事將載入友人正直的心碑裏，也將寫進時間的檔案裏。為了讓友人與時間方便，我在「日記」裏寫下自己曾向社會呼籲的異端內涵：

【五〇九】

人不是牲畜，不要隨便對他們吆喝。

【五一〇】

不要天天像掃除垃圾似地掃除愛。

【五一一】

不要用統一的模式剪裁個體生命。生命是波浪，是海嘯，是天宇碧落，不可剪裁。

【五一二】

社會要把我改造成老黃牛，這是馴化。獸可以接受馴化，但我是人，我拒絕馴化。

【五一三】

人類的情感如此豐富，但人造手造的權力卻要求所有情感都納入獨一無二的思想體系之中或編入無可懷疑的領袖頭腦的程序中。這便是專制。

【五一四】

爭吵總會有，但不要使用拳頭、牙齒、棍棒、子彈等語言。

【五一五】

人是物質存在，所以要吃飯；人是心理存在，所以要思索。強制人們交出心靈，便是對存在權利的剝奪。

【五一六】

讓思想者思想，讓思想者說話。在所有的權利，如自由貿易、自由居住、自由戀愛、自由婚姻等權利面前，有一種更偉大的權利，這就是自由表達的權利。自由表達，是思想者的最高尊嚴。

【五一七】

人可以自由選擇「崇拜」。可以召喚人們崇尚英雄，但不要要求人們崇拜白癡，崇拜一個對知識交白卷的偽英雄。

【五一八】

不僅要允許人說話，還要允許人沉默。沉默是良心最後的一道防線。不要強迫我去跨越這道防線和其他道德的邊界。

【五一九】

辛苦了要呻吟，委屈了要呻吟，被虐待了要呻吟。要允許人們呻吟，不能說呻吟是醜化新社會。

【五二〇】

記得法國的一位詩人呼叫過：思索吧，最不幸的便是終身如一隻籠中之鳥，永遠將自己的頭撞在堅硬的木柵上。我的一切努力正是為了逃離這種不幸的人生。

【五二一】

《奧德賽》中的俄底修斯航行到赫克力斯石柱時對他的同伴說：記住，在你們未來的歲月中不要放棄追求探索人類未開發領域的使命。上天所賦予你們的使命並不是要你們像牛馬一般生存，而是要你們為名譽和知識奮鬥。當社會要求我以充當一頭老黃牛為使命時，我常想起在海中漂泊的俄底修斯。

【五二二】

讀了列維．斯特勞斯（Levi-Strauss）的《原始思維》後才明白自己曾經是個原始人。原始人的思維也有邏輯的嚴密性，但只是生活在兩分法之中。天空，陸地；白天，黑夜；男人，女人；冬天，夏天。世界的萬物，常只分成兩類三類。那伐鶴印第安人就根據是否具有語言的原則把生物分成兩類，無言語的生物由動植物組成，動物又分成「走獸」，「飛禽」，「爬蟲」之類。六、七十年代，我們生活着的思維世界與此相似：人分為敵我兩類。敵類又分為本國的「牛鬼蛇神」，即走獸類；外國的稱「帝國主義與修正主義」，即飛禽類；在敵我之間求生的準敵人，被稱為爬蟲類。

【五二三】

但丁在他的《神曲》中，把他認為最壞的人送入各層地獄。他們的鬼魂承受着各種酷刑，有的被黃蜂和牛虻叮螫着，有的被雨雪冰雹打擊着，有的被巨石壓碾着，有的在血河上蒸煮着，有的在冰湖上冷凍着，撒旦就站在冰湖中心，緩緩地咬嚙着這些可憐的魂魄。我觀賞了種種刑罰之後，才發覺但丁畢竟仁慈，他所設計的各種酷刑，竟然沒有一種如中國的五馬分屍和株連九族的。

【五二四】

把良知、理性都交給國家，放棄良知自由和理性自由的權利，結果不僅挖空了自己，而且也助長國家的罪惡。

【五二五】

人活着有時酷似神明，有時則酷似動物。我看到許多人，與帶爪的野獸十分相似。他們的爪不是一般的爪，而是鷹似的直撲同類心臟的堅爪。

【五二六】

讓我拒絕繼續充當這樣的順民：飢餓時，讓我謳歌飢餓；貧窮時，讓我謳歌貧窮；撒謊時，讓我謳歌撒謊；橫掃一切時，讓我謳歌橫掃一切。順從地謳歌，順從地付出靈魂。

【五二七】

告別一切暴力，告別武化暴力與文化暴力，告別個體暴力與集體暴力，告別政府暴力與民眾暴力，告別軀體暴力與語言暴力，告別一切革命名義和其他神聖名義下的暴力。特別要告別政治帽子的暴力，這種帽子曾壓死無數無辜的生靈。

【五二八】

前蘇聯外交部長謝爾格納德説過一句讓我難忘的話：幾十年來我學會了同各個國家對話，但沒有學會同自己國家的人民對話。同自己的人民的對話自然比同異國的領袖對話更難，因為這種對話是不可以使用外交語言的。

【五二九】

嚴酷的專制像一部拙劣的機器，它並不生產人，只生產兩種東西：一是夾着尾巴的狗，一是翹起尾巴的狗。

【五三〇】

熱情被愚弄一千回之後就能學會頹廢。人道的情感被批判了一萬次之後，社會上便到處行走着兩腳的猛獸。

【五三一】

少年時代，政治教育者給我和我同胞的訓示，大約是這樣一個意思：要成為未來的偉大的新人，現在必須把自己貶低為比普通人矮一尺的老黃牛，矮兩尺的機器人和矮三尺的螺絲釘。這種為了明天的高大而在今天的自我縮小和自我矮化，使我非常痛苦，最後我完全放棄成為新人的夢。

【五三二】

在文化大革命中，人間到處都是刺骨的風雪。我的靈魂縮成一團，它只能在自己的生命爐壁上取暖。

【五三三】

無論走到甚麼地方，我的心中都提着一把絕對的標尺，去丈量那裏的人群離獸界有多遠。

【五三四】

當我從七十年代的大革命風潮剛剛走出來的時候，覺得自己的靈魂遍體鱗傷，腦子上被貼滿大字報，心中到處是漿糊，我花了許多的時間療治洗淨心靈之後，才重新進入生活。

【五三五】

我在青年時代幾乎是在故國洶湧的苦難海水中游泳。每一個被推到海裏而下沉的受難者，最後都沉落到我的心底。於是，我的心靈慢慢變成一座公共墳墓。這裏埋着許多人的名字，從領袖劉少奇、彭德懷一直到我熱愛的作家傅雷，老舍等，還有許多別人不知道而對於我是非常重要的老師的名字。

【五三六】

在中國的文化大革命中，我看到著作等身的學者，勤勉一生的教師，百戰沙場的將軍，全部像受驚的孩子一樣顫巍巍地站立在毛澤東的像下。他們付出畢生的心血，卻無法保障一個自由的呻吟。正是在這種顫巍巍的景象中，使我開始叩問人生的意義。

【五三七】

我的幾位在文化大革命中被吊到大樑上痛打的老師，從未對我提及此事，這固然是他們的寬容，但也是因為他們知道，嚴酷的生活隨時都可能使他們再一次被懸吊起來，再一次被痛打。

【五三八】

南美作家馬爾科斯在《百年孤獨》中寫邦迪亞家族一代不如一代，最後一代竟長出豬尾巴來，這似乎是魔的故事。而我在我故國的革命歲月中，就看到無數年輕的戰士頭上長角，身上長刺。無數教師與學者的身軀和心靈都深深地被他們所刺傷。而知識分子也分明長出一條必須時時夾着的狗尾巴。

【五三九】

對世界的絕望常常是從原先寄以最大希望的人和土地開始的：從你最熱愛的人開始，從你最信賴的朋友開始，從你最敬仰的領袖開始，從你緊緊擁抱着的故鄉開始。

【五四〇】

在八十年代與九十年代之交的日子裏，我的內心充滿恐慌。唯有在這個時候，我才發現自己對命運的挑戰的準備是怎樣的不足。這種挑戰差些丟了我的生命。經歷了這一危險之後，我才相信，人生確實沒有金光大道，有的只是一個又一個的挑戰。

【五四一】

人類社會最柔軟、最弱小的武器，這就是緩緩跳動的心靈。用這種武器去反叛強權，阻止世界上任何形式的暴虐行為與殺人行為，這是至柔與至剛的較量，是一種力量最為懸殊的戰爭。但是，我至今仍然高舉我的武器去迎接暴力。

【五四二】

我的心史很簡單，開始是故鄉碧藍的河水滋潤出心的柔情；以後是祖國的牛棚投下心的陰影；後來則是坦克的履帶輾過胸脯，擠壓出心的淚水。後來的後來，是孤零零地藏在洛磯山下，發着心的嗚咽。

【五四三】

總是難忘為民請命的英雄彭德懷，在文化大革命中他被人民批判、鬥爭、審訊兩百多次，還被人民吐了口水。茨威格在《羅曼．羅蘭傳》中評介羅曼．羅蘭的劇本《理性的勝利》時説：高尚的人臨死時也知道他們是孤獨的，他們並不指望取得成就，他們並不寄希望於群眾。他們知道，人民永遠不會找到高級的自由，他們認不清優秀人物。（引自《羅曼．羅蘭傳》第七六頁，茨威格著，姜其煌譯，湖南文藝出版社，一九九三年版）

【五四四】

流血之後，孩子的屍首被送進墳墓。沒有人敢去送花圈，沒有人敢去唱輓歌。宰割了孩子的屠刀來不及洗滌又在窺伺着接近屍首的人們；而美妙的歌喉則高唱着禮讚屠伯的頌歌。經過這幾層的折磨，我想起了魯迅那句話：「有比刀槍更驚心動魄者在。」

【五四五】

一九八九年我踏上異邦的土地曾想發表絕望宣言。我知道新的希望一定是植根在絕望的土壤之中。

記得薩特說：「人類的生活恰恰應從絕望的彼岸開始。」（法國《行動報》，一九四四年十二月）

【五四六】

悲劇是悲慘的，但是發生悲劇之後卻找不到悲劇的意義就更加悲慘。悲劇主角的血流過了，但沒有人正視血跡，也不知道為甚麼流血，個個只等待時間之流沖走血痕。

【五四七】

常常想起卡夫卡的話：「革命蒸發後，留下來的只是一片新的官僚政治的污泥，受盡折磨的人類桎梏是用紅帶子做的。」（《卡夫卡的故事》第一六八頁）革命能蒸發掉許多東西，最後蒸發掉人性。

【五四八】

我看到的文化大革命，乃是動員我的同胞掃蕩自己的優秀分子，然後說明他們是一堆垃圾，從頭到足，一無是處，那些曾被尊敬的詩人學者，除了惡之外也一無所能。用這一無所能來襯托全知知能，便是革命。

【五四九】

革命連結着殺戮，連結着鮮血流淌。一旦革命勝利，就害怕敵人報仇，害怕他們用同樣殺戮的辦法和同樣讓血像河水一樣流淌。因此，血的陰影總是籠罩着勝利者。於是，即使勝利的政權實際上像鐵桶一樣堅固，但他們意識形態的神經還是脆弱的。

【五五〇】

要讓人吃飽飯，要讓人自由養豬，養雞，養鴨，種地，不要把人類在原始時代和遠古時代就學會的基本功能説成是資本主義。革命再美妙，也不能吞沒人類胃口必要的食物。

【五五一】

我接受過馬克思主義的經典訓練，知道共產主義學説是一個完整的體系，它的邏輯非常嚴密，學説十分成熟；然而，這樣反而容易形成一個封閉的系統，一種不可修正的教條；中國知識分子就因此而無條件也接受，不敢在教條中抬起頭來。直到今日，才慢慢明白，對於一種外來的思想體系和學説，是應當進行從容實驗的，而不應當用革命運動和政治運動強制性地移植與灌輸。

【五五二】

政治「牛棚」裏面關押着許多靈魂優美的罪人，而外邊則巡邏着沒有靈魂的肉人和肉狼，還常常發出兇惡的肉聲。

【五五三】

在中國的政治運動中，作家和詩人才了解甚麼是國家機器。這種機器就是在一夜之間，可以把人碾成粉末的龐然大物。

【五五四】

到海外之後才知道海外生活的艱難，看到許多又打工又讀書的留學生，我就感慨說：這簡直是受洋罪。有一回我問一位朋友：在國外這麼苦，為甚麼那麼多人爭着走出國門？這位朋友立即回答說：「苛政猛於洋罪。」

【五五五】

七、八十年代中國大陸知識者的覺醒不僅因為他們發現了真理，而且因為他們發現了虛假，發現過去的一切都是假的：假的激情，假的呼喊，假的語言，假的宣誓，假的許諾，假的檢查與批判，假的熱愛與假的仇恨，假的歷史與假的現實。

【五五六】

現代奴隸主比古代奴隸主更聰明但也更嚴酷，他們除了使用奴隸像使用牛馬之外，還創造了一套閹割奴隸心肺的技術，手上除了拿着皮鞭之外，還常常提着一串從奴隸身上剝奪下來的思想。

【五五七】

高行健在《冥城》中描述莊子的妻子在人間無路可走在地獄也無路可走，到了閻王面前也是滿懷冤屈，於是，她剖開自己的胸膛，把自己清白的心肺展露給主宰陰間陽間的權勢者。然而，主管地獄的權勢者的眼睛本就浸泡在黑暗中，他們看不到清白的心腸，淘盡肺腑也無法使他們感動，到了地獄才絕望的人比在人間時就絕望的人更慘。

【五五八】

互相廝咬，這是獸的本能，無須教育。相互妥協，這是人的性情，需要教育。

【五五九】

人在受騙時並不痛苦。痛苦的是明知受騙卻沒有不受騙的自由。社會給騙人者許多自由，還給騙人者以桂冠、寶座、光榮，卻不給不受騙的自由，於是，思想異端便無處存身。

【五六〇】

權勢者為了讓人們遺忘自己製造的大悲劇，常常製造比悲劇本身還可怕的理由。許多殺人有理、暴力有理、摧殘人性有理的理論，細想起來，條條讓我徹夜難眠。

【五六一】

離開故國之後，我異常珍惜時間，再也不去理會那些批判、譭謗我的喧囂。我知道我的所有文章只是表達人類應當拒絕走向野獸世界的思想情感，但他們卻對我的表達發出各種尖叫，我一直認為這種尖叫不是人類的聲音。

【五六二】

胃腸的虛空可使知識者消瘦，思想的堵塞卻會使思想者發瘋。思想者最悲慘的事，是被自己頭腦中淤積的思想所脹裂。

靈魂無須裝飾，但尋求表達。堵塞表達之路，靈魂就會呼叫、吶喊、抗議。

【五六三】

知識分子的人格結構是世界文明所建構的，它天然地不只屬於一個民族。在時間增值、空間貶值、地球變成一個村莊的時候，知識者的身份注定不只是一個國民，而且一定是個村民。任何人造的邊界，包括國界，都不能限制知識者思想的遊牧。知識者自創的思想路線一定重於國界線。從這一意義上說，知識者的國度乃是一個沒有國界的大村落。

【五六四】

在西方知識系統中，人生活最重要的領域是政府控制不了而社會也不能干預的領域，政府已從這些公眾領域撤退。而這個領域在中國恰恰天天被干預、被改造、被消滅。

【五六五】

知識階層是唯一靠能力和知識而生存的階層，而不是靠關係和權勢而生存的階層，所以特別寶貴，所以需要承擔連自己也沒有意識到的責任。知識人嚮往自由，但把責任視為自由的伴侶。了解這一道理並非易事。雨果在一八八零年為《雨果全集》所寫的自序中說：「經過漫長的歲月，一生辛勤勞動，飽經風霜，完全獻身於思想與行動，最後才明白這些真理、責任感，作為自由的不可分離的侶伴出現了。」

【五六六】

確信人的不完美，確信人寄以生存的世界的不完善，確信人所期望的情感的不完滿，才有寬容。

人性論

【五六七】

明知生育、分娩是一種痛苦，許多女子還是要品嚐這種痛苦，因為這種痛苦乃是「生命自然」的一部份。當孩子在啼哭中像太陽那樣升起，當交融着恐懼、疼痛、歡樂的眼淚像泉水從眼眶裏噴出，生命自然體便進入了大平靜並被自己創造的太陽光輝所淹沒。這是人類自創的最柔和的光明。伴隨着小太陽升起的是母性的覺醒，這是另一種偉大的愛的誕生，是生命自然的一次刻骨銘心的體驗。

【五六八】

無論在東方還是在西方，我時時都等待着觀賞人的精彩：為真理而拋棄市場、名譽、地位。但等待到的往往是失望。世上為市場、名譽、地位而拋棄真理的人很多，為真理而拋棄市場、名聲、地位的人很少。人性世界中正負的比例可從此知道大概。

【五六九】

守住美好的品格很難，在東方難，在西方也難。東方太多壓迫，西方太多誘惑。我常陶醉於文藝復興時期人文主義者頌揚人的語言，但在現實中卻看到：在權力面前與金錢面前，人總是突然失去光彩。

【五七〇】

中國的土專政和西方的洋專政都可以把人弄得服服貼貼。兩種專政各有妙法，但都致力於相同的目標：為了讓人變成手中馴良的器具，必須淘空他們身上的腦汁、膽汁和心汁。沒有這些液汁，人就變成像把乾枯的木棍那樣容易操縱。

【五七一】

因為世道艱難，因為生存競爭的殘酷，人們為了爭得一個好職業、好位置，就無休止地自我膨脹，膨脹十倍、百倍、千倍，最後連自己也忘了本來的樣子，不知自己真有多少重量。僧多粥少，使僧把自己誇大成佛、成神，乃至誇大成神王。薩特發現：位置與機會的稀少會使人的存在變形。

【五七二】

金錢能填飽肚子，這一點知道的人較多；金錢能填飽腦子，這一點知道的人較少。現在社會的一切感覺正在麻木，最後只剩下金錢的感覺，就因為腦子被財富填滿了。跟着感覺走，就是跟着錢走。金錢正在成為人類的唯一嚮導。

【五七三】

六、七十年代發生文化大革命，熱火朝天之下是國家上層忙於爭奪旗手的地位，而下層則遍地是螻蟻似的打手與政治扒手。半是壯劇、半是醜劇的歷史事件使我警覺到：人間的騙子手都是在偉大旗手的名義下繁殖的。旗手與扒手可以結盟。

【五七四】

靈魂的家園喪失之後，人們便用氣功、法術、道術、相面術以及權術、心術來支撐自己的千瘡百孔的靈魂。因傷痕纍纍而無法療治，氣功、道術、權術、心術等便進入全盛的時代。

【五七五】

上一世紀，托克維爾在《英格蘭和愛爾蘭之行》中面對曼徹斯特的污染，就預言人性的潰敗。他說：「從這污穢的排水溝裏流出人類工業的最大巨流，澆肥了整個世界；從這骯髒的下水道裏流出了黃燦燦的純金。在這裏，人性得到了最完全的，也是最殘暴的發展；在這裏，文明表現了它的奇蹟，文明的人幾乎變成了野人。」托克維爾看到「工業進步、人性退步」現象，在今天的世界上正大量表現出來：文明人的未來是野人。

【五七六】

梭羅說，每個老年人都應當是研究生，將時間用於研究餘生。其實，每個人都應當是自身人性的研究生。我作為中年人，一面研究過去的自己，一面研究未來的道路。研究自身的難度並不亞於研究龐雜的歷史。要研究，就要解剖，就要開刀。自己對自己開刀不容易。

【五七七】

萊辛期待的英雄，叫做有人氣的英雄。可惜我見到的英雄多數缺乏人氣。萊辛描述這種英雄：他的哀怨是人的哀怨，他的行為卻是英雄的行為，二者結合在一起，才形成有人氣的英雄。有人氣的英雄既不軟弱，也不倔強；但是在服從自然要求時顯得軟弱，在服從原則和職責的要求時就顯得倔強。這種人是智慧所能造就的最高產品，也是藝術所能摹仿的最高對象（第四章）。我看到的中國英雄一般都是有流氓氣的英雄。有人氣的英雄很少。

【五七八】

《英倫情人》這一影片的主角，在臨近末日時才緊緊抓住愛。男主角原先是憎惡「佔有」的，然而，當戰爭把死神送到他的面前時，他卻不顧一切地佔有他的所愛，連敵我界限也不顧。他們發現：人類之愛，人的情感，才是生命最後的實在。喪失愛的理念沒有意義。

【五七九】

歌德說過：一個人的缺點，源於他所生存的時代，而他的偉大與德性，卻屬於自己。我只贊成歌德一半的話。我不願意把自己的缺點歸罪於時代，而相信每一個人的生命都要靠自己去雕塑。即使生活在最壞的時代也可以成為好人。在嘲弄德行成為時髦的時代，滿街是擁有權力、金錢、著作的小矮人。儘管如此，儘管難逃矮人時代，但可以拒絕矮人心腸，更可以拒絕與矮人合唱。

【五八〇】

朱光潛先生說：如果九十九個人都是妓女，你一個人偏要守貞節，你也會成為社會公敵，被人唾棄。易卜生的劇本《國民公敵》，寫的就是一個獨戰百分九十九的孤獨者。這位大作家認為，孤獨者最有力量。

【五八一】

面具有毒。它不僅掩蓋真實的面孔，而且腐蝕真實的心靈。自救的第一要義是扯下面具。如俄國的大導演塔可夫斯基所說的：「我們必須扯下面具，人性才能獲救。」

【五八二】

馬克思在《一八四四年經濟學——哲學手稿》中寫道：「痛苦如果是人性地把握着，那是人的一個自我享受。」痛苦可以孕育最美的同情心和最感人的悲劇。我於痛苦中感到：欣慰的是，覺得自己的靈魂確實踏着艱難的階梯在往着高處走。特別是在經歷大痛苦之後，我覺得自己走出了貧乏的地表。

【五八三】

我要向康德致意。這不僅因為他告訴我人乃是目的王國的成員，還因為他用自己的創造表明，一切工作包括哲學思維都應當有助於人類去建立正常的人性狀態。康德研究者卡爾·維斯培說，康德的生命，是一種追求知識的生命；但事實上還不僅如此，他的生命存在是建立在一種堅定的人性之上。如果沒有一種堅定的人性在他身上，他絕對找不到與天上的星辰一樣輝煌的地上道德律，也絕對發現不了那些保證人性健康的絕對命令。

【五八四】

兩百年前（一七九七年），在一次哲學的論爭中，康德寫道：「如果我們的工作和理論的爭辯，脱離了內心的慈善，那麼這些東西對我們又有甚麼好處呢？」年邁時，他的醫生進入他的房間，康德起身相迎，醫生阻止，康德説：「剛才那刹那，顯示人性並沒有離我而去。」偉大的哲學家，到了生命的最後時辰，關心的是人性是否丢失。在宇宙的時空中，個體在地球上的出現只是一刹那，在這一刹那裏，能顯示出扎根於生命中的美好人性，那就是最高的幸運了。

【五八五】

如何開展人生？這個問題始終困擾着杜斯妥也夫斯基。基督説：「生命不是麵包主宰的。」他彷彿接受了這一真理。比麵包更重要的也許是自由。「人不能恍恍惚惚地生活，快快覺醒吧！」他的人物德米特里道出心聲。然而，人該如何擺脱恍惚，他想到：「當你來到世上時，就已和自由有了約定，因此是兩手空空而來的。」空空的兩手不是為了乞求麵包，而是為了自由創造，手是不能閒着的。醒來，是自由的醒來還是責任的醒來。我想該是兩隻眼睛同時張開吧。杜斯妥也夫斯基想到的大約是兩隻眼睛同時醒來。人性的困惑是作家永恆的困惑。

【五八六】

如果不是用人性的視角去反省過去，就會認定以往一切的歷史錯誤都在於暴力革命不徹底，結果是愈反省，這個世界愈是暴虐，手段愈是殘酷，離開人性就愈遠。

【五八七】

公元前四十三年就出生的羅馬詩人奧維德所作的《變形記》，寫了二百五十多個變形故事。人最後不是變成獸類便是變成鳥類、樹木、花草、石頭。少年時聽這些故事，覺得離奇，現在讀來則覺得平常。因為自己就看到許多人變成野獸，變成石頭，變成草木，還看到人一旦獸化之後的牙齒全都鑲嵌着文明的金邊並比野獸的牙齒更為鋒利。

【五八八】

人的本性難以改造，惡難以抗拒，無論訴諸暴力還是訴諸溫情都難以變動，所以只能尋求寬容。叔本華說人是自食的狼。人的自食超過任何動物，尤其是精神自食。自作賤、自作孽、自滿、自負、自虐、自欺、自我奴役、自我欺騙，當代中國自食的深度，達到撲滅心思的一閃念。

【五八九】

愛鄰人並不容易，鄰人幫助你，你會愛他。鄰人妨礙你，就不容易愛他。世界上最難愛的是與你生活在同一時代同一地區但又不斷指責你挑剔你的人。但只要他是人，你就有愛他的理由。

托爾斯泰宣揚愛，但他的愛並不抽象。他曾說：最大的罪過，是人類的抽象的愛，愛一個離得很遠的人，愛一個我們所不認識的、永遠遇不到的人，是多麼容易的事；而愛你的近鄰——愛和你一起生活而阻礙你的人，則是很難的。

【五九〇】

內心的緊張使自己感到累，但也感到自豪。肉人、傀儡人、忍人等，都沒有內心的緊張，沒有本我與超我的衝突。

【五九一】

薩特對虛無始終存在着焦慮，捷克的作家昆德拉則是對「輕」表達焦急。在虛無中，在輕中，人們贏得自由又感到不自由。不自由給人以壓迫感，自由（輕）也給人以壓迫感，人永遠處於心靈的困境之中，世界應無不知焦慮而深刻的人。

【五九二】

毛澤東去世時，似乎征服了一切，征服了他的敵人，他的戰友，他的國家元首與元帥，他的千百萬知識分子；但是，他死後卻甚麼也沒有征服，他的敵人還到處都是，他的戰友還活得很好，他的繼續革命對象重新變成革命動力，他的知識分子一個個從牛棚走向人間，他們正在訴說動物界難以征服，人類界更難征服。

【五九三】

朋友在遙遠的彼岸，在我曾用全副身心擁抱的土地上。我深深地緬懷他們。幾年前，我知道自己與他們拉開了大約有一萬里的空間距離，此時才發現，我與他們拉開了可怕的無邊的時間距離。時間沒有堤岸，時間更殘酷。

【五九四】

阿Q總是在欣賞自我景觀，所以絕對不會想到人應當反省和自我解構。自我解構使人意識到他人身上的黑暗同樣存在於自身，一切惡對我都是可能的。

【五九五】

人時而理性時而任性，既有建設力，又有破壞力，既容易勃發野心又容易灰心，既迷人又可怕，所以人要永遠保持天真天籟就特別難。

【五九六】

獸的原則：咬死同類，然後自己活下去。

人的原則：保護同類，讓同類和自己一起活下去。

然而，讀了中國的酷刑史，便會知道，許多人的行為，是最兇猛的野獸也不會幹的。

【五九七】

攻克巴士底獄的第一個人是個流氓，許多革命家原先是痞子和流氓無產者，所以不能概念化地理解活生生的人。

【五九八】
對人生看得不透，常會發生狂熱；對人生看得太透，又會變得冰冷。我害怕的還是滿身冷氣的人。

【五九九】
不能超越自身的黑暗，就注定要生活在憤怒、嫉妒、琢磨他人的黑暗之中。暗無天日的歲月，常常是自己造成的。自己可以變成自己的絞肉機。

【六〇〇】
會憂傷，人才美。淘盡了人性的憂傷，會使人變成冰冷。人在病中顯得懦弱，但懦弱會使人格顯得更完整。托爾斯泰說：「在精神的價值上，病的狀態比健全的狀態是優越得多了，不要和我談起那些沒患過病的人們，他們是可怕的，尤其是女子：一個身體強壯的女子，這是一頭真正粗野的獸類。」托爾斯泰說得過於極端，但女子懦弱與憂傷絕對是人性美所必須的。

【六〇一】
托爾斯泰在他的日記中記載他心中的三種魔鬼：一、賭博慾：可能戰勝的。二、肉慾：極難戰勝的。三、虛榮慾：一切中最可怕的。
三種魔鬼都可能導致人生的失敗，但最後一種慾望則使人生注定失敗。一生都像爬蟲在名利的高牆上爬行，這才真正輸給魔鬼。

【六〇二】

女兒生日的時候，我覺得必須對自己最心愛的生命表達一種希望，於是，在生日卡上這樣對她說：但願已被世界蔑視的真、善、美永遠不會離開你，但願這三項永恆的無價之寶永遠像金項鏈一樣佩掛在你的胸前。

【六〇三】

人類思想巨人，不僅給我智慧，而且給我面對人類生存困惑的執着和衝出這一困惑的人格熱情。所以我對思想大師始終懷着雙重感激。中國本世紀傑出的精神人物，在我懂事之後，有的死了，有的還活着。可惜活着的，精神一個一個被強大的政治所閹割，我一直看不到他們挺直的胸膛和人格火炬，所以，我並未因為與他們生活在同一時代而自豪。

【六〇四】

托馬斯．卡萊爾在《論英雄和英雄崇拜》中說：「人的痛苦總是由自己的偉大之處所引起的。」（《論英雄和英雄崇拜》第二零九頁，北京中國國際廣播出版社，一九八八年）信念與愛，這是人的偉大之處，痛苦是由於堅守這一切而產生的。犬儒主義者只有笑聲，沒有痛苦；他們雖有幽默，但沒有信念。

【六〇五】

文章中有血脈的真實的跳動，便沒有矯情。靈魂很小而架子很大就佈滿酸氣。文人的酸味會腐蝕思想。鄭重的思想有苦味，有辣味，但不能有酸味。

【六〇六】

人的情感不可分析，即「不可云證」，但情感又是人的最後實在，它是人活着的一種證明。因此，只有情感才「斯可為證」。

【六〇七】

政治、文化、文學都在講究策略，做人也講策略。然而，講策略的人愈多，世界就愈失去真誠，文學就顯得蒼白。本世紀末的特點是「無思想、有策略」。

【六〇八】

讀了聖經之後，覺得上帝最高的創造不是天使而是人。因為他按照自己的面貌創造了人而且給人以最高的贈品，即自由意志。天使雖然純正但沒有思想。

【六〇九】

在六、七十年代，當我的故國喪失一切誠實和善良的時候，我對眼中依然含着淚水的眼睛和帶着羞愧的眼睛抱有信任感。

【六一〇】

偉大到如同愛因斯坦的生命，絕不會有嫉妒。也沒有任何一個人值得讓他嫉妒。真正攀上生命高峰的強者，像阿波羅神一樣，絕對平靜。

【六一一】

我不是明燈，也不是天生就帶有光明的螢火蟲，而是一塊火石，只有經過打擊才會產生光芒。我在他人的錘打中感到過痛苦，但我沒有仇恨，因為打擊者也幫助我思想。

【六一二】

快樂是一種消耗，苦難卻是一種積累。苦難除了給我積累下書本裏讀不到的智慧外，還為我積累下真誠的兄弟和堅貞的朋友，他們宛如星辰，永遠可靠地照亮着我的心靈。

【六一三】

人需要有人際溫暖，但不需要過於沉重的人際關係。太沉重便成了牢獄。簡化人際關係，才能深化情感和深化精神生活。

【六一四】

身上有無數的自我。有數不清的善的自我，也有數不清的惡的自我，還有數不清的非善非惡難以命名的自我；每次選擇，我都聽到內心的爭吵。每次爭吵，又使我感到人性的豐富。

【六一五】

史蒂芬·霍金在《時間的歷史》中說，宇宙的邊界條件是它沒有邊界。宇宙是完全自足的，它不被任何外在於它的東西所影響。它既不創生，也不被消滅。它就是存在。我讀這部書想到：人的內宇宙也是一個無邊界的存在。它具有不斷創造的可能。

【六一六】

生命成熟了，由熱變冷。冷不是陰沉，而是冷靜。把熱能凝聚於生命之中，讓它化作更大力量，然後去駕馭萬物萬有。冷靜不是化解生命的激情，而是找到生命激情的形式。

【六一七】

我喜歡康德這一觀念：在我的人格中，道德律顯示了獨立於一切獸性甚至獨立於整個感官世界的一種生命。道德律不是教條，也不是法規，而是生命。這種生命把人的整體生命提升到美麗的處所。肉人的身軀中缺乏這種生命。

【六一八】

精神一旦枯萎，就把生命懸掛在過去的光彩之中。像一束乾花，只能向人們顯耀往昔的繁榮。

【六一九】

每一個人都可能是一座地獄，但每一個人都想把別人拉入自己的地獄，讓自己擺佈。人類統治他人的慾想沒有止境，連處於乞丐群中的人都想充當丐幫的首領。那些從來也進入不了思想深處的人，一直在設法讓所有的思想者都服從自己的號令。人的統治慾難以遏止。

【六二〇】

說世界的心是好的，這是對的，它確實關注着人的死亡，研究着人的傷創，焦慮着人的貧窮；說世界的心是壞的，也是對的，它時時都在滋長着貪婪、野心和虛榮的慾望。許多最美好的心魂遭到毀滅它也無動於衷。

【六二一】

在最不幸的時代裏，愛、人性作為罪孽被無休止地審判。愛所驅策的靈魂被打擊得遍體鱗傷，每個人都張牙裂嘴地嘲笑愛的字眼與愛的意義，我因為無法從心底全部除盡愛，結果，我總是過着朝不慮夕、充滿恐懼的日子。社會給我的榮譽一直消除不了這個時代留下的餘悸。

【六二二】

奧古斯丁發現人類生活中處處充滿愛。一個人的所作所為，甚至包括罪惡都是由愛引起。怨恨、不貞、犯法、謀殺也由愛產生。但人類不能停止愛，因為愛停止了，就等於僵化、死亡、低賤、可憐。因此，問題不在如何消除愛，而是如何淨化它。排除污水，去愛值得愛的東西。

愛雖也會引起罪惡，但把愛作為罪惡本身，則是極大的荒謬。因為愛首先是導致善與美。把愛作為罪惡加以打擊的結果便是把世界留給黑暗與黑暗中的蛇蠍。

【六二三】

當我們的身體與靈魂都感到疲倦的時候，尤其是心魂感到疲倦的時候，唯有愛能重新喚醒躺倒的精神。辛苦的人生之旅，如果沒有愛的處所可以棲息，人便沒有身體的健康也沒有靈魂的健康。

【六二四】

肉體有血，靈魂沒有血。被稱為剝削者的人也被稱為吸血鬼。吸血鬼容易引起憎恨，而吮吸人們靈魂的權勢者，則沒有吸血的痕跡，他們仍坦然地坐在寶座上，繼續高舉他們的權威，也繼續着他們打擊人類靈魂的事業。

【六二五】

托爾斯泰臨終前幾年，他不是欣賞自己創造的精神山嶽，而是不斷地向世界強調他並非聖者而是犯過許多錯誤的凡人。他說他怯弱，常常不能說出他所思想、所感覺的東西。雖願侍奉真理，但永遠在顛蹶，如果人們把他當作一個不會有任何錯誤的人，那麼，他的每項錯誤將顯得是謊言或虛偽。

我在托爾斯泰對怯弱的自我確認中看到他的強大，在他的懺悔中看到他對人類無條件的愛和至死也不放棄的責任與義務。

【六二六】

本世紀的大物理學家史蒂芬．霍金，他的人生是個生命的奇蹟。他在《黑洞與嬰兒宇宙》一書為了表述自己的精神，修正了伏爾泰小說《憨第德》中的一個名叫潘格洛斯的角色，這個人物的名言是：「我們生活在所有可以允許的最好的世界中。」霍金則認為應把這句名言改為「我們生活在所有可能的世界中最有可能的一個世界。」（《黑洞與嬰兒宇宙》第六一至六二頁，吳忠超杜欣欣譯，藝文印書館印行，一九五五年版）修正後的思想激勵人們去爭取最有可能的一個世界，而永遠不承認「不可能」。

【六二七】

我所愛的幾個朋友在憂鬱中死了。死在自己的夢裏。死時夢還沒有醒，他與夢一起消失。消失得靜悄悄。我也差些死在自己的夢裏，即思想差些僵死在烏托邦的幻夢中。夢是太陽，夢也是墓地。

【六二八】

不斷咀嚼黑暗，不斷地翻閱那些沒有星光的冬夜與夏夜，那些裸露的野蠻和深藏着的文明的最後嘆息，而且常常想起海德格爾的話，一個時代的貧乏，就在於缺乏對痛苦、死亡和愛的本質的揭示。黑暗剝奪過我，但黑暗也豐富了我。

【六二九】

魯迅先生的小說《狂人日記》的時間觀是直線的。狂人不對過去懷抱希望只對未來懷抱希望，所以他呼籲救救孩子。但是把希望寄託於孩子身上的人一旦發現孩子也不可靠時，就會感到絕望。

【六三〇】

阿Q的生命沒有出路。但他還是頑強地尋找了兩種出路，一是在過去的時間中去感悟祖宗的闊綽，一是在未來的時間中去幻想自己在二十年後還是一條好漢。阿Q的悲劇是喪失生命的現在時間形式。誇耀的只能是過去和未來虛假的光榮。

【六三一】

魯迅為了堵塞阿Q們回到過去的時間中，便讓狂人宣佈過去全是黑暗，全是吃人的歷史，那段時間中沒有任何光榮。但是，現代的阿Q們卻仍然抓住過去的時間以掩蓋今天的貧困。所謂「憶苦思甜」，便是為了掩蓋此時此刻的缺陷。

【六三二】

一次小橋邊偶然的相逢，剎那間留下令人心醉的美麗影像，像打印到白紙上的鉛字，任歲月的淘洗再也抹煞不掉。但是，那一瞬間過去，笑影消逝，任千萬次大海潮來，也帶不回那記憶中的美。無盡的時間不知吹拂了多少年代，才把她送到這一點上，轉眼間，無盡的空間又把她送到永難尋覓的歷史深處。人生在這一相逢之後，才感到真的大寂寞。

【六三三】

每一個早晨是我的起點，每一個黃昏也是我的起點，因為黃昏之後的夜晚，我仍然在做他人未曾做過的事，也在寫着自己還沒有寫過的文字。

【六三四】

我常告誡自己，不要像在峭立的牆壁上拚命爬行的小蟲，不要為了掛在牆壁上虛假的桂冠和虛假的鮮花而心勞日拙。生活需要勤勞，但不需要爬蟲似的苦辛。

【六三五】

不能要求人們都去當烈士，但應當敬愛烈士。烈士把生命的意義看得高於生命本身。為了更高的意義，為了真、善、美，他們去戰死，去毀滅，這才形成悲劇，也才形成支持世界不會墮落的崇高柱石。

【六三六】

良知並不隨着文明的腳步而進步，它是伴隨着人類而來的植根於內心的一種優秀品質，這種品質的火燄常常會燒毀現代人瘋狂追逐的目標，但也常常會被這些目標所燒毀。

【六三七】

我不喜歡尼采的超人哲學，因為我身心中最深層的情思連結着構成世界基石的普通人。但我喜歡尼采的絕不向生活屈服的精神。他說：甚麼都行，就是不能做個失敗主義者。人難免失敗，但失敗只是邁向更高人性的階梯，而不是人生的目的地。我把尼采的話簡化之後，激勵自己說：甚麼都行，但不能停留。

【六三八】

高行健的《生死界》使用了一個女人的獨語，表現了一個女人的生命世界。她審視過去，否定「人生如夢」和「命中注定」的兩大消極命題，而給人生之謎作出這樣的回答：惟有信守心中所存的一絲幽光，才能免於毀滅。

人生最難的正是保持這點若明若暗的幽光，在歷盡滄桑之後仍然相信生命的本體就是生命深處那一點任何時刻都必須燃燒的火燄。即使未來化作一縷幽靈，也不承認黑暗就是生命的全部。

【六三九】

政治運動在每一個人面前製造了一個無底的深淵，人們隨時都可能被拋入深淵。這是一種深淵的威懾。蘇聯教育家蘇霍姆林斯基曾說過，人一旦習慣於生活在恐懼與威懾之中，就會在道德上變得卑鄙、偽善和阿諛奉承，即變成一種殘酷的、沒有心肝的生物。恐怖的深淵會如此影響人性，中國知識人均有所體會。

【六四〇】

生命過程是困難的征服史。征服無知，征服苦痛、貧窮、貪慾、挫折，征服人造的懸崖和自己身內的壁壘。所有的征服都難以仰仗別人，只有自己才是這一征程的主帥。

【六四一】

英國王妃戴安娜身亡之後，在她的追悼會上，大牧師說，人間三樣東西是最寶貴的：信念、智慧、愛，而三者中居於第一位的是愛。不錯。愛是信念、智慧的前提。沒有愛的信念會變成對人類實行壓迫的教條，沒有人性基礎的智慧會變成導致人類毀滅的心術與權術。

【六四二】

人因為不甘心泛泛做人，所以才讀書，才思考，才進取。詩、散文、戲劇、一切偉大的藝術，都是表達生命的大學問，即表達不願意泛泛做人但又難以做一個真正的人的困惑。

【六四三】

人不是為虛榮而存在，而是為快樂而存在。自身的自由是快樂，為社會服務是快樂，為人類的共同期待而犧牲是快樂。只要覺得自己的所作所為乃是真實的生命存在，苦鬥也是快樂。

【六四四】

荷馬雙目失明，但創造出人類最偉大的史詩；博爾赫斯也雙目失明，又創造出二十世紀的史詩。盲、殘廢，常常是一種天賜。來自天國的無限光明點燃了盲人的內心，他們不受外界的五顏六色所干擾，便把內在的光明表現得五彩繽紛。

【六四五】

人生雖然辛苦，路途上雖然有無數的坎坷，但我還是樂於走下去，這是因為旅途中有着許多美麗的瞬間。這瞬間，有時是靈感的洶湧，有時是科學的發現，有時是跋涉的完成，有時是渴望的歌聲自天而降，有時是和思念中的友人突然相逢。

【六四六】

虛偽使人不斷變換面具和變換人生手段，使人喪失人的全部天真天籟。沒有一種品格比虛偽對人性的腐蝕更為嚴重。

【六四七】

反抗社會時，首先反抗自身。質疑社會時，也要質疑自我。自我還是一團漆黑，卻大叫改造社會，這個社會一定愈改造愈多邪惡。

【六四八】

馬雅可夫斯基在他的短詩《夜》中，這樣形容人群：「人群——腿腳敏捷的花貓——彎着腰游動，鑽進各自的大門。」人群確實敏捷，但從來沒有站穩過腳跟。昨天趙家是豪門，它往趙家走；今天錢家是豪門，它往錢家走。變動的人群，是跟着感覺與情緒奔走的臨時集合體，所以它聚得快，也散得快。人性的表層格外脆弱。

【六四九】

人在難以生存而又有強烈的生存慾望時，就會把慾望表現為攻擊性。此時，人身上會長出老鼠的牙齒，狼的胃，豹的爪子，蛇的毒液。孔子講「仁」，就是講人與人的關係必須有「仁義」、「恕道」、「溫良恭儉讓」等。他老人家大約深知人性的一大特點是攻擊性。仁乃是對攻擊力的抑制。如果天地不仁，就會視百姓為芻狗；如果人類不仁，就會視同類為芻狗。

【六五〇】

走在群體後面的人會感到孤獨，走在群體的前面也會感到孤獨。真的先鋒在前方披荊斬棘後，一定會感到寂寞。因為他離眾人太遠。

【六五一】

對於貧窮而出賣自己的人（如妓女），我已難以同情；而對富裕還出賣自己的人（如某些為了政治地位的富豪）則更是鄙視。

【六五二】

人性極不可靠，既經不起打擊，也經不起誘惑。西方早已看到這點，所以崇尚法律；中國老是看不透這一點，所以崇尚人治。

【六五三】

亞里士多德在《論靈魂》中區分了靈魂的營養能力、吃食能力、感覺能力和思維能力，認為植物只具有第一種能力，動物具有第一、第二和第三種能力，而人則還擁有第四種能力。這部著作告訴我：人類從它最早的哲學大師就知道，具有動植物所沒有的獨特思維能力，這是人類最值得驕傲的傳統，失去這一驕傲，人類便沒有光彩。

【六五四】

約瑟夫·康拉德（Joseph Conrad）說，文學藝術是將最高的正義給予有形的世界的一種嘗試，它試圖在宇宙、物質以及現實生活中找出基本的、持久的、本質的東西。康拉德所說的這種基本的、持久的東西，就是人性。

【六五五】

斯賓諾莎不把人性的弱點和情緒視為人性的邪惡。他對弱點理解而不嘲笑。寬容便從此形成。古希臘哲學家德謨克利特經常嘲弄人類的自負與愚蠢，但斯賓諾莎說：「我力求理解人的行為，而不是嘲笑、哀嘆或咒罵人的行為。因此我並不把人類的激情，諸如愛、憎、憤怒、忌妒、驕傲、憐憫和擾亂人心的其他情緒看作人性的邪惡，而是看作人性所固有的一些特徵，這正如熱、冷、暴風雨、雷鳴以及諸如此類的現象屬於大氣的本性一樣，這些現象雖然不利於人的活動，但它們是必然的特性。」（《政治論》第一章第四節）。

死亡雜感

【六五六】

我的朋友李澤厚在接近六十八歲的時候對我説：我已假設自己死了。既然死了，那麼「身後是非誰管得，滿村聽説蔡中郎」。有了死的假設，的確可贏得自由：死了還怕甚麼計較甚麼？還怕世間的暴虐、專橫和宰割嗎？死了還追求世間虛幻的名聲、地位、榮耀嗎？死了還管人們的評長論短、還為他人的討伐、批判、誣衊憂煩嗎？一切都會消失，只有此時的情感、情懷和好奇的眼睛是真實的。平靜地走着腳下結實的路，能走多遠就走多遠，走不動就歇歇腳，不要急，不要慌張，更不用欺騙別人和欺騙自己。

【六五七】

科羅拉多高原的十月，秋意正濃，我依然在早晨與黃昏裏澆花割草。明知冬季將臨，明知下個月鵝絨似的大雪將從洛磯山那邊滾滾而來，明知百花凋殘不可避免，但我還是努力灌溉，把握住此時此刻的美與快樂。此時此刻，鳶飛魚躍，小鳥啁啾；草葉與樹葉映着霞光雲影，秋菊開得像金色的向日葵，天空藍得像夢境，艷陽縟麗的光華透過密葉，漏落在草地上。竹棚裏的肥瓜垂掛着，像雕塑，彷彿是假的：我只顧沉湎於這一刻。人們在準備過冬的衣服時，我準備在冬天裏可以微笑的記憶。

【六五八】

這一刻，我和你相逢。這一刻，是如此簡單，又是如此不簡單。昨天是西方，今天是東方；往昔是高山，現在是流水；那回滿頭蒼翠，這回鬢髮如霜。天地悠悠，時空無常，同族同類千萬億萬，而我們竟能在此相逢，共此月色，共此星光，這是怎樣的偶然，怎樣的神秘，怎樣的幸事？對於這一刻，你說：活着多麼好。儘管肩挑重擔，腳踩污泥，活着多麼好！對於這一刻，我說：這一刻意味着戰勝許多死亡。

【六五九】

經歷過一個危險而逼近死亡的瞬間，但又是一個具體而圓滿的瞬間。在這個瞬間裏，我作為自己的衛士，保衛了自己的肺腑和肝膽。在生的誘惑與死的威脅中，人格最容易崩潰，但我保衛住人格。於是，這個瞬間成為詩意無盡的瞬間。在第二人生中，我從一個詩意無盡的瞬間開始。想到這一點，我就對人生充滿愛意。

【六六〇】

天亮了。我又迎接一個清新的黎明，又在晨光中提起筆。提筆的一剎那，我意識到，像流亡的星辰我又穿越了一次暗夜，經歷了一次覺醒。剛剛甦醒的腦子很好，昨天的悟意尚未消失，新的思緒又像朝露一樣明晰。我提醒自己，要珍惜。在穿越昨天的黑夜時，許多智者與愛者已經死亡，而你還幸存着。你從死神的掌心中僥倖走出，贏得死者們曾經渴望過的尊嚴與自由。不要荒廢任何一個早晨，不要讓任何一脈美麗的晨光從你身邊流逝。

【六六一】

幾位至愛的友人死的時候，我為死者哭泣，覺得從身上掉落的不僅是幾滴淚水而是我自身生命的可以觸摸到的鮮活的一角——生命的一部份伴隨朋友而死亡。在那一瞬間，我真切地感到身上有一種東西崩塌，這是物質性的。

【六六二】

也許人的最深邃的慾望是存在的慾望，因此對死亡總是懷着恐懼。如果存在狀態過於痛苦，存在的慾望減弱，死的恐懼也許會減弱。自殺者以自身的行為語言告白：他已對死亡無所畏懼。因此，一般地說，富裕者、成功者、權勢者更怕死。大人物未必不是膽小鬼。

【六六三】

林黛玉在臨終前百感交集，自焚詩稿。晴雯在與寶玉訣別時說，「早知今日，何必當初」，剝下指甲贈與知己。美的死亡是美的最後顯現，它比美本身更美。它讓人更深地感知到美的價值。落葉、落花、落日，常常比葉子、花朵、太陽本身更讓人激動。

【六六四】

有些哲人說，死亡沒有種類，而我卻看到死亡的無數種類。死亡具有不同的質。有的死亡是善的完成，有的死亡是惡的完成，有的是美的完成，有的是醜的完成。最後一種是醜劇的落幕，讓許多人都會鬆一口氣，他的生是罪孽，死則是貢獻。

【六六五】

屈原、陶淵明、杜甫、蘇東坡、莎士比亞、歌德這些偉大的詩人顯然沒有死。他們不僅仍然擁有生命，而且每天都在給予生命。我每次走到書架前去和他們見面，都覺得相見後自己有所變化，他們顯然又改變了我身心的某一形式。

【六六六】

黑格爾認為，死亡是向血向「土」的要素回歸，死者回到要素的簡單存在之中。林黛玉在葬花時意識到自己將像落花一樣向「土」回歸，賈寶玉不知道能否意識到自己將向「石頭」回歸。能向簡單要素回歸的生命才正常。一些偉人拒絕向簡單要素回歸，所以他們死後就建金字塔、皇陵、紀念堂，幻想回歸到另一天堂。但他們的屍首畢竟也是僵冷的石頭，回歸豪華只是幻想。

【六六七】

叔本華說人總是在繞過暗礁，但是，繞來繞去還是繞不過最後一個暗礁，這就是死亡的暗礁。任何偉大的舵手都無法領着我們繞過死亡的暗礁，人類的悲劇是最後總要觸礁。儘管有既定的悲劇性，但人類還是一代代迎着風浪繼續航行。人類畢竟是偉大的悲劇家。

【六六八】

生命不是整體性死亡，最先死亡的是那些沉睡不醒的部份。久不思考的生命、久不前進的生命就是部份先死的生命。只是能意識到部份死亡的人很少，多數都以為死亡是一次性的，飛躍性的。

【六六九】

每條道路都通向死亡，但還要繼續前進。墳墓告訴你生的結局，但埋葬不了你生的全部結果。生的果實是抗拒死的唯一武器，所以人的創造慾望總是難以泯滅。

【六七〇】

儘管天天吃人參和在身體上注入補藥，但生命還是一天一天地走向衰朽，一天一天離墳墓更近。擁有百萬大軍的將軍甚至擁有江山政權的帝王，也無法消滅死亡。唯有能夠給人的心靈以美好積澱的文字，它能比肉體的生命更長久。

【六七一】

莊子認為死是不真實的：死只是歸入自然、融入永恆。曹雪芹則認為死是真實的：人一死，一切都「了」。以為不真實，沒有眼淚；以為真實，便是十年辛酸淚。

【六七二】

一切都是瞬間，再美的花朵也要凋謝，再輝煌的宴席也難持久。曹雪芹以人生根基的不可靠來解釋人生。於是，他沒有幻想，也不製造新的幻想。

【六七三】

林黛玉如果沒有死，她就會像托爾斯泰筆下的娜塔莎——嫁人，肥胖，在庸俗的社會中失去自己的美。因為死，她才留下永恆。死，會把「生」化為永久的美麗的雕塑。

【六七四】

黃仁宇先生的《萬曆十五年》，說明一切人，從萬曆皇帝到首輔張居正到一切宦官皇妃宮女，都是歷史的人質，正如古希臘的《俄狄浦斯王》說明一切人都是命運的人質。天網恢恢，多數人都逃不掉歷史的羅網與命運的羅網，能逃脱的，便是英雄。人質是傀儡，是賭博的物質。

【六七五】

人的生命有限，語言不過是阻止死亡的一種生命延續，它仍然是有限的，把語言誇大為無限也是白日夢。

【六七六】

日本人崇尚櫻花，崇尚武士道，講究瞬間的直覺、瞬間的把握、瞬間的穿透，不相信長期的功夫。我相信瞬間的超越，但又相信瞬間的超越借助於長期工夫的積澱。

【六七七】

日本武士道精神的信仰者，一生精心策劃的就是一個死。死就是目的，死就是美。對恐懼的超越就是美。死不是達到某種功利的手段。

【六七八】

死是枯竭。但死也是源泉。它是哲學家的思想的源頭。海德格爾的哲學之源就是對死的大徹大悟。孔子說：「未知生，焉知死。」海德格爾的哲學是孔子的反命題：「未知死，焉知生。」我從海德格爾的哲學中贏得更多的力量。當我明白死亡是一種不可抗拒的限定時，我便一直在限定裏盡可能讓生命放出光彩。

【六七九】

因為人會死，生命才贏得意義。青春、勇敢、獻身、時間等美好的字眼才贏得意義。如果人不會死，生命有甚麼可珍惜的？時間有甚麼可珍惜的？青春有甚麼可珍惜的？死亡不僅界定了生命，而且界定了生命的意義。西蒙娜·德·伏波瓦的《人總是要死的》，寫一個長生不死的福斯卡，悟到不死會使他失去了戰士的光榮、女子的愛情和生的樂趣。存在主義哲學家與俗人對死亡的恐懼不同，他們有一種對不死的恐懼。

【六八〇】

有些哲人說，死亡是一種轟動。的確，有的人的死亡是種轟動。但是，不求死亡的轟動，打消死可以重如泰山的慾念，可以帶給生時更多的從容和寧靜。老是想到死的轟動，難免要落入生的虛榮。

【六八一】

我尊重上帝與基督，卻不願意成為教徒。因為我所確定的生活目的，不是死後可以順利地走入天堂。也就是說，我的生不是為了死——為了死後的幸福。我確定的人生意義是此生的意義，是此生此世我的工作和我的工作之果。

【六八二】

人死了之後，靈魂就像隕石似地不知掉落在甚麼地方。在廣袤無邊的天地之間不知何處可以尋覓。倘若能夠掉落在幾位真誠仁厚的朋友心中，就沒有甚麼可遺憾了。如果落到後世知音心中，就更值得高興。朋友與知音的心，就是故鄉。

【六八三】

看到一具人的屍體，會突然使我們嚴肅起來。人對死不敢輕狂，但在生時輕狂的人卻很多。發現生的價值，往往在死的一剎那。

【六八四】

在過去的時間中，我有過身心的局部死亡。在未來的時間中，我還要死亡。因為有過死亡，我才有明鏡，才洞見我與世界怎樣逐步衰朽，怎樣掙扎，又怎樣穿過死亡的身軀獲得人的魂魄。

【六八五】

人們都以為死亡之後一了百了，從而可以得到安寧。但是中國的文化卻使得善良的百姓生時無路可走，死時也無路可走。魯迅筆下的祥林嫂，就是一個被判定為死後也要被兩個男人用鋸子爭奪她的身軀的女性。

【六八六】

賈平凹筆下的一個人物，只迷戀着兩種東西，一是已經死亡的時間，這就是過去；一是必將死亡的象徵，這就是棺材。她的焦慮是在她變成了殭屍之後是否有一個較好的小窩。

【六八七】

「誰能拯救我脱離此死滅之身?」《新約．羅馬書》這樣提問。美國的作家兼思想家威爾斯（Herbert George Wells）作為無神論者，他認為這個拯救者可以是自己。因為自己的肉身裏包含着思想，而你的思想顆粒可以成為人類思想巨流的一部份。他相信早已形成的人類的思想、知識和意志的大江大河是永遠洶湧澎湃着的，此江此河不會死亡。而我們一旦成為這江流的一部份，便可脱離死滅。我喜歡把死亡視為確定的哲學，也喜歡把死亡視為不確定的世界觀。

【六八八】

德國存在主義詩人里爾克（Rainer Maria Rilke）因被一朵玫瑰刺傷而致血癌而死，這使我想到：死亡也可以是一首詩，可以死得很美。

莎士比亞筆下的許多人物的死亡都是一首詩：如羅密歐與朱麗葉之死，哈姆雷特之死，埃及女王克莉奧佩特拉之死。曹雪芹筆下的許多女子的死亡也是一首詩：林黛玉之死，尤三姐之死，晴雯之死。她們死得如泣如訴，如詩如畫。

我國偉大詩人屈原投江而死，他的後世同胞惋嘆千載，並把他的死日定為端午節，這也因為，他的死亡是一首詩。屈原之死是一首詩，無可爭議；王國維也投湖自盡，但他的死亡是否一首詩還有爭議。可見，死的意義與生的意義相關。

自殺容易構成一首詩，因為它可以選擇，但自殺不一定都有詩意，尤三姐的自殺是詩，而她的姐姐尤二姐的吞金自殺，卻不是詩。

被他人所殺，被權力與社會所殺也可能是一首詩。基督被釘上十字架而死亡，就是千古絕唱，最動人的不朽的偉大詩篇。布魯諾、伽利略等科學家被燒死，也是偉大詩篇，催人落淚的詩行。

日本現代的大作家三島由紀夫筆下的主人公剖腹自殺，整個過程，顯然是一首詩；可惜這些死亡之詩，好像是刻意寫成的。

林黛玉在臨死之前，焚燒了所有的詩稿，這些文字的消失沒有甚麼可惜，沒有一首詩能比得上她的死亡之美。凝聚着人間最真最深的情感的眼淚，包含着人間至真至美的情感的死亡，永遠是天地間最動人的詩篇。

【六八九】

許多感人的作品確如劉鶚所說：文學乃是哭泣。有情人常被自己的眼淚所淹死，靈魂就安葬在自己的眼淚裏。林黛玉到人間來「還淚」，還了債之後就在淚中下沉，埋進眼淚的海底。機器人沒有眼淚，政客沒有眼淚，劊子手沒有眼淚，蛇蠍沒有眼淚，只有人擁有眼淚。人性世界何時喪失最後一片綠洲而變成沙漠，就看何時人類失去最後一滴淚。

【六九〇】

九年前的那一次劫難對我永遠是重要的。這一年命運給我的提醒超過以往幾十年。它提醒我：死亡隨時都會到來，死神不在縹緲的他鄉，他就在你的身旁，隨時都可以發出死亡的通知。明白死神不在遠方，就不敢偷懶。

【六九一】

我的讀書與寫作，很像在水中下沉。時深時淺。沉到深處時，才有快樂，心情也很好。沉不下去的時候，就不安。我發脾氣，只是因為此刻浮在水面，並沒有其他原因。

【六九二】

久不思考是生命的一種死亡形式。可以說，生命的死亡是從不思考開始的。人最後關閉心臟的大門，但在這之前，總是先關閉思想的大門。

【六九三】

人的生命永遠在生與死、愛與恨之間衝突緊張，生命才無限曲折，無限壯觀。

【六九四】

對罪孽的承擔，不是害怕來世的懲罰，而是對人之所以成為人的責任的認同。沒有任何外在性的力量可以征服純潔而坦白的內心。

【六九五】

薩特把人界定為被判了死刑而又不知何時赴刑的存在。

人通過營養、吃藥以延緩赴刑的時間，但為了延緩這種時間，也往往出賣靈魂，使靈魂提前奔赴斷頭台。

【六九六】

人一生下來就是一個存在，而且是不斷發展變化的存在。沒有甚麼力量能夠否定這個存在，除了死。那麼，人生就必須追求存在的意義。這種意義不是他定的、注定的，也不是先驗本質所規定的，而是自己賦予的，即自己賦予自身存在的意義。我的存在帶有甚麼樣的意義、面孔和本質，我有選擇的自由。因此，選擇在我，自由在我，責任在我。為主為奴，操之在我。人的存在可以渺小到極點，也可以博大到極點。人的本質力量可以對象化到無邊無際，也可以懦弱到毫無力量，這都取決於自己。在「命運」這一大概念中，我不屈服於「命」，而期待於「運」——期待不屈不撓的向前運動。

【六九七】

我對將死與必死沒有恐懼，但在思想旺盛的年月裏，我對死亡感到惋惜。所以每時每刻都盡可能地從僵死的教條中掙脫，以爭取時間，我知道黑暗的墳墓就在身邊。

【六九八】

聽到鄧麗君的死訊時，我感到痛惜。當我充耳灌滿進行曲的時候，是她的另一種美妙的如同天樂的聲音滋潤了我們一代被火藥烤焦了的心胸，我一直感謝她。她雖然死了，但她的及時而死，恰好給人間留下永不衰老的、與她的聲音和諧的美貌。她在中國人的心中將是永恆的美與永恆的星光。死亡與虛無並不相等。已經逝世了的鄧麗君，即使她的鬼魂在黑夜裏出現在我的面前，我也不會害怕。她的歌聲聚集着人類的全部溫情與善良，即使她作為鬼，我也渴望聆聽她的帶着憂傷美的歌聲。

【六九九】

詩人安格爾說，每個人到了生命的最後，總是要聽到一聲沉悶的爆炸，然後離開人間。誰也沒法避免這一聲爆炸。但這一聲爆炸可以炸毀一些人的全部，卻不能炸毀另一些人在生命過程中創造的另一種更久遠的生命。

【七〇〇】

一個青年對着牆壁全神貫注地吹奏笛子，沒有聽眾。我站在他的背後許久，但他沒有發現，他的內心充滿思念、傾訴和情意。潰敗的生命不會對着大自然吹奏戀歌。人生很短，我也應當握緊靈魂的笛子。不要放下，即使沒有一個知音也不要放下。

【七〇一】

當愛財如命的乞乞科夫（《死魂靈》中的人物）為丟失錢財而哭泣求救的時候，一位智者對他說：「值得哭泣的不是你的財產，而是那沒有人能搶沒有人能奪的東西。」這種沒有人能搶沒有人能奪的東西就是人的靈魂。儘管世上有剝奪靈魂的革命，但靈魂不可剝奪依然是一個真理。人在自己的生涯中常常自己拋棄這一價值無量的東西，但很少人為它的丟失而哭泣，甚至許多人永生永世也不會意識到它的丟失。

【七〇二】

每天都聽到雙重的呼喚，既有光明的呼喚又有黑暗的呼喚。光明的呼喚使我靈魂飛向天空，黑暗的呼喚使我的思考擁有紮實的大地。無數同類處於黑暗中，他們從黑暗中發出的呼聲，許多人聽不見。可我總是敏銳地聽到這呼聲，所以不敢輕浮。

【七〇三】

我的人生可算是有幸的。因為我愛書本和愛朋友，所以生活中總有人類最優美的心魂相伴。此外，還因為我有許多跟蹤的虎狼，那是人類的負面，這一負面又使我的理智不會過於殘缺，文字不會變成低吟淺唱的牧歌。

【七〇四】

在人生的起始階段，路上總是佈滿花香，此時，我不懂得時光的份量。直到鮮花凋零，道路充滿泥濘，自己也差些被風暴埋葬之後，才知道生命可以有所作為的歲月是多麼稀少，這歲月乃是一種有機的物質，它有着多麼難以估計的重量。

【七〇五】

寫過《裸者與死者》、《北非海岸》的美國作家梅勒（Norman Mailer）說過，人的年紀大了之後，最糟的是變得膽怯。曾經敢於冒險犯難的，年老時卻變得戰戰兢兢、瞻前顧後，最後更是變得漠不關心，無動於衷。心靈的死亡，第一徵兆是膽怯；第二徵兆是冷漠。到了這個時候，作家倘若還有自知之明，最好是沉默。

【七〇六】

如果那個瞬間真的是死亡的瞬間，如果那個瞬間之前還有三分鐘，如果死神在這個時刻問我還有甚麼依戀，我大約會告訴他：這個世界雖大，但我依戀的只是此刻在我心靈中那幾個春日般的親人與友人的名字，唯有他們是這世界最後的真實。

【七〇七】

人的生命「始」於母親的子宮，這是沒有差別的，但是，人的生命「止」於何處卻很不相同。有的止於抓住最後一個銅板，有的止於王位最後的囑託，有的止於抽出最後一縷絲，有的止於偉大圖畫中最後的一筆，有的止於觀賞藍天的最後一瞥。人生終止於何處，常常真實地顯示着人生。

【七〇八】

一切都可能被剝奪，一切都可能被粉碎，一切都可能被疏遠，但心靈的歸屬可以自己掌握，誰也無法改變它。世事滄桑，但它可以依舊屬於自己依舊緊緊地貼在胸間依舊呯呯地跳動。靈魂只要還站立着就會改變一切，疏遠了的大山還會向自己靠近。

【七〇九】

死亡甚麼時候到來？不知道。死亡乃是一種巨大的不可知。因為死亡的不可知，人生才有趣。死亡的確定是指死亡一定到來，死亡的不確定則是不知死亡何時到來。由於死亡的不可知，生的夢境便五彩繽紛。

【七一〇】

我早就發現死亡，包括發現自身偶而死亡的時刻。當第一根白髮從頭上升起的時候，當第一個死的噩夢糾纏自己的時候，當精彩的書籍擺在面前不再興奮的時候，當美好的歌聲不再想去傾聽的時候，當人間的災難消息傳來不再不安的時刻。

【七一一】

人對死亡其實是很在乎的，因此，人們才努力去創造征服死亡的手段，包括宗教、哲學、文學、藝術等等。一切精神創造都是在創造一種比生命更為長久即超越死亡的東西。對於死亡不在乎的人也有，但很少。

【七一二】

自從聶紺弩、施光南去世之後，我便意識到，熱愛我的友人不可能伴隨我的一生，他們將一個一個離開我。想到這一點，我再也不會忽略真正的情誼。

【七一三】

人類內心深處也許有一種超越死亡的東西潛伏着。我一直在挖掘這種東西。我的文字都是在挖掘時帶出來的泥土，其中可能夾雜着永恆的碎片。一切都讓時間選擇，我只管不斷挖掘。

【七一四】

死神並不是突然而降的不速之客。它伴隨着人的誕生而進入人的體內，潛伏着、窺伺着，並抓住某個時間點開始蠶食人的肉體與靈魂。人可能在肉體尚未被吃掉之前，肝膽、肺腑已被吃盡，靈魂也只剩下殘骸。

【七一五】

近日，四千年才接近地球一次的彗星又出現了。我在陽台瞭望着這太空中神秘的客人。四千年前它君臨的時候，大部份人類還處於刀耕火種的蠻荒之中，而四千年後它再度來訪的時候，人類卻有無盡的繁華。此後四千年它再度來訪時，人類會是怎樣呢？可惜它永遠行走在天宇大道而我們卻再也看不見它了。人生真短，彗星的一輪足跡，正是人類的百代腳印。

【七一六】

無論哪一個季節，我都確信太陽就在頭頂。即使在嚴寒的冬季，我也相信，那只是太陽離我尚遠，但太陽還在，沒有人能消滅太陽。我記得歌德說過：太陽永遠不會下沉；還記得叔本華的話：太陽永遠處於燃燒的中午。

【七一七】

自古以來，無論東方還是西方，總是在爭論靈魂是否存在。其實許多人在肉體死亡之前靈魂早已不存在。他們的問題不是死後有沒有魂靈，而是死亡之前靈魂是否還在。果戈理的小說《死魂靈》就是發現人在死前靈魂已率先毀滅的悲劇。

【七一八】

生命彷彿是無休止的重複：誕生，生長，發展，死亡；然後又是誕生，生長、發展、死亡。生命的悲劇正是明知要死亡，還要重複誕生。所以叔本華說，人最大的悲劇是他誕生了。然而，明知會死偏要誕生，偏要在大地上站立起來這也是壯劇。

【七一九】

無論是過去還是現在，無論是昨天喝彩之聲鼎沸的時日還是今天思緒奔湧的瞬間，我都覺得自己的人生高潮尚未到來，而且希望高潮永遠不會到來，高潮一旦到來就進入完成與終結。我不會看到生命句號。我的生命將終止於耕作的時刻，高潮將留待身後。

【七二〇】

人生是永遠的旅行，連死也不是終點。人死後，他的心生命還將繼續旅行，他的思想還將潛入其他生命，在活着的、奔騰着激流的其他血脈裏繼續獨白與對話。

【七二一】

孔子站在河岸上感慨時間如同逝去的江流時（「逝者如斯夫」），不知是站在河的上游還是下游。如果讓我選擇，我一定站在下游。因為我喜歡以整個身心去容納時光的流水。時間的消逝，並非死亡，我相信它的每一逝去的片刻都可以注入我的生命。

【七二二】

人到了二十歲頂多到了二十五歲，軀殼就停止生長了，但人的心靈卻不斷生長，一直生長到死。人在臨終前最後一個感悟，也可能使人的心靈長出新芽。這一意思借助錢穆先生的概念來表達，便是人的

「身生命」只成長到青年時代，而「心生命」的成長卻沒有止境。

【七二三】

人類的心靈是如何形成的？那些與獸完全不同的溫柔的心靈是如何產生的？像賈寶玉那種真性真情是如何實現的？我始終詰問着。偉大的造化經過無數年代的孕育，把冰冷的石頭化為人類心靈，造物主最偉大的成就是形成了人的心靈。不管它是上帝的產物還是歷史的產物，這是最偉大的產物。

【七二四】

在我的印象中，祖母與外祖母的去世如同落日，先是落進我的心裏，經過眼淚的洗禮然後又重新從我的心壁上升起。她們慈愛的靈魂，放射着光華，不僅為我照亮路途，還幫助我發現人間優秀的品格，使我常常在他人的生命光彩中陶醉而不知嫉妒。

【七二五】

「人生很短」這一簡單意識幫助我凝聚生命，拒絕把時間分配給無謂的爭執與爭鬥，而把歲月的流水全部引入寫作方格，讓它湧流出另一生命。

生與死不僅是軀體的存在與毀滅。在這之外，人是走向黑暗還是走向光明，是與魔鬼為伍還是潔身獨行，是攀越真理之峰還是爬行於名利之牆，都是生與死的抉擇。投身名利場與投身墳場的意思相差不遠。

思想者浮雕

【七二六】

三十年前，故國開始經歷了一個錯誤的時代。在此時間中，權力與暴力結盟對知識者進行了人格掃蕩。這是真的暴風驟雨。掃蕩過後，幾萬、幾十萬、幾百萬知識者的人格全部倒地，造成了長城內外、黄河上下的一片巨大的人格廢墟與荒原，能在廢墟上站立起來的，便成了稀有生物與稀有靈魂。

【七二七】

人格掃蕩的暴風驟雨不僅把知識者的頭顱全部壓下，而且席捲了他們的肝膽。於是，心靈、肝膽與軀體的比例全都失調。因此，一代被陳寅恪先生稱為「男旦」的精神無能者產生了。文化界只剩下精神無能者表演的戲劇，像泰國無性演員的人蛇舞蹈。

【七二八】

精神無能者也分階級。低賤者拍馬、獻媚、鑽營，提着一顆空蕩蕩的頭顱，到權勢者那裏去拍賣；高貴者則玩着教授語言和學術姿態，反叛反叛者，既安全又豐收，既媚俗又媚上。

【七二九】

世紀末是精神無能者的時間天堂。無能者個個膨脹着自己的名字，跳着，笑着，揮舞着空空蕩蕩、真真假假的大旗。精神落地但精明還在。真誠一死，手段與策略便橫行天下。精神無能者日夜思慮的便是通向權威的捷徑。

【七三〇】

世紀末無思想。世紀末無問題。世紀末無真誠。世紀末無憧憬。精神無能者會製造語言遊戲，但生產不了思想、渴望與期待。

【七三一】

想起了薩特的《嘔心》。精神無能者裝扮着精神強者的戲劇使我感到嘔心。「嘔心」是存在的零度，但沒有人願意正視這個零度。

嘔心是心理反應，又是生理反應。精神無能者不僅有心理的膽怯，而且具有體態上的醜，把肉麻當作有趣。如果說，自由從正視存在的零度開始，那麼，中國思想者的解放，應從對精神無能的「嘔心」開始。

【七三二】

精神無能者膽子很小。一個小小的觀念常常要包一百層皮。我在當代年青名人的華麗文章中常常找不到文心與文眼，倒是可以看到外交家似的一百副臉孔。

【七三三】

逃亡有着多重的意義。對我來說，最重要的是逃出精神無能者的行列。從精神無能者的行列中跳出，便是希望。

【七三四】

我是文人，但我首先是思想者。確認自己是思想者，乃是為了避免文人常有的弱點——任何時候都需要有人欣賞。為了讓人欣賞便須略帶表演，兼作戲子的角色。思想者則一定生活在戲子角色之外，他拒絕表演。在沒有人欣賞的時候，他思考得更為深刻。

【七三五】

中世紀哲學家伊拉斯謨（一四六六至一五三六）所著的《虔敬的盛宴》的開頭是優昔波斯與狄摩修斯的對話。狄摩修斯說：「叫化子在人多擁擠的地方感到最自在，因為哪裏人山人海，哪裏最好討到東西。」（《中世紀的知識分子》第一四四頁）

思想者不是叫化子，他不需要到人群擁擠的地方討生活。思想者的獨特個性是生活在人群之外與各種潮流之外。

【七三六】

戲子對着人山人海表演，思想者則面對一個人也沒有的牆壁思索。

【七三七】

思想者有對生的敏感，還有對死的敏感。他們常常能發現一種常人難以發覺的死亡的威脅，這就是安逸的威脅。壓迫不能使思想者屈服，安逸卻可以使思想者死亡。因此，思想者必定終生反抗安逸。

【七三八】

卡夫卡說：人在內心深處都是叛逆。思想者的內心深處更是叛逆。真正的思想者總是要對流行於社會並被社會所接受的「理所當然」的觀點提出質疑。沒有質疑便沒有思想。質疑便是叛逆。政治官員的脾氣是順潮流，思想者的脾氣是反潮流。

【七三九】

思想者雖然反叛，但是寬容。他反叛他人，也歡迎他人對自己的反叛；他解構社會，也解構自己；他挑戰權威，也瓦解自己的權威。思想者把反叛社會與反叛自己作為思想的雙翼。寬容，是一種心靈氣量，是允許他人反叛自己和瓦解自我權威的氣量。

【七四〇】

思想者是最開放的人，他的思想能容納宇宙萬物，能容納人間的各種苦痛與哀傷，不會被仇恨、偏見、誘惑所同化。思想者又是最封閉的，他獨立自主，常常關起門戶，排除外在潮流的侵蝕與騷擾。帝王將相的權力也難敲開他的大門。

【七四一】

天問，地問，人問，自問，思想者天生是個質疑者，但不是懷疑一切的狂徒。捷克總統哈維爾在質疑極權的時候，卻保衛着「人的尊嚴」這些不可懷疑之物。他在獄中致奧維爾的信上說：「無論是時光流逝還是歷史發展，有些東西是永遠也不會成為可疑之物的。因為它們本身就是人類存在的不可分割的一個準度，因此也是歷史的一個準度。這個歷史既表現為一連串的鎮壓、謀殺、愚昧、戰爭與暴力，同時也表現為輝煌的夢想、理想和渴望。」（《獄中書簡》第一零四頁，田園書屋）

【七四二】

人的尊嚴不可侵犯，這便是無可懷疑的準則。哈維爾說：「維護尊嚴的願望只是『自我意志』（即想成為唯一的、想擁有與眾不同的個性意志）的另一種形式、另外一個方面、另外一種表現。而屈辱（作為一種典型的『死亡法則』的表現形式）卻妄圖去毀滅人的個性（它最大的理想是將存在變成一種無機體，再把它分散到宇宙中去），捍衛一個人的尊嚴首先意味着捍衛一個現實的不可替換的人的個性、捍衛他本身。」（《獄中書簡》第二二六頁，田園書屋）

【七四三】

人的尊嚴似乎抽象，但又非常具體。哈維爾說人每天都有充當可憐蟲的可能，也有不當可憐蟲的可能，選擇前者沒有尊嚴，選擇後者則要承受折磨。

我所見到的多數，是選擇充當可憐蟲，即在熙熙攘攘的人群中充當一條悽悽惶惶的夾着尾巴的生物，蜷縮在廳堂與書庫的角落裏。

【七四四】

胡適在《科學與人生觀序》中說：「近三十年來，有一個名詞在國內幾乎做到至上尊嚴的地位，無論懂與不懂的人，都不敢公然對他表示輕視或戲侮的態度。那個名詞就是『科學』。」

社會要生存下去，有些名詞是不可輕視與戲侮的。除了科學之外，還有愛，真，善，美等，這是社會生存的鹽。知識分子其實就是護衛人間生存之鹽的赤手空拳的衛士。

【七四五】

生存困境是思想者的搖籃。偉大的思想家都是在生命的挑戰中誕生。一個老是徘徊於岸邊而不投入大海的人不可能成為傑出的舵手，一個只是在書卷裏討生活的人也不可能成為大思想家。思想的產生和思想者的生命投入緊密相關。許多留學生可以成為學問家卻難以成為思想家，就因為他們沒有經歷過生命的試煉。

【七四六】

圓滑可以使政客走向政治塔頂，卻注定是思想者的墳墓。失去鋒芒的思想無價值。

【七四七】

政客無思想。政治家則一定是個思想者。思想為大政治家創造了境界。甘地、馬丁·路德金、曼德拉是二十世紀的政治家，他們的政治都有一種境界。

【七四八】

人的生命質量有着很大的差別。思想，是人最重要的質。知識能幫助思想，但也會阻礙思想。思想者往往要衝破知識的包圍，才能充份放射人生的感悟，綻開新鮮的花朵。思想者要擁抱學術，又要穿透學術。

【七四九】

中國知識分子常常扮演兩種相反的角色，一是英雄的角色；一是受難者的角色。而文化英雄的情結與受難者的情結，都限制知識者產生深邃的思想與智慧。

【七五〇】

本世紀的中國知識分子只拿西方的文化視角、尺度來討論中國社會問題，卻從來也沒有參與世界的討論。新世紀提出的使命是中國思想者在打破封閉社會的大門之後怎麼辦？面對人類社會的困境中國思想者有沒有自己的眼光。

【七五一】

蘇格拉底是值得尊敬的，他是人類歷史上第一個為哲學而殉道的人；伽利略和布魯諾，是值得尊敬的，他們是人類歷史上打開近代科學先河並為科學殉道的人。在中國，有許多為國家興亡為帝王社稷犧牲獻身的人，但幾乎沒有為哲學為科學而殉道的偉大志士。我把我的同鄉李卓吾視為奇蹟，並深深崇敬他，就因為他是一個為思想信念而犧牲的偉大殉道者。

【七五二】

上帝是一個形而上的假設，這一假設又是最完美、最合理、最理想的偉大存在，世俗社會中的仁人志士只能在某一點接近這種理想境界，不可能等同這一存在。有這一假設，人才能正視其有限性，而不會幻想與神同一。

【七五三】

精神生命流動着的血液叫做思想。沒有思想，生命只是一片沼澤。我反叛那些把人視為機械的觀念，乃是對生命的自衛並無其他雄心。

【七五四】

承認自己脆弱、軟弱、微弱，可以避免許多妄想，包括成為超人的妄想。人的話語不可能句句是真理，更不可能放之四海而皆準。終極真理的妄想便是超人的妄想，以為人可以代替神的妄想。妄想使人變成妄人，使心變成妄心。

【七五五】

靈魂有不同的顏色。我很喜歡中國作家張煒在《九月寓言》的「代後記」所說的一句話：「任何一個時世裏都有這樣的哀嘆——我們缺少知識分子。它的標誌不僅是學歷和行當上的造就，因為最重要的依據是一個靈魂的性質。」靈魂的性質看不見，但世間拍賣靈魂、交易靈魂的行當卻有聲有色。昨天我看到的是因為害怕壓迫而出賣獨語的權利，今天我看到的因為害怕貧窮而出賣獨語的才華。因為靈魂的顏色看不見，所以有那麼多得意的騙子，也有那麼多狡黠的學者。

【七五六】

愛因斯坦不僅是探索自然宇宙的學者，而且是心靈宇宙的旗手。我對愛因斯坦景仰的原因不僅是他的成就，而且是他的世界觀。我曾被他的一段人生獨白激動得難以入眠，至今還鐫刻在心裏。他說：「人類存在於這片土地，是為了他人——尤其是與自己休戚相關的人以及因同情之心所聯結的無數陌生人。我常深切感到，我的物質和精神生活，不知蒙受多少別人（包括現存和已死的人們）的惠賜和幫助。人家既投我桃子，至少應當報之以李，我該如何努力才能答報社會呢？我常為這些問題而擾亂了心靈的平靜。」（引自《我的人生信條》，《二十世紀智慧人物的世界觀》第七七頁。）

【七五七】

培根認為世上的種種快樂都可能達到飽和狀態，唯有學問不能飽和。這是真的。學問是無底的深淵和無邊的大森林，做學問的人是永遠的飢渴者甚至是永遠的迷惘者，他永生永世將注定被困惑所糾纏，解了一個困惑之後又被新的更大的困惑所折磨，所以大學問家一定是最謙虛的人，一定是大飢渴者。

【七五八】

時間與空間具有無限的差異，而且變化無窮。個人在時空中的經驗也具有無限的差異而且也變化無窮，因此要打破大一統的視野，要打破所謂四海而皆準的真理神話，當然也要打破大一統的文學史框架。

【七五九】

以前誤認為知識分子的功能無限，可以充當各種角色：政治家、革命家、思想家、救世主、聖人、文學家、靈魂工程師等，現在才意識到這是功能的膨脹。意識到知識分子功能的有限，才能勇敢地承認自己並不那麼重要。

【七六〇】

人間到處都有黑暗，只是黑暗具有不同的形式。我在東方和西方都感受過黑暗。黑暗一部份是物質的，監牢、牛棚、子彈、皮鞭等；一部份是非物質的，氛圍、傳統、指令、思想剝奪等。非物質的看不見，所以思想剝奪是最難改變的黑暗。

【七六一】

中國有一些正在被謳歌、被崇奉的學問家，他們均聰明到極點。這種聰明就是極善於保護自己，對社會的黑暗不置一詞，卻能贏得社會的迷信。知識分子失去世道人心的批判功能之後，不再體現社會良心，卻能在社會上生活得很好，而且能受其他知識者的崇拜，這是一種很大的本領。

【七六二】

知識者都習慣在黑暗中生存、陶醉，那麼，黑暗的社會自然就平安、穩定，繼續蠶食殘存的光明。

【七六三】

自己的鼻子很難聞到自己思想的朽氣。可是，只有能聞到朽氣的思想者，才能保持靈魂的新鮮。刪除發霉的字眼與思想，我時時提醒自己。

【七六四】

我不斷勉勵自己應當努力做個人類思想大師的知音，能夠聽懂他們從高貴的血脈中流淌出來的獨語，做他們的「後世相知」。如果靈魂不死，他們知道他們的思想言語經過幾千年的漂泊，最後落入許多傾慕者的心靈，也落入我的心靈。他們一定會說，這些後世相知的心靈，正是我的精神歸宿。

【七六五】

感受人。在感受歷史與世界時，不要忘記感受人，感受美麗的人格。宇宙神秘的韻律就蘊藏在美麗的人格之中。

【七六六】

磨礪自己的思想是為了進入問題而不是為了用一個完整的腦袋去為沒有問題的權貴們服務。儘管世界與人生的各種疑問往往形成我頭腦的分裂。

【七六七】

對着莊嚴的日出與日落，還有肅穆的星河雲漢，我追思往昔的自己，有一點感到欣慰的，就是自己一直真誠地愛着從蘇格拉底到康德這些偉大的思想者。儘管任何時候我都保持着做人的驕傲，但是，對他們卻一直是謙卑的。謙卑地立在他們的心頭上沉思。

【七六八】

常感到極度的疲倦，但我知道不能疲倦得太久，因為疲倦等於短暫的死亡。靈魂麻木，身體麻木，對於人間的所有不幸沒有力量感到不安，這種死亡是不能太久的。

【七六九】

我和我的同胞用十年的時間對着領袖的像片不斷地唱着讚歌，從早晨到黃昏。但是，最後我發現領袖僅僅是懸掛在空白牆壁上的一張圖紙，全然沒有感覺。

【七七〇】

想到焚書坑儒，想到無數次文字獄把知識分子從肉體到靈魂一塊塊撕碎，想到中國知識群中的優秀頭顱一次次被埋葬，然後又看到依然有不怕被埋葬者在，有正直的聲音從岩壁絕谷中發出，就不敢輕言對人類的絕望。

【七七一】

到海外之後，才清楚地看到一些漂流者的性格悲劇：埋怨、消沉、浮躁、痛苦，其原因全是不甘心從中心地位退入邊緣地位。而不接受邊緣地位，妄想在邊緣與夾縫中又扮演中心的角色，會變得非常滑稽。懵懵然，像吃糖果不明世事的孩子。

【七七二】

不再追求一種虛幻的、四海皆準的真理，而把自己所設定的理論視為只是一種個人的體驗而已，可能對也可能錯。只有這種邊緣心態才有平靜與寬容。

【七七三】

處於兩種文化的夾縫之中，游離於兩種文化的邊緣地帶，對兩種文化都能反思，便形成自己特殊的經驗和特殊的批評位置，因而也形成自己特殊的視角。在中心之外，未必是一種劣勢。

【七七四】

說知識分子是邊緣人沒有錯。相對於站立在政治漩渦中心的政治家們，他們總是處於社會的邊緣地帶。作為漂流者，我更是生活在各種文化的邊境之中。然而，我不承認自己是絕對的邊緣人，因為當我思索的時候，我就站立在黑暗中心的門口，面對着黑暗說出真話。處於黑暗中心的權勢者常常阻止我說話，他們知道我雖身在邊緣，但頭顱卻常常撞擊着黑暗中心的閘門。

【七七五】

這個紛紛擾擾的世界，其中心只有一個，這就是人。電腦不是中心，高樓大廈不是中心，航空母艦不是中心，國家機器不是中心。應當緊緊地擁抱人，不應自處於這個中心之外。

【七七六】

當作家學者們紛紛論證自己是邊緣人的時候，只有索爾·貝婁提出「回到中心」的期望。他說：「現在，是甚麼居於中心地位？既不是藝術，也不是科學，而是在混亂與昏暗中要決定其生存或死亡的人類。既然，中心是人類，那麼，我們此生的目標，就應在人類的中心處，去爭取自己的權利。」作家如果不重新回到中心，這並不是因為中心已被佔據，而是自己放棄中心。只要想回去，是可以隨時進去的。

【七七七】

索爾·貝婁在榮獲諾貝爾獎時所發表的演講中說，作為個人，應當「為爭取靈魂的主權而與喪失人性作鬥爭。這鬥爭是無法終止的。」

為護衛靈魂的主權而鬥爭，這應是思想者的心靈原則。政治權力，市場法則，道德的混亂與虛偽，都在侵犯靈魂的主權。

【七七八】

在故國的南方時，以為廣闊的北方到處都是路。到了北方之後，最後發現北方也沒有路，連自己最心愛的大街和廣場也沒有路。困惑之中，以為西方到處都是路，最後又發現這裏也沒有路。這才意識到文學藝術的美好，它在沒有路的現實世界上，為你開闢一條自由之路，屬於你自己的可通向一切地方的路。

【七七九】

監獄裏沒有空間，但有時間。監獄的空間雖小，但容納彎曲着的手臂和思索着的頭顱還是有的。所以，監獄固然扼殺人，但也造就人。許多鋼鐵般的思想者都是從牢房的鐵門裏走出來的。但監獄也有生產痞子和無賴的功能。

【七八〇】

人是從母親子宮中流出來的生命，不是北京或長春汽車製造廠生產出來的螺絲釘，所以讓我當馴服工具是不可能的。當權勢者對我說：你必須成為一枚革命機器上的螺絲釘時，如果我回答：是。那麼，我首先褻瀆的是我的母親。

【七八一】

想到基督的名字，我就覺得自己平靜一些，心靈也變得溫柔一些。每次記起基督在十字架上的樣子，我就覺得吃點苦算不了甚麼，挫折和死亡，往往是再生與復活的序曲。然而，我始終沒有成為有神論者和基督教徒。因為我不敢放棄一個從小就生長出來的念頭：人生之旅中的一切困難都應當由我自己去解決，依靠神的無限力量去化解畢竟輕鬆，而依靠自己有限的力量去化解雖然艱辛，但畢竟顯示出自己確實擁有力量。

【七八二】

儘管我酷愛文學，但拒絕一些朋友的要求：你只要寫些文學作品和文學理論就行了，不要考慮文學之外的事。他們不了解，我的作品就是我的整個的人。作為人，我要用自己的方式去否定現實中的荒謬、兇殘、虛假、邪惡。作為知識分子，我則要從專業王國中漂泊出來，如同托爾斯泰晚年的「出走」。有「出走」才有大關懷。

【七八三】

當地球的這邊進入黑夜的時候另一邊則是白晝，它無時無刻都在運轉並在地面上生產着新的知識，如果世界在繼續生產的時候我不能繼續學習，我就會成為這個世界中的一個半開化半愚昧的狼孩。

【七八四】

晚年的托爾斯泰，總是坐立不安，像個煩躁的、愛發脾氣的孩子。他說：「舉目盡是貧困，我們卻豪華奢侈，整個人間生活不好，是因為我們這些人不好……」「見到替我們家幹活的奴隸們，心情便愈來愈沉重了。」這是托爾斯泰晚年的一大情結。知識分子不是煽動奴隸起義的人，卻是為奴隸請命的人。好的知識分子，一般都是奴隸的首領。

【七八五】

屈原在朝廷中是個大官，但是，他之後的中國史家和中國人都認定他是一個知識分子，不會把他推入官僚的範圍。這不僅因為他是一個大詩人，而且因為他是一個能發出「天問」的人，即能夠對天道世道提出問題的人。

【七八六】

知識分子是社會中永遠扛着大問號的階層。他們是永遠的質疑者，他們在發出問號之後也尋求句號，但只是暫時的句號。在政治上，反對黨只向執政黨提出問號，而知識分子則對兩者都提出問號，他們是雙重問號和多重問號的階層。

【七八七】

根深蒂固的偏見不屬於知識分子。我在記住自己是一個知識分子的時候，並非自戀着自己的一點專業知識，而是提醒自己，你必須把人間的公平與正義根深蒂固地放在心裏，紮進心裏。如果不是根深蒂固，一陣打擊和一陣誘惑就會把你的正義感颳走。

【七八八】

用頭腦去體驗世界本是思想者的特色，但我自己和我看到的中國知識分子，卻在很長的歷史時間中用肉體去體驗世界。肉體受盡懲罰。一個個作家學者被揪鬥被踢打被踩上沉重的腳，這種肉的體驗固然也深化了思索，但我更多地感到悲傷。

【七八九】

知識分子為了不背叛自己的信念，往往要背叛自己曾經隸屬過的階級、集團、族群，甚至還會背叛愛過自己的君王、雙親、朋友，最後還會背叛自己，即背叛自己的「錦繡前程」和「幸福」去嚐盡苦頭。

【七九〇】

此刻安靜地寫作，此刻便價值無量。為了這一刻的存在，必須排除阻撓、障礙、挫折、引誘，包括排除死亡。在這一刻裏，有人在辛苦奔走，有人在艱苦掙扎，有人在為住房大聲疾呼，有人在為亡者悲傷哭泣，有人在玩樂中消耗時光，而我卻贏得這一刻。

【七九一】

人活着的時間短得出奇，何況在有生的時間內幾乎三分之一處於幼稚狀態，三分之一處於衰老狀態，而在最強壯的三分之一部份中，有的時間生鏽，有的時間生蟲，有的時間被剝奪，所以，能贏得思想活潑的寫作瞬間，就絕對不能放過。

【七九二】

知識者手無寸鐵，但權勢者卻很怕他們。秦始皇把知識分子集體埋葬（焚書坑儒）就表明統治者的恐懼。到了現代社會，中國還發動一場大革命來清除知識分子的影響，這說明，手無寸鐵的階層擁有力量，這就是人格與話語的力量。

【七九三】

在文化大革命中，時間凍結，工資凍結，銀行存款凍結，書本凍結，思想凍結，但知識分子階層並沒有被凍死。一旦陽光照明，聲音照樣發出。這一歷史經驗，足以使我獲得信心。

【七九四】

自由的權利雖說是天賦的，但畢竟是預付的。倘若不努力讀書，不從小一頁一頁地閱讀，書寫，怎麼能在知識的大海上贏得自由。千帆競發，萬舸爭流，在大海上自由飛翔的後邊是不自由的辛苦試煉。有能力，才有自由。

【七九五】

知識分子即使能夠成為權貴的朋友，那也一定是偶然與暫時的。真的知識分子不可能終其一生不對其共存的權貴展開批評，不可能與權貴永遠保持一致。保持一致，意味着丟掉自己的信念和本色。

【七九六】

赫爾曼·麥爾維爾的《白鯨記》，最後是亞哈船長、全體水手同白鯨莫比—迪克同歸於盡，「一切都消失了，可是，那個大壽衣似的海洋，又像它五百年前一般繼續滔滔滾去」。人類優秀的精神創造，也像大壽衣似的海洋，長久地滔滔滾滾。這一點，是歷代帝王的金冠不能比擬的。

【七九七】

二十世紀下半葉，中國知識分子所承受的苦難，可能需要二十一世紀整整一百年才能消化完畢。因為這種苦難不僅是感覺的驚恐，而且是整個心靈的破碎。

【七九八】

當李澤厚和我的《告別革命》出版之後，有幾位聰明人說：你們兩邊不討好。即既不能討好政府也不能討好反對派。聽了這句話，我想起史獲（Herbert B. Swope）的一句名言：「我不能告訴你成功的公式，但是我可以告訴你失敗的公式，那就是：試着去討好每一個人。」

【七九九】

卡繆在二十二歲的時候就開始寫札記。他在札記中說：「人必須生存，必須創造。人必須生存到那想要哭泣的心境。」札記中有一則記錄了愛倫．坡的四種快樂：（一）生活在戶外清新的空氣裏。（二）別人對你的愛。（三）放棄所有的野心。（四）創造。（參見台北萬象圖書公司出版的《卡繆札記》）在海外漂流的日子裏，我感受到這四種快樂。大自然；人；平靜而深邃（「想要哭泣」）的心境；寫作確實是無窮的快樂之源。唯其第二項，我想作一補充：愛他人比被他人愛具有更大的快樂。生存在想要哭泣的心境中便是生活在愛他人的情感中。

【八〇〇】

許多謙遜的作家都致力於一種「還原」：從先知與啟蒙者還原於人。而我卻經歷另一種艱辛的「還原」，這就是從被改造成相信革命可以改變一切的怪物「還原」為正常人，重新恢復對人性的尊重。近二十年，我有意識地做的就是這種「還原」的努力。

【八〇一】

相信人可以成為超人，會給人生帶來巨大的幻象，於是，就超現實，超正常，最後變成瘋子。尼采是超人哲學的草創者，他相信自己可以替代上帝，結果瘋了。二十世紀還有一些自以為是超人的梟雄，如希特勒，其實也是瘋子。妄想成為超人結果成為瘋人，這是本世紀的一個巨大的精神教訓。

【八〇二】

中國知識分子所以比較沉重，是因為內心具有雙重的煎熬：知識的煎熬和民族前途的煎熬，後者耗費大部份生命的熱能，所以前者就難以形成雄偉的大建築。

【八〇三】

「中國知識分子」這一名稱，只說明這些知識分子出身於中國，而不意味着這些知識分子只是民族知識分子。一位朋友來信說：我們中國知識分子注定要和自己的民族承受苦難，這是對的；但是，我補充說，「推己及人」在這裏是應當記住的，知識分子還應當把自己的民族苦難推及到人類的更廣闊範圍。

【八〇四】

索倫·克爾凱郭爾的話：人們終身忙碌，其結果只是：個人絕少能夠長成一顆心；另一方面，那些實際已經長出一顆心來的思想家、詩人或宗教徒卻根本不能和大眾打成一片。這倒不是因為他們不善於與人相處，而是因為他們的職業要求他們獨自一人潛心工作，要求他們保持某種與世隔絕的狀態，追求關於其自身的知識。（《克爾凱郭爾日記選》第一零一頁，上海社會科學出版社）六、七十年代，當我渴望生活的時候，我被推入大眾之中。我敬重那些和泥土一樣質樸的農民，但也未能真正和他們打成一片。因為我已長出了半個心。半個心雖是殘缺的，但有自己的思想和期待。在中國，只要有半顆心，就難以跟上大眾的步伐，就注定要蒙受心靈的痛楚。

【八〇五】

中國是一個巨大的擁有十幾億人口的國家，因此它的桂冠更有吸引力。一個省長可能管轄數千萬百姓，相當歐洲幾個小國的首領。因此，知識分子要拒絕桂冠的誘惑就更加困難。像海瑞那樣把高冠提在手上，毫不顧忌地對着王權為百姓請命的知識分子很少。

【八〇六】

我提出「文學對國家的放逐」，是因為我常遇到文學理念與國家理念的矛盾，也常常遇到自己擁抱的真理與國家原則的矛盾。站在文學與真理的立場，我必須批評國家；站在國家的立場我必須譴責文學與放棄真理。在這種艱難的選擇中，我不放棄文學與真理，而放逐國家。

【八〇七】

陳寅恪先生在一九五三年做了一件讓當時的中國感到驚訝的事。中國科學院準備讓他擔任中古研究所所長，他提出的條件一是允許該所不學馬列主義不問政治，二是請毛澤東、劉少奇給予支持。那個年代，所有的大知識分子全都低下頭來，譴責自己不懂馬列不問政治的罪孽，唯有他一個人發出這反潮流的空谷足音。一個人，發出這種獨一無二的聲音，形成了一個精神冰川時期的唯一獨立的人格。這一人格精神的文化意義甚至超過他的學術成就的文化意義。想起陳寅恪，我就想起歌德的詩句：人類孩兒最高的幸福，就是他的人格。

【八〇八】

愛因斯坦說，他不去記取那些百科全書中已有的東西。我把這句話視為對原創力的呼喚。他的成功就是超越百科全書已經定義過的一切，創造出已往知識庫中沒有過的全新的觀念。

愛因斯坦的這句話，對於把生命消耗在經典註疏的中國知識人來說，可能特別重要。

【八〇九】

自身是無窮盡的惡，卻在充當靈魂的工程師，設計着讓億萬人得救的社會靈魂大工程，這才是真正的靈魂的冒險。

【八一〇】

在創造橋樑的時候，是需要珍惜、尊重每一塊石頭的，包括每一塊小石頭。

伊塔羅．卡爾維諾在《看不見的城市》中有一節是馬可波羅和忽必烈關於橋與石頭的對話：馬可波羅描述一座橋，一塊一塊石頭，仔細地訴說。

「到底哪一塊才是支撐橋樑的石頭呢？」忽必烈大汗問。

「這座橋不是由這塊或是那塊石頭支撐的，」馬可波羅回答：「而是由它們所形成的橋拱支撐。」忽必烈大汗靜默不語，沉思。然後他說：「為甚麼你跟我說這些石頭呢？我所關心的只有橋拱。」馬可波羅回答：「沒有石頭就沒有橋拱了。」（王志弘的中譯本、台灣時報出版社）

統治者尋找支撐社會的脊樑，這就是橋拱，但他們常常忘記，構成社會脊樑的是從古到今不斷積澱下來的高潔的人格心靈。

【八一一】

我很喜歡數學家陳景潤。在他去世之前，我非常高興地和他相聚過。他有科學家的冒險精神，他所選擇的課題本身就是冒險的。許多人都失敗了，他也可能失敗並可能為失敗付出消耗一生的代價，但他勇敢地做了選擇而且獲得成功。然而，他的成功並非是原創力的勝利，它只是毅力和數學邏輯力的勝利。原創者是提出哥德巴赫猜想的德國大數學家哥德巴赫。

我常惋惜，中國只能產生陳景潤，卻產生不了哥德巴赫和他的猜想，或者說，可以產生傑出的思想巨匠，但難以產生卓越的思想家。

【八一二】

我的老師周祖譔告訴我，在故國數十年的驚濤駭浪中，在每一個知識分子都難以做人的時代裏，他不能說沒有過錯，但有一點值得自慰的是，他從來沒有為虎作倀過。聽了這話，我感動不已，並回答說：「老師，在狼虎橫行的年代，你拒絕為狼虎服務，就是一種貢獻。」

【八一三】

歌德因為總是往前追求，總是不滿足，所以任何人生的驛站都不能留住他，任何知心的伴侶也不能留住他，連最美麗的海倫也留他不住。只有大路前邊的召喚是絕對的命令。這一命令神秘而力量無窮。於是，歌德總是辜負那些愛他並期盼着永恆的情侶。在世俗的眼裏，他是負心人，但他既沒有辜負只有一次的個體生命，也沒有辜負人類整體進入歷史之後天然的使命，那種不斷前行不斷為人類歷史的大河增添新水滴的使命。

【八一四】

專制者再強大也很難戰勝思想，因為不屈的思想者隨時都能進入思維，而且往往在燈光和麵包都沒有的時候進入了更深的精神世界。

【八一五】

不管你贏得怎樣的成就和光榮，哪怕像馬克思的學說那樣，變成一個國家的統治思想。但是，只要失去寬容，消滅一切異端，學說就會變成壓迫機器。思想一旦轉化為固定的模式，暴力就會產生。

【八一六】

亞里士多德的思想與他的老師柏拉圖相左，這才形成他的名言：「我愛吾師，但我更愛真理。」哈佛大學的校訓以此為基礎作了補充，形成這樣的學府座右銘：「我愛亞里士多德，我愛柏拉圖，我愛我的老師，但我更愛真理。」這一校訓告訴它的來自四面八方的學子：學人需要文化知識，更需要文化情懷。情懷是氣質，是胸襟，是內美，是看不見的思想風采。它為真理開闢大道，為知識展示境界。二十世紀中國缺文化知識，更缺文化情懷。

【八一七】

魯迅在舉起投槍的那一瞬間，感到格外孤獨。他不知道該把投槍投向誰，他面對的是無物之陣，是無所不在的病態，是裝貼着各種名字的鬼氣與邪氣。羅曼·羅蘭說過，真正的偉大是孤獨，是個人同無形物的鬥爭。我的獨語不知是戰鬥還是戰鬥的迷惘。我感到我的戰鬥對象並不是物質的，而是籠罩一切的令人窒息的空氣與陰影。

書齋話題

【八一八】

古希臘文明的中心雅典，在最鼎盛的時期（大約公元前四三零年），人口只有二十三萬。但它卻產生了影響整個人類歷史行程的最偉大的頭顱與精神創造物。人類重要的不是量，而是質。大文化不一定屬於大國家。

【八一九】

卡爾維諾在《看不見的城市》中描寫馬可波羅與成吉思汗的故事。有一回，成吉思汗面對自己的勝利說，我此生沒有甚麼遺憾的了，該征服的都征服了。馬可波羅卻告訴他，你勝利了，你是偉大的征服者，但是，當你征服了所有的地方，本屬於你自己的地盤也消失了，正如棋盤上的戰爭，你吃得一個不剩，你的棋盤其實也不再存在。馬可波羅啟迪這位大英雄：征服了一切，最後便是征服了征服的前提與意義。

【八二〇】

當孩子上小學的時候，就知道「焚書坑儒」不對。老師叮嚀說：記住，這是罪惡。我回答：一定記住，老師。可是在三十年前一個恐怖的歷史時刻，我卻必須表示「焚書坑儒」是正確的偉大歷史事件，必須雙手扼住自己的良心然後說兩千年前活埋四百六十多名無辜的知識分子的行為是對的。當我發出「對的」那一刻，我感到自己不僅背叛了歷史，背叛了老師，也背叛了自己，三重背叛的記憶一直折磨我到今天。

【八二一】

林語堂在《蘇東坡傳》裏說：「神聖的目標向來是危險的。一旦目標神聖化，實行的手段必然日漸卑鄙。」目標的神聖化使目標成為奴役人類的名義，使一切奴役手段合法化。天堂的名義可能讓人們陷入互相廝殺的地獄。

【八二二】

青年錢鍾書比較有趣。那時候他血氣方剛，直言許多歷史教訓。在《談教訓》一文中他說：「世界上的大罪惡，大殘忍——沒有比殘忍更大的罪惡了——大多是真有道德理想的人幹的。沒有道德的人犯罪，自己明白是罪；真有道德的人害了人，還覺得是道德應有的代價。上帝要懲罰人類，有時來一個荒年，有時來一次瘟疫或戰爭，有時產生一個道德家，抱有高尚得一般人實現不了的理想，伴隨着和他的理想成正比例的自信心和煽動力，融合成不自覺的驕傲。」（《錢鍾書散文》第四零至四一頁，浙江文藝出版社）

【八二三】

產生一個不切實際的道德家，其災難如同戰爭，如同瘟疫，這一判斷發出時可能少有人相信，但是，當這個道德家以大理想的名義製造出巨大浩劫之後，人們就會相信。

【八二四】

蒙田在他最後一篇隨筆《論經驗》中說：「我們不用踩高蹺，因為即使踩在高蹺上，我們還是要用自己的腿走路；在世界最高貴的寶座上，我們坐的仍是自己的屁股。最好的生活是普通的和符合人性的模範的生活……既沒有驚人出奇的事，也沒有過份的奢華。」道德理想家，尤其是革命道德理想家沒有製造出驚人出奇的事就無法安寧，因此，他們總是毀掉符合人性的日常關懷與日常溫馨，把生活帶入鬥爭狀態與革命狀態，老是處於這種狀態的老百姓，總是身心俱倦，與處於瘟疫及戰爭狀態中的災民差不多。

【八二五】

巴赫金所說的「狂歡節」即多聲部、多種不同個性之音的交匯交流，我只是在過去的時間中看到，即在先秦諸子百家相互駁難的時代和魏晉南北朝玄學異趣的時代中看到。「五四」時期也看到一些。而我身處的時代則有許多偽狂歡節、假狂歡節。徹夜在廣場跳忠字舞便是假狂歡，因為那時只有一種絕對的、至高無上的聲音，其他的都不是人的聲音。

【八二六】

我在芝加哥大學的課堂裏，聽 Charles Taylor 在講解他的巨著《自我的根源》，特別記得他說人生的意義在於避免痛苦。痛苦並不是不得不去忍受的，而是可以避免的，人們通過避免痛苦，可以追求快樂的「充實的生活」。聽講之後，我想到叔本華的正視痛苦與我經歷過的「製造痛苦」的時代。我想，如果不能避免痛苦，最好也不要製造痛苦。製造痛苦不僅使人生無意義，而且會使人生帶有負意義。

【八二七】

人們都知道D·H勞倫斯寫過《查泰萊夫人的情人》，但很少人知道他也是一個思想家。他說：「所有為自由而進行的鬥爭，一旦成功，就會走得太遠，繼而成為一種暴政。」的確，革命成功之後所演出的悲劇往往正是從自由到暴政的悲劇。對此，勞倫斯又說：「絕大多數革命都是爆炸，而絕大多數爆炸所炸毀的東西都超過了原計劃的規劃。法國大革命的歷史證明，十八世紀九十年代，法國人並不是真想把君主政體和貴族體制炸毀。可是他們卻這樣做了，再長的努力也不能將其真正重新拼接起來。俄國人也是如此；他們只想在牆上炸出一條通道來，可是他們卻把整座房屋都炸毀了。」（《性與美——勞倫斯隨筆集》第一零九頁，台北，幼獅出版社）

【八二八】

大革命不僅可以把活人送上歷史絞刑架，也可把死人送上絞刑架。在六、七十年代，我就看到從荷馬一直到托爾斯泰全部送上審判台。

【八二九】

我在中國作家李銳的小說中，看到中國翻天覆地的革命，又看到革命後的天地依然是那麼奇怪的愚昧、貧窮和原始性的落後。這種歷史壯劇後的淒涼使我感受到人間的一種最深刻的淒涼。但作家這種冷靜的淒涼描述比風風火火的大激情更震撼人的心靈。

【八三〇】

董樂山先生《邊緣人語》中《法國大革命功過新論》一文，引證了讓—法朗索瓦·法耶德在《革命的正義：恐怖紀事》中的材料，估計在一七九二年到一七九五年之間，上斷頭台送命者達一萬七千人。而據雷內·塞迪洛特在《法國大革命的代價》中估計，因革命的暴力而喪生的約有二百萬人。對此，董先生評論說「這個代價未免太大了」，而「最大的悲劇還在於當初人權宣言中所標榜的革命目標是為了維護自由和平等這些基本人權，而為了保衛而採取的手段竟是扼殺和踐踏這些基本人權的恐怖統治，這又無異是個莫大的諷刺。」

【八三一】

托克維爾在《舊制度與大革命》中描寫法國大革命中的革命者共同的特點是「缺乏經驗和寬宏大量」，還說：在法國大革命中，在宗教法規被廢除的同時，民事法律也被推翻，人類精神完全失去常態；不知道有甚麼可以攀附，還有甚麼東西可以棲息。革命家們彷彿屬於一個陌生的人種，他們的勇敢簡直發展到了瘋狂；任何新鮮事物他們都習以為常，任何謹小慎微他們都不屑一顧，在執行某項計劃時他們從不猶豫遷延。決不能認為這些新人是一時的、孤立的、曇花一現的創造，注定轉瞬即逝；他們從此已形成一個種族，散佈在地球上所有文明地區，世世代代延續不絕，到處都保持那同一面貌，同一激情，同一特點。我們來到世上便看到了這個種族；如今它仍在我們眼前。（《舊制度與大革命》第二編第二章，第一五三頁，牛津大學出版社）缺乏寬宏大量，太劇烈，太激進，橫掃一切。世上不同地區使用的口號不同，但革命種族的特點均相似。

【八三二】

赫爾岑曾說，革命者在革命成功前是囚犯，在勝利後是領袖，因此，在當領袖時就會情不自禁地把囚犯的習慣端出來。中國的劉邦、朱元璋等，也沒有逃開這一不幸的邏輯。儘管他們在勝利之後坐上神座似的金鑾殿，但也常常表現得像個十足的流氓。

【八三三】

《三國演義》佈滿權謀、陰謀與策略。那個時代的英雄只有兩種：一種是超人；一種是策略家與權謀家。中國人後來把關羽、趙雲奉為菩薩，但沒有把諸葛亮奉為菩薩，因為諸葛亮雖是超人，但畢竟是權謀家。

【八三四】

欺騙對方。這是三國時代最核心的思考內容。欺騙得愈高明就愈有智慧，智者除了騙人的成功率很高之外，還必須不受騙，甚至利用敵方的欺騙制服對方。除了勇夫之外，三國時代的英雄都是大小騙子。許多大人物都是大壞蛋，滿肚子是壞水。

【八三五】

在相互欺騙、你爭我奪的時代，一切人性底層最美好的東西都已死亡，而關羽卻能在華容道放生昔日有知遇之情的曹操，便成了歷史上的佳話。關羽的大刀沒有斬斷人性中那點畢竟是可貴的情誼，這一情誼竟被他放在比國家利益更重要的地位上。關羽這一屬於死罪的背叛行為表明他人性深處所殘存的一點美好東西沒有死絕。

【八三六】

《三國演義》中最高的道德原則是忠誠於那個給飯吃和給桂冠的主人。漢朝皇帝曾同時給劉備和曹操以桂冠和奉祿，劉備不謀反，所以是好人；曹操心懷二心，所以是壞人。呂布反董卓，功勞很大，但人們看不慣，因為他原是一個吃過董卓飯的人。

【八三七】

在三國時代裏，不僅兵不厭詐，而是官也不厭詐，民也不厭詐，士也不厭詐。曹操在赤壁之戰一敗塗地，是他自己雖也是個詐家，卻忘記自己就生活在其他詐家的包圍之中，因此，他不僅上了黃蓋的當，還上了龐統的當。他以為龐統這個知識分子不會詐。

【八三八】

經過一場出生入死的鏖戰，滿身傷痕的趙雲救出阿斗。當他把阿斗帶到劉備面前時，劉備揚言要把阿斗摔死，說阿斗幾乎讓他丟掉一員大將。後人評說這一行為時，有的說劉備愛才如命，有的說劉備情誼深重，其實，三國時代只有野心，沒有童心；只有權力遊戲，沒有愛。

【八三九】

在爭奪權力的時代裏，一切都可能變假，連笑與哭也會偽化。周瑜死後，諸葛亮去弔喪，痛哭一場，這哭是假的。曹操在赤壁慘敗後的逃亡路上，一再大笑，這笑是為了安慰自己和安慰將領，這笑是假的。然而，在這個時代裏，關羽、張飛對劉備的忠誠是真的。在假時代裏的這一點真，叫中國人千秋不忘。

【八四〇】

《三國演義》讓中國人喜愛不已。近年改編為電視劇後更是家喻戶曉，個個沉醉。玩權術，真是痛快的遊戲。魯迅早說過，中國因為是一個三國氣很重的國家，所以總是喜歡《三國演義》。三國氣除了義氣之外，還有殺氣、霸氣、奴才氣，尤其是還有陰謀氣。

【八四一】

三國時代，每個英雄都佈滿心機。猴子那麼單純，但從猴子變過來的生物，最後卻進化出這麼一套善於欺騙的心機，真是不可思議。看到陰謀、血與屍首，我便覺得人近似猴子時會好一些。距離猴子愈遠，本事固然愈高，但也愈可怕。

【八四二】

在三國諸將諸臣中，彷彿唯有吳國的魯肅還老實。當所有對人的信賴都在敵我的殘酷對立中消失的時候，他還保留着一點對人的信賴。他的誠實與呆氣，是時代的稀有物，它幫助了智謀高強的諸葛亮與周瑜獲得成功。戰爭，不一定意味着誠實品格的全部毀滅。

【八四三】

忙忙碌碌，爭名於朝，爭利於市，賈府的權貴們爭得金滿箱、銀滿箱，僅僅是為了一群沒有出息的子孫。拋頭灑血，爭山於北，爭水於南，革命者血流滿地，最後往往也只是為了一群沒有頭腦的乏味的官僚。歷史就這樣在悲劇與鬧劇中行進。

【八四四】

戰爭是沉重的。對於失敗者是沉重的，對於勝利者也是沉重的。勝利者不僅需要承受勝利的驕奢，還需要打掃沉重的屍體，收拾佈滿血腥味的戰場，還需要接受歷史的廢墟，負載失敗者可能復活的最沉重的亡靈。許多勝利者因為承受不了這種沉重，轉而變成失敗者。

【八四五】

絕對的歷史主義者主張，為了歷史的前行應當大膽地邁出無情的鐵靴，不惜踩死長在路上的無辜的花草；但詩人作家，則無法接受這一觀念，他們天然地站在無辜花草的一邊，為無辜的花草吶喊、伸冤、尋求公道與正義。所以作家詩人總是和政治家發生衝突。

【八四六】

瑞典斯德哥爾摩海港裏展覽着一隻巨大的沉船，這是十六世紀瑞典與波蘭戰爭中出征的戰艦。這一戰艦剛剛起航尚未參戰便自沉於港口中。這是恥辱和歷史的笑柄。但瑞典人把它作為展品展示給全世界看。他們把歷史教訓看得比面子更為重要。

【八四七】

愛唱高調的中國革命論者，每隔一段時間總是宣佈着他們的社會工程設計，但時間總是證明着他們只是一些眼高手低的論客。

【八四八】

父與子的矛盾幾乎是永恆的：一個要走已經走過的習慣性的老路，一個要走父輩從沒有走過的新路。人類因為有這種衝突才有故事，也才有前行的動力。

【八四九】

往回走不一定就是開倒車。人有時需要往回走，需要回頭去尋找往前走的根據。西方的文藝復興運動就是一次返回希臘、返回古典的行走，他們正是在返回希臘的路上告別了中世紀的黑暗，走上現代的文明。

【八五〇】

古老的民族與歷經滄桑的老人一樣，很容易成為「老油子」。老油子沒有任何驚奇感，沒有任何新鮮感，也沒有任何正義感。

【八五一】

能以誠實的態度對待自己的過去，才能把握將來。過去消逝在看不見的時光中，人們容易隨意編造。

【八五二】

能在美國呆下來而且喜歡美國，並非因為美國的繁榮與強大，而僅僅是因為一個簡單的事實，即美國是一個不需要把思想交給國家的國家。

每次見到奧林匹克賽場上那一位高舉火把的運動員把火點燃，我就激動得難以自禁。世界雖然還有濃重的黑暗，但總有一代又一代點亮火光的人在，而這些人的體魄又如此健康。因此，不應完全悲觀。

【八五三】

地上沒有希望的時候，就向天空與地底尋求希望。魯迅不信神，沒有天空的希望，就把希望寄託於社會底層。地底埋藏着社會脊樑。倘若再發現地底也沒有希望，就只有絕望。

【八五四】

人在貧窮時常伴着純樸，在富裕時則建構着文明，最可怕的是在由貧變富的過程中，人們常在此時不擇手段而如狼似虎。

【八五五】

未來是一個謎，過去也是一個謎。人類在過去走了各種不同的道路，但都一樣得不到喘息。

【八五六】

韋伯在《中國的宗教》中說：「中國的考試是要測試考生的心靈是否完全浸淫於典籍之中，是否擁有在典籍的陶冶中才會得出的，並適合一個有教養的人的思考方式。」在韋伯的發現裏其實還發現中國教育的一個秘密：所有的教育都讓人丟掉鮮活的個性。

【八五七】

中國人只有在「我負天下人」或「天下人負我」的兩種態度中進行選擇，沒有對上帝的負責和對歷史的負責，也沒有對自身——生命本體的叩問。

【八五八】

所有的中國人都在嘲笑阿Q，但所有的中國人都在製造讓阿Q永遠存活的土壤。阿Q不滅，是因為到處都瀰漫到阿Q的空氣。阿Q做皇帝夢不可視為笑話。阿Q真的當起皇帝，一定會有許多人對他三呼萬歲。

【八五九】

人一面在創造文化，一面又在被自身創造的文化所束縛。人一面在追逐知識，一面又被知識剝奪天性的純樸與天真。歷史的行進充滿悲劇性，人生的努力也充滿悲劇性。

【八六〇】

胡適沒有霸氣。有學識而沒有霸氣，便是美。生活在人間而獲得知識本是幸事，但因知識而稱霸而變成半個魔鬼卻是不幸。上帝把知識視為禁果，緣由很多，而這禁果會使人膨脹和產生統治慾，以致使人變成兇神惡煞，必定也是一個原因。

【八六一】

看到商人統治文人，蠢人主宰智人的現象，一位朋友憤慨地說：歷史真不公平。我對他說：歷史也常常是公平的，它的近乎殘酷的篩子總是篩掉無價值的東西，而留下真和美的東西，這些留下的並非百萬富翁和帝王將相，而是被壓迫過、被蔑視過的精神價值產品。這是歷史不變的、固執的好性格。

【八六二】

父輩的文化傳統太雄厚會造成可怕的病症：那裏甚麼答案都有，再也不必提出問題。沉重的歷史可能會壓制提出問題的能力。五四運動的先驅者，他們最為寶貴的精神是敢於對雄厚的父輩文化提出問題，不顧歷史的沉重。

【八六三】

歷史短反而珍惜歷史。美國是一個幾乎沒有歷史的國家，所以他們就特別珍惜自己的歷史。他們計算歷史的時間，往往不是一百年，五十年，而是一年，一個月，甚至一分鐘。

【八六四】

故國歷史的漫長，固然造就了一些附麗於它的傑出的歷史學家，卻也產生出被歷史所塑造的、心靈過於複雜的子孫。包括毛澤東，他也被《二十四史》和《資治通鑒》所塑造。許多中國人成為中國歷史的奴隸產品。

【八六五】

真正能消解歷史的傷痕的，是寬容，而不是追究罪責。錢穆先生說，對於過去的歷史，應有一種溫馨與敬意，還應有一種理解的同情。

【八六六】

二十世紀中國知識分子均被放在救國之路上，把筆桿變成槍桿，因此百年來表層的射擊憤火多，而深層的精神創造少。

【八六七】

精神創造的大師反叛社會，成為不屈的反叛者。現在前衛藝術和時髦的學人，為了表現出「新銳」，卻迴避現實的根本，只攻擊大師，變成反叛反叛者。反叛反叛者，乃是媚俗與媚上。

【八六八】

只有宗教教徒和共產黨人不會感到迷失。前者有聖經指引，後者有馬克思揭示的從原始社會到共產主義的人類通途。我未進入宗教，但加入過共產黨，奇怪的是我與許多共產黨人不同，仍然充滿迷失感。我常不知人類該走向何處中國該走向何處自身該走向何處。我有時覺得世界到處都是路，有時覺得世界根本沒有路。不管有路沒路，我都在走，只是避免「以耶穌開始而以撒旦結束的行為」（雨果語），即避免落入撒旦的深淵。

【八六九】

貧窮，最能產生革命。革命是一種渴望改變貧窮的激情，一種通過最高的速度改變現狀的激情。在這種激情的燃燒中，人們容易走入瘋狂，把所有主張理性一些冷靜一些的知識者都視為落伍者。

【八七〇】

一個國家，如果只有富強，而沒有自由，就會變成羅馬帝國。在這個帝國裏，只有兩種人，一種是奴隸，一種是奴隸主，而許多人是被鐵鏈鎖住肉體與心靈的奴隸。給人以開口吃飯的權利是不夠的，還應當給人以開口自由說話的權利。羅馬帝國的奴隸主法律允許奴隸開口吃飯，不允許奴隸開口說話。麵包可以填飽人的肚子，但不可以堵塞人的嘴巴。

【八七一】

支撐世界的是敢於引火燒身的人，而不是明哲保身的人。機靈的人，看到火苗就躲得遠遠。說世界是傻子創造的，並沒有錯。

【八七二】

我瞧不起小說史、文學史的教科書。不僅因為它的複製性太強，而且因為透過密密麻麻的文字，可看到它活埋了許多真的作家，又在教人怎樣活埋以後的作家。

【八七三】

登上美洲的殖民者，在征服印第安人的激戰中，最主要的武器是槍炮，但酒也起了很重要的作用。他們知道印第安人嗜酒，然後就用各種各樣的酒把這個種族灌醉，讓酒化解了他們的一切反叛。

【八七四】

通向暴君的心靈只有獻媚的一條道路，通向光明的道路卻有千條萬條。

【八七五】

本世紀的知識分子一直生活在匆忙之中，每個人都急於表現自己的才能和價值觀念。愈急就愈淺。

【八七六】

愛因斯坦的廣義相對論說明：時空不是平坦的，它被其中的物質和能量所彎曲。連看不見的時間，連箭一樣徑直飛奔的時間都不平坦，怎能期望人生之路毫無坎坷？

【八七七】

托爾斯泰心愛的娜塔莎，在與彼爾結婚之後完全失去了少女時代的美。時間剝奪了她的活潑、苗條和蓬鬆的頭髮，只給她留下肥胖、聒噪和常常發愣的眼睛。時間對生命的剝奪，不聲不響又殘酷無情。

【八七八】

莎士比亞筆下的馬克白，卑鄙地弒殺曾經信任過自己的國王，本無悲劇意義。但他不能等待明天的雄心，把握住此時此刻生命時間的氣魄，卻使他贏得一種存在的價值。這種價值的毀滅便具有悲劇意義。悲劇所以構成悲劇，就因為衝突的雙方都具有理由。

【八七九】

德里達的解構理論是一種閱讀的技巧和哲學的策略。他針對以往哲學中的兩極和一個中心點的思維，揭露這兩極思維中的不平等，把某一極中的中心移向邊緣而完成意義的轉換。他不是消滅中心，不是消滅意義，而是改變位置與意義。他把自己的腦袋變成一把解剖刀，解構着西方龐大的形而上大建築。

【八八〇】

夢是主體的預想。夢對於客體可能不真實，但對主體卻是真實的。屬於主體感受的夢是真的，屬於主體編排的夢不真實。烏托邦是主體編排的夢。對於原始人來說，宗教想像是真實的；對於曹雪芹來說，夢幻仙境這一超驗世界也是真實的，這不是物世界的真實，而是主體感受的真實。

【八八一】

用目的論的眼睛看堂·吉訶德，覺得他荒誕；用過程論的眼睛看堂·吉訶德，覺得他偉大。用老成的眼光看堂·吉訶德，覺得他是瘋子；用少年的眼睛看堂·吉訶德，覺得他像自己一樣，是個天真的赤子。

【八八二】

維特根斯坦把傳統哲學的主客體問題放下，把此問題轉變為語言能否表達的問題，以工具代替存在。但他忽視語言是主客體的橋樑，以為語言本身就是目的。他是了不起的。他渾身是力地消除老爭論，走出老爭論的網絡而獨創一個理論框架。但哲學不能停止在他的框架上，主客體世界在今日仍然焦急地等待哲學家說明這個世界如何去感知。

【八八三】

維特根斯坦在《哲學研究》（一九九二年出版，北京三聯書店）中說：我對人的態度是對一個靈魂的態度。他並不認為每個人都有靈魂。與哲學家相反，許多人對人的態度只是一個對待肉體的態度，即只是估量一個肉體擁有多少權力與多少金錢的價值。

【八八四】

人的面前總有高牆厚壁，難以迴避。人的幸福感產生於超越高牆厚壁的一剎那，在這一剎那中，人的本質力量精彩地對象化從而意識到自己的價值。難點的征服，使人飛躍，使人獲得存在價值的確證。

【八八五】

沒有概念不能描述，但概念又限制存在的本身。於是，描述豐富的存在時又必須超越概念。人類的思維與寫作，永遠在概念與存在的緊張中進行。

【八八六】

精神創造的強者擁有一種比常人堅忍十倍、堅忍百倍的韌勁。這種韌勁就是不計一日之短長，他們知道時間是人最大的敵人但又是最偉大的朋友。

【八八七】

東方的哲學由色入空，西方的哲學則由色入理、由色入神，它們努力尋找色背後的觀念、真理和神

（上帝），認定色背後的東西可以把握；而中國的莊子哲學卻認定色背後的東西是一個空，無法把握，因此只相信悟性的實在，不相信理性的實在。

【八八八】

有對立才有密切。林黛玉動不動就和賈寶玉吵架，處處對立，因為她和他最密切。重視他者，才能為愛而焦慮而死亡。沒有對立，就沒有密切，莊子取消一切對立，結果是連死也沒有感覺。妻子死時，他滿不在乎，照樣鼓盆而歌。

【八八九】

孔子重視對立，所以就重視他者。重視他者的人一旦多了起來，為愛而死願意殺身成仁的人也就會多起來。烈士產生於對他者的重視。

【八九〇】

莊子否定人的感覺世界，一切所謂色，都是空，都是幻象，連死也是幻象。這樣，他對死固然沒有恐懼，但在生中也沒有價值追求，一切任其自然。

【八九一】

西方的智者對感覺世界極端重視，感受極為強烈。他們喜歡乾淨的屋子，雅致的擺設。乾淨與不乾淨，在他們眼裏極不相同。但丁在《神曲》中表現出對地獄的極端恐懼。地獄是他的感覺世界。但莊子決不會恐懼，地獄也是一片混沌，若有若無，亦真亦假。

【八九二】

拉康不相信無意識是行為的動因。正如食慾不是吃飯的動因。他發現任何東西都是互動的。你看杯子，杯子也看你。你說詩歌，詩歌也說你。一切事物都互為主體。有相互的距離，又有相互的緊張，既是對象（他者），也是主體。

【八九三】

主體性原則是一種選擇原則、超越原則和原創原則，它的要點包括：(1)我選擇，不是我被選擇。即「我願意」，不是「我必須」。(2)我不是在有限的範圍內選擇，而是在無限的範略內選擇——我超越現實的限制。(3)我做他人還沒有做過的事，而不是重複他人做過的事——我超越他人的限制。(4)我做自我還沒有做過的事，而不是重複自己做過的事——我超越自身。(5)不是我去保留傳統，而是要求傳統保留我。我是我的最後目的。

【八九四】

現代主義所講究的「一個」，一旦被不斷「複製」，就會變成後現代主義。後現代放棄藝術的異在性和自在性，讓尊貴的個性融入大眾生活，變成沒有純粹性，只有混雜。「舊時王謝堂前燕，飛入尋常百姓家」，這就是從現代飛入後現代。

【八九五】

腦子心靈可能被制度化，身體也可能被制度化，人在坐牢的時候，身體就被制度化了。人的任何一部份制度化都是痛苦的，全部被制度化便是機器。

【八九六】

傅柯認為，當你把知識當作一種真理時，就把知識變成一種權力（霸權）。而把知識視為四海皆準的真理，則是一種絕對權力。絕對權力使真理失去開放性。

【八九七】

當作家偉大到可以充份發揮想像力和主觀精神時，他也最緊密地擁抱客觀世界，此時，他實際上也最接近生活的本體。他未被主體與客體之間的高牆帷幕所遮蔽，也未被先驗的各種知識、概念所掌握，他不是生活在他人的概念之中，因此，他便可能全身心接觸到生活的硬核，並與這種硬核一起燃燒，於是，他最主觀也最客觀。

【八九八】

人總得有點夢，生命總得對未來有所期待和有所投射。薩特《牆》中那個在太陽一出就面對死亡的被判處死刑的囚犯，因為完全沒有未來就變成不再是一個人，而只是一堆身體的感覺。夢是虛幻的，但也是真實的，完全沒有夢的存在並非是真實的存在。

【八九九】

因為想逃避宿命，想向宿命挑戰，所以我才喜歡哲學。想到死的宿命，我就想到應當好好生活，捕住每一剎那，給孩子們留下一點不滅的文字的光彩。文字也許會速朽，也許速朽又是一種宿命，但還是要逃避和挑戰這一宿命。

【九〇〇】

生命曾從高峰掉入深谷。是甚麼力量把我推入深淵，是甚麼力量幫我從深淵中超脱？我叩問着。這種命運的神秘開啟了我心靈的門窗。從此，我的思路開始伸向超驗的世界。愛因斯坦說：「我們所經驗的最美好的東西，就是『神秘』，它是一切藝術與科學的泉源。與這種感情無緣的人——從不曾為它驚訝駐足的人，實在無異於睜眼的瞎子，枉來人世走一遭。」（引自《二十世紀智慧人物的世界觀》第八十頁，陳曉南譯，台北巨流圖書公司）

【九〇一】

生性不喜歡理論卻偏偏以從事理論為職業，因此，我的文學理論總是在告訴自己和告訴他人：作為作家，你只執行你內心的絕對命令，不必執行他人的命令。如果你只是一個他人理念的執行者，那麼，在未創作悲劇之前，你就先是一個悲劇人物。

【九〇二】

海明威說，美國作家到了某個年紀就變成嘮嘮叨叨的老媽子了。這不只是美國作家。人過中年，就會面臨講廢話的危險。人要防止神經的鬆弛，作家恐怕更該如此。

【九〇三】

在可視的範圍內，作家的筆永遠達不到照相機的水平。但作家卻能進入不可視而可感知的無邊的心靈世界和屬於這個世界的燦爛、曲折、歡樂與悲傷，以及這個世界與可視世界那種活生生的關係。

【九〇四】

走過世界的許多地方，才真的知道人類不簡單。面對看不完的城樓和說不盡的高塔殿宇，只能說，美在人間，功勳屬於人。世界儘管還有許多黑暗的角落，但不能否認人類的神奇。神的奇蹟是創造了人，而人的奇蹟是建造了美麗的世界。

【九〇五】

兩人相逢。這是甚麼意思？往昔無窮，今日無數，在茫茫人海中與茫茫時空中，我們竟然能在此時此刻共此燭光、共此月光，這就是偶然，這就是緣份，這就是神秘。有偶然與神秘的瞬間，人才豐富，文學才豐富。神秘不是鬼神，而是不可知不可預約的偶然。

【九〇六】

文學的詩意是讓讀者閱讀之後留下的總感覺，不是作者刻意留在詞章字句表層上的色彩。

【九〇七】

現代基督新教神學泰斗卡爾．巴特（K. Barth）在莫扎特誕辰二百週年時懷着感激之情，寫了《致莫扎特的感謝信》，這封信是靈魂的獨語。他在信中寫道：「我所要感謝您的，簡言之就是我發現無論何時聽您的音樂，我都被置於一個美好而有秩序的世界的門檻之前，這個世界不論在陽光燦爛的日子，還是在雷雨交加之時，無論在白天還是在黑夜，都保持美好和秩序，而我作為二十世紀的人，每次都從中獲得勇氣（而不是傲氣），獲得速度（而不是超速），獲得純潔（而不是單調的純淨），獲得安謐（而不是懶散的靜止）。有您的音樂的辯證法縈繞耳際，人們既可以使青春永駐，也能夠讓息境到來；既可以工作，也能夠休息；既可以得到快樂，也能夠宣洩悲傷。一言以蔽之：人們能夠生活。」（《莫扎特的自由與超驗的蹤跡》朱雁冰等譯，一九九六年，牛津大學出版社）文學藝術，就是使人的生活成為可能的自由存在。

【九〇八】

埃及神話中的長生鳥芬尼克斯（Phönix），每隔五百年自行燒死，然後在灰燼中再生。黑格爾在《歷史哲學》（王選時譯本，北京，一九五六年，第一一四頁）說：「這不死之鳥終古地為它自己預備下火葬的柴堆，而在柴堆上焚死它自己；但是從那劫灰餘燼當中，又有新鮮活潑的生命產生出來。」自我焚毀，常常是自我鑄造的開始。我常把自己的文字比作煉獄的灰燼，正是在劫灰餘燼中寄託着再生的期待。

【九〇九】

固執於一個立足點，固執於一條國界線，固執於一個自滿自足的空間，都影響自己眼界的飛升。眼睛內涵的單薄，導致精神內涵的單薄。

【九一〇】

把一切意義都用解構刀解構完了之後，世界就剩下一個不知所措的完全迷惘的自我。

【九一一】

對於神經分裂的人，可以通過藥物療治，也可以通過意義療治。人一旦發現生的意義，靈魂的碎片就可以獲得新的整合。

【九一二】

認為世界的一切都是假的，沒有甚麼可以信賴，沒有甚麼可以珍惜，人就剩下一條出路：充當痞子。痞子是絕望的產物。

【九一三】

法國的雕刻家布沙當說過：「當我讀着荷馬的史詩時，我感到自己似乎有二十英呎高的身材。」讀荷馬、莎士比亞的書，確實使人感到高大。奇怪的是，當我讀到故國那些刻意把人寫得又高又大又全的英雄時，我卻感到自己和同時代人的身高只有幾英吋，個個都在領袖的陰影下爬行和舉着火柴般的手臂。

【九一四】

我雖然不是基督教徒，但從不嘲笑背負十字架的偉大形象。集全世界的苦楚於一身的神之子，對於人類的墮落永遠是一種遏制。當自私的狂風席捲人性海洋時，基督至少是一座偉大的屏障。

【九一五】

在禪悟中，出現在我面前的是無窮盡的幻境。這些幻境並非實在，但我的心理活動是真實的，因此，這些幻境便是真實的。文學具有心理真實，它才廣闊無邊。

【九一六】

人性的世界豐富得難以形容，豐富得讓世世代代的詩人作家難以說盡。人性世界一旦被某種主義和某種概念所省略，就失去它的精彩。文學的絕境是作家在權力的強制之下只能面對一個被省略後的虛假而單薄的世界。

【九一七】

《尤里西斯》的主角布魯姆是一個從匈牙利來到愛爾蘭落戶的猶太人後裔，他曾對歧視他的本土人說：「侮辱和仇恨不是生命。真正的生命是愛。」也許因為我經歷過只有侮辱與仇恨卻沒有愛的時代，所以對生命特別敏感。在剩餘的人生歲月中，我只關注生命和有關生命的文字，離開生命的文學，留待下一輩子再讀。

【九一八】

愛可以使生命力復甦，這是克爾凱郭爾反覆説的意思。「年輕姑娘使生命力復甦的力量是何等強烈呵！無論是清冽的晨霧、微嘯的金風，還是寧靜的大海、清醇的美酒，世間無限美妙的一切都不曾賦有這使生命力復甦的力量。」（《一個誘惑者的日記》第七十八頁）

【九一九】

在古希臘的藝術世界裏，維納斯和高潔的諸神們，溫柔敦厚，祥和靜穆，他們超越人間醜惡，生活在絕對的自由自在裏。在那裏，他們保持着神的尊嚴和高貴，身上沒有污水，眼裏沒有焦慮。而羅丹卻完全踏入人的世界，這個世界是非常具體的求生求勝、為現在和未來而搏鬥的世界。每座塑像，都是人內心的衝突與緊張。從抽象的思想者到具體的巴爾扎克，都是生命的張力場。在張力場上，我們從沉默的塑像身上聽到傾訴、申辯、吶喊、呼喚。人太矛盾、太複雜、太豐富了，在文學上充份表現不容易，在藝術上特別是雕塑上表現更不容易。但是，羅丹卻把它表現出來。羅丹不愧是天才，他用雙手雕塑人的時代。

【九二〇】

屈原、李白、杜甫、曹雪芹、莎士比亞、托爾斯泰、歌德這些偉大詩人與作家，就像我家鄉的大河，而我一直是在河邊舀水的小孩。如果不是他們的澤溉，我是不會長大的。我的生命所以不會乾旱，完全是因為我時時靠近他們的緣故。

【九二一】

許多人與我相識之後便永遠分開了，我忘了他們的一切。但是，許多偉大思想者的名字，在第一次見面之後就永遠住進我的生命，再也不離開我。他們成為我的靈魂的一角，我甚至相信：我死後還會和他們二度相逢。

【九二二】

因為朱生豪，我從少年時代開始就生活在莎士比亞的燦爛世界中；因為傅雷，我才能把遙遠的巴爾扎克與羅曼．羅蘭的人性激流吸進自己的軀體之內。我的文學大門是這兩位卓越的翻譯家打開的。因為他們，我很早就擁有財富，從未陷入貧窮。因此，我一直把朱生豪和傅雷視為自己的恩人。

【九二三】

魯迅被利用的悲劇命運說明：人們可以把一個活生生的最有生氣的文學存在傀儡化，即用統治思想對此存在強行同化。活人可以成為傀儡，死人也可以成為傀儡。

天涯寄語

【九二四】

每個黎明，當晨曦降臨大地，我便感到人類整體的光線輻射到我的書桌，並感到，在這一瞬間，四海之內的無數兄弟正在和我共赴人生之旅。此時，我覺得自己既身處孤島，又身處曙光瀰漫的海洋中。

【九二五】

每次踏着草地漫步，總是被無名的小草所感動。每一年都有嚴寒嚴霜嚴雪，但每一年都有她獻予大地的春明春色春意。小草尚且如此難以征服，更何況人的生命。想起小草，我對生命就滿懷信念。導師，常常是腳下與身旁的小精靈。

【九二六】

當秋葉紛紛飄落的時候，我突然對着園裏的秋草秋樹產生一種感激之情。她們陪伴着我度過了春天和夏天，和我共處美好時光。女兒去上學，妻子去上班，唯有這些樹木和我一起守望着寂靜的百草園。無論是春的歌吟還是夏的絮語都與我的心思相通。她們天生有一種高尚的本能：只是默默自生自長，從不騷擾同類與異類。

【九二七】

我曾從鑽石身上得到啟示：生命堅韌的光波應來自體內長歲月的積累。資源在身內。早晨的露珠也閃光，但它畢竟是仰仗身外的太陽。

【九二八】

現實中的劫難是溝壑，現實中的誘惑也是溝壑。溝壑結成恢恢巨網，唯有從網中跳出，才能進入碧波萬丈的大海。

【九二九】

八、九年前，當我發出一聲「救救孩子」而漂流海外之後，故國所有的書籍、報刊連同朋友的文章都把我的名字抹掉。抹得非常乾淨。然而，我的腳步繼續着，足音繼續着。雖受挫折，但我仍然生活在對人類的絕對信賴之中。這種信賴不是對他人的賜予，而是對自身的賜予：我活在信賴之中，便活在平靜而深邃的精神世界之中。

【九三〇】

每一個大學者大詩人去世之後，我總想知道他們怎樣戰勝身外之物的誘惑。每一個偉大的精神價值創造者，一定是個戰勝世俗誘惑的勝利者。戰勝誘惑比戰勝逆境更難。

【九三一】

明知生命最終要變成化石，還是要努力開花結果，明知生命是一次邁向墳墓的悲劇性旅行，但還是要煉就一雙善於疾走的雙腳。

【九三二】

在一次黃昏的漫步中，我看到遠方的天幕上太陽正在徐徐降落；而在落日的餘暉中，我又看到在面前的柏油小路上，一對白髮蒼蒼的老夫婦手牽着手踏着最後的光輝從容地往前走去。此時，我突然激動不已，覺得人的情感也有太陽般的永恆，即使到了生命的黃昏時節也還是那麼堅韌的存在着，在令人失望的世界中，這種人生的圖景常常給我力量。

【九三三】

這一刻精神很好，下一刻也許非常疲倦，應當抓住精神很好的一刻。在這一刻裏努力抽絲，在這一刻裏努力編織錦繡，在這一刻裏留下生命結實的軌跡。美好生命的消失，就因為總是等待着下一刻。

【九三四】

每一天的日出日落，每一季節的花開花謝，都在召喚生命不息前行。造物主賜予千萬個日日夜夜，我竟找不到一個停步的黃昏與早晨。

【九三五】

羅曼．羅蘭曾說，生活中真有價值的東西很少，只有人才是最重要的。英雄所表現的美是爆發性的美，而人表現的美則是覆蓋一切時間、無所不在的美，所以我們要努力做一個人。

【九三六】

腦中的智慧容易被人發現，但心靈的精彩卻容易被埋沒。發現心靈不是靠肉體的眼睛，而是靠心靈的眼睛。所以何其芳說：以心發現心。我雖然不是基督教徒，但我承認，基督那顆被愛所折磨的心的確太精彩了。

【九三七】

生命激情的保持，當然要靠頭腦與心靈，但也需要仰仗雙腳。雙腳走出去發現世界、發現生活。雙腳的跋涉與登臨，不僅使你發現滄海的大波濤，而且會帶給你生命的大波濤。

【九三八】

好些黃臉皮的自由主義學人都是專制主義者。從他們的文字與行為的巨大反差中，我懂得自由在身內而不在身外。自由的硬核就在我自己的心裏。有這硬核，便不會理會外界的各種目光而堅定地走自己的路。

【九三九】

無論是富裕還是貧窮，無論是歡樂還是困苦，無論是政治還是藝術，各種生活都可以過，但不要喪失真實的自己。

【九四〇】

意識到自己立於地球之上：身處無邊大宇宙系統中最美麗的地點，無數生命壯觀尚未欣賞。僅此理由，就足以使我熱愛生活。

【九四一】

已完成的一切，並非終點，乃是起點。像逃離黑暗與專制，我竭力逃避已完成的「成果」。我知道沉湎於已有的果實，意味着此後的生命不再開花。

【九四二】

看到成年的男人與女人被訓練成羊和獸，已讓我傷感；看到天真活潑的美麗少女變成羊和獸，更使我悲傷。

【九四三】

檸檬橄欖的芬芳，波光濤語的美，麗日與霽月的景色，並不難感受。但心靈中無聲的音樂，無形的光彩，還有它的足以喚醒其他心靈的微語，卻不容易發覺。困繞着心靈的軀殼是堅固的城牆。

【九四四】

歷史的有限記憶牢牢地記住那些越過道德邊界的惡行，如焚書坑儒、文字獄等等。儘管人間的權勢者企圖通過權力抹掉這些惡行，但歷史還是記住它。這種記憶，正是歷史的良知。

【九四五】

天堂到處都有，地獄也到處都是，樂園與牢房均在身邊。對我來說，這兩者都不重要，重要的是不斷地往前走去，走得愈遠愈好，走到心靈的節奏與宇宙的節奏同一韻律，那裏便是偉大的家園。

【九四六】

靈魂也有年齡，只是難以統計。許多人在進入墓地之前，早就剩下一副雙腳支撐的軀殼。他們的肉體年齡八十歲，而靈魂的年齡只有四十歲。靈魂的年齡與肉體的年齡並不相等。

【九四七】

在我眼裏和耳朵裏，悲傷是物質性的。人的呻吟與空中的雷聲一樣響亮。而暴力的語言，也是物質性的，它與刀斧一樣沉重。

【九四八】

想起人類思想大師巨大的頭顱，想起他們像我家鄉田野裏的父老一輩子埋頭耕犁，想起他們晚年因為勞作過於辛苦而發顫的手，我就不敢偷懶。

【九四九】

因為自己的地位高了，便居高臨下，把人看低；因為自己的地位低了，便抬頭仰視，把人看得過高，這都不是正常的眼睛。勢利眼產生於主體與對象的位移之中。

【九五〇】

人類身外的各種束縛和壓迫，最終均可找到解除的辦法，最可怕的是心為形役，自己做自己的奴隸而執迷不悟。我的生命解剖學乃是把自己作為標本，不斷進行自我解構。解構解剖到疼痛處，便對生活有所領悟。

【九五一】

小乘佛教重在救自己，大乘佛教重在救他人。一是致力於修煉自我，一是致力於普渡眾生。兩者均能給人以啟迪，但兩者也都能使人走火入魔。自我強調得太過份，以為自己可修成聖人和煉成超人，便使世界產生了許多偽君子和小尼采；「獻身他人」強調得太過份，要求人人都去當烈士與英雄，又使世界產生無數工具似的奴才和沒有頭腦的革命狂人。打破我執與他執，回到平常的心境中關懷、思索與創造，也許可以贏得一個真實的自己。

【九五二】

被惡的欺凌一萬次，仍不放棄對善的信念；被假的欺騙一萬次，仍不放棄對真的信念；被醜的欺弄一萬次，仍不放棄對美的信念。在磨難中，才擁有道德的韌性。

【九五三】

我一無敵人，二無秘密。只以公開的思想、文字與世界交往，並形成與世界的關係。我心理上的自足自在，完全得益於這一關係的透明。

【九五四】

歌德的哲學是「進」的哲學；陶淵明的哲學是「止」的哲學；孔子的哲學是亦進亦止的哲學。《紅樓夢》的《好了歌》，是止的告誡。人能「進」到一個美麗的境界，很幸運；能「止」於一個美麗的境界，也很幸運。「激流勇退」論者，叫你果斷地止於美好的境界。

【九五五】

神不會走到歧路上，而人卻一定會有曲折會走錯路。因此，神的足跡讓人跟隨，而人的足跡則可供借鑒。後者的足跡才是價值無量。

【九五六】

人格是人自身的乳汁，它取之不盡並會滋潤整個曲折的人生。

【九五七】

儘管我對後現代主義有許多保留，但對於後現代理論家李歐塔（Lyotard）的尼采式漂泊，卻很欣賞。他說：「只有當我不再為我的無力感而喪氣，另一種思考方式才可能被勾畫出來。我不去證立我的思想，正如大海中無法對抗的泅泳者，藉着漂泊以尋找出路。」（轉引自道格拉斯、凱爾納等著的《後現代理論》，台北中譯本，第一九五頁）我喜歡思想的漂泊，喜歡肯定生命能量自由流動的哲學，喜歡不被固定在人造壓抑形式中的各種話語。

【九五八】

歌德說性格決定命運，也許重了些。然而，說性格導致命運，則一點也不過份。性格的不幸時時都會導致命運的不幸。僅性格中的慳吝就可以剝奪一個人的全部快樂。工於算計的人永遠存活在近乎地獄的精神底層。

【九五九】

在我的字典中，只有罪人的概念，而沒有敵人的概念。把自己的兄弟定義為敵人，這是專制者權力字典的獨斷。拒絕承認這種字典對人的所有註疏與闡釋，我的生活才開始獲得輕鬆與快樂。

【九六〇】

人生來並不是狼，是後來才變成狼的。「後來」會變成狼，常常是因為作為人活不下去，活不下去還要活而且還想活得很風光，就在嘴唇內長出狼的牙齒。我看到許多人變成狼，但沒有仇恨，只為人的生存狀態而悲哀。

【九六一】

高爾基在描述托爾斯泰時，有兩個意象使我難忘。一是「巨鯨」的意象，一是上帝的意象。他說，如果托爾斯泰活在海裏，一定是條鯨魚。還說，他看到托爾斯泰那個樣子，簡直懷疑他就是上帝本身。前一個意象告訴我創作需要大氣魄；後一個意象告訴我作家應是開闢一個新天地的原創者。

【九六二】

被打斷了一隻腿之後，對生活必有所悟。經歷了一次大浩劫和大苦痛之後，對生命的理解必定和以往不同。賈平凹有次替我看相後說：你一生一定會跌倒一次，並且是傷筋動骨，留下傷疤。倘若至今還沒有跌過，以後也一定會發生。我立即拉起褲筒，指着腳上的傷疤：「你說對了。」這之後，我對自己說，沒有挫折與失敗，不可能有人格的完成。其實，我從滑冰競賽中得到許多啟發，其中一點是，幾乎所有的最精彩的生命都伴隨着跌倒。

【九六三】

陸游說，人生唯有情難死，《紅樓夢》表現的也是人生唯有情難了。但是，這個世紀的女作家張愛玲卻告訴人們：情是最容易死的，不要相信「天長地久」的許諾。在一個充滿慾望的社會裏，在人體死亡之前，情早已死亡。「慾」只講收益，不講付出；而「情」則是無休止的付出。

【九六四】

生時那麼辛苦，彷彿為他人繁忙，然而死時又有多少人真的為你傷悲呢？陶淵明的詩云：「向來相送人，各自還其家，親戚或餘悲，他人亦已歌。」那些為你送葬的朋友，一回到自己的家裏，就忘了悲哀，照樣唱起他的歌。感受到這一點，才知道人生原是一場大寂寞。

【九六五】

尼采在《善惡的彼岸》中警告人們：「和怪物打仗，自己須避免成為怪物。」斯·茨威格在《異端的權利》中為異端辯護，謳歌異端的美。在這些異端身上有一種人偉大的力量：敵手的仇恨不能點燃他們的仇恨，敵手方面的卑鄙不能使他們卑鄙。

【九六六】

時間把所有的人都變成過客，把萬物萬有包括最輝煌的人生都變成暫時的存在。意識到時間更改一切的力量，人才認真地抓住現在這一剎那，把現在這一剎那視為唯一的實在，把理想視為延長這一剎那和美化這一剎那的夢。

【九六七】

自由是理性動物按自身的意志去行動的可能。康德用他的一生的著作與智慧去反駁自由之不可能。在中國，自由不可能要靠幾代知識者去反駁。

【九六八】

立足於樂觀，浩劫一到，就抱頭鼠竄；立足於悲觀，面對浩劫，反而冷靜，不容易失望。叔本華的悲觀主義也給人以力量。他的哲學告訴人們，應當對自己的位置有個清醒的認識，以便在大千世界中最壞的地方中站穩腳跟。這個最壞的地方可能是唯一的地方，你別無選擇地必須立足於這個地方。但不因此而沉淪。

【九六九】

於大雪紛飛中我拜謁諾貝爾的墓地。在低矮的墓碑上除了他自己與四位家人的名字之外，甚麼也沒有。那一刻，我悟到諾貝爾是一個有神性的人。他知道科學是分裂的，脫離神性的科學只是技術，技術可能是現代生活的殖民者，它可能是侵犯人類並造成人類的災難。只有與慈悲、愛、憐憫、同情心等神性相連結的科學，才可能造福人類。所以他臨終時獻出全部財富而設立和平獎金，他預見到：離開和平的理想，科學將導致世界的末日。

【九七〇】

余英時先生對孟子的「富貴不能淫，貧賤不能移，威武不能屈」，作出了一點補充，說知識分子還需要「時髦不能動」，要有冷觀潮流的骨氣。知識人的獨立品格，就在於他能置身於潮流之外。

【九七一】

有的路走的人很多，有的路走的人很少。選擇人少的路不一定成功，選擇人多的路不一定失敗，重要的是在自己選擇的路上投入些甚麼，付出多少生命。

【九七二】

上帝在為人類創造新的世界時，首先打破了他為人類營造的樂園。他知道沉湎於樂園的人不會孕育一個新的大自在。人類生活的前景，不可能是樂園，樂園是人生的過程。

【九七三】

在我所知道的萬物萬有中，沒有一種東西比心靈更富有彈性。它可以小得像一粒芝麻，也可以伸展得像個宇宙。人的心靈可以自我塑造。心靈氣量可以不斷增長，它可以像宇宙那樣不斷伸延擴大。

【九七四】

荷馬創造了人類史上第一部偉大的史詩，但他是盲人。雙目失明有時是上帝的賜福。上帝在關閉他的雙目後讓他暢開內在的眼睛觀察一切，於是，他看到肉眼所看不到的無比豐富的人界與神界。

【九七五】

有的人是降生下來之後才成為「多餘人」，有的人則尚未降生就被當作「多餘人」，未降生就被拒絕。然而，一個不被承認的生命個體，往往能拚命地開掘他的全部生命潛能，從而獲得更豐富的生命意義。

【九七六】

社會所形成的劫網如龐大的蜘蛛網，人們總是譴責結網的蜘蛛，而忘記自己也是一個結網者，曾參與過編織錯誤的大網絡。

【九七七】

三月的一天中午，我沐浴着科羅拉多高原初春和煦的陽光。獨自坐在陽台上，聽不到車鳴、馬喧與人籟，天地之間唯有我與柔麗的太陽相處。此時，一陣喜悅湧上心頭，突然覺得陽光非常甜蜜。我常品嚐書本的甜蜜，卻忘記陽光的甜蜜。記得弗蘭西斯·培根在《論孤獨》中說過，尋找孤獨的人很像神或牲畜，可此時的我覺得自己更像人。神與牲畜怎能知道陽光的甜蜜。在甜蜜的陽光下思索着的人是何等幸運！不僅天賦的尊嚴具有太陽的肅穆與色彩，而且身體與靈魂都是完整的。在這個被稱作「後現代」的喧囂社會裏，人與文化均成了碎片，而我卻能贏得一種完整，並能以此種完整去領悟神秘與永恆，這又是何等的福份！想到這裏，我便對大自然和一切援助過我的兄弟姐妹充滿感激，並帶着這種感激繼續我的良知的微語。

【九七八】

通過自我審視達到另一個自我。嚴格的自我審視很難，誰願意去打碎自己辛苦建造起來的自我偶像呢？然而，唯有能告別自我偶像者，可不斷地贏得美麗的前方。

【九七九】

曾聽馬建講述西藏天葬的故事。他說，當他看到利刃像削蘋果似地削下人的臉皮，他的世界觀念全變了。人類世界的掙扎與爭鬥，最後全化作餵食蒼鷹的食品。唯一的勝利者是鷹。這種死神乃是最後的權威。

【九八〇】

人因為有價值，所以才發生悲劇。動物經受了比人痛苦百倍的貧困、折磨、煩惱和死亡，但牠們沒有悲劇感覺。悲劇是對人的價值的發現、肯定和謳歌。

【九八一】

金庸的小說寫了許多英雄，他們一生下來就背上上一代形成的關係，這種關係使他們難以擺脫悲劇性的人生：本質先於存在的人生。人們常常注意命運悲劇，性格悲劇，卻往往忽視這種存在悲劇：人一生下來就是父輩關係的人質。充當人質，是對自身的否定。充當歷史的人質，則是被歷史所否定。充當制度的人質，又是被制度所否定。充當關係的人質，就是被關係所否定。

【九八二】

生活在自己心愛的世界裏，才有充份的時間不斷地領悟宇宙人生。這是我選擇以文學為職業的原因。因為人的無比豐富文學才無比豐富。人對客體世界的認知沒有止境，對主體世界的認知也永無止境。認識你自己，這是一個永遠無法終止的命題。馬克思認識到人是社會關係的總和，這是認識的一個站，而不是終點。世界讓你說不盡，你自己也讓你說不盡。

【九八三】

漂流的自由內涵，在我心中與筆下包括：不被已知的結論所束縛；不被沉重的句號所束縛；不被政治權力與知識權力所定義的終極真理所束縛；不被故鄉與國家的邊界線所束縛；不被自己的專業領地與自我權威的幻相所束縛。從結論、句號、權力真理、故鄉故國、專業領地、權威幻相等處漂流出來，充當一個自由遊思的世界牧民。

【九八四】

在故國的南方時，以為廣闊的北方到處都是路。到了北方之後，最後發現北方沒有路，連自己最心愛的大街和廣場也沒有路。困惑之中，以為西方到處都是路，最後又發現西方沒有路。這才意識到文學藝術的美好，它在沒有路的現實世界上，為你開闢一條自由之路，屬於你自己的可通向一切地方的路。

【九八五】

提出思想，但不與論敵扭打。一扭打，就走不遠。扭打時陷入論敵那些渺小的戰場，看不到高遠的天空。

【九八六】

與中國相比，愛爾蘭是多麼小的國家，但是，它卻誕生並創造了葉芝、喬伊斯等第一流的大作家。文學不是國家創造的，而是人創造的。卓越的人格心靈與他所置身的國家的幅員大小與人口寡眾無關。在龐大的國度中，往往產生許多小爬蟲似的論客與作家。

【九八七】

龐德曾經批評但丁，他說，在這個實驗的時代，沒有人能遵循但丁的宇宙觀。但丁的《天堂》裏的寶座是為好政府的官員的靈魂而設的。我曾生活在天堂的幻象中，並看到人們以未知天堂的名義掩蓋血腥的鬥爭，所以也對天堂懷着警惕。我熱愛但丁，然而，即使是但丁設計的天堂也未必可靠。我已丟掉幻想，也不會再製造幻想。

【九八八】

內心一旦粗糙，便沒有傷感、寂寞感和孤獨感。說「古來聖賢皆寂寞」是對的，因為所有卓越的人物其內心生活都是精緻的。

【九八九】

早在八十年代，我就說：我的宿命在於不停奔走，沒有歇腳的時刻。後來發現雨果早已確認這一宿命，他說：我在奔跑，不要關上喪葬的大門。因為是宿命，所以從太平洋的那一岸跑到這一岸之後，仍然無法歇腳。雖說是宿命，但我知道不斷奔走是必要的：人的生命線不可能太長，自己的生命線也不可能太長，然而，人可以把生命線盡可能拉長。所以，在還能奔跑的時候，要盡量奔跑。生命之線是奔跑的腳印一個一個構成的，多一個腳印就是多一分長度。

【九九〇】

魔鬼到了哪裏，哪裏就熱鬧。世界不能缺少魔鬼。而且沒有魔鬼的存在，救主與天使就失去意義，因此，神在人在時魔鬼一定也在。不能幻想沒有魔鬼的理想世界。

【九九一】

因為人生只是瞬間，所以要活得真實。瞬間轉眼即逝，一假則後悔莫及。許多失去的東西可以追回，可以補償，但生命難以追回，青春年少一旦丟失便不可補償。最深刻的輓歌是對於青春生命的輓歌。

【九九二】

青春已過。今天除了時間會丟失之外再也沒有甚麼可丟失的了。幾年前告別故土的瞬間可能丟掉生命，可是生命分明還在。而丟掉其他的一切，例如桂冠、高帽等等，則沒有甚麼價值。無可丟失的時候，才有自由。除了無可丟失之外，便是無所企求。人們朝求暮索的榮耀，我已放下。既無可丟失又無所企求，人間權勢者能奈我何？一切虛假的幻相都已消失，唯有真實的生命凝聚於筆端。沙沙沙，全是大自在的心聲與腳步聲。你聽見了嗎？這是我給你的天涯寄語。

【九九三】

我愛讀書，但只有在生命飢渴時才讀得最有心得。書本身就是生命。即使在最單調、最野蠻的處境中，突然有一部精彩的小說出現在身邊，你也會覺得這個地球值得你來走一趟。生命永遠渴求着，永遠在尋找新穎、尋找衝動、尋找宇宙密碼，所以生命充滿故事。

【九九四】

人和世界總是隔着一層厚重的帷幕，因此，人常常被拒絕於真實世界的門外。為了擁抱真實的世界，哲學家竭盡全部智慧，而文學家則竭盡全部生命與情感，然而，他們常常擁抱得滿身傷痕。

【九九五】

英雄所展示的個體人生道路，不是唯一正確的道路。在那一個時間點上與空間點上，他是正確的，在另一個時間點上與空間點上則未必完全正確。我崇敬英雄，但不接受英雄的一切。

【九九六】

自從選擇了以精神價值創造為終身職業之後，我就一再對拒絕從事這種職業的友人與兄弟說：此生此世，我將比你們辛苦，也將比你們貧窮。因為在作這一選擇的同時，我也作了決定：永遠退出市場，特別是拍賣自身的市場。

【九九七】

果戈理說：「靈魂也有獅子般的力量。」靈魂可以跨越荒疏的草原，可以征服大乾旱與大黃沙，可以對着暗夜與隆冬呼嘯，可以讓自己的聲音傳遍所有的山谷。靈魂難以生活在國家與社會設置的種種壓抑形式中，就因為它本有獅子般的活力。

【九九八】

錢穆先生說，人生應有藝術人生、文學人生和道義人生三個階段。藝術人生重在對物的感悟與塑造；文學人生重在對人的感悟與塑造；道義人生則重在對心的感悟與塑造。偉大的作家都有一種大慈悲和大關懷。托爾斯泰晚年老是否定自己的文學作品，其實不是鄙視自己的創造，而是進入人生的更高階段——道義人生。在此人生階段中，人性的一部份化為神性。

【九九九】

如果是被光明所放逐，我可能會感到悲傷。但我不是被光明所放逐，而是被黑暗所放逐，所以我便沒有悲傷的充足理由。我知道被放逐的最後的結果一定會與站立於黑暗之外的黎明相逢。此時，倘若尼采還在世，他一定會對我說，你不屬於那種無黎明的過客。

【一〇〇〇】

在瑞典時，我常聽到斯特林堡的故事，他是一個隨時準備出發的人，一個一旦周圍的空氣沉悶就拆掉帳篷轉移宿地的人。由此我想到自己曾經差些被沉悶的空氣所憋死，想到有所創造一定要有所拆除，想到自己應從任何一個窒息生命的固定點漂泊出來。

【一〇〇一】

此時我所獲得的自由，不僅是擁有一張平靜的書桌和自由表達的權利，而且是從自身的反思中獲得一種訴說的方式。這一方式用美國的散文家 Thoreau 的語言來表述，便是：「作家，該過着恬淡的生活，他們不應選擇群眾活動的方式，而應當單獨地向着人類的智力和人類的心曲說話，對任何時代都理解他的知音傾訴。」

【一〇〇二】

暮年的鐘聲彷彿從不遠處飄來，但我並不因此恐慌。晚歲的鐘聲不等於葬禮的鐘聲。記得雨果在晚年到來時，寫下了繼續前行的詩句是：「鐵石心腸的收割人，拿着寬大的鐮刀，沉吟着，一步一步，走向剩下的麥田。」

一九九九年四月編就於美國科羅拉多大學校園

後記

讀了《獨語天涯》的清樣，自己感到有點奇怪。這部散文彷彿是刻意去寫的，竟然有章節、有主題、有順序。可是，我寫作的初始與過程完全不是這樣。一九九五年下半年開始寫作時，我只是想用另一種散文形式，說說自己想說而還沒有說完的話，尤其是說說自己對於宇宙人生的一些新的感悟。有心得就記就寫，勤一點，別讓心得散發掉；沒有心得就不寫，從容一點，不要勉強。使用這一辦法，是希望能抓住一些沉思之核。沒想到，三、四年時間，竟寫下了一千多則。待到要編輯成書的時候，才覺得不知如何是好。徘徊了幾個月，才決定按其不同意思大體上作個分門別類，然後再加上個小標題，在形成框架之後再作些調整、補充和潤色。這樣，便形成今天這本異樣的書。這種寫作方式似乎正是「反寫作」，即反通常的寫作程序。其好處是自由，其缺點是「不連貫」，所以我要在副標題上特作了「不連貫」的聲明。不過，我早已找到一個給「不連貫」辯護的理由。這是德國作家圖霍爾斯基（一八九零至一九三五）的散文〈謊話卡片〉說的一句話：「說謊必須前後一致，而說真話則可以斷斷續續。」說謊者要仔細記住自己說過甚麼，而且要一個對上另一個，否則就會敗露。所謂「謊話腿短」也就是這個意思。說真話的好處至少有一個「毋用擔憂敗露」的好處，它雖斷斷續續，卻有一樣東西自然地貫穿着，這就是不摻假的心靈。

從少年時代開始，我就喜歡泰戈爾的《飛鳥集》、《園丁集》，以後又喜歡尼采的《查拉圖斯特拉如是說》。泰戈爾的思想我能接受，尼采的思想我不太能接受，然而，他們的表達方式我都喜歡。這不是學問家的表述，卻是思想者可選擇的一種自由表述方式。這種方式沒有專業者的權威面孔（我討厭這種面孔），而有從專業固定地盤遊離出來的漂泊者的活氣。到了世紀末，歷史陳舊的一頁應當撕下，老調應當停唱。我覺得自己有許多新話要說，不僅要「說真話」，更要「說新話」，常有「說新話」的衝動。要把這些話一吐為快，用泰戈爾、尼采的表述方式是比較方便的。不受大結構、程序的束縛，直言自己的感受感悟，這是何等痛快的事?!要知道自由表達、自由抒寫的價值，是需要在自身寫作的體驗中才能領會到的。

許多事都是逼出來的。寫作也是如此。八十年代我寫《性格組合論》、《論文學主體性》就是逼出來的。那時故國的文學理論和文學史寫作，思想貧乏到令人難以容忍，已經重複過一百遍、一千遍的老話題還在繼續重複，繼續編造冗長的教科書，智力完全失去深度與新鮮感，在這種困境下，我才不得不出來「解構」一下當時覆蓋一切的「形而上學」。到海外十年，我又一次感到與當年相似的貧乏的壓迫，所以前幾年才和李澤厚談談「告別革命」的新話題，這幾年又自己談談「放逐國家」、「改變鄉愁模式」的新話題。在《獨語天涯》中我則完全撤退到個人個體的立場，叩問「人群」的真實，質疑「多數」的權威，鞭韃暴力的遊戲和各種時髦的假象。我的挑戰其實不是對政治權力和知識權力的挑戰，而是對思想貧乏和知識花衣架的挑戰。

儘管有許多新話要說，但是寫作時仍然有辭不達意的困難。語言的本性是線性的。任何敍述都趕不上人的感受。語言流總是落後於情感流。大約看到這種困難，所以便產生許多「述而不作」的聰明人。可我不願意偷懶，因此還是用笨功夫一節一節寫下來。我的年輕朋友王強以〈思想者的心靈雕塑〉為題評述我的散文。我的確說過我的散文仍是自身的人格雕塑。羅丹用泥土完成了思想者的雕塑，我則想用生命的血肉製作心靈雕塑。只是這雕塑，並非刻意的雕琢，而是流動情思的自然凝聚。

自己對自己的認識是很難的。寫下這麼多的獨語，今天從頭到尾閱讀一下，這才明白自己這些年有哪些心思，常想些甚麼。心事雖繁，但最嚮往的還是回到童年的原野，還是眷戀那個天真永在的原始宇宙。我討厭人群隨風轉向的喧嘩，撤退到完全個體的立場，正是想回到最本真的生命所在，並非狂妄的個人主義。能用童心視角審視自己與時代，至少還能保住一份赤誠。我相信，童心視角與思想者的關懷是一致的。晚年的托爾斯泰常常感動我。他的出走，是孩子一樣的執拗，又是對人間的一種最深邃的大關懷。

從今年一月號開始，《明報月刊》連續選載《獨語天涯》。在此，我要感謝真誠支持我的摯友潘耀明兄，還要感謝責任編輯彭美明與陳芳兩位朋友。陳芳小姐在編輯中還幫我酌定了幾個很好的字眼。我在《明報》的《世紀》副刊專欄上寫了〈一千零一夜不連貫的情思〉，說明我的這本集子寫得比較盡興。盡興即自由。這是我近年來的寫作狀態，也可以說是心靈狀態。人過中年，不能再有任何損傷心靈的掩飾了。在年歲的增長中，我最怕的是心的乾枯，所以只要遇到活水就高興。不管這活水在書本裏還是在社會中，倘若自己的胸中也有活水，自然就更高興，也自然就要讓它盡情流淌。在這一集子中，我說過，死亡雖是巨大的不可知，但畢竟是個不可抗拒的時間限定，人生的快樂全在限定之前的一剎那。在這一被限定的一剎那中，把該說和願意說的話痛痛快快地說，這是多麼有意思的生活！

一九九九年六月二十日

《面壁沉思錄》

《面壁沉思錄》目錄

輯一：蒼穹的呼喚

【一】

意識到自己立於地球之上，意識到身處無邊大宇宙系統中最美麗的地點，意識到在這個稀有大地上還有無數生命壯觀尚未欣賞，就足以使我們熱愛生活。在宇宙的大明麗與大潔淨面前，方知生命語境大於歷史語境。歷史不過是不斷重複的事實。不能限制在歷史小語境中，而應當站立在「生命—宇宙」的深廣語境中。這就是蒼穹的呼喚。

【二】

托爾斯泰一邊寫作，一邊否定自己，與許多中國作家一邊寫作一邊誇張自己的情形很不相同。他在最後歲月離家「出走」，便是用決斷的行為語言作最後的自我否定。他每寫完一部巨著就不滿意自己，就離開這部巨著而往前走，絕不自戀。卡夫卡臨終前交待朋友燒毀自己的書稿，也是最後的否定，絕不自戀。具有偉大的內在心靈與內在力量，把一切都看得很平常，不會放大自己，不會像狗一樣老是轉過頭來舔自己的尾巴。

【三】

告別自己，離開自己。揮手告別昨天，揮手告別昨天的光榮與驕傲，揮手告別昨天的詩集和文集，揮手告別昨天的文藝腔與教授腔，不自戀。一旦自戀就走不遠，一旦自戀會被昨天的影子拖住腳後跟。曾經屬於自虐的一代，不斷踐踏自己的一代。對自虐的懲罰便是產生自戀。曾經屬於自戀的一代，老是對着鏡子中的「自我相」微笑，忘記那是幻相與幻覺，於是就生活在幻相與幻覺中。

如今，每天都該告別自己，每天都應從幻相與幻覺中走出來，然後回到那個真實的內心。

【四】

大隱可隱逸於山林，也可隱逸於鬧市。喧囂的城市可以成其靜坐靜思的山洞，變成一扇悟道的牆壁，令其面壁十年、幾十年。達摩就是這樣的一個大隱。他的生命特徵是無論在甚麼地方都可以作雲遊與逍遙遊。在洞穴之中，在宮廷之中，在寺廟之中，在世俗世界之中，他都可以面壁悟道説道。如果他到紐約、洛杉磯，一定也可以把紐約、洛杉磯當作一個洞或一堵牆，面對摩天大樓沉思。大隱生活在內心深處，他即使身在花花世界中也能夠與花花世界的喧囂保持內心的距離。內心的距離，使隱逸者精神世界在任何地方都獲得冷靜與完整。大隱是心隱者，不是身隱者。

【五】

禪宗呼喚打破「我執」，並不是打破生命中的「真我」，而是那個「假我」，那個被概念和幻覺所構築的假我。這個假我化作一道城牆，封閉着真我。打破「我執」，就是推倒這道牆，把真我釋放出來。基督致力於「救世」，禪宗致力於「自救」。所謂「自救」，便是打破假我的圍困，救出本真的自我。復歸嬰兒，便是回歸到真我之中。

【六】

當綠影撒落窗前，寧靜降臨身邊和筆下，我便想起了天堂。天堂對我來説非常具體，但它不是瓊樓玉宇和雕欄玉砌，而是眼前的樹林，草地，陽光，小溪，山巒，峽谷，是工作着和歌吟着的女兒，是信賴我的兄弟，是與泥濁深淵拉開的長距離，是關於冰與火的反省與調侃，是浮上心際的友愛與情愛的記憶，是正在充份表述的思想和支持表述的乾淨的書桌和自由時間，是莎士比亞和曹雪芹等天才們為我構築的內心共和國。

【七】

本來就是普通的農家子，本來就一無所有，不知道甚麼時候被桂冠名號所欺騙而自以為不普通。出國之後，最重要的收穫是回到普通人的位置上，自己開車，自己鋤草，自己包攬瑣碎的日常生活。不再以為自己是啟蒙者和社會良心，也不再是一個只會寫文章、不會生活的怪物。生活變得很具體，一切都好像可以用手觸摸到。真切的感覺透過手指，像血液流遍全身。這種時刻，才覺得自己確確實實在行走在有沙有土的逼真的地上，一點也沒有虛空之感。

【八】

幾十年都盲目跟着群體走。突然有一天，醒悟了，轉過身來走自己的路。這一轉身，便是大轉折。這是生命的突圍，是新的起跑線，自由就從這裏開始。能夠轉身是幸福。轉過身後，便天天向生命靠近，向真實靠近，向童年時代追求光明的本能靠近。如果不能轉身而走到絕境，還可以抽身而走。王國維投昆明湖，便是在滔滔的大潮流與大濁流中抽身而走。他用自己的方式與歷史告別。轉身與抽身，都是自救。

【九】

常常心存感激，常常感激從少年時代就養育我的精神之師，感激荷馬、但丁、莎士比亞和托爾斯泰，感激陶淵明與曹雪芹，感激莊子與慧能，感激魯迅與冰心，感激一切給我靈魂之乳的從古到今的思想家、文學家和學問家，還有一切教我向真實生命靠近的賢者與哲人。感謝他們所精心寫作的書籍與文章，感謝它們讓我讀了之後得到安慰、溫暖與力量。還心存感激，感激讓我衷心崇仰的藍天、星空和宇宙的大潔淨與大神秘，感激現實之外的另一種偉大的秩序、尺度與眼睛，還感激從兒時開始就讓我傾心的近處的小花與小草，遠處的山巒與森林，還有屋前潺潺流淌着的小溪和它的碧波。所有這一切，都在呼喚我的生命和提高我的生命，讓我時時都對他們懷着永遠的謝意與敬意。

【一〇】

無論時光如何流遷，童年的記憶總是那麼清晰，對於兒時躺臥過做夢過的草圃的記憶總是壓倒高樓大廈的記憶。基督的信仰者說良知是對上帝的記憶，而我的良知是對於童年的記憶。搖籃，慈母，荷塘，清溪，在貧窮中掙扎的鄉親父老，在父老兄弟臉額上滾動的汗水，落下又被撿起的麥穗，一碗稀飯與一碟蘿蔔乾的早餐，所有的記憶都壓倒掌聲、頌詞與桂冠的記憶。尋找故鄉，正是尋找與搖籃相連相疊的一切，尋找那一份情感，那一份素樸，那一份與財富權力無關的赤誠與暖流。

【一一】

在海外十三年，一直覺得自己的靈魂佈滿故國的沙土草葉。這才明白，祖國就是那永遠伴隨着我的情感的幽靈，並非那個冷冰冰的國家機器。無論走到哪裏，《山海經》、《道德經》、《六祖壇經》、《紅樓夢》就跟到哪裏。原來祖國就是圖畫般的方塊字，就是女媧補天的手，精衛填海的青枝，老子飄忽的鬍子，慧能挑水的扁擔，林黛玉的詩句和眼淚，還有老母親那像蠶絲的白頭髮。祖國不是盯梢着我的眼睛，不是吆喝我的喉嚨，不是歪曲我的報紙與雜誌，不是禁止我說話的流氓與惡棍。他們永遠不理解我靈魂中的那片如茵的綠草地，還有在草地上飛翔的蜻蜓與蝴蝶。

【一二】

在彼得堡的托爾斯泰墓前徘徊後，我用雙臂摟抱偉大的靈魂。那一刻，我想起荷爾德林在柏拉圖的墳墓之前對早已安息的偉大哲學家說：「父親，祝福我！」托爾斯泰是我的精神之父，從少年時代起我就遠遠地望着他，然後就讓他的心靈像太陽照耀着我。此時，我本能地借用荷爾德林的語言說：「父親，祝福我！」我點起心香，祈求偉大的靈魂不要拋棄我，別讓我遠離善的內心，別讓濁泥世界的腐敗空氣進入我的血脈；祈求他提醒我永遠拒絕流氓邏輯而追求高尚；祈求他在反暴力的永恆呼喚中，放入我的名字與聲音；祈求他幫助我保留降至於人間那一剎那所擁有的柔和的孩子的目光。

【一三】

在倫敦西敏寺的那個瞬間，意識到腳底板下，埋葬着牛頓、達爾文等巨人，每個名字都讓我激動得難以自禁。沒想到，竟能贏得這樣一個時刻，讓我和這些偉大靈魂靠得這麼近。過去只是在書本上與他們相逢，今天卻在他們的故鄉相逢。尋找的價值，漂泊的價值，就在此時此刻得到最高的肯定，這是偉大靈魂的肯定。倘若不是漂泊，一個中國的農家子的腳底板怎能走到這裏，怎麼可能在偉大靈魂的耳邊悄悄訴說。有了這次相逢，腳步又有了新的規定，我感到，太陽就從我的腳底板升起，生命又一次聽到黎明的呼喚。不錯，在此偉大靈魂之前，我們還有甚麼心中的陰影不能掃滅，還有甚麼得失不能放下？

【一四】

從不對人說「我的心只屬於你」，包括不對自己的愛人說，也不對自己的祖國說。我的心，不屬於任何一個人、任何一個群體、任何一個國度，它隸屬於人類史上那些偉大的靈魂，但也隸屬於大地上最平常最質樸的靈魂。既屬於長江黃河，也屬於洛磯山與阿爾卑斯山；既屬於活着的人，也屬於死了的人。有許多死者，生前是我的導師與朋友，他們去世後，我心靈的一部份，顯然也跟着走入另一個世界。因此，我的心既屬於此岸，也屬於彼岸；既屬於可視的大曠野，又屬於不可視的大混沌與大明淨，包括天外那宇宙的大明淨。我的心常被神秘的美抓住。

【一五】

嵇康的「外不殊俗，內不失正」，一直是我的座右銘。嵇康是屹立於中國大地的人格豐碑。他「外不殊俗」，所以才不擺架子，不裝腔作勢，不故作高深；也才尊重世俗社會慾望的權利與承擔社會的責任，從而不同於自命清高的隱君子。而他的「內不失正」，則是在入俗隨俗之時不失心靈原則，不離道德邊界，不投機取巧。世俗社會的誘惑太多，物色聲色酒色紛紛把人引向邪門歪道，倘若沒有原則，便會同流合污。嵇康處污泥而不染，面對權勢者而頂天立地，正是內心深處堂堂正正，坦坦蕩蕩。

【一六】

火的姿態是向上燃燒的姿態，水的姿態是向下流淌的姿態。以往喜歡把生命比作一團火，今天則喜歡生命只是一脈水。順其自然，飄逸而下，能流到哪裏就到哪裏，不必去爭取甚麼火紅的人生。水透明，水柔和，水的姿態是低姿態，往下流淌的姿態，但又是朝向大海行進的姿態。老子崇尚水，認定至柔可以戰勝至剛，水的克服與征服，不是去沖撞大山，而是沿着大山腳下努力往前走，一直走到大海跟前。

【一七】

黑格爾說凡是存在的都是合理的。可是，許多聖人聖賢卻只承認婚姻的合理性，不承認情愛的合理性；只承認宮廷的妻妾成群的合理性，不承認民間私情的合理性。釋迦牟尼、基督開始做的事被認為不合理，中國原始時代精衛填海、夸父追日的故事也被認為不合理，知其不可為而為之的努力總是難以得到合理性的確證。曹操借王垕的頭以定軍心，在戰爭的層面上是合理的，在生命尊嚴的層面上是不合理的。慾望在歷史主義的層面是合理的，但在倫理主義層面卻不合理。相信「造反有理」就難以相信社會秩序有理。也許黑格爾也看到這種種矛盾，所以才有「凡是合理的都是存在的」的反命題。我們必須在黑格爾的命題之後加上的命題應是：凡是活生生的生命與生命現象，都不可用哲學命題去裁決，更不可用絕對精神去解釋。

【一八】

莊子在兩千多年前就寫出《齊物論》，闡發萬物齊一的平等觀。人與人平等，人與物平等，物與物亦平等。萬物有靈，莊周有靈，蝴蝶也有靈。兩者互夢，也互為靈魂。大夢中肉體消解，生理界線消解，世俗的等級、尊卑、大小等界線也消解。在靈魂的意義上，萬物相通、相依、相似、相關，相互構成一個美麗的世界。莊子去世兩千多年後，追求人性詩意本質的德國大詩人荷爾德林又暢説萬物齊一的思想，他說：「我將存在，我不問我成為甚麼。存在，生命，這就夠了，這是眾神的光榮；為此，在神性世界中萬物齊一，只要是一個生命，這個世界裏沒有主僕，像相愛的人，自然的元素生活在一起；他們共同擁有一切，精神，歡樂和永恆的青春。」（《荷爾德林文集》第一四零頁，北京商務印書館）荷爾德林也許沒有讀過莊子的書，但大夢相通。也許荷爾德林就是莊子遙想的蝴蝶，也許莊子是荷爾德林長思的「眾神」之一。空間相隔一萬里，時間相隔兩千年，然而人類嚮往打破尊卑、主僕關係的夢沒有停止。生命尊嚴與生命平等的夢，永遠富有詩意。夢相通，是人類詩意棲居於地球的終極嚮往相通。

【一九】

剛到海外總是徬徨，徬徨之後如今不再徬徨了，因為終於意識到：文化就在自己身上，家園就在自己的筆下。無論走到哪裏，筆也帶到哪裏。筆下就是我的根，筆下就是永恆的故土。與回到家中就感到溫暖與安寧一樣，一回到筆下，就像踩到田園與鄉野，就像見到親人與故人，就像見到從女媧精衛到賈寶玉林黛玉這些家園中的兄弟姐妹。尋找各種意義的故鄉，發現最具體的故鄉是自由抒寫的筆下。這一發現常使自己激動不已。

【二〇】

辭國十年後，才感到漂流使自己得救。這不僅是漂流把我從名利的廢物堆裏拔出來，而且使自己明白，在母親完成她的「創造生命」之後，我的使命便是「開掘生命」，包括此時敢說已經得救，就因為意識到一切都要「自救」。此一意識，使我得大自在，又得大力量。古希臘神話英雄安泰的力量來自大地母親的擁抱，而我則意識到力量來自我從母親懷裏站立起來的一剎那。母親廣闊胸脯上坐着等待救援的億萬兒女，她是忙不過來的。何況她的使命已經完成，留待我們的應是無愧於大地母親的自我完成的使命。

【二一】

囚徒走出牢房，沒有人理會他，像帶瘟疫細菌的病人，社會迴避他。但是，當他走進山間河谷，就會發現，那裏的花草樹木照樣歡迎他，啼鳥與蝴蝶照樣為他翔舞，無論是天上高飛的生命還是地上走動的生命都不會拋棄他。大自然沒有勢利的眼睛。它是人類最可靠的朋友。也只有穿越過牢門的囚徒，才知道每一棵綠樹每一條小路每一片雲彩每一道陽光每一縷清風每一脈泉水每一聲鳥啼的價值，哪怕是荒原、沙丘、廢墟，也都像兄弟的家園。

【二二】

金庸小說《笑傲江湖》主角令狐沖，獨立獨行，超越正教、邪教兩大營壘的單向立場。他是所謂正教（五嶽派）華山派岳不群的弟子，可是，又與邪教（日月神教）中人交朋友。他既愛岳不群的女兒、師妹岳靈珊，又愛日月神教教主（任我行）的女兒任盈盈。他想超過生死對峙的兩大陣營而吸收雙方武功的精華，但兩派的首領都不允許他如此選擇。他的功夫高強，兩派頭目既想拉攏他又想殺害他。最後他和任盈盈遠離江湖，隱居在山林裏共同彈奏天下的絕唱《笑傲江湖》。這種人跡罕到的深山叢林裏，是兩極對立之外的第三空間。這正是知識者和一切孤獨者的寄身之地。可惜現代社會把這一空間也加以掃蕩，於是自由更是無所存放。「令狐沖處境」，中國知識分子徬徨無地的典型處境。

給令狐沖以自由，給令狐沖以第三空間，這也是蒼穹的呼喚。

【二一三】

「五四」知識人審判了父輩文化，宣佈其「吃人」大罪，判處了父親的死刑，但還留下了「大地母親」，這就是社會底層的工農大眾。啟蒙家們喚醒了母親，並從母親的懷抱中得到力量，補充了「喪父」的虛空。擁抱工農，知識分子真的走出了一條路。但今天時代轉入以財富為中心，大地母親被推向邊緣，知識分子又面臨「喪母」的危機。聰明的知識人早已把富豪和權勢者認作「衣食父母」，顧不得其他，唯有孤獨的思想者還在緬懷天空與大地，並為此徬徨。

【二一四】

杜斯妥也夫斯基的小說《卡拉馬佐夫兄弟》有殺父意識，但它蔑視的父親不是天上的大父親（神），而是地上的小父親（沙皇），對「天父」還是始終心存敬意。俄羅斯的靈魂，幾經洗劫，至今仍然不死，就因為還有這一層敬畏。我國「五四」文化革命，也有殺父意識，可是，謀殺的父親不僅是父輩文化，還有「反科學」的「天父」宗教文化，於是，中國知識人便從此沒有地上之父也沒有天上之父，既沒有傳統道德的支撐，也沒有宗教情操，是十足的孤兒。

【二五】

如果沒有被放逐，就沒有屈原；如果不當「逋客」，就沒有杜甫；如果沒有告別宮廷，就沒有李白；如果不被流放到南方的天涯海角，就沒有如此豐富的蘇東坡。在俄國，如果沒有到西伯利亞當過囚徒，恐怕就沒有杜斯妥也夫斯基；如果沒有從俄國流亡到美國，就沒有納博可夫的《洛麗塔》；更有趣的是，托爾斯泰本在莊園裏活得好好的，臨終前還自我放逐。作家詩人在本質上都是流浪漢。即使沒有身軀的流浪，也會有心靈的流浪。莊子作《逍遙遊》，便是靈魂的大流浪。作家詩人的生命本質不是固定點，流浪下去，尋找下去，蒼穹又一次對我呼喚。

輯二：復歸嬰兒

【二六】

《伊利亞特》與《奥德賽》這兩部產生於古希臘的史詩，一直激動着歐洲、亞洲、美洲以至整個世界的心靈，至今魅力不衰不減，就因為它概括了人類活動的兩種基本經驗模式：一是出發；二是回歸。《伊利亞特》是出發，出發去征戰，去搏鬥，去立功，去尋找美和奪取美，去嘗試生命的可能。二是回歸，人在征戰之後一定要回歸，回歸自己的情感家園，回歸嬰兒狀態，回歸人生的本真與本源。兩者缺一不可。出發去爭取人生意義很難，戰勝慾望回歸童心、回歸純樸與安寧也很難。

【二七】

老子說：大制不割。甚麼是大制？宇宙是大制，地球是大制，這是眾所周知的。但嬰兒是大制，卻常常被忘記。孩子一降生就是天然大制，這是自然形成的生命整體，與天地形成之初的狀態一樣混沌圓融。後來人掌握了知識，頭腦生長了，但生命卻蒙上各種塵土，而且覆蓋層太厚。生存壓力下，生命變形，變質，變態，變成機器，變成技術，變成商品，變成工具，變成傀儡，變成傳聲筒，變成槍手，變成奴才，變成老狐狸，變成殭屍，變成碎片。碎片是混亂的多元。此時，人要自救，有一條大道，就是返回生命的原點。嬰兒就是原點，嬰兒就是一元的生命，嬰兒就是不割不分裂的宇宙大作品。

【二八】

回歸嬰兒，於我有兩個向度：一是回到從母腹中誕生下來的那一瞬間，回到剛來到人間時的那一種柔和的目光；二是回到故國文化的精神本源，回到《山海經》所負載的最本真、最本然的文化。我的形而上假設，不在天上，而在地上，在第一次張開的眼睛之中，在母親賦予的原始混沌之中，在精衛、女媧等英雄的美好天性之中。修煉修煉，不是修向成熟，而是修向鴻濛時代的天真。有天真才有自由。言語從內在的心性裏流出，該說就說，這才是自由。世故之人說甚麼都從關係出發，還沒有發出聲音就受到他人的制約，發了聲音還要考慮別人的「反應」，這哪裏還有自由。東西方的學者都在尋找自由的真理，而我找到的是一個自由的前提，這就是天真，這就是赤子心腸。

【二九】

中國人常常忘記中國人：忘記本真、本然的中國人，忘記《山海經》時代的中國人。這個時代的中國人是最可愛的中國人，是未被權位、權術、金錢、名聲、概念、知識所污染的中國人。這時的人雖然簡單，幼稚，卻是沒有心機的赤子。這是中國人的原始版本。這種原初中國人被現代的中國人忘記了。閱讀《山海經》正是為了復原中國人，推動自己成為本真本然的中國人。老子的《道德經》呼喚「復歸於樸」、「復歸於嬰兒」，就是復歸於《山海經》時代的那一片天真天籟，赤子情懷。

【三〇】

曹操引用《論語》中的話評價謀士荀彧：「外柔內剛，外怯內勇，外愚內智，其智可及，其愚不可及。」聰明處容易學，它畢竟是頭腦的功能。愚魯處難學，因為它屬於天性，屬於心靈，屬於生命本能。智者的愚魯，是大智慧中的混沌。混沌境界，是智者背後還有一片天真與耿直。慈悲也是一種不知算計的渾沌。曹操是大智者，他知道卓越的天性難以摹仿，知道人有一種從母親那裏帶來的天賦的本能，這種本能不可複製，尤其是精神本能。

【三一】

在生命走到盡頭的時候，瞿秋白在獄中作了一次長長的獨語，那是他「最後最坦白的話」（《多餘的話》），他說他在過去的十五年中，時刻扮演着某種角色。手裏做着這個，心裏想着那個，沒有餘暇和可能說出自己的心思，只有現在，只有在獄中，只有在被解除了面具之後，他才可能獨自寫下內心的話了。不必扮演甚麼角色，無需把自己規定為學者、作家、革命者、持不同政見者，扔掉一切頭銜和假相，只剩下赤裸裸的自己，才能發出自己的聲音。瞿秋白生命最後的覺醒是大覺醒，從政治舞台回到精神家園中：「回家去罷，回家去罷！」這是瞿秋白的夢想，也是他留給我們的勸告。

【三二】

中國文化最精彩、最深刻的部份，幾乎無法用語言形態表達。《山海經》最核心的精神，只凝聚在若干意象上，女媧、精衛、夸父、刑天，都是意象，不是語言。《道德經》是被迫用文字表述的。但它一開始就聲明可以用語言表述與命名的，並非最偉大的精神與真理。「道可道，非常道」，不言是最高的言，不可命名的名是最高的名。最深廣的對象無法用概念去涵蓋。老子視「不知道」為最高的「知道」，這與康德的本體不可知論相通。《六祖壇經》和整個禪宗，也是對語言的懷疑和警惕，所以它以感悟代替敍述，最關鍵的部份均不用語言表達，只啟迪人們去明心見性，直逼要害。

【三三】

《易經》似乎可稱為場論：由「易」與「不易」構成宏觀精神場，由「陰」和「陽」構成的宇宙場與生命場。《易經》又是中國古代的相對論，與愛因斯坦相通，但它是沒有完成也可能是永遠無法完成的相對論。《易經》中的「太極」是不可道之道，不可名之名。太極中最偉大的部份是「不易」的。「不易」派生出「易」。「易」是現象，「不易」是本體。上帝是不易的。不易是永恆永生，易是瞬間刹那，天賦的「生」的大德和人的權利是不易的。現代人類太強調「易」，強調變，強調革命，忘記維繫人類社會與大宇宙那些永恆不變的部份才是根本。文學中不可易的部份是人性的訴求，是生命的尊嚴，是善的內心，是美的感覺與美的境界，偉大的作家畢生都在追求不易的永恆。

【三四】

玄奘創立的佛教唯識宗，以闡明「萬法唯識」為宗旨，把「識」強調到極端；又以分析法相入手，以表達「唯識真性」。可惜過於玄奧煩瑣，不容易被人所接受，終於三傳而衰，它留下的思維教訓是太煩瑣便沒有長久的生命力。（中國現代哲學也有太煩瑣的難以走入民間的，如金岳霖先生的邏輯學。）禪宗的產生，尤其是慧能的產生，恰恰是由繁而簡的「革命」，它在「繁」的語境中誕生，推向另一極便是簡。它的成功是放下概念，放下分析，放下教條，直指要害，結果產生了經久不衰的影響。老子所說的「復歸於樸」，慧能是個典範。

【三五】

老子出走，路經函谷關時，被關卡小吏關尹喜扣留了。關尹喜不是為了勒索老子的錢財，而是要把老子留下來講學，為他寫下講義或文章。那個時代，一個類似今天「海關」關長的小官員，竟然把學問、文章看得如此貴重，不能不讓我們驚訝。關尹喜想敲老子一筆，這一筆竟然是在今天被許多人看不起的道德文章。老子如果在現代社會裏還這樣過關，誰還會稀罕他的思想文字呢？《道德經》算得了甚麼，恐怕各個關卡要的都是錢。只是二千多年，中國的價值觀變化如此之大，真讓人感慨「今不如昔」。

【三六】

在中國歷史上很難找到沒有勝利快感的帝王與將軍，認真想一想，似乎只有周武王。他推翻商朝、建立周朝之後立即宣佈刀槍入庫，馬放南山。沒有一番慶功與狂歡。老子在《道德經》中給戰爭勝利者宣講一種道德：你不得已而戰爭，戰爭勝利了，你不要有勝利者的快感，而應當有哀傷感，要以葬禮的方式對待勝利。這與現代的勝利者一勝利就開慶功大會就造凱旋門很不相同，與武松在鴛鴦樓上殺了十八個人之後還那樣快活也極不相同。法國巴黎的凱旋門一直被人們瞻仰、禮讚，人們在那裏不僅有快感，還有自豪感。但在精神水平上，老子的思想高於凱旋門體現的思想。

【三七】

中國遠古時代的英雄手上沒有血，女媧手中是泥土，夸父手中是巨杖。後來中國的英雄手上沾滿血，包括革命英雄李逵、武松等手上全是血。世界上有許多英雄如甘地、馬丁·路德金等，手上也沒有血，不像斯大林和波爾布特，手上全是血。中國遠古的英雄口中也乾淨。精衛口裏含的是樹枝，後來中國的英雄口裏全是鐵牙齒，當下的鐵牙齒就是語言暴力，慷慨陳詞中嘴裏也是血。

【三八】

周武王打倒殷商王朝之後沒有血洗宮廷，沒有牽連皇親國戚臣子，甚至還封紂王的兒子武庚為一方諸侯（武庚後來謀反應自己負責）。伯夷、叔齊認定周武王違反王權更替的遊戲規則，拒絕支持他的勝利，他也不計較。武王似乎意識到使用暴力並非上策，於是勝利後很快就刀槍入庫，馬放南山，還去拜訪紂王的叔子、當時的大賢箕子，向他請教，這才有《尚書》中的「洪範九疇」。這個時代沒有牽連株連此類滅絕人性之舉。中國人愈來愈聰明、愈有知識之後，才有「誅三族」、「滅九族」這些血腥遊戲。說歷史愈來愈「進步」，從工具工藝層面說是對的，但從人心人性層面上說，則大可質疑。

【三九】

《山海經》是中華民族童年時代集體的大夢。夢見女媧補天，夢見精衛填海，夢見夸父追日，這是最本真、最有活力的夢。《山海經》說明，中華民族有一個健康的童年。《紅樓夢》一開始就講《山海經》，就緊緊連接《山海經》，《紅樓夢》是中華民族成年時期的大夢，這是關於自由的夢，關於女子解放的夢，關於詩意生命與詩意世界的夢。《紅樓夢》是中華民族現代夢的偉大開端。《紅樓夢》說明，中華民族近代的大夢也是健康的！德國詩人荷爾德林嚮往「人類應當詩意地棲居在地球上」，中國的偉大作家與德國的偉大詩人，其大夢的內涵相似。

【四〇】

《山海經》中記載的神話故事，總是讓我們感到太少。因為那個原始時代沒有人去刻意記錄，這種故事只是和山山水水一樣自然留下，自然地歷經一代一代的風霜雨雪留在民族的集體記憶裏。因為不是刻意記錄，所以更顯得猶如嬰兒般的真純。《山海經》特別寶貴，它是中華文化的原汁，中國人的原血液，因此也可以稱《山海經》文化為中國的原型文化。史賓格勒在《西方的沒落》提出過「偽形文化」的概念，中國文化何時發生「偽形」，尚需討論。但《山海經》沒有任何偽形，卻不容置疑。中國的長篇小說，《紅樓夢》、《金瓶梅》是真實的，《三國演義》卻是僞形的巨製。

【四一】

都說現實是真，夢是假，我卻在夢中感到生命的真實和現實的虛假。我的天真、我的嚮往和整個未被概念瓜分的生命都保存在夢中。夢中我沒有虛禮，沒有客套，更沒有灰色的語言，連聲音都沒有。夢裏的我，常常是個啞巴，只用眼睛的光亮訴說一切。莎士比亞的《仲夏夜之夢》，保存着人類最純真的愛戀與追求，最純真的誤解與歡樂。少年時以為莎士比亞的戲是虛構的，以為教條所描述的世界和現實的世界是實在的，如今倒轉了過來，知道假的東西全在夢境外的權力世界與繁華地表上。

【四二】

傑克·倫敦的《野性的呼喚》，我到了美國之後才讀懂。這位偉大作家早就預感到大地上生命活力正在消失。在美國，幾乎家家都豢養寵物，可是，不管是貓還是狗，均野性全無。牠們本是大自然的一部份，現在全變成玩物，變成人工世界的產品與消費品。有些狗長得像小獅子，可性情卻溫順得像小雌貓，膽子比兔子還小。現代社會的技術、金錢和百無聊賴的空氣，不僅剝奪了動物的野性，而且也正在改變人類的個性。人類在機器面前正在變成另一種東西，這種東西大約可稱為「類似無機體的有機體」。

【四三】

《復活》的主人公聶赫留道夫可視為托爾斯泰的精神化身。這位上層社會的貴族，他的靈魂是甚麼時候開始復活的？托爾斯泰告訴我們：是在一個被他損害的妓女面前跪下的瞬間開始復活的。在跪下的一剎那，他突破虛偽的面具，人性從沉睡中覺醒，良知重新回到他的生命之中。他在瞬間中體認了自己的罪，並知道自我拯救並非抽象，拯救道路的起點非常具體，起點就在一個被他所傷害和被社會所唾棄的小女子的腳下。淪落風塵的女子，此時就是他的靈魂的審判者和拯救者，他要聽從她的呼喚。

【四四】

從倫敦出發，驅車六個小時，來到莎士比亞的故居。這是我一生中最神聖的旅行，在故居的閣樓上，我排了長隊，然後鄭重地簽署下自己的名字，一個東方崇拜者的名字。這個小閣樓產生的天才，開闢了我的人生形式，賦予我一個全新的開始。文學的初戀，文學的信仰，對文學的如癡如醉如癲如狂，就從這個天才的名字與戲劇開始。時間開始了，文學開始了，從此心靈壓倒一切，從此人性壓倒一切，從此生命大門敞開着去迎接人類最美的氣息。簽字時，我覺得自己的手和身體都是熱的，從這個房子誕生的偉大靈魂，每天都在幫助我和太陽一起從黑暗的壓迫中升起。此時，充滿內心的感激的話化成一句：我多麼願意用鮮血換取你偉大人生的一個瞬間。

【四五】

《山海經》中的神話英雄刑天，腦袋被砍掉之後，便以雙乳為目，繼續戰鬥，所以陶淵明稱讚「刑天舞干戚，猛志固常在」。然而，歷來的刑天禮讚者都沒有發現，刑天實際上有兩個頭顱，一個是身上的可以看得見的外部的頭顱，一個是身內的肉眼看不見的頭顱。身內之頭便是打不死的靈魂。外部的頭被砍掉了，內部的頭還在，它還會長出新的眼睛，還會繼續放射着新的活力。人間的真英雄都有一個內在的不可消滅的高傲的頭顱。

【四六】

七十年代末和八十年代初，中國的作家集體嘔吐，創造了傷痕文學。那時的眼淚不是流出來的，而是嘔吐出來的。薩特認為噁心是走向自由與超越的第一步，它像自由的號角和警鐘，召喚人們去開闢一個與現實社會相反方向的世界，因此，有噁心感的人是幸福的，並不難受。因為噁心者對醜惡有一種特別的敏感，能把醜惡及時從自己的生命中清除出去。人的生命不再淤積時代的垃圾與濁物，便有大快樂。

【四七】

在物質文明的層面上，人不斷在進化，但在精神層面上卻常常在退化。孔子在孔子的時代地平線上，並非精神的高峰，他在《論語》中所講的那些道德原則並不是高不可及的原則。但是到了現代，由於整體道德水平的降落，這些原則便成了高山峻嶺，本是教師爺的孔子也就成了聖人。孔夫子的地位往天上飛升，是因為後人的精神水準往地下沉淪。了解這一現象便可解釋：為甚麼當年的孔子是謙卑的，而現在一些研究孔子的儒學者卻自以為了不起。

【四八】

古代社會沒有那麼多的誘惑，也沒有那麼多色相的刺激，人容易單純、完整。現代社會則到處是誘惑，連圖片也帶着那麼多刺激與幻夢。於是，現代人的生命變得支離破碎，快樂的瞬間變得又少又短，一旦有了一點快樂時光，便搶着使用，連快樂也不從容。地球犯了繁榮的浮腫病，它改變了外部自然，也改變了人的內心自然。當今新哥倫布的使命，已不是發現新大陸，而是發現內心那一片未被商業潮流捲走的生命原野，那裏還有殘存的草葉的清香和真實的聲音。

【四九】

虞愚老先生，晚年和我是忘年之交。他研究了一輩子佛學與因明學，生前一再告訴我：佛學教人自由的真諦，其要點有三：第一是放下；第二是放下；第三還是放下。我問他，這是否可以解釋為第一要放下功名，第二要放下利祿，第三要放下權勢慾望。他說這自然是要放下，但這只是第一點。他還贈我六個字：「不將迎，不內外。」但未作闡釋。後來我讀《莊子》時才知道這是「至人」境界，莊子在《應帝王》篇中說：「至人之用心若鏡，不將不迎，應而不藏，故能勝物而不傷。」鏡子光明磊落，對來者不迎不送，來留相，去留影，任其自然，不懷任何私意，也不講甚麼內外有別，更不內藏心機心術。能有表裏如一，才有身心透明，才真從內裏放下該放下的一切。

【五〇】

竹林七賢中年齡最小的向秀，一直熱愛追隨嵇康，嵇康生前在樹下鍛鐵，他就是那個拉風箱的小夥伴。嵇康被司馬昭殺害後他本隱居不出，但後來迫於政治高壓，不得不應徵到洛陽。入洛途中，他特別繞道到嵇康的山陽故居去拜謁日夜緬懷的亡靈。目睹往日的草木瓦礫，思念肝膽相照相依的舊情，傷感到極點，寫下了痛徹肺腑的輓歌《思舊賦》。在向秀生命深處，嵇康不是一個朋友，而是他的靈魂和他的整個世界。這個人走了，整個世界也消失了，留下來的只有瓦礫和永恆的大空寂。在刻骨的懷想中，他朦朧地聽到淒清的笛聲，彷彿還見到不屈的歌魂。然而，幻象不僅不能安慰他，反而讓他感到揪心的大孤獨。這種向秀式的悲絕瞬間，我也曾體驗過：一個全心靈護愛自己的朋友死了，世界跟着灰掉了。大空寂中軀殼還活着，卻像行屍走肉，內裏空蕩蕩，外邊白茫茫一片真乾淨。

【五一】

愛因斯坦站立在科學的最高處，但他承認有比他更高的東西。托爾斯泰、杜斯妥也夫斯基站在文學的最高處，也確認有比自身更高的東西。承認有比自己更高的東西，才有向上提高生命的渴望和繼續往高處探求的熱情，也才有敬畏這一永恆的道德基礎。中國的帝王們雖然都有惡劣的故事，但還是承認有比自己更高的東西，這就是神秘的「天」。天意構成一種壓力，對權力無邊的獨裁者構成一種制衡。可是現代的徹底唯物主義者，完全不承認有比自己更高的東西，所以自負自大自戀，動不動就瘋狂，霸主心態超過往昔的帝王。徹底唯物主義導致徹底的流氓主義，原因全在於此。

【五二】

古往今來，中國大地上與世界大地上，不知走過多少默默無聞的偉大心靈，他們默默給人類以啟迪，默默給人類奉獻一生，但沒有留下名字。他們創造過功勳，但不知「功名」二字。這一基本歷史事實告訴我們，衡量人不能僅僅用其文章技巧的高下，而應當看他們留下過怎樣的心靈。禪宗六祖慧能在默默無聞中思索，沒有文章，但他的心靈卻價值無量。正是這個不立文字的「和尚」，創造了中國文化的偉大篇章。

【五三】

多次閱讀歌德的兩部代表作：《少年維特的煩惱》和《浮士德》，最終才發覺，自己更喜歡前者。作為一個研究者，我知道《浮士德》份量更重，但作為一個人，我卻感到《少年維特的煩惱》更真純，更貼近我的生命。從自身的體驗中又可推知，《浮士德》似乎是歌德用大腦寫出來的，整部長詩是個偉大的理念的故事，而《少年維特的煩惱》則處處散發生命氣息。難怪拿破崙在疆場上攜帶着的是這部情愛小說。

【五四】

《山海經》記錄了遠古中國人的靈魂狀態，它是混沌的，質樸的，天真的，就像未被砍伐過的大森林，沒有後來的刻意的種植與排列。這個時代的靈魂，由女媧、精衛、夸父等作為象徵，雖然沒有古希臘英雄的瀟灑，但有巨大的精神力度。補天之力，填海之力，追日之力，射日之力，都是非常巨大的力量。《山海經》之美，是力的美，是「不自量力」的拚命硬幹的英雄美。《山海經》時代的中國人的靈魂狀態，與委靡不振的狀態正好相反，是物質需求最少、精神卻最強大的狀態。

【五五】

逍遙遊，如大鵬扶搖直上九萬里，這是高度自由狀態，也正是靈魂雲遊的狀態。這種狀態只屬於孤獨者。孤獨者的靈魂與大自然、大宇宙直接相連，中間沒有「隔」。名利場中人，不可能擁有這種狀態，他們和大自然之間的障礙太多。中間物有概念、主義、冠冕、權力、物色等等。詩人比非詩人強一點的，是他們能作靈魂的雲遊。詩人並非生活在空中，而是生活在內在生命的大雲層裏。生命的深處與宇宙的深處相通，那裏也是大鵬縱橫萬里的好地方。

【五六】

《封神演義》雖多荒誕，但最後以姜子牙加封諸神和周武王分封諸侯作為結局。魯迅評論説，「封國以報功臣，封鬼以妥功鬼，而人神之死，則委之於劫數」，「其根柢，則方士之見而已」。（魯迅《中國小説史略》）這裏固然是「方士之見」，但姜子牙封神時則不僅把勝利者（周）諸臣封為神，也把失敗者的一方（商）的諸將也封為神。敵我雙方均上「封神榜」，這與後來中國人的「勝者為王、敗者為寇」的觀念大不一樣。美國南北戰爭極為慘烈，但失敗的南方統帥李將軍的故居和紀念館還完好地立在弗吉尼亞國家墓園的小山頂供人們瞻仰，勝利者並沒有對他抄家、踐踏或滅其家族。

【五七】

無名的老百姓沒有太多書本知識和理念，更沒有甚麼邏輯，但他們保留了本能感覺。花是香的，玉是美的，屎是臭的，他們會本能地正視。一九七零年我在河南「五七幹校」聽一位著名哲學家談改造自己的經驗，説他最後覺得豬屎狗屎全是香的，因為屎可肥田，豐收了可以支援世界革命。如此「屎裏覓道」，並不僅僅是這位哲學家。名人的缺點正是常常丟失本能的素樸感覺，使認知也走樣。感覺認知不正常，其判斷就往往不如村夫野老，甚至不如天真的小孩。小孩的本能感覺，常常勝過高頭講章。

【五八】

魯迅《鑄劍》中的小主人公眉間尺還是個孩子，可是他對仇恨已經極其敏感。一經被母親提醒，就立即踏上了復仇之路，而且為復仇毫不猶豫地削下自己的頭顱。徹底的復仇者是不考慮任何代價的，也不考慮輸贏，只想消滅對方，丟了頭也在所不惜。眉間尺固然勇敢，但他對仇恨的敏感卻常讓我害怕。倒是余華《血劍梅花》中的少年阮海闊讓我感到輕鬆一些。阮氏少年，是另一個眉間尺，但他卻是一個對仇恨缺少敏感的眉間尺，一個模糊了「敵人」概念的眉間尺，一個不再為父輩鬼魂而拋頭灑血的眉間尺。

【五九】

走出家門國門，到地球的四面八方看看，除了發現大千的雄偉與人類的創造奇觀之外，還有一條重要的發現，就是發現自己在家門國門裏其實乃是「井底之蛙」。這一發現，不僅使自己感到慚愧，也使自己激動不已。明白自己是「井底之蛙」，才贏得新起點。打破井蛙的眼界，便是自救。沒有眼睛的覺醒，不會真有思想的覺醒。眼睛擁有整個天空大地之後，自身的解放道路才充份展開，生命才又重新啟程。

輯三：歷史記憶

【六〇】

中國北方野蠻的遊牧民族對中原及南方的入侵，其踏踏的馬蹄產生一種歷史效應：把中華民族的注意力引向對「國家興亡」的格外敏感，而忽視對「個體生命」的關注。金元和滿清王朝的罪孽不在於其統治者是少數民族，而在於它打斷了宋代和明末剛剛生長起來的人間真性情，以致至今中國人還沒有真正學會該如何尊重人的個性和支持個人對世俗幸福的追求。

【六一】

周武王掃平商紂王朝，統一八方諸侯，取得歷史性的巨大成功，但伯夷、叔齊不僅拒絕謳歌他，而且攔着他的騎兵和車隊對他發出「以臣弒君，可謂仁乎？」的責問與抗議。這個歷史瞬間和歷史行為，乃是雙重的奇蹟：一是兩個手無寸鐵的知識分子敢於面對最大的權勢者說真話，二是一個威鎮四海的帝王可以允許說真話，允許批評自己，對其「叩馬而諫」、攔阻抗議一點也不生氣。伯夷、叔齊固然了不起，周武王也很了不起。這一幕，是中國古代的文明大詩篇。

【六二】

孟子留給中國人最寶貴的精神遺產是教中國人如何面對苦難、面對幸福和面對壓迫。苦難中高潔的品格不能改（「貧賤不能移」）；幸福中不能陷入荒淫無恥（「富貴不能淫」）；權勢壓力下則要挺直人格的脊骨和保持人的驕傲（「威武不能屈」）。可是我們當今的中國人好像既不懂得面對苦難，也不懂得面對幸福。在階級鬥爭的黑暗歲月裏，只知道互相揭發互相摧殘，從而加劇了苦難；在繁榮富裕的今天，則慾望無限膨脹，讓金錢麻醉全部神經，甚至連做人的心靈原則都沒有；至於在權勢面前，多數的世相是羊相和奴才相。

【六三】

嵇康明知孤傲會給他帶來危險，但他還是絕對孤傲。大司馬鍾會拜訪他，他只要敷衍一下就可以當個朝廷命官，過上浮華日子。但他偏要孤傲到底，對眼前的大官僚，眼珠轉也不轉過去。他把心靈的自由看得高於一切。其孤傲信守的正是這一點自由，無論是壓力還是誘惑都不能剝奪的自由。他終於走上斷頭台。臨刑前所彈奏的《廣陵散》，彈出了自由的千古絕唱：為了贏得「自由生命」，寧可拋棄「自然生命」。

【六四】

春秋戰國時，諸侯爭雄，渴求人才，急需智慧的頭腦。於是，諸子南北穿梭，十分繁忙，連孔子也坐着車到處奔波顛簸。在風雲變幻的時代裏，只有老子坐在圖書館裏，安靜得像棵老樹，根鬚直插地底深處，一點也不浮躁。老子的特殊之處是擁有一種精神定力。這是不被世事滄桑浮沉所影響的力量，是榮辱不進、得失不計的內在力量。有這種力量，才有《道德經》的無限重量。

【六五】

基督的偉大是用他自己的生命造成的，而不是靠戴在身上的桂冠名號造成的，也不是靠前人的遺產造成的。他的光輝是從苦難的十字架上發出來的，而不是從權威的面孔上發出來的。他具有最深刻的善的內心，這便是良知，但他從來也不宣稱自己是社會良心。他只是默默地擁抱無助的底層，和他們共同承受苦難。他顯然知道，良心一旦標準化、權威化為「社會良心」，這良心就會蛻化為權力，一種指揮他人甚至侵犯他人的權力。凡自稱「社會良心」者，其良心均可打個問號。凡自稱自己的作品為「經典」、「典籍」者，一定是話語權力的狂熱追求者。

【六六】

亞歷山大大帝從西方打到東方，到了印度時發現一個智者一直在原地跺腳。當他派人去問「為甚麼」的時候，智者說：你即使征服整個世界，最後能得到的也只是腳下這一點點。智者在啟悟征服者：你的慾望可以無限膨脹，但你的佔有注定是渺小的有限空間，即使你征服了地球，也只是征服了大恒河中的一顆沙粒。

【六七】

在老子看來，人對歷史責任的承擔應是無言的。重擔在肩，不求頌歌伴奏。做了好事，自己不說，默默承擔，這才算是真的有德。有人掉到水裏，你去救援，只覺得這是應盡的責任，心裏只感到快樂，沒想到光榮，也不覺得是美德，這才算是德行。老子對那種僅以言說去承擔歷史責任的人是不信任的。滔滔不絕，表現的卻是一個淺薄的自己。《紅樓夢》裏的賈寶玉就是一個默默承擔罪責的人，他從不宣揚自己做了好事。

【六八】

傑弗遜、華盛頓、林肯等名字能夠成為美國人共同的心靈，並不是憲法和其他文件所規定的，也沒有任何宣傳機器告訴人們必須這樣做。它完全是美國人民自願的選擇，完全是這些大心靈本身的魅力，任何時間的激流和社會的風浪都無法沖淡他們的魅力。二十世紀人間的爭戰空前激烈，反對美國的聲音非常強大，但是，我卻聽不到攻擊華盛頓、傑弗遜、林肯的聲音。在圖書館裏，我蓄意尋找挑釁這幾位偉人的文字，結果非常困難。在困難與毫無所獲中，我得到了一種新的感悟。

【六九】

上帝的無形之手本是無限溫柔的，他對人的心靈總是輕輕撫摸着。但二十世紀一開始就宣佈上帝死了，於是，人類中的一些梟雄便以鋼鐵的手臂來取代上帝的溫馨之手，他們以為自己的手可以扭轉乾坤，不僅可以握住整個地球，而且可以握住所有人的心。他們是人類的一群精神侵略者，總是干預他人心靈的主權。這些妄圖取代上帝的梟雄的手指，每一根都是帶毒的皮鞭。二十世紀之中無數知識者心靈感到疼痛，就因為有這些梟雄貪婪的手指在。

【七〇】

有一位著名的「儒家大師」，說他在文化大革命中最不能接受的是與一個妓女同台被批鬥。他學孔尊孔了一輩子，卻不知道妓女也是人，也是被污辱、被損害的無辜姐妹，「四海之內皆兄弟」的神聖命題也應當屬於她。每個個體生命都是平等的，都應當以「仁」相待。聖經裏講路人給妓女丟石頭，基督立即責斥了他們。大知識分子常常修了一輩子學問，不僅不懂得「仁」為何物，甚至還不如一個老頭老太太明白普通事理。這原因就是語障，也可說是觀念之障。一葉障目，一念遮心，學問也變得可笑。

【七一】

愛因斯坦是二十世紀最偉大的科學家，當然也是最卓越的理性主義者，然而，即便是他，也還在自己的精神世界裏給上帝留下一個位置。對於愛因斯坦，問題不是上帝存在或不存在，而是人需不需要有所敬畏？人要不要承認有比自己更高的東西？確認有比人更高的東西，確認現實世界之外有一種更偉大的美，更偉大的秩序，更偉大的眼睛與尺度，才會確認人的有限性，才有謙卑，才能聽從道德的內在律令。

【七二】

閱讀西方文學作品，從未見過有殺虐孩子與殺虐小女子的英雄。可是，中國的英雄卻有「斬草除根」的徹底性，造反復仇時，連孩子、女人也濫殺，然後從中得到「徹底」的快感。武松「血洗鴛鴦樓」時殺了十八個人，連小丫鬟都不放過。殺了沒有罪惡感，還有自豪感。武松血洗之後還在牆上書寫道：「殺人者，打虎武松也！」《水滸傳》中我最不能忍受的是李逵殘殺小衙內的情節。為了逼朱同上山，吳用設下毒計，讓李逵砍死由朱同照顧的滄州知府的小衙內。這個小衙內還只是個四歲嬰兒，因知府對朱同信任，每日讓朱同抱着去玩耍。可是為了讓朱同得罪上司，逼朱同就範，李逵竟奉命將小衙內的頭「劈做兩半」，這種血淋淋的英雄，也是中國古文明的一種特色。

【七三】

水泊梁山的造反英雄們，為了逼迫「河北三絕」、「北京大名府第一等長者」盧俊義上山，使盡一切陰謀詭計。借相命而把他誘入山中，借題詩讓他陷入「謀反」死罪，借劫刑場而進行血腥屠城，可謂無所不用其極。但因為所作所為都是在革命的神聖名義下，所以一切都是合理的，使用圈套毒計強制他人入伙，強行對人實行改造也是天經地義的。《水滸傳》的邏輯是凡造反都合理，包括使用政治圈套、政治陰謀改變個人生命與毀滅個體生命也是合理的。現代社會對知識分子的改造邏輯，正是《水滸傳》的邏輯。

【七四】

《金剛經》講佛陀心胸廣闊無邊。他被歌利王砍掉手臂，但還是原諒他，並且說傷害後才不會端起「我相」和各種世相，即才不會端起各種架子。能寬容一個砍掉自己手臂的人，能原諒一個如此傷害過自己的人，還有甚麼不能寬容，不能原諒的呢？所謂佛法無邊，恐怕首先是心胸無邊。佛陀如果反過來砍下歌利王一隻手臂，他也就陷入因因相報的復仇邏輯，但他拒絕這種邏輯，所以他的大心靈永遠感召着人間。

【七五】

老子在《道德經》中感慨他的話很少有人聽（「知我者希」）。因為人們只看到他身上穿的是粗布衣服，看不到他玉石般的內心（「被褐懷玉」）。穿着粗布衣服，頭上缺少一個耀眼的冠冕，說話便沒有人聽。這與福柯所說的權力控制語言的思想相通。世界的眼睛與耳朵是勢利的，它在一般的情景下，都不相信衣衫襤褸的人會說出真理，以為寶石都在華貴的衣衫革履之中。其實，許多聖者，外表都很普通，甚至很醜陋，例如，中國人所喜歡的智者濟公，就是這樣的人，他戴着破帽，打着破扇，外表不堪，內心卻極為活潑。而佛陀釋迦牟尼出家後，扔掉王子的滿身珠寶，穿着凡人的布衣去化緣，形同乞丐，然而，正是這個時候，他找到真理並擁有最高的智慧，內心豐富廣闊到極點。金庸筆下的丐幫，雖然都是乞食者，其中卻有真英雄。

【七六】

精衛是一隻小鳥，但他選擇了最強大的對手：汪洋大海。夸父和后羿也選擇了最強大的對手，那是太陽。這是知其不可為而為之，知其不可敵而敵之。美國梅爾維爾的《白鯨記》也是一個類似夸父、后羿和精衛的鐵漢子阿哈巴，他對任何一般的鯨魚全然不感興趣，就盯住一頭大得像雪山、名叫摩比·狄克的白鯨。他選擇的也是天下最強的敵手，並相信這不僅是身體的較量，而且是靈魂的較量。他們的較量無所謂成敗，行為語言本身就是靈魂的絕對凱歌。比阿哈巴更著名的堂·吉訶德，所以一直鼓舞着知識分子，也正是他敢於選擇巨大的風車作為自己的對手，知其不可為而為之。《白鯨記》、《堂·吉訶德》的精神與《山海經》的精神相通。

【七七】

從人與道的關係視角去看生命的成長，人生大約有下列幾個階段，一是聞道；二是知道；三是入道；四是悟道；五是出道；六是成道。成道即在道之中。海德格爾崇拜老子，說明他已經悟道，但老子卻是道本身，他早已在道之中。追求真理大約也正是這樣一個過程。「朝聞道，夕死可矣」，第一步是與真理相逢，僅此就不枉人生一回。但是要了解真理，進入真理，把握真理之核，以至最後成為真理之身的一部份，即成為真理長河的一滴水，卻極不容易。

【七八】

所謂歷史，首先是精神價值創造的歷史。所有談論世界史的人，都以古希臘作為開篇。希臘創造了工具，創造了日常生活秩序，經歷了波瀾壯闊的戰爭；然而，經過歷史的篩選與沉澱，它留給人類的歷史成果，卻不是那時的鍋碗舀盆和刀槍箭矢，而是蘇格拉底、柏拉圖、亞里士多德的哲學，是雅典的民主制度，是荷馬史詩《伊利亞特》與《奧德賽》，是《俄狄浦斯王》等一些和星斗一樣永恆的大悲劇。人類最偉大的功夫，是它的精神內功。人類的歷史性驕傲，是物性文明建構的驕傲，更是人性文化建構的驕傲。

【七九】

歷史真的是可疑的。中國的史書都是勝利者寫的。勝利的皇帝授權給他的御用史官寫作，史書作者即使正直，也沒有自由，因此，中國史書便造出無數的冤案，尤其是失敗者與失敗女人的冤案。說尤物誤國，其實未必。妲己被描繪為第一大尤物，把商朝滅亡的責任全推給她，並把她狐狸化，但真的要問史學家，她壞在哪裏？幾乎沒有人能說清，只會說她太漂亮，蠱惑了君主。太美麗，在中國也是一大罪名，美人往往不是死於權力，而是死於民眾對美的瘋狂嫉妒與忌恨。

【八〇】

有徹底肉體化的人，如妓女和其他種肉人；也有徹底靈魂化的人，如宗教大師。作家中如杜斯妥也夫斯基、卡夫卡等，都是靈魂化的人。中國作家中有一個靈魂化的英雄豪傑是嵇康。他以大靈魂站立於世間，所以對世俗的權勢、桂冠、錢財等等全然沒有感覺，甚至對即將強加給他的斷頭台也沒有感覺。他在走向斷頭台之前從容不迫地彈奏《廣陵散》，依然全神貫注。在屠刀砍斷身體之前，他的高潔的靈魂早已遠走高飛，早就隨着歌聲離開泥濁世界。

【八一】

趙復三先生所譯的《歐洲思想史》上說：「歐洲的高級文化是一種孤島文化，它只是先在修道院，後來在學院，在城市中靠幾百個家族支撐固守的輝煌古董。」與歐洲相比，中國現代的高級文化更是孤島文化，但生存比歐洲更艱辛，歐洲還有「修道院」、「學院」這種孤島，中國則連這種孤島都被政治浪潮與市場浪潮所蕩平。一百年來，高級文化的孤島只有個人，只有少數未被浪潮捲走的獨立不移的活人。王國維、魯迅、陳寅恪等，就是中國孤島文化的載體與主體。「中國現代文化史」其實沒有史，只有點，只有孤島文化的幾個支撐點。

【八二】

中國的許多大聖賢並不著書立說，所以我們至今還不知道唐堯、虞舜說了些甚麼話，也不知道伯夷、叔齊們有甚麼至理名言（只有《採薇歌》和《史記》中記載的片言隻語），他們被視為聖賢，是靠他們的行為語言。偉大而高尚的行為寫在歷史的天空與人的心碑上，和文字經典一樣不朽。堪稱美國聖賢的華盛頓，也沒有甚麼著作，但他的行為語言（如不當皇帝，不當終身總統等）卻永遠銘刻在大歷史的碑石上。行為往往大於文字。中國的禪宗領袖慧能不立文字，但他的拒絕偶像、拒絕樹碑立廟、拒絕衣缽傳世等行為語言卻是引導我們走出黑暗洞穴的自由真理。

【八三】

金庸在《金庸小說與二十世紀中國文學》國際學術研討會閉幕式上說：「卑鄙小人取得成功，這在中國歷史上好像是條規律。」卑鄙小人不擇手段，遵守遊戲規則的正人君子怎能對付得了。與這一規律相通，便是野蠻戰勝文明，這不僅是中國歷史的悲劇，甚至也是世界歷史的悲劇。秦戰勝楚，金、元戰勝宋，清戰勝明，全是野蠻的勝利。蒙古人與中國人常引以自豪的「一代天驕」成吉思汗，一路征服過去，一直打到歐洲。二十世紀世界歷史上斯大林戰勝布哈林，也是野蠻的勝利。第二次世界大戰粉碎希特勒的偉大意義就在於它反了這條荒誕的規律，是一次文明戰勝野蠻的勝利。

【八四】

屈原是偉大詩人，伯夷、叔齊則只有一首《採薇歌》，文學成就當然不可相比。但從個體生命的精神境界來說，伯夷、叔齊則有屈原所莫及的高度。屈原被國家所放逐，放逐後充滿憂傷與不平，怎麼也放不下那個污辱過他的宮廷國主。而伯夷、叔齊到首陽山上雖然吃野草，卻很開心，他們心安理得，《採薇歌》裏沒有半點牢騷和怨恨。因為他們和後來者屈原不同的是，後者把個人和國家捆綁得緊緊，沒有想到個體生命被放逐時恰恰可以捍衛住生命尊嚴和贏得生命自由。而伯夷、叔齊顯然想到了他們的行為不僅守衛了一種政治遊戲規則，而且從群體的機體上剝離下來，守衛住生命中最重要的東西。

【八五】

莊子發現心為身所縛、神為形所役的大現象，也就是發現人是自身的囚徒，精神人是肉體人的囚徒。這一發現真了不起，它暗示：人的解放，其起點是自身走出自身，是自身不再充當自身的囚徒。把囚徒變成自由人，這是人的根本使命，但要完成這一使命，首先得靠自己。至於把身外的社會囚徒變成自由人，那只是一種理想式觀念，能否完成，並不取決於社會，而是取決於囚徒本身。古希臘的神話作者，發現偷火英雄普羅米修斯被宙斯所囚；而莊子則發現，普羅米修斯乃是自囚，他的解放取決於他的自救，自救之後才有播放光明於人間的可能。

【八六】

聖人也有弱項。孟子有「民為貴」的思想和「吾日三省吾身」的自省觀念，但是我們卻讀不到孟子審視自身的文字，只見到他審視和審判別人。也許是這一弱點被後來的儒生所繼承，所以崇奉「王道」的儒生常常也很霸道，也只審判別人。通過審判，審判者便變成良心的權威，一旦與帝王結合，又在「仁政」的名義下實行道德專制。韓愈就是這種知識分子，他那麼排斥佛教，就是道德專制。皇帝都不排除外來文化，他卻偏要排斥。現代知識人有自審精神的很少，也是動不動就審判同行、訓斥他人，脾氣大得很，言與行距離很遠。

【八七】

中國數千年的風雨滄桑，推倒了一個又一個皇帝，但一直沒有推倒封建專制制度。因為這個制度表面上建立在宮廷裏，實際上建立在人心上，即建立在人性的黑暗之中。宮廷主人變換了，但人性主體沒有變，於是，封建制度又在黑暗的人性土壤裏繼續滋生與繁衍。黑暗人性永遠是黑暗制度的共謀，這是永恆的共謀與共犯。「五四」新文化運動的先驅，拚命攻擊國民性，就是想動搖專制的根基，把專制從人的心裏挖出來，雖沒有成功，但終於打開了反專制的深層之路。

【八八】

釋迦牟尼，可以說是救主，也可以說是偉大禪師。他以其大心靈感悟天地人間，確實悟透了一些生死之謎。中國的禪宗，特別是六祖慧能則把禪推向極致，讓釋迦牟尼在中國開花。如果硬把禪拉到知識層面上說，它宣揚的是心性本體論和空無本體論，反對的是語言本體論。二十世紀的語言學把語言視為本體，排斥了心性。其實心性才是人的根本，宇宙的根本。佛教的唯識宗，其缺點也是太重視語言，太重視經書，不能啟發人們的心性，因此，它終於在民間喪失影響力。中國現代哲學家金岳霖也有唯識宗過於煩瑣的缺點，因此，在社會中幾乎沒有影響力。

【八九】

儒是多元的，有孔孟儒，荀子儒，董仲舒儒，朱熹儒，曾國藩儒，康有為儒。有的是道德倫理儒，有的是行為實踐儒，有的是制度設計儒，有的是滲和着法家的儒，有的是滲和着陰陽家的儒，有的是摻和着佛家的儒。純粹的儒沒有可操作性，很難用來治國，所以才有強調實踐的荀子，強調制度的朱子，強調法制的孔明，強調行為準則的曾國藩。現代人更聰明，知道道德靠不住，便以法治國，一切講遊戲規則，學美國總統只把他當作總統，不當作聖人，只管遊戲原則，不管道德教化。道德由牧師和教師去宣講，由媒體去監督。現代新儒者研究純粹儒，不知他們宣講的是哪家儒？學院裏的儒者總是迂，還是曾國藩這種儒有真見解真本事，倘若他今天當領袖，恐怕也只能先講遊戲規則，再講道德原則。

【九〇】

第二次世界大戰之後，最精彩、最有思想的文學，是西方的荒誕派文學，其中又以貝克特、尤奈斯庫、卡繆最為傑出。讀了他們的作品，其凝聚着荒誕哲學的意象便永遠難忘。想起貝克特，就想起他的戈多；想起尤奈斯庫，就想起他的犀牛。所有的人都變成瘋狂的犀牛，倘若你不變成犀牛就沒法活。當年魯迅也說過，所有的猴子都在地上爬，倘若有一隻猴子先站立起來，這隻猴子就要被其他猴子群起而攻之。中國的牛棚時代，牛棚內全是被閹割了的馴服的黃牛，牛棚外全是瘋狂的犀牛，倘若有人拒絕當犀牛或老黃牛，就會被視為反動派和怪物而被咬死。

【九一】

德國的偉大作家拉辛坦然地說：「從知識上說，我們是天使；從生活表現上說，我們是野獸。」拉辛說的是平常時期人的一半是野獸，倘若在非常時期，人身上的「天使——野獸」比例就大不相同。「橫掃一切」的文化大革命時期，中國哪裏去找天使？當時遍地都是野獸。哪怕是羊，也要披着狼皮，對着「最大走資派」狂叫。我講懺悔意識，是呼喚自己和同胞們正視過去十年我們都曾經是野獸，即使沒有使用過野獸的爪和牙齒，也發出過野獸的咆哮和野獸的兇光。

【九二】

地球不是宇宙的中心，地球每天都在繞着太陽轉。說出這一真理的科學家伽利略被送到宗教法庭審判，而他在羅馬教廷的斧鉞下不得不宣佈放棄自己的異端思想。伽利略的後退被羅馬教廷看成像是對土耳其人作戰取得勝利一樣，歡喜若狂，他們通過使節與文告，向所有的天主教國家、天主教大學、修道院宣佈。宣佈時教堂還要鳴鐘慶賀。他們以為堵住了說出真理的嘴巴和強迫這張嘴巴否定真理就可以消滅真理，但是他們最終失敗了。真理並非活在人類的口中，也並非活在哪個國家裏，而是活在時間中。時間不死，真理也不會死。

【九三】

政治家不是派別中人，政客則是派別中人；文學家不是派別中人，文人則往往是派別中人。耶穌基督、釋迦牟尼不是派別中人，而他們的弟子門徒則派別叢生。釋迦牟尼講「普渡眾生」，基督講「愛一切人」，孔子講「四海之內皆兄弟」，都是超越派別。而他們的門徒卻常常鬥得你死我活。大詩人大作家均是性情中人，而小詩人小作家則多半是集團中人。當代中國，文壇中人很多，文學中人卻很少。

【九四】

意大利的哲學家、歷史家、《新科學》的作者維柯（Giambattista Vico，一六六八至一七四四年）說過，每一種文化都必須經歷三個發展階段：「諸神」階段，「英雄」階段和「凡人」階段。德國哲學家黑格爾也說，古典社會是史詩時代，現代社會是散文時代。其共同點是都認定現代文化再也不屬於英雄文化。「凡人—散文」時代雖沒有英雄的壯麗，但也可能較少野心，較少妄念，較少空洞的激情，較少烏托邦謊言。文化的智慧可能凝聚於日常生活秩序之中。少些鮮血、旗幟與口號，可能產生平庸，也可能建設更符合人性的生活。

【九五】

想起狄更斯的《雙城記》，總是忘不了那位在巴士底獄坐過牢但革命後仍然如同坐牢的馬奈特大夫，總是忘不了那個不斷用補鞋、扎鞋子的動作來沖淡高度心理緊張的細節。他從牢獄中被革命派解放出來了，原以為從此擁有自由，沒想到牢外之牢是更可怕的監牢，面對的是革命大眾的無所不在的專政，隨時都可能送上斷頭台。這種專政的審判沒有無罪的假設，無需確鑿的證據，也沒有嚴格的審判程序，殺一個人像宰一條狗。於是，他的出獄等於從一個噩夢進入另一個噩夢。難怪伏爾泰要說，他寧可接受寡頭專政，也不能接受群眾專政。

【九六】

二十世紀世界文學的第一聖人，應是奧地利的卡夫卡。可是他生前默默無聞，只是一個小職員。他的名著《變形記》中的著名意象甲蟲，正是他的生存狀態。聖者與甲蟲，並不矛盾：真的聖人並不都是孔夫子那樣的人，讓人膜拜；更不會像假聖人那樣愛端起超凡的架子。真的聖人倒是默默承受人類的醜陋和人類的恥辱。變成甲蟲的人，恰恰是最善良、最清醒的人，又恰恰是被社會所恥笑的人。甲殼之上揹負着正是人類的恥辱。正如耶穌揹負着的是沉重的十字架。

【九七】

慧能把佛教從煩瑣的教條中解放出來，尤其是從唯識宗那種玄奧的教條中解放出來。他首先拯救了中國佛教，但是，他不僅拯救了佛教，而且拯救了知識分子。慧能給知識分子一個啟示，原創的思想不是從教條中去獲得，而應從自身的生命中去開掘。閱讀生命比閱讀書本重要，開掘生命比開掘典籍重要。包括知識者在內的所有的人，要得到自由，完全取決於自身的生命狀態。慧能不識字，但他卻是人的生命的偉大讀者。他從生命閱讀中所悟到的自救的真理與聖經一樣重要。

【九八】

佛教和基督教都講慈悲、講寬容，但有所不同。佛教說：放下屠刀立地成佛，認為人一旦覺悟，就可成道，至於成佛成道之前曾用屠刀殺過人是不必計較的。而基督教則認為，成道之前的一切過錯固然可以寬恕，但對曾用屠刀殺過人的過去是必須記住的，必須有所懺悔的。這種懺悔是內心的呼聲，是靈魂的訴求。手放下屠刀還不夠，還必須心放下屠刀。放下後還要有心的洗禮。污濁的血跡沾染過的手，水洗不掉，須有心靈的液汁才能去掉。他們不承認放下屠刀之後便可萬事大吉。

【九九】

二十世紀的哲學家比以往若干世紀的哲學家更喜歡談論意志，尼采的積極意志（權力意志）與叔本華的消極意志（悲劇意志）都影響深遠。而中國的古代哲學家老子、莊子最不喜歡的就是意志。他們講「自然」，自然乃是對意志的消解。任何刻意的東西都是他們憎惡的。幾年前去世的、赫赫有名的思想家以賽亞·柏林，不知道是否讀過老莊的書，但他對激進革命論的批判，使用的也是意志與自然對立的思想，在他看來，激進主義運動正是意志的過份膨脹，從而攪亂了生命自然。暴力革命，階級鬥爭，政治運動，都是意志對自然的毀滅。

【一〇〇】

尼采說過，他最憎恨的是那些給人製造羞辱的人。可見德國也有製造羞辱的人在。而在中國，製造羞辱卻是普遍的惡習，從皇帝到平民都有製造羞辱的本事與技巧。中國古代知識分子早就有「士可殺而不可辱」的聲明，可是沒有用。過去的一百年，羞辱的規模與手段發展得很快，統治者不殺你，但要把你拿來遊街示眾，戴高帽，剃光頭，還要拿你到報刊上進行大批判，在千百萬讀者面前給你抹黑，羞辱個痛快。人類固然在進化，但人對人的尊嚴的踐踏也在進化。進化中的羞辱不用刀槍，但比刀槍更殘酷，它直刺人心。章太炎先生的〈俱分進化論〉（善在進化，惡也在進化）看來是有道理的。

【一〇一】

讀三島由紀夫的《午後曳航》，看到阿登等一群殺人不見血的孩子，真是毛骨悚然。這一群類似恐怖分子的日本少年，自視為天才與時代先鋒，竟然周密地策劃惡毒的陰謀，用一杯紅色的毒茶輕易地殺死一個仁厚、健壯的生命（阿登的繼父龍二）。整個謀殺過程不動聲色，不浮不躁，非常冷靜，完全像老職業殺手。見到成人的殘忍，已心驚肉跳；見到孩子的殘忍，加倍心驚肉跳；見到孩子之殘忍比成人更為成熟，行兇時更為冷靜，則心驚肉跳得不知所措。

【一〇二】

《笑傲江湖》裏正、邪兩派教主，為了爭奪「正」、「邪」之名（與當今意識形態之爭相似）和江湖的霸主地位，打得熱火朝天，使寧靜的山川裏也佈滿血雨腥風。在兩個教主腳下，躺倒着無數屍體，這些死者在武林中日夜苦練刀槍，為的也只是拚殺的一剎那。可惜他們拚掉了生命，也只是做了教主走上霸主地位的一塊小小墊腳石。人間的戰爭常常就是《笑傲江湖》所嘲諷的荒謬邏輯：練一身本領，拚一番死活，只不過是成就了佔據一方的野心家。

【一〇三】

基督被釘上十字架和在十字架上「寬恕」的呼喚，不是書本語言，而是行為語言，但它比文字語言更加震撼人心。這是懸掛在天空中的無字經典，人類公認的偉大著作。歷史最輝煌的部份是生命細節和偉大行為構成的，而不是書本上漂亮的文字。聖經所以經久不衰，所以能贏得無數心靈，並非語言，而是語言所記錄的行為，是這些行為所暗示的偉大思想與偉大靈魂。十字架的永恆詩意，是行為和導引行為的心靈的詩意，它在人們胸前所散發的神性芬芳乃是行為的芬芳。

【一〇四】

劉鶚的《老殘遊記》揭露清官的殘忍。在官場上，清官總是比貪官好，但清官的誤區是把道德標準支得太高太苛刻。清官在權力結構中屬於清流，但往往忘記「水至清則無魚」的道理。用絕對完美的標準要求人，就會抹煞人性弱點的合法性和從政的可能性。人無完人，用絕對標尺衡量人是一切道德裁判所的錯誤，它追求道德的崇高，卻陷入人性的殘酷。清官的法庭，並非社會法庭，而是道德專制法庭，他們只知倫理原則，不知社會遊戲規則。劉鶚比起同時代的譴責小説作家，思想深邃得多。

【一〇五】

嵇康在上斷頭台之前，從容地彈奏《廣陵散》，彈完之後，他感慨説，從前袁孝尼曾想學這曲子，我捨不得教他，如今《廣陵散》注定要絕傳了。其實，即使嵇康傳授給他人，他人也未必能彈得好。千古絕唱，除了曲子好之外，還要彈奏者全生命的投入與傾訴。聲音表面上從樂器中發出，實際上是從生命深淵中發出。知音者聽到的不是弦管之聲，而是血管之聲。嵇康用生命塑造了《廣陵散》，《廣陵散》又塑造了嵇康的生命，這是他人不可替代的。

【一〇六】

老子寫着「大音希聲」這四個字的時候，大約想到大宇宙。宇宙無言，宇宙最是「希聲」，但它卻是無以倫比的大音：宏偉的節奏，神奇的韻律，永恆的樂章，全在其中。最偉大的存在難以用語言描述，也無需藉大嚷大叫表現自身。基督的聲音是最謙卑的。偉大的政治家、思想家和作家，都是低調的。中國俗語説「皇帝話少」，領袖人物的「希聲」是理所當然的。只有像希特勒這類歷史小丑，才直着脖子做「獅子吼」。

【一〇七】

尼采不把人放在一個自我觀照的位置上，而放在一個取代上帝主宰他人的位置上，所以他發瘋了。

他在沒有主宰他人之前，首先被一個永遠不可能的妄念所主宰。自己都不能主宰自己，如何去主宰世界？二十世紀中太多自以為是「超人」的妄人，這些妄人總是生活在妄念與幻覺之中。以為自己是救世主，是人類解放者，是理想世界的引路者，是天堂的設計者，是經典的創造者，是「老子天下第一者」，所有這些，全是妄人妄念。曾國藩曾說，「立身以不妄語為本」，可是，一百年來，人類恰恰去掉立身之本，所以，今天到處都是妄人俱樂部和妄語傳播公司。

【一〇八】

基督形象的確立，是基督教草創者把上帝從天上請到地上。基督既是天上的神之子，又是地上窮人的兄弟。他在佈滿沙礫的地上不斷行走，腳步緊貼着大地。中國的禪宗大師慧能，他也在佈滿沙礫的地上不斷行走，腳步也緊貼着大地，但他不是把上帝從天上請到地上，而是請到人的心性上。上帝既然在心中，天堂地獄也在心中，一切都取決於自己是否能把心靈的大門打開，讓上帝的永恆光芒，照耀自己的內在世界，而不是到山林中、佛寺中去尋找救星。

【一〇九】

造物主是絕對愛人類的，但他並不贈予人類一個現成的天堂。反之，他在創造人類之初，就把天堂打破，從亞當、夏娃手中收回伊甸園。他懲罰人類的祖先，並不是不愛他們，而是要他們用自己的雙手到大地上去創造天堂，並在自己的心坎裏發現天堂。我們敬重上帝或信仰上帝，並非要在未來的天堂裏掛個保險號，於死後也享樂一番，而是保持天地之初的記憶，努力在地上創造生的快樂與生的意義。

【一一〇】

說武松、李逵是革命派，宋江是投降派，這種人群的簡單分類法，既是權力操作，又是道德屠殺，比刀槍殺人還厲害。宋江是個具有正義感的儒生，以孔孟之道安身立命。他作為農民起義的領袖，奉行的是中國革命史上的另一種政治遊戲規則，這就是妥協的規則，和平解決爭端的規則，這種規則在中國很稀少，但宋江卻執意去試驗。他的全部行為，是不能用「投降派」這一本質主義概念所能描述的。

【一一一】

每一個人的生活都可能是一部傳奇，都可能充滿離奇曲折的故事，但不可能都是一部內心傳奇。偉大的作家、思想家其特別處，正是他是一部內心傳奇。莎士比亞、托爾斯泰、卡夫卡的內心是傳奇，陶淵明、蘇東坡、曹雪芹的內心也是傳奇。他們的傳奇故事不是外部世界的戲劇性情節，而是內心深處無窮盡的生命景觀。他們的獨一無二的思想與作品，源源不絕，浩如江海煙波，這才是真傳奇。最深邃、最久遠的傳奇全部蘊藏在內心之中，無所不在的美也在其中。

【一一二】

埃及的金字塔實際上是帝王的墳墓，木乃伊則是永久化的屍體，這種文化乃是面向死亡的文化，所以羅馬人看不起它。中國的古文化，一部份是生命崇拜的文化，一部份則是祖先崇拜的文化。後者把祖宗看得很重，不把孩子當作一回事，也是面對死亡的文化。「五四」的文化改革把以長者為本位改變為以幼者為本位，這才把整個文化變成面向生命、面向未來的文化。僅此一點，「五四」的功勳就無法抹煞。

【一一三】

王國維一面寫出〈殷商制度考〉、〈殷卜辭中所見先公先王考〉、〈毛公鼎考釋序〉等學問深厚的論文，一面又寫出《人間詞話》、《紅樓夢評論》等精彩文論，前者是知性的成功，後者是悟性的成功。前者的考據功夫是有形的，人們容易知其難，後者的感悟功夫是無形的，人們常常不知其更不容易。以《人間詞話》而言，短短的一部詞論中能有那麼多擊中要害的準確詩識，能創立「境界」說並道破中國詩詞上那些真正的精華，這是很難的，這不僅需要知識，而且需要眼力，需要天才，需要生命深處的內功。表面上看，它是「無心插柳」，實際上是天才大心靈的自然結果和修煉結果。倘若以老子的「道」論學，《人間詞話》、《紅樓夢評論》才是大道。

【一一四】

中國近代史上，真正的「新儒家」是曾國藩。他雖然著有家書、兵書，但其本質是他的行為。他是行動型的儒家，沒有學術著作，沒有精神體系，卻有對儒家律令的信守。他做實事，不斷行動，其行為便是活的儒學經典。與其說他的行為是他的家書兵書的實踐，不如說他的家書兵書是其行為的註釋。近代儒家文化的精華不在語言上、書本上，而在曾國藩這個活人身上。曾國藩之後，學院裏的新儒學所以沒有生氣，就在於它仍然停留在書齋裏，在書齋裏闡釋得再精細也沒有新意，而在活人身上不必闡釋也可聞到它的新意。

【一一五】

儘管熱愛杜斯妥也夫斯基，但我從來不認為忍從是一種道德。我們這一代人經歷過無限順從的年代，深知忍從的滋味。無限順從與無限的偶像崇拜連在一起，順從變成迷信。一旦迷信，人就變成這樣一種雙面怪物：一面是甚麼罪都可以受，甚麼折磨都不要緊，在偶像面前顫慄着；一面則敵視任何個性與個人創造，變成撲滅自身與他人的創造火燄的瘋狂警察。前者——「甚麼罪都可以受」，開始是耐性，後來變成習性，習慣於黑暗，最後以為黑暗也是光明；後者則變成黑暗的同謀，為黑暗去撲滅微小的光明。忍從者與劊子手只有一線之隔，這是有了人生的經驗之後才明白的。

【一一六】

邪惡的世界將嵇康推向刑場。在走向刑場的途中，嵇康從容坐在地上，彈奏《廣陵散》，這是偉大靈魂的最後絕唱。這首曲子是對邪惡世界的宣判。嵇康在死之前，通過美的審判台已對壞世界率先進行處決。他的頭顱在被砍斷之前靈魂也早已率先隨着樂聲飛向遠方。嵇康與強權的較量，到底誰勝誰負，兩者到底誰生誰死？司馬氏、鍾會這些名字早已成為一團爛泥，而嵇康的名字卻分明還在我們心中和歷史心中。強權與書生的較量，在肉體的場合上，強權總是勝利者，而在靈魂的層面上，書生則往往是勝利者。歷史的不合理性是暫時的，而從長遠上說，歷史是合理的，也是合情的。

【一一七】

亞里士多德的邏輯主義對人是很冷漠的，它把人推到人之外進行論證分析，顯示他的客觀立場。但是，這位希臘大哲人並沒有把人吸進他的邏輯體系，也沒有要求人把自身交出來放入他的邏輯機體，正如他的老師只把詩人放逐到人的理想國之外，並沒有要求把詩人生命交給理想國度的道德審判所。但中國知識分子一直沒有這種幸運，他們有時被推出人之外，有時在人之中。在人之外時，常被視為「牛鬼蛇神」，在人之中時，則是納入某種邏輯機體的齒輪與螺絲釘。

【一一八】

閱讀中國文學的整體，覺得它缺乏「曠野的呼告」——靈魂的深度叩問，但不是完全沒有。莊子在人的靈魂裏注入大自然，其後又展開他的雲遊與逍遙遊，這也表明：得大自由時靈魂也就向宇宙萬物敞開。換句話說，當人的靈魂注入自然時，靈魂就是大曠野，那裏就有鯤鵬的呼叫。因此，中國雖然沒有杜斯妥也夫斯基那種靈魂煎熬的張力場，但也有突破世俗羅網的靈魂雲遊場。靈魂的呼喊與靈魂的逍遙都是人所需要的。人既追求靈魂的力度，也爭取逍遙的權利。

【一一九】

中國兩個特別著名的皇帝劉邦和朱元璋都是社會底層出身，門戶低微的劉邦原是「泗上一個亭長」，朱元璋則是皇覺寺裏的一個小和尚，當了皇帝之後都濫殺和自己同生共死的功臣宿將。倒是高層出身的皇帝（本屬舊朝的王族或高官大將）仁厚一些，不那麼殘忍奸狡。唐太宗和宋太祖就是這樣的君主。趙匡胤陳橋兵變後除了要兵權之外並沒有要重臣重將的腦袋，李世民則重用主要敵人（太子建成）的太傅魏徵。在上層社會生長，畢竟多些文化，多懂得些遊戲規則；在底層生長，自知本來甚麼都不是，反而對有文化有才幹的人心存恐懼與嫉妒。中國人歷來害怕「小人得志」，更怕小人得天下，並非沒有道理。小人一旦掌握政權，下文大約免不了要產生許多血腥故事。

【一二〇】

《易經》說：天地之大德曰生，把宇宙間最高的道德定義為「生」。可見，中國從遠古開始就有一個對「生」的崇尚與愛，即有一個熱愛生命、熱愛生活的偉大傳統。以後佛教的傳入，又強化了這一傳統。玄奘的不朽功勳，不在於取來西天那些過於煩瑣的經典，而是再一次帶給中國大地以「生」的神聖信息。佛也以生為天地之大德，並且打破人與生物之隔，把對人的愛推向所有生命，把兼愛、博愛變成涵蓋萬物萬有的大愛，創造了一種大於家國境界的生命情感境界。

【一二一】

所謂道德底線，就是有所不為。老子的道德經教人「去甚、去奢、去泰」（不要走極端，不要說大話，不要過份），孔子教人「非禮勿視，非禮勿聽，非禮勿言，非禮勿動」，孟子教人「富貴不能淫，貧賤不能移，威武不能屈」等，還有各種宗教的戒律，都是教人有所不為，去、去、去，勿、勿、勿，不、不、不、不，等等，都是道德底線。全世界儘管社會性倫理與宗教性倫理有許多差異，但卻不約而同地找到共同底線，這就是不要撒謊。可見，要求說真話而不說謊言，並非甚麼高準則，而是維繫人類社會的一條公約的底線而已。

【一二二】

中國文學史上一些精彩的生命，諸如嵇康、陶淵明、李白、蘇東坡、李商隱、曹雪芹等，並不是儒家文化塑造的。儒學講究「秩序優先」，並非「個性優先」。秩序優先自有它的道理，但往往給人帶來屈辱。《紅樓夢》中的林黛玉是「個性優先」，薛寶釵則是「秩序優先」。人類最大的困惑，也可說是思慮中最大的一對悖論是「重天演」還是「重人為」的悖論。天演論者重自然規律，主張「放手」，於是有自然經濟與無為政治。人為論者重道德秩序，主張控制，於是有計劃經濟與專制政治。中國的道家屬前者，儒家屬後者。《紅樓夢》中的林黛玉與薛寶釵是曹雪芹靈魂的悖論，也是人類頭腦的悖論。林薛之爭，不是善惡之爭，也不是是非之爭，而是曹雪芹靈魂的二律背反。

【一一三】

陳寅恪先生的〈述東晉王導之功業〉一文（收入《金明館叢稿初編》），是最有歷史見解的文章。倘若要講「史識」，這是典範。王導作為一個大官員，他做事很平淡，很實際，絕對不表現自己的治理才能。他尊重當時各地的門閥，不騷擾他們，結果是國泰民安。這既符合望族利益，也符合百姓利益，可說是無為而治。他知道，帶給老百姓安居樂業，建立正常安寧的日常生活秩序，這才是根本性的政績。真正的政績不是數字可以表明的，也不是肉眼可以「視察」出來的。可惜現代人追求的政績只是經濟指標，沒有人性指標，能上報表的所謂「業績」，卻常帶給百姓雞犬不寧。

【一一四】

德國詩人兼哲學家荷爾德林（一七七零至一八四三年）生前默默無聞，人們只知道他寫過一部名為《許佩里翁》的小說和一些詩歌，也沒有甚麼影響。可是，在他身後一百年，卻被現代許多卓越哲學家和文學家所發現，尤其是得到海德格爾的推崇，從而成為德國新的星座。歌德被稱為太陽，他被稱為月亮，名字與歌德並肩，其創作被確認為十八至十九世紀之交德國最高的文學成就，各大學都有荷爾德林的研究課。這種生前不為世界所知而身後數十年、數百年後卻震動世界的文化現象，並不稀奇。克爾凱郭爾、卡夫卡、佩索阿都是如此。《紅樓夢》則直到它產生一百五十年後才知道它的作者叫做曹雪芹，其偉大令人無法說盡。這些事例說明，發現真理與發現人類的真金子常常需要時間，時代的眼睛往往無法看清同時代的卓越心靈，歷史常常埋沒天才。

【一二五】

中國近代以來，太多「毀滅」的衝動。魯迅翻譯法捷耶夫的小說，其名曰《毀滅》，這個概念正是一個大時代的基調，所以魯迅說「無破壞即無新建設」，也是破字當頭。幸而他卻天才地留下傑出的精神創造物。告別革命，就是要告別毀滅的衝動，把情感沉澱下來，投向建構和投向自然生長。我衷心敬佩托爾斯泰，是他始終沒有「毀滅」的衝動，倒有「復活」的衝動。這是生命再生與生命重建的衝動。新世紀的中國，最需要的恐怕是這種激情。

【一二六】

《水滸傳》中寫宋徽宗挖地道找李師師的故事和早先白居易《長恨歌》中唐明皇與楊貴妃的故事，說明皇帝也沒有愛戀的自由。中國的專制籠罩一切人，包括籠罩皇帝。這種政治專制下的道德專制，是深入到每一個人每一個瞬間的專制。道德使人性更美，但道德專制卻剝奪人性的基本訴求和人的生活權利，包括愛戀的權利與逍遙的權利。「五四」新文化運動反對舊道德，實際上是反對無所不在的道德專制。文學需要道德光輝，但又必須反抗道德專制。

【一二七】

中國的文論、政論、史論，少有體系。而德國則動不動就是體系，康德、黑格爾、費爾巴哈、馬克思等全是體系。這些體系的構築者自己未必覺得了不起，但是傳到了東方，有些中國人學了，卻覺得自己很了不起。以為掌握了這些體系，就掌握了絕對真理和宇宙間的全部奧秘。這些學人由對體系的崇拜進而產生對話語權力的崇拜，動不動拿體系唬老百姓。走過了二十世紀的理念道路，便知體系固然有學問功夫，卻會把人變瘋，寫的人可能瘋，讀的人也可能瘋。體系的身軀龐大，讀了體系的人也以為自己的身軀龐大，於是產生幻覺，這幻覺幾乎是誤認為「自己即上帝」的大幻覺。

【一二八】

史筆除了需要「史料」之外，雖然也需要「史識」，但「史識」不是追究歷史罪責的窮追猛打，而是用如炬的眼光照亮歷史事實。史書一旦刻意明辨所謂大是大非，就會失去歷史真實。中國的史書，從孔子修訂春秋開始，就有「辨是非」的傳統，到了現代，史書便成為是非、功罪的審判台：一邊是英雄，一邊是劊子手，而相反的角色在不同的時間中又與作者的位置發生變化而發生角色互換。突然間劊子手變成英雄，英雄變成劊子手，當然也有被蒙冤數百年甚至數千年的。現代中國人愛當大是大非的裁判者，可是常常忘記自己是一個不明是非的編寫者，其所謂「正確立場」恰恰只是井底之蛙的歷史偏見。

【一二九】

鴉片戰爭失敗之後，特別是甲午海戰失敗之後，中國人不僅感到恥辱，而且意識到天下大環境變了。可是，明知變卻沒有應變能力。直到「五四」，中國的知識精英才發現中國缺少應變能力的原因，即發現應變力的動力，這就是人的個性。群體性、集團性可以摹仿環境、適應環境，但不能創造環境。個體、個性的好處是當社會大環境變化的時候，它能產生新思想、新觀念和種種駕馭新環境的可能性。原創者總是屬於擁有個性的個人。「五四」新文化運動呼喚的正是這種可以幫助中國應變的、具有靈魂活力的個體生命。

【一三〇】

皇帝需要太監，卻把太監先閹了，這是皇帝的殘暴和喪失人性，但人們都在歌頌帝王，嘲笑閹人。歷來的史學家都把閹人打入道德的另冊，連《史記》也不例外。沒有一個史學家為這種受污辱、受損害的人伸張正義，沒有人為他們呼喚身體的主權與靈魂的主權。當然，閹人也有被閹了之後變成皇帝的心腹與幫兇，甚至結成兇狠的閹黨，把這種人放到恥辱柱上是應該的，但他們是少數的權勢者，而多數的閹人卻是最悲慘的一群。中國的共和革命，其偉大功績之一，是在結束帝王時代時也結束了這種悲慘的人類殺戮現象。

【一三一】

曾國藩戰勝太平軍之後，擁有雄兵百萬，清廷又沒有得力的滿族軍隊，他完全可以揮師北上，奪取政權，既當皇帝又當大漢族英雄。當時也有人勸他這麼做，但被他拒絕了。曾國藩這種選擇完全反中國的歷史習慣，即以兵壓政易政的邏輯習慣。曾國藩這種行為避免了新的大流血，開了一種先河。這是中國近代史上真正精彩的德行。這種無言大書值得永遠閱讀與記取，更值得歷史學家作正面「闡釋」。只說曾國藩是「劊子手」，不說他是避免大流血的改革家，這是不公平的。

【一三二】

人類文學史發展到托爾斯泰，愛才成為絕對的旗幟。因此，他以絕對的態度拒絕任何暴力。他死守文學的最後邊界，是不讓暴力進入被歌吟的殿堂。他以謳歌暴力為恥，駁斥一切暴力合理的謊言，在他的心目中，暴力無正義與非正義之分。在倫理意義上，任何時候暴力手段都是不合理的，更不用說不合人性。三島由紀夫是日本現代最有才華、最有創作氣魄的作家，可惜他是一個暴力主義者。他在嘲弄「娘娘腔」的背後，高舉的是與托爾斯泰對立的血腥的旗幟。

【一三三】

中國的太監，泰國的「人妖」，都是變性人。「人妖」歌舞團表演時，台下的觀眾喝彩，呼叫，但骨子裏卻瞧不起他們。中國到了滿清，宮廷裏的太監有三千人，官員、民眾口裏稱他們為「公公」，骨子裏卻視他們為「孫子」。他們被閹割，被變性，本是生活所迫，不得已。不割不能活，割了才能活。他們的不幸是社會造成的，可是社會卻把他們打入另冊，不僅是生理另冊，而且是道德另冊，甚至是人類另冊。世界的不公平，四海難以皆兄弟，從這一另冊中可知大概。

【一三四】

中國知識人在商代時還相當獨立，所以才有箕子、伯夷、叔齊這樣的人物產生。到了春秋戰國時期，知識分子遊說帝王時還有選擇帝王的自由。那時聖與王是分開的。聖有獨立性，王對聖也尊重。秦之後，多半知識分子就從遊說帝王變成依附帝王。無論是當了宰相或國師，或充當一般的宮廷臣子，都很難有獨立的人格，許多「王者師」實際上是「王者奴」。到了當代，知識分子則被定義為附在皮上的毛，所有的「毛」都倒伏在皮膚上，站立不起來，人才成了奴才。僅二、三千年，中國知識分子就從「聖」變為「毛」即變為「奴」，退化的速度相當驚人。

【一三五】

朝着內心深處走進去，打開內心的門戶走進去。禪宗思想大師告訴我們，不要到山林的廟裏去尋找偶像，菩薩就在你自己的心中，大自由與大自在就在你的體內。每個人的身心都是寺廟，我們一輩子該做的事，就是打開寺廟的大門，把「佛」請出來，讓自由、自在、智慧、良知伴着我們呼吸，生活。當然，身心可變為寺廟，也可變為牢房，被慾望所佔據的身心就是牢房，人也可以做自己的囚犯，一輩子被鎖在慾望的鐵門裏。

【一三六】

禪宗六祖慧能的生命本身是一個大寓言，它的現象讓我們體悟不盡，愈感悟愈得到解放。一個宗教領袖，卻拒絕偶像崇拜。他有弟子，卻沒有山頭，沒有宗派。他的禪性不僅遠離組織性，而且遠離紀律性，它只聽從內心呼喚，不受外部約束。禪不是學問，也不是美學，它是美本身。它對宇宙萬物，社會人生都是徹底審美的。所謂徹底審美，便是徹底掙脫功利鎖鏈，以心傳心，以身觀身，中間沒有任何語障。因此，可以說，慧能是個審美大菩薩，真正在人間作逍遙遊的天才。

【一三七】

康德的大腦袋常使我們欽佩不已，他是一個如太陽那麼燦爛的哲人。理性，邏輯，道德律的巔峰，全屹立在他的地平線上，這是舉世皆知的。中國的慧能，也有一個天才的大腦袋，也是一個太陽般燦爛的哲人，穿透萬物的悟性，直逼要害的思維，自救精神的高峰，就屹立在這位禪大師身上，可惜世界還沒有充份了解他。康德的分析王國，沒有把生命經驗組織進去，而慧能卻是活生生的生命經驗。讀懂康德的大著作很難，讀懂慧能這部無字的大書也很難。無字之書是用生命、行為和天啟般的感悟構成的，也只有用生命與心靈，才能讀進去。

【一三八】

不管信不信佛教，讀了《金剛經》都會得到一種啟迪，這就是人應把自己放在宇宙的大背景之中思索自身。在宇宙大浩瀚中，還有甚麼不可包容？還有甚麼不可超越？宇宙如恆河沙數，地球不過是河中的一粒沙，更何況一個男人或女人，在此大背景下，斤斤計較成敗得失，不僅是悲劇，而且是不知「天高地厚」的荒誕劇。這部經書呼喚人要不斷走出小背景，包括家庭小背景，團體小背景，行業小背景，國度小背景，而記住大背景。甚麼是宏觀智慧？《金剛經》就是。

【一三九】

莊子的表達方式，沒有佛教那種大乘意味。他把老子的「道」變成一種徹底審美化的大混沌，一種非常個人化的大智慧。學莊子固然快樂，但也很危險。學其「大道」，則可能會領悟到人生乃是一場悲劇，並會警惕知識與技術對人性的傷害，從而獲得自由。學其「小道」，則會變得十分自私，冰冷，圓滑，厭倦一切人間關懷。這正如學老子，學其大道會返回童心，學其小道則可能落入術數的泥潭。

【一四〇】

基督上了十字架，鋼鐵的尖刺釘進去的是一顆最溫柔最善良的心靈。嵇康上了斷頭台，大刀砍下去的是一顆最高潔最正直的頭顱。張志新被送到黑暗處，子彈炸裂的是一個女子最美麗最鬆軟的身軀。人有多狠，人性有多殘暴，社會有多黑暗，想想過去就知道。人間的利益爭鬥，最後總是把絞刑架、斷頭台、子彈推到無辜者和卓越者身上。聖人所說的「不忍之心」非常脆弱，權勢者「一刀兩斷」的意志倒是非常堅硬。後人能夠安慰自己的只是基督還能復活，英雄形象還在後人心中。殘忍的歷史不斷重複着，幼稚的人類不斷自我安慰着，這正是世界的基本故事。

輯四：天國之戀

【一四一】

林黛玉與賈寶玉的青春之戀，是天國之戀。表面上看，是地上兩個人的相互傾慕，深一些看，卻是天上兩顆星星的天地情誼與生死情誼。來到人間之前，這對情侶就在天國留下一段以甘露澤溉仙草的初戀故事，降臨人世後，又演出一場傷心慘目的還淚悲劇。天國之戀不是神話，而是生命深處的心靈之戀。賈寶玉與林黛玉潛意識中都有一種鄉愁，這種鄉愁便是對初戀的記憶。他們第一次見面，一個覺得「眼熟」，一個覺得「早就見過」，就是這種記憶。他們到達人間的第二次相逢相愛，只是天國之戀的繼續。「木石前盟」與「金玉良緣」的區別就在於，一是天國之戀，一是世俗之戀。

【一四二】

《紅樓夢》中的女兒國，被命名為「大觀園」，這是一個好名字。大觀，就是「宏觀」，這也正是曹雪芹的世界觀。這位偉大作家的眼睛不是「俗眼」，而是「天眼」，不是世俗的「反映現實」、「因果報應」的小觀眼睛，而且哲學的形上的「大觀」視角。這是立足於生命深處與宇宙深處的極境眼光，是超越歷史境界和家國境界的大生命境界。用「大觀」的眼睛看人間，不僅會看出大悲劇，還會看出大鬧劇。《好了歌》就是嘲諷爭名奪利的喜劇主題歌，甄士隱的註解又是主題歌的補充。「世人都曉神仙好，唯有功名忘不了」，「世人都曉神仙好，只有金銀忘不了」，因為這個忘不了，人世間便無休止地演出荒誕劇：亂烘烘你方唱罷我登場……

【一四三】

《紅樓夢》一開始就介紹主人公的來歷乃是被拋入大荒山「無稽崖」中的一塊多餘的石頭。如果把賈寶玉的名字視為人的象徵，那麼，人一開始就帶有「無稽性」，就身處荒誕無稽的境遇之中。二十世紀的荒誕派小說家、戲劇家發現整個世界都是「無稽崖」，人是崖中的荒誕生物，從而叩問人的存在意義。曹雪芹早在二百年前就感覺到，人不僅出身於無稽崖中，而且生活在無稽的喜劇狀態中，在短暫的人生中，就為功名而活，為嬌妻而活，為金銀滿箱而活。在仕途經濟中，為求一頂桂冠，不僅一身臭汗，而且一身污泥。把有價值的撕毀給人們看是悲劇（魯迅語），把無價值的當作高價值而爭得天翻地覆、頭破血流的是喜劇。「風月寶鑒」視角下的正面是美色，背面卻是骷髏。人們追逐物色美色的遊戲，原來是一場擁抱骷髏的荒誕劇。在名利場中打滾的一部份人類，其所謂進化，乃是「又向荒唐演大荒」的「無稽」進程。

【一四四】

曹雪芹給賈寶玉與林黛玉的前身，命名為「神瑛侍者」與「絳珠仙草」。賈寶玉是賈府中的「王子」，可是對待林黛玉和對待其他女子，卻有「侍者」心態。他和林黛玉的關係位置，是自己放在低處，放在侍者即僕人的位置，而不是主人、統治者的位置。包括對晴雯、襲人等也是如此。晴雯、襲人本來正是侍者，可是賈寶玉常常把位置顛倒過來，對她們言聽計從。這不是取悅，而是在情感深處看到她們比自己更乾淨，自己應當追隨她們的人格和美。正因為賈寶玉把自己放在低處，所以他才看出晴雯「身為下賤，心比天高」。身在低處的寶玉，看晴雯用的則是超勢利、超世俗的「天眼」。故天眼也可定義為審美之眼。

【一四五】

林黛玉是中國最美的生命景觀。她太稀有，太珍貴，根本無法在爾虞我詐的世上存活。這不是個例。蘇格拉底和基督也無法活在他們的時代。人類第一個偉大的哲學家被判處死刑，人類最善良的稀有生命被釘在十字架上飽受苦難，僅此一點，就值得人類作永遠的反省。受難者值得敬仰，但受難現象卻值得記取。中國沒有空間可容納林黛玉這種詩化生命，最後又逼迫她含恨而死，這也值得作永遠的反省。

【一四六】

無求亦就無傷。有所求便有所傷。賈寶玉原來甚麼都有，無所需求，也就無可傷害。而他一旦求愛，便被愛所傷。當他失去了林黛玉時，傷心傷感得又癡呆又迷惘。林黛玉也是有所求，熱烈追求知己，反被知己所傷。她求愛求得最真摯，最專一，結果被愛傷得最慘重，最徹底。不僅傷了身體，還傷了靈魂，所以最後焚燒詩稿而死。

【一四七】

賈寶玉是賈府的寵兒，天生的快樂王子，未受過任何磨難，缺少對血雨腥風的感受。黛玉則不同，她的母親過早去世，孤苦零丁，漂流到外婆家後，寄人籬下，被人視為尖刻、不合群的異端，因此，她有「一年三百六十日，風刀霜劍嚴相逼」的憂患之感。這種經歷使她比賈寶玉深刻，因此，她的詩總是比賈寶玉的詩更有深度。文學的殘酷性之一，是它要求詩人經受風刀霜劍的挑戰然後才孕育出不平常的果實。

【一四八】

曹雪芹並不迴避黑暗，因此《紅樓夢》書寫了種種人性的黑暗。賈府裏的一群老媽子，嘰嘰喳喳，窺伺大觀園裏的秘密，渴望抓住一個「姦夫淫婦」以立功取樂。哪怕她們掌握一把小鑰匙或一扇門戶，也會利用手中這點最卑微的權力頤指氣使，耍威風，擺佈他人。這些人雖處於社會底層，卻是社會黑暗的一角。賈府的專制大廈，也靠她們支撐。

【一四九】

《紅樓夢》中最多情的女子是黛玉，但她憂憤而死。《紅樓夢》中最單純的女子是晴雯，也憂憤而死。《紅樓夢》中最高潔的女子應是妙玉，但她被玷污而死。最美的生命獲得最壞的結果，這就是中國社會。黛玉、晴雯、妙玉都是心比天高的詩化生命。她們追求詩化的生活，並不要求他人也如此生活，可是世俗社會卻看不慣，要求她們如他們一樣活法，於是，衝突發生。《紅樓夢》正是一部詩化生命毀滅的悲劇。

【一五〇】

大觀園建成時，賈政請了一群酸文人學士給各館命名，可是賈政卻不得不全部採用賈寶玉的富有新意的名稱而否定酸文人學士們的庸俗之見。賈政有點詩識。可是，當賈元春省親而比詩時，賈寶玉卻顯得才力不足，幸得林、薛幫忙，才得到貴妃姐姐的誇獎。在濁泥世界裏賈寶玉是第一才子，在淨水世界裏賈寶玉則是最差的才子。兩個世界如此不同，所以賈寶玉傾心於淨水世界，而其他人卻都在恭維泥濁世界，並削尖自己的頭顱往這個世界的小洞裏鑽。賈寶玉了解林黛玉和其他少女，也了解自己。因此，他作為大愛者，其愛從未帶有居高臨下的悲憫，只有仰慕的謙卑。甚至對於晴雯、襲人等奴婢少女，也是如此。

【一五一】

說林黛玉「多愁善感」，過於平淡。林黛玉的愁，不是一般的愁，而是愁到骨子裏的憂怨；林黛玉的感，不是一般的感，而是深到骨子裏的傷感。人們都知道林黛玉「愁」，不知她的愁乃是永遠的情感鄉愁。那遙遠的靈河岸上三生石畔，是她的故鄉，在那裏，神瑛侍者只屬於她，她和他共享的是甘露灌溉的乾淨歲月。現在落到人間，雖然往日的侍者還愛着她，但卻不能整個屬於她，而且這個人間，到處是冷漠與猜忌的目光，她在此處生活太不相宜。愈是感到不相宜，鄉愁就愈深，一直深到無窮無盡處。這種被天國的甘露與現時的淚水泡浸出來又深化到骨子裏的纏綿，是柔美的極致。甚麼可以和這種美相比呢？似乎只有柴可夫斯基的音樂才像她。俄羅斯這位天才創造的音樂，是一種純粹的憂傷，刻骨的纏綿，他把人性的至真至柔推向最深處，苦得讓人感到甜蜜，正如林黛玉憂傷得讓人感到難以置信的快樂。

【一五二】

賈寶玉、林黛玉、警幻仙子、空空道人等，都是到人間來「走一遭」。一遭而已。「質本潔來還潔去」，匆匆一遭之後，該回去的都早早回去了。晴雯作為芙蓉天使回到宇宙中去，林黛玉作為絳珠仙子回到無限中去。唯有不知滿足的男人們還在濁泥世界中繼續爭奪財富和權力。賈寶玉初次見到秦鍾，就為他的秀神玉骨而傾倒，覺得在他面前，自己如同豬狗。可是，天使般的人物卻年輕輕就夭折了，過早地消失在縹緲之鄉，唯有雙腳濁物還在人間一代一代繁殖，所以濁泥世界愈來愈髒愈擁擠，人離自身的本真本然愈來愈遠。

【一五三】

《紅樓夢》中有兩個世界：一是少女構成的淨水世界，一是男子構成的濁泥世界。泥濁世界的主體，甚麼也忘不了，甚麼也放不下，甚麼也想不開。《紅樓夢》的主題歌——《好了歌》，嘲諷的就是這種忙忙碌碌的主體，這是一些在名利場上滾打不休，在仕途荊棘路上左衝右突的雙腳生物。他們全都沉浸在濁泥世界之中，唯有賈寶玉走到濁泥世界之外。可是賈寶玉總是被嘲笑、被訓斥，連慈悲故事也被當作笑話。濁泥中的人嘲弄濁泥外的人，放不下的人嘲弄放得下的人，這正是從古到今的人間社會。唯有到了《好了歌》，才來了個反嘲弄。

【一五四】

賈寶玉對林黛玉和薛寶釵都有愛意，但對林黛玉的愛中還有敬意，而對薛雖也彬彬有禮卻無深深敬意。因此，寶玉對黛玉的愛更帶精神性，也更有愛的深度。《紅樓夢》第三十六回有一段話描述寶玉在內心劃清了他對林、薛的不同感情態度：「……寶釵輩有時見機導勸，反生起氣來，只說『好好的一個清淨潔白女兒，也學的釣名沽譽，入了國賊祿鬼之流。這總是前人無故生事，立言豎辭，原為導後世的鬚眉濁物。不想我生不幸，亦且瓊閨繡閣中亦染此風，真真有負天地鍾靈毓秀之德。』……獨有林黛玉自幼不曾勸他去立身揚名等語，所以深敬黛玉。」「深敬」二字，是理解賈寶玉乃至《紅樓夢》的一把鑰匙。賈寶玉深敬誰？不敬誰？這便是《紅樓夢》的心靈指向。林黛玉實際上是賈寶玉的「精神領袖」，賈寶玉一直被她領着走，因此精神也一步一步得到提升。

【一五五】

《紅樓夢》不是譴責過去，而是預示未來，它包含着未來的全部訊息。未來，應當是走出泥濁世界的淨水世界；未來，應當是詩意生命可以自由呼吸、可以自由選擇的世界；未來，應當是以審美代替專制、代替宗教的詩情世界；無論是民間還是宮廷，該都是「人的去處」（賈元春語）。而未來的文化，也該是用真與美去開闢道路的文化。《紅樓夢》告知人的歷程是從「石」→「泥」→「玉」→「空」的過程。「石」是靠水柔化的，「泥」是靠水淨化的，所謂「空」，就是懸擱濁泥世界而讓淨水自由流淌的世界。賈寶玉本來是一塊多餘的石頭，獲得靈魂來到人間後身上也有許多濁泥污水，所以老想吃丫鬟的胭脂，但是林黛玉的淚水洗淨了他，使他的「慾」轉化為情，這才是真的玉。唯其真玉，最後才悟到生命的本體，世界的真實。

【一五六】

林黛玉和薛寶釵都很美麗，但薛寶釵在安靜外表覆蓋下，其內心飛揚着許多世俗的塵土。她能適應世俗社會的規範，但沒有深刻的憂傷，更沒有刻骨銘心的纏綿。可是林黛玉的內心卻是一片淨土，她的淚滴，全是淨水。她與世俗社會格格不入，世俗的泥濁也進入不了她的內心。她靠自己的憂傷獨撐高潔的靈魂，也呈現出薛寶釵所沒有的徹底的美。然而，世俗社會的殘酷規律是「適者生存」，她終於活不下來，連詩稿也無處存放。

【一五七】

賈寶玉在林黛玉面前顯得很傻很笨，林黛玉的智慧總是高出賈寶玉一籌。但林黛玉卻很愛他，一見如故，一往情深，一路還淚。因為她知道他是一個大愛者，倘若那時基督的名字已進入中國，她會知道他就是一個成道中的基督。賈寶玉雖然傻，但各種道理一經林黛玉點撥就通。大愛者有慈悲心。慈悲的胸襟，不僅最為廣闊，也最為通暢，慈悲與悟性是相通的，愈是慈悲，愈容易接受真理，愈容易悟道。愛能打通心靈，恨卻只能堵塞心靈。被仇恨佔據的頭腦，最難開竅。

【一五八】

用世俗的眼光、庸人的眼光看林黛玉，永遠看不明白。她的前身是名叫「絳珠仙草」的女神，到人間來只是來「走一遭」，最後還是要回到她的故鄉。不想帶走人間的各種物色，只是到人間走一走，只是到世上看一看，不求甚麼。最後悟到一切皆空，連自己用一生的眼淚所灌溉的情愛也不真實，連那些用心血鑄成的詩稿也是幻相。付之一炬，免得留下欺騙別人。她來到人間一回，雖然也瀟灑，但失望極了，人間真的不潔不淨無情無義，連賈寶玉也辜負她的眼淚。她真的把一切都看透了，連情愛也看透，不給人間製造任何假相。

【一五九】

賈寶玉面對晴雯的亡靈，寫了《芙蓉女兒誄》。其面對晴雯的心境與聶赫留道夫（托爾斯泰小說《復活》的主人公）面對瑪絲洛娃的心境大致相同。儘管瑪絲洛娃當了妓女而晴雯還是一身乾淨，但是賈寶玉與聶赫留道夫一樣，也意識到自己給一個純正的女子造成巨大不幸，自己負有罪責。聶赫留道夫在瑪絲洛娃面前下跪請求寬恕，而賈寶玉在晴雯亡靈面前也爇香跪拜，抒發一片負疚之情。《芙蓉女兒誄》的悲情痛徹肺腑，感天動地。詩人的悲傷與罪感不是留在口裏，而是深深進入了生命。聶赫留道夫的罪感與不安也進入了生命，唯進入生命的痛苦才是具有詩意的痛苦。

【一六〇】

「我不入地獄誰來入」，這句話通常被理解為獻身的悲情和不怕死的悲壯，但一些大慈悲者懷着這一意念，卻不是不知地獄的黑暗與鬼蜮，而是他們如同菩薩，五毒不傷，沒有甚麼力量可以傷害他們和壓倒他們，所以他們自認為應當義不容辭率先去承受危險。賈寶玉就是這樣一個五毒不傷的人。薛蟠請他去喝酒猜拳，他不怕，他相信自己決不會因此墮落。即使那裏慾望燃燒，也不會燒傷他。他的弟弟賈環老是要加害他，但他始終沒有感覺。倘若薛蟠、賈環設置一個地獄等他，他大約也不會拒絕。人天真到這等份上，便是一種大美。

【一六一】

賈寶玉出家之後到哪裏去？無從猜想。然而，有一點可放心，賈寶玉時代的中國，廟堂社會之外還有一個江湖地帶，那是一個身心可以自由存放的地方。倘若江湖也沾染社會惡習，還可以尋找不見人間煙火的山林深處。那個時代不像二十世紀，生存鬥爭的風煙進入每個角落，政治浪潮連江湖山林也捲走。陶淵明、曹雪芹似的人物在現代中國無處可以寄身隱形。想逍遙，也沒有一個逍遙的去處，喪失江湖與山林，是現代中國特別是現代文化中國的一個特色。

【一六二】

所謂色空，最流行的說法是：色即物質，色空即一切可見的物質現象均是幻覺。然而，我們要問：由色入空，難道是由物質進入幻覺嗎？其實，所謂色，也許不是物質，也許不是性，而是瞬間。所謂空，不是幻覺，不是虛空，而是永恆。由色入空，便是由瞬間進入永恆。永恆在瞬間中獲得具象性與實在性，呈現為色，令智者在色的領悟中感受到永恆的意義，這便是空。天才的特徵大約正是他們能由色悟空，即能在捕捉瞬間、深入瞬間中感悟到永恆的神秘與浩瀚。

【一六三】

屈原的《天問》是關於宇宙和自然的提問，而《紅樓夢》的提問則是關於存在意義的提問。它的總問題是：在充滿泥濁的世界裏，愛是否可能？詩意的生活是否可能？倘若可能，詩意生活的前提是甚麼？《紅樓夢》中的林黛玉，貴族府第中的首席詩人，在臨終前焚燒詩稿，以其行為語言說明詩意存在不可能。詩意存在的前提是生命自由，但家園沒有自由。林黛玉的悲劇是最深刻的悲劇，造成悲劇的是林黛玉身邊那些朝夕相處的至親者與至愛者，他們每個人都沒有錯，但每個人都有錯。所謂「對與錯」的判斷背後是文化，每個人都是文化載體，這些載體，全是毀滅自由的共謀與共犯。

【一六四】

林黛玉並不要求他人像她那樣生活，也不要求他人具有她那樣的詩情詩心，但是他人卻看不慣她，並要求她和他們過一樣的生活，所以嫌她性格過於古怪。也因為她太特別，理解她的人也極其少。唯一能理解她的賈寶玉成為支撐生命的支柱。柱子一旦不可靠，她就生病、吐血、死亡，生命就整個崩塌。在大宇宙中，地球是稀有的，人類是稀有的，才貌兼備的女子是稀有的，而林黛玉這種女子，又是稀有中的稀有。曹雪芹深知稀有生命的寶貴、艱辛和無盡的詩意，所以他偉大。

【一六五】

中國人有了《紅樓夢》這一偉大的人性參照系，真是幸運。有《紅樓夢》在，我們才會對《三國》中人和《水滸》中人提出質疑。中國人的美、慈悲、率真、智慧，全在《紅樓夢》的人物中。有《紅樓夢》在，中國人才不會都跟着劉備、關羽、張飛、李逵、武松等跑，總有一部份人，從少年時代開始就可能模仿賈寶玉，以自己的方式和名利場、權力場拉開距離。

【一六六】

在榮國府、寧國府金碧輝煌的貴族府第裏，多數人都覺得自己生活在金光照耀的大福地中，唯有兩個人感到不相宜，感到自己是異鄉人，這就是林黛玉和賈寶玉。他們沒有說出「異鄉人」的概念，但有異鄉的陌生感。曹雪芹在《紅樓夢》的第一回中就嘲諷人們「反認他鄉是故鄉」，也有異鄉感。西方文學中的主人公來到地球，感到處處不相宜的，先是歌德筆下的少年維特，然後是卡繆筆下的「局外人」，曹雪芹在他們之前就發現自己是異鄉人，發現自己本是泥濁世界彼岸的異類生命。所謂「異端」，就是異鄉人，就是名利場上的「局外人」。

【一六七】

妙玉與林黛玉、晴雯等女子相比，似乎有一層朦朧的包裝，缺乏天真天籟，不如林、晴率性可愛，但她畢竟也是生命一絕。她冷而不冷，熱而不熱，自稱「檻外人」，清高到極點，然而，她仍有無限情思，仍對賈寶玉心存一片暗戀之情。她有「潔癖」，高潔的品性是無可懷疑的，她是知識分子，也預示着知識分子的普遍命運：檻外的地位是保不住的。你想守身如玉，但強權所主宰的世道人心不允許。最高潔的身軀，最終被最骯髒的蒙面盜賊所姦污。世界那麼大，但不給「檻外人」一點存活的空間。

【一六八】

中國的幾部經典長篇小說，雖然都有文學成就，可惜《三國演義》太多「機心」，《水滸傳》太多「兇心」，《封神演義》太多「妄心」。唯有《西遊記》和《紅樓夢》總是讓人喜歡，愈讀愈感到親切。《西遊記》具有童心，《紅樓夢》則具有「愛心」。賈寶玉也有孫悟空似的童心，但它經過少年女性的洗禮與導引，又昇華為大愛與大慈悲之心。因此，《紅樓夢》的精神境界比《西遊記》又高出一籌。中國人的野心在前三部長篇中，而赤子之心則在後兩部長篇裏。

【一六九】

賈寶玉在榮國府住不下了，他看到一個一個詩意生命毀滅之後不能繼續在父母府第裏活下去了。但是，活不下去的時候還有一條出路，就是出家，隱逸在人跡罕到的角落。住不起還是走得起、躲得起。二十世紀中國的政治陰影籠罩一切，知識分子要學賈寶玉卻不容易，何處可以逃遁？哪裏可以逍遙？連

「隱逸」也成了一種罪名，即使不是罪，江湖也已消亡。倘若賈寶玉活在當代，一定找不到藏身之所，出走不得。賈寶玉當年能有那個「下場」，實在是值得牛棚時代的知識人羨慕的。

【一七〇】

最高的詩意來自生命。所謂「史詩」，重心不是「史」，而是「詩」。其詩意也並非來自歷史，而是來自生命。《紅樓夢》展示了一個歷史時代的整體風貌，又最富有詩意。曹雪芹以生命方式抒寫歷史，又以生命為參照系批判歷史，讓生命氣息覆蓋整部小說。在歷史家眼中「身為下賤」不值一提的小丫鬟，曹雪芹卻發現其「心比天高」的無窮詩意。一個民族大文化的詩意是否消失，只有一個尺度可以衡量，這就是生命尊嚴是否還在。當負載文化的生命變得勢利十足、奴性十足，從腰桿到靈魂都站立不起來時，這個民族的文化便喪失詩意。《紅樓夢》作為詩意生命的輓歌，也給中國文化敲了警鐘。

【一七一】

曹雪芹通過打開林黛玉的內在生命進入永恆。賈寶玉在創作《芙蓉女兒誄》時也通過打開晴雯的心靈進入永恆。托爾斯泰則通過瑪絲洛娃這個具象，實現了慈悲、仁厚、謙卑這些永恆的情感。他在打開瑪絲洛娃這一生命的瞬間踏入了永恆的天國。抽象的永恆沒有意義。失去當下，失去美麗的個體生命，永恆就失去門坎。人道、人權、自由、解放、烏托邦，很容易變成空話與謊言，就因為在大概念之下沒有對當下個體生命的充份尊重與關懷。

【一七二】

中國的史書，包括最優秀的如《史記》這樣的史書，都見不到偉大的女性。許多美麗能幹的女人，無論是身為皇后還是王妃，往往都是黑暗政治的「替罪羊」，為男人承擔歷史罪惡。從妲己到呂后到慈禧太后均是如此。在史家的筆下，功勞屬於男人，罪過屬於女人；男人創造歷史，女人污染歷史。《紅樓夢》中林黛玉卻一反老調，她所作的《五美吟》，為女人歌功頌德，為西施、虞姬、明妃、綠珠、紅拂等五位「尤物」樹立豐碑，着意翻歷史大案。在她的純真的目光中，許多帝王將相，其實都不如一個小女子。陳寅恪先生作《柳如是別傳》，也說明明末清初的名儒風流，其人格卻不如一個妓女。

【一七三】

如果內心沒有音樂，就聽不懂音樂；如果內心沒有詩，就讀不懂詩。生命裏有詩，才有對詩的感覺。音樂家、詩人感慨知音難求，就因為內心擁有音樂擁有詩的人很少。同樣，如果沒有靈魂，就很難讀懂托爾斯泰、杜斯妥也夫斯基的「靈魂呼告」，也讀不懂曹雪芹的靈魂悖論（林黛玉與薛寶釵是曹雪芹靈魂的悖論）。有人閱讀經典是用生命、用靈魂，也有人是用皮膚用感官，也有用政治用市場，後兩者離文學都很遠。

【一七四】

《紅樓夢》通過「愛」與「智慧」的視角去發現婦女，所以發現了林黛玉、晴雯、妙玉等精彩女性。而「五四」則通過「壓迫、反抗、鬥爭」的視角去發現婦女，所以發現了娜拉，發現了祥林嫂，發現了子君。曹雪芹的發現是發現婦女中的少女乃是人上人，即人中最精彩的人；而「五四」則發現「婦女不是人」，是「人下人」，即男人是奴隸，而女人是奴隸的奴隸。《紅樓夢》的發現，是真正的對美的發現。《紅樓夢》的感覺，才是審美感覺。

【一七五】

清代的歷史，很多歷史家都記錄過，寫作過。但是如果沒有《紅樓夢》，我們對清代的認識就不完整。這部偉大小說把愛新覺羅時代的生活原生態保留下來，也將這個時代的全部生活風貌、生命風貌整個保留下來，保留得非常完整。因為完整，所以真實。概念的東西過眼煙雲，鮮活的生命卻永恆永在。一部作品對一個時代的容納量，《紅樓夢》幾乎達到了飽和狀態。

【一七六】

戰爭，是人發動的；歷史，是人推動的。這個「人」，歷來都是男人，至少可說絕大多數是男人。沒有見過女子發動過大規模的征戰，也沒有見過女人自誇是歷史的救主。那些刻意創造歷史、刻意在歷史上立功、立德、立言的都是男子，甚至最重要的歷史書籍也是男子寫的。由此，可見女子乃是歷史中的自然，尤其是少年女子。因此，用女子的眼睛看歷史，便是用生命自然的眼睛看歷史。生命自然的眼睛不會被慾望與野心所遮蔽，才看透了把持歷史的男人們如何作假作偽作弊。

【一七七】

誤以為宮廷是天堂，便削尖腦袋進入宮廷，忘記宮廷也是地獄。賈元春省親時對着自己的父老兄弟說了一句心底的大實話：宮廷是「不得見人的去處」。那個地方擁有最高的權力，但也燃燒着最高的慾望。皇帝重臣且不說，連被閹了的太監也慾望燒身。去勢後還是充滿權勢慾，以至形成爭權奪利的「閹黨」，形成魏忠賢一類的畸形統治。閹人尚且如此，更何況其他人臣。沒有一個朝代的宮廷不是佈滿刀光劍影並留下慘烈的故事。用男人的慾望眼睛看宮廷是看不清的，賈元春用的是女子眼睛，她就看出那是一個正常人性無法生存的地方。

【一七八】

《紅樓夢》不僅蔑視宮廷、功名、金錢，而且對國家、故鄉、愛情、人生等神聖之物也都打了一個大問號。絳珠仙草到人世間走一遭，知道人生沒有意義，但她還是用詩、用愛、用眼淚努力創造意義。結果最後是絕望。眼淚流盡了，愛意消失了，詩稿燒毀了，乾乾淨淨來，乾乾淨淨去，唯一真實的乃是一片白茫茫真乾淨。對人生的叩問彷彿消極，其實也有積極處：人生最後既是空，生前就不必太執着於色。美女、功名、金錢是俗色，典籍、故鄉、國家是雅色。不管是哪種色，最後的實在都是空。

【一七九】

《紅樓夢》給我們創造了一個詩意合眾國。作為一個中國人，最能感到幸福的，是能與賈寶玉、林黛玉這些詩意生命共處一個精神國度。「千里搭長棚——沒有不散的筵席」，這一詩意的真理，是一個名叫小紅的小丫鬟口裏說出來的，《紅樓夢》中連小丫鬟都有禪性警句，更不用說合眾國裏的桂冠詩人林黛玉了。《紅樓夢》中的許多女子生時追求詩意，倘若發現生無詩意，她們也死得很有詩意，林黛玉、尤三姐、晴雯、鴛鴦都死得很有詩意。她們的死都是一首詩，一曲絕唱。

【一八〇】

把小說當成救國的工具或當成啟蒙的工具，好像是大道，其實是小道。此時小說的語境只是家國語境、歷史語境，並非生命語境、宇宙語境。文學只有進入生命深處，抒寫人性的大悲歡，叩問靈魂的大奧秘，呼喚心靈的大解放，才是大道。王國維說，《桃花扇》屬家國、政治、歷史，《紅樓夢》屬宇宙、哲學、文學，這一意思也可表述為，《桃花扇》是小道，《紅樓夢》是大道。梁啟超說沒有新小說就沒有新社會、新國家，表面上是把小說地位提高了，其實，他只講小說的「小道」，不是「大道」。大道永遠是生命宇宙之道，不是國家歷史之道。文學的金光大道就在於此。

【一八一】

荷爾德林在致黑格爾的信中這樣禮讚歌德：「我和歌德談過話，兄弟：發現如此豐富的人性蘊藏，這是我們生活的最美的享受！」歌德是大文學家，他被荷爾德林所仰慕的不是思辨的頭腦，而是「人性的蘊藏」。作家詩人可引為自豪的正是這種蘊藏，而像歌德的蘊藏如此豐富，卻是極為罕見的。在中國，能讓我們借用荷爾德林的語言作衷心禮讚的作家，只有一個，就是曹雪芹。我們要對曹雪芹的亡靈說，你在《紅樓夢》中提供如此豐富的人性蘊藏，這是我們生活的最美享受。還要補充說，我們活着，曾受盡折磨，但因為有《紅樓夢》在，我們活得很好。

【一八二】

俞平伯先生晚年奉勸年輕朋友要領悟《紅樓夢》的哲學、美學，不要作煩瑣考證。他特別推崇《好了歌》。這《好了歌》正是曹雪芹的哲學觀。天下事，人生事，了猶未了。整個歷史進程、人生進程是個無限的永無終了的過程，而人的能力卻是有限的，總有一了的時刻。死就是總了。有限的生命既然不能完成無限的使命，就得該了就了或不了了之。及時了便及時好。了才有空，了才不隔不執——不為他物他人所隔，不被自我所隔，不被名利所隔，不被幻相所隔，不被概念語言所隔，這才是自由。說了就是好，是說了才有自由。

輯五：生命景觀

【一八三】

崑崙山、岡底斯山、珠穆朗瑪峰等是地表高度的標誌。在大文化水平線上，有些名字則標誌着人類的精神高度。人們所熟知的大哲學家與大文學家如蘇格拉底、柏拉圖、亞里士多德、荷馬、基督、但丁、莎士比亞、托爾斯泰、杜斯妥也夫斯基等都是偉大座標。中國也有一些標誌人類精神高度的人，但未必是孔子、孟子，而是老子、慧能、曹雪芹。在現代中國社會，則只有一個名字是標誌，這就是魯迅，其他的都不是。有些文學論者，力圖拔高張愛玲等作家，可是，高峰畢竟是高峰，高度是瞞不過大歷史的眼睛的。最有趣的是近兩個世紀，有幾個猶太人都成了人類歷史精神高度的座標，這就是馬克思、弗洛伊德和愛因斯坦。

【一八四】

從先人與友人那裏，我觀賞了兩種很美的生命景觀，一種是「高高山頂立」，一種是「深深海底行」。山頂立者，不是居高臨下的風雲人物，而是骨骼奇崛、有肝有膽、肩膀勇於擔當風險的跋涉者，如嵇康。海底行者，更不知道有甚麼風流風光，他們默默潛行修行，是一些不斷往內心深處、精神深處行走的求道者，如達摩。兩幅生命景觀，給我的書園投下無盡的詩意。兩種賢人，都可能是精神世界裏的殉道者。

【一八五】

既然生命帶有一次性的特點，那就不妨把生命當成一種機遇，一次到地球上「走一遭」的機遇，就不妨自由一些，瀟灑一些，把生命當成一次實驗，能行走就盡可能行走，能作為就盡可能作為，能閱讀就盡可能閱讀，能表述就盡可能表述，不必拘泥於他人的評語與他人的目光，更不要接受各種權力之手的牽制。既是一種機遇，就抓住機遇充份實現生命的可能。中國人愛說「機不可失」，而最激動人心的最根本的機遇，正是踏上地球並可在地球上作一次生命嘗試的機遇。

【一八六】

「相濡以沫」，情意會在生理上分泌出一種物質，這種物質不僅滋潤身體，還會滋潤靈魂。仇恨一定也會在生理上分泌出一種物質，只是我們看不見。這種物質如同火藥，它先是燒焦性情，後才燒焦詩意。「憤怒出詩人」的命題看不到這種危險：憤怒的物質可能會毀滅詩人。所以我質疑這一命題。

【一八七】

蒙田說，別人有病，我也感到難受。這叫做「感同身受」。對他人的苦難，自己也有切膚之痛，這便是同情心。人類的美德均從同情心派生出來。當人喪失道德時，對於他人的痛苦不僅不會同情，還會幸災樂禍。痞子文學便是一種把玩他人痛苦的文學。朱熹認為，設身處地為他人着想，是一輩子的大學問。在現代社會裏，市場的學問、權利的學問、技藝的學問獲得巨大的發展，但朱熹所說的這種學問，卻日益退化，說不定還會滅亡。

【一八八】

權力會摧殘人心，但給人心造成最大摧殘的是人心本身。人間最普遍、最濃重的黑暗是人心的黑暗。僅嫉妒心的殺傷力就難以估量。人心的黑暗導致語言的黑暗與行為的黑暗。一切殺戮、欺騙、譭謗、腐敗，都來自人身內部的黑太陽的輻射。專制的權力有時還可以寬恕一個人的罪責，但黑暗的人心卻不會放過一個人的弱點。

【一八九】

人間最精彩的戲劇就是生活本身；其次才是提示人們「生活本身是戲劇」的戲劇；再其次才是把生活變成戲劇的戲劇；最下等的則是連生活也沒有，只有意識形態號筒的假戲劇。生活本身的戲劇充滿生命，充滿血肉，充滿人的蒸氣。把生活變成戲劇已開始離開生命，而那些把戲劇變成社會設計方案的戲劇，則埋葬生命，也埋葬戲劇藝術。

【一九〇】

讀書，不僅是為了求生，甚至也不僅是為了求知，而且是為了求友——為了尋求不同時代的偉大朋友和親密朋友，這是著名女作家維吉尼亞·沃爾芙（Virginia Woolf）的讀書觀。她說：「讀書，不是為了求生或者謀生，而是為了把交流擴大到不同的時代、不同的地域。」書本化解時間之障與空間之障，使我們可以和這個星球上任何地方、任何時代的卓越靈魂相逢。書本，使時間不再存在，使我們熱愛的人與世界呈現在書桌面前。打開書頁，我們可向靈魂之友展開最坦率、最隱秘的訴說。

【一九一】

痞子在攻擊天才，騙子在攻擊天才，學院裏的學者教授也在攻擊天才。人類往往可以寬容罪犯，但不能寬待天才。因為寬容罪犯時可以居高臨下，賜與悲憫，心理上有優越感。對天才則必須投以敬重的目光，而且天才總是令人嫉妒。一個天才突然出現，總是要把庸才拋得更遠。於是，痞子、騙子、教授和庸才們就不約而同地聯合起來，要求天才十全十美，不承認天才具有弱點的合理性。攻擊天才，不是天才有問題，而是人類的品性有問題。

【一九二】

尊重人性，包括必須尊重人的弱點和確認人的弱點的合理性。「原罪」的假設，所以經久不衰，就因為它確認人的弱點是人的前提。要求人的絕對完美完善，不僅是苛求，而且是摧毀人的前提，消滅人成為人的可能性。「聖人」最大的問題是忘記自己也是一個人，也是一個具有人性弱點的人，在救治他人教導他人時也需要自救。做人最難的並不在於正視社會的真相，而在於正視自身靈魂的真相。聖人的靈魂真相真的完美嗎？這要由聖人作出誠實的回答。

【一九三】

倘若把死亡看透，還有甚麼看不透的？如果進而言之，把死後的出路——是否能進天堂也看透，那就更沒有甚麼可執着的了。連天堂都不執着，還有甚麼金銀財寶、權勢權位不可放下？現代的聰明人，都不為上帝打義工，做人民公僕，倒是紛紛在天堂裏先掛個號，無論是馬克思的天堂還是基督的天堂。

【一九四】

人性是脆弱的。人總是用自己的行動證明着自身的脆弱。猥瑣，是脆弱；瘋狂，也是脆弱。倘若人性堅韌，決不會瘋狂。內裏空虛，才會大喊大叫。喊叫是對脆弱的平衡。海明威創作了美國的男子漢文學，人們都以為他是強大的。但他也會瘋狂。當他發現現任妻子藏着其前夫的照片時便端起槍枝掃射發洩。這不是仇恨，而是敏感過度的瘋狂。槍彈的烈火也證明着人性的脆弱。禁忌，也是脆弱。甚麼都不敢吃，是胃的脆弱；甚麼都不敢看，是眼的脆弱；甚麼都不敢聽，是耳的脆弱。表面是感官的脆弱，實際上是心性的脆弱。一個國家，不讓民眾說真話，正是神經中樞的脆弱。

【一九五】

托爾斯泰臨終前幾年，不是欣賞自己創造的精神山嶽，而是不斷向世界強調他是個犯過許多錯誤的凡人。他說他怯懦，常常不能說出他所思想、所感覺的東西，雖願侍奉真理，但永遠在顛蹶，在徘徊，如果人們把他當作一個不會有任何錯誤的人，那麼，他將感到深刻的痛苦和羞辱。

【一九六】

「身體意念」和「生命意念」是很不同的概念。誰都懂得珍惜身體，但不一定懂得珍惜一次性、瞬間性的生命。《山海經》裏的英雄，他們不看重身體，但看重生命，所以總是超越身體的限度去謀求生命意義的實現。精衛的身體是最小的，但她的生命卻很偉大。她不僅連結着大海，還連結着一個比大海更深的信念。夸父的身體也是很小的，但他的生命意義與太陽一樣輝煌，因此，她（他）們都沒有恐懼，也沒有成敗榮辱的焦慮。

【一九七】

王國維在《人間詞話》中推崇李後主，發現這位皇帝有基督情懷，但恰恰是因為他有基督情懷，所以成為失敗者，在世間沒法活下去。王國維本身也有基督情懷，但他也沒法活下去。基督這位偉大的救主在世時，本身也無法活下去。這顆陽光下最善良的心靈，卻被釘到十字架上。大慈悲者被視為仇敵，最善良的心靈受到最難忍受的酷刑，這正是不斷重複的人間悲劇。雖然被權勢處死的基督後來經歷了「復活」，但那是精神的奇蹟，而且是無法實證的奇蹟。

【一九八】

中國最純最美的精神品質，部份保留在語言文字裏，部份保留在音樂繪畫裏，但更多的是保留在人的行為中與歷史事件中，如保留在大禹治水中的倔氣，保留在伯夷、叔齊「不食周粟」中的呆氣，保留在伯牙與鍾子期身上的非功利的義氣，保留在嵇康身上的風骨與正氣，保留在慧能身上的徹悟人生的靈氣。論說千卷萬卷，常常不如行為無言無語的偉大。閱讀歷史，重要的並非閱讀「史冊」典籍，而是閱讀生命，閱讀曾在歷史上出現過的深刻的生命。

【一九九】

頭腦有深淺之分，心靈卻難分深淺。美好的心靈屬於深還是屬於淺呢？我喜歡思索的深，頭腦的深，卻不喜歡所謂「深心」，心太深了，就會變成機心。赤子之心不深，但很美，謀略家之心很深，卻很可怕。母親對嬰兒的愛，嬰兒對母親的愛，都是全身心的愛，投入的都是整個世界。「你問我愛有多深？」這個問題是無法回答的，深不見底的情感，恰恰存在於天真的、清淺的孩子身上與毫無功利的母愛之中。

【二〇〇】

雖然下鄉鍛煉多年，雖然到「五七幹校」多年，雖然吃過苦頭，但不敢怨天尤人。其原因是想到自己在泥巴裏滾來滾去僅僅三年五載，而我們的鄉親父老，還有社會底層的農民，他們卻是一輩子在泥巴裏討生活，年年歲歲在風雨裏滾打，他們才真辛苦，但他們該向誰埋怨，向誰申訴？人間有窮富之差，但人格沒有高低之分，人群更沒有主、僕之別。知識者難道就特別嬌貴？幹了幾年農活，難道世界就欠了他們一筆債？工農難道就得還他們一輩子債？如果我有怨天尤人的理由，那麼工農大眾該怎麼怨？怎麼憂？怎麼活？說這些話，不是老話，不是高調，而是說，只有常常想到還在風雨中辛苦的工農，才有平常之心。

【二〇一】

寫作者最大的苦惱是最深的感悟無法用文字表述。一表述就把感悟簡單化或膚淺化，人們一開口，上帝就發笑，大約笑的正是辭不達意。卡夫卡逝世前囑咐友人燒掉自己的書稿，也許正是感到書稿並沒有表述生命深處那些最深的感受。托爾斯泰臨終之前內心痛苦到極點，走出家園，他用生命本身證明自己和表述自己，這一用行為語言所創造的最後大著作，包含着他的最深的感悟，這是無法用文字表達的大感悟，可是，研究者都忽略他的壓卷之作。

【二〇二】

旅遊者中有人喜歡觀賞自然景點，傾心於山水；有人喜歡觀賞歷史景點，陶醉於古蹟；我則特別喜歡人的生命景觀。這種景觀，既可在旅遊中發現，也可以在書本中找到。老子、嵇康、慧能、陶淵明、蘇東坡、李卓吾、曹雪芹等，都是一輩子觀賞不完的生命景點。宇宙的精彩，文化的精彩，首先是人的精彩。我內心許多驚喜與狂喜的瞬間，都是因為發現詩意的生命和他們如詩如畫的故事。文化固然存在於竹簡上、書頁上，但主要是存在於生命之上，尤其是活人身上。

【二〇三】

大愛不愛。大愛者無須愛的宣言，也無需愛的姿態。深邃的愛不僅無邊無際，而且無言無相；它不是自覺的、人造的愛，而是自發的、自然的、情所當然的愛。蔣夢麟在《西潮》書中說蔡元培的故事，我們可感到蔡先生的兼容並包，愛不同取向的人才，並不是自覺的「政策」，而是自發的情懷，他天生就有這種大愛。大愛倘若是一種「本能」，一種天性，那它就是植根於生命的最深處，它也就最「頑固」，任何黨派和意識形態都無法把它拔掉。

【二〇四】

如果不分書內或書外，歷史或小說，那麼嵇康、陶淵明、蘇東坡、賈寶玉、林黛玉、慧能、王國維、魯迅等，均可視為生命的典藏。每個人都夠閱讀、欣賞、領悟一輩子。不見經傳的活人，也有許多生命典藏，他們也許就在你的眼前，你的周圍。我曾認真閱讀過少女時代的女兒，她們的天真，她們的沒有概念的聲音，她們的不知得失利害的話語，她們的未經分析的正直判斷，她們的純正的沒有雜質的目光，都曾給我極大的啟迪，遠勝於自稱經典的名家文集。

【二〇五】

宇宙的姿態是站立的姿態，星辰是站立着的，太陽是站立着的。和宇宙對話，是站立者與站立者的對話。人的正常姿態是站立着的。宮廷中自稱「奴才」的大臣，雖然也在言說，但沒有真正獲得與皇帝對話的權利，因為其靈魂是跪拜着的。宮廷之外，世界也不與跪着的人對話。因此，對話的前提，是對話者擁有站立的身體與站立的靈魂，是靈魂的對等。

【二〇六】

性格中最幸福的元素，乃是對人類的絕對信賴。人類經歷過戰爭，人類社會中到處都有醜類，但是，人類整體在宇宙中是稀有的，甚至是僅有的。世世代代人類無窮的創造力與反省力，是一種最偉大的擺在大宇宙面前的輝煌事實。信賴，使我們免受猜忌的折磨，更使我們不會生長出心機與心術。基督、釋迦牟尼的大慈悲，全建立在對人類的信賴之上。他們清楚地看到魔鬼，但在與魔鬼的較量中，他們決不會把信賴輸給魔鬼，因此，他們是最終的勝利者。

【二〇七】

基督的十字架，有人豎在心裏，有人揹在身上，這都是值得尊敬的。但也有人卻是拿在手上，以號令他人和剝奪他人的自由權利。中世紀的宗教統治，是把十字架高高拿在手上的教主統治。馬克思為被壓迫者爭取解放的精神十字架，到了中國，也是有人豎在心裏，有人揹在身上，有人拿在手裏。隨着時間的推移，豎在心裏的革命理想主義者幾近絕跡，揹在身上的也日漸稀少，唯有拿在手裏以號令他人者，遍地都是。馬克思曾宣稱他不是馬克思主義者，就是為了和這些手拿着馬克思主義橫行於世及巧取豪奪的團體與個人劃清界線。

【二〇八】

在歐洲的畫廊裏行走，常悄悄尋找最純粹的歐洲藝術精神，找來找去，總是想到梵高。偉大如達·芬奇者，還說過「誰給錢，我就為誰效勞」的俗話；卓越如畢加索者，身上畫上還可聞到慾望的味道。甚至從米開朗基羅到羅丹、莫奈等巨匠，還不得不附麗教會或社會，唯梵高是個空（身無分文之空）對空（天空）、與天地獨往獨來的獨立獨行者。他的如火燃燒的筆觸純粹是生命的內在激情。從人到畫，絕對找不到一絲一毫慾望的痕跡。當他把耳朵割下的時候，一定不像世人那麼痛苦，因為他的全身早已靈魂化了：神經也早已被藝術所麻醉。他不是神，但渾身都是神性；他不是怪，卻創造了讓世界的眼睛看不懂的藝術天書。他是從裏到外，連骨頭都浸沒在藝術狀態中的「狀態中人」，是一個離名利場最遠、離商場也最遠的藝術巨人。當代畫廊賦予他的畫以最高價格，不知他們是否知道，他還代表一種無價的純粹藝術精神，一種在美國、在中國、在世界各地難以找到的尋求永恆的歐洲藝術精神。

【二〇九】

一個最重要而又最容易被忽略的真理是：人生實在太短了。這一真理派生出的另一真理是：時間太不夠用了。在太短的有效生命中，沒有足夠時間說真話，說新話，哪有時間講假話，講廢話？太短的生命也沒有足夠的時間聽音樂，哪有時間聽大話和套話？中年過後，剩下的時間更少了，也不能把時間分配給愛講多餘話的朋友，只能作時間的壟斷者與獨裁者。

【二一〇】

沉默是用非語言的方式所進行的一種表述。中國的禪，也是用非語言、非文字的方式去抵達語言難以抵達的深處。大宇宙沒有語言，它以沉默的方式顯示着浩瀚與潔淨。師法宇宙，便是在沉默中冥想，在沉默中遊思，在沉默中審美，在沉默中抵達生命深處。所以我一直把沉默的自由視為一種理想，一種靈魂的主權。

【二一一】

人的靈魂的生長，完全仰仗於自己生命的開放，即仰仗海德格爾所說的「存在敞開」狀態。巴比倫塔的尖頂永遠向着廣闊的天空敞開，只有「井底之蛙」才封閉在狹小的境地裏。中國學人常滿足於「自圓其說」，其實，自圓其說只是在封閉的範圍內的自我循環。如果不能把「圓」打破，以敞開其說，結果其說也永遠只是井蛙的一孔之見。

【二一二】

《悲慘世界》（雨果著）中那個警長——沙威，一直跟蹤着冉阿讓，不管冉阿讓如何化裝，也不管他已做了多少好事，沙威總是不放過他。他以獵犬似的特有的敏感，識破那個大慈大悲的市長就是他想追捕的強盜冉阿讓，這個警察沒有人類的性情與良心，多少慈悲事業都打動不了他。但他卻有狗一樣的嗅覺，非常敏銳。人世間製造悲慘世界的都是一種沒有靈魂卻有敏銳感官的聰明人。

【二一三】

動物只有空間的本能感覺，沒有時間的本能感覺。從狗到獅子，都不會跳入深淵。深淵是空間。但如果吃飽喝足，不必覓食，牠們一定會安心沉睡，睡到天昏地黑。因為牠們不知道時間的消失，不知道歲月的流遷，更不懂得「珍惜時間」是甚麼意思。人類不僅有時間觀念，而且有瞬間觀念。作為生命個體，對自由的瞬間體驗，就是幸福。人因為有美麗的瞬間，所以總是依戀生活，自殺者很少。動物沒有時間觀念，所以既想不到自殺，也想不到長壽。

【二一四】

用海的潮汐來比喻生命倒是十分合適。生命的活力尤其靈魂的活力，是有週期性的。時而活潑，時而僵化；時而洶湧澎湃，時而死水一潭；時而廢寢忘食，時而一點也不想動彈。於是，生命便有高峰與低谷之分。中國的智者有的主張激流勇進，有的主張激流勇退。後者是告誡我們在生命處於高潮中要及時退隱，這雖不是沒有道理，但畢竟還有世故的味道。我不喜歡任何心術，只尊重生命自然，於是，便覺得處於高峰時，該抓住生命，讓它在美好瞬間充份自我實現，但不可走火入魔；處於低谷時，也該提醒生命，不要自我了結或走入頹唐。

【二一五】

在文化大革命中，我和無數同時代的人，莫名奇妙地被推入恐懼的深淵，精神受盡折磨，身心受到無數次傷害。面對歷史，我和我的朋友不斷自責自審，但國家卻未對我們説過一句道歉的話。我們的民族好像已變成不會道歉的民族。把自己的書生百姓推入牛棚，推入死亡深淵，比焚書坑儒還慘烈，本該表示一點歉意，以讓被傷害被污辱的人們感到一點生命的尊嚴和暖意，可惜我從未聽過一句道歉的話。劫難過後，聽到的仍然是一片讚頌，看到的依然是一派理直氣壯。

【二一六】

年邁時，駝下背、彎下腰，生理上有些黃昏跡象，其實不要緊，最怕的是在心理上倒塌下來。人在死亡之前常常在心理上率先消滅自己。死神未到，恐懼已吞沒生的意志。怯懦者與勇敢者的區別在於：前者在距離死神很遠的地方就從心理上走進墳墓，後者則在踏入墳墓的前夕仍然離恐懼很遠。未老先衰是可悲哀的，未死先在精神上自我消滅，才是真悲劇。常聽唯物主義哲學家說：物質第一性，精神第二性。可我在生死觀上還寧可相信反命題：心理第一性，生理第二性。

【二一七】

中國當代詩人顧城最有名的詩句是說他生着一雙黑色的眼睛，卻用它來尋找光明。但他最終以殘暴的手段殺死妻子的行為語言，說明他沒有找到光明，完全處於黑暗之中。他的悲劇提示我們：尋找光明不能只靠額頭下的大眼睛，還要靠胸脯中的心靈大眼睛。唯有心靈大眼睛，才永遠連結着黎明的太陽。最好的作家詩人畫家，都不僅是用肉體的眼睛看世界，而且用內在的心靈眼睛看世界。可惜顧城的黑色眼睛最後也成了黑暗的一部份，加濃了夜的死色。

【二一八】

身體上的各種感官都可以幫助我們解脱，尤其是眼睛。維吉尼亞·沃爾芙説：多蘿西·奥斯本（英國女散文家）的眼睛異常敏鋭，她能看破驕人的門第，枯燥的説教，還能看破各種名號頭銜、繁文縟節、人情世故與表面文章。這位女作家啟迪了我，可惜，沃爾芙沒有在文字上説明她是否看破了死亡。倘若眼睛能看破這一層，那就是真的大解放。她雖然沒有説，卻以自己的自殺行為説明她也看破了死亡。她最後走入水中結束自己的生命是從容的。水，一直被她所謳歌，她從容地走進她謳歌的墳裏，眼睛顯然看穿了最後的謎。

【二一九】

通過批判別人洗刷自己，通過踐踏偉人而掩蓋自己的渺小，甚至把罪責推到他人身上，這是二十世紀中國的精神大現象。阿Q的貧窮落魄是他的懶惰造成的，可是他總認為這是他人造成的，於是就革命，就造反，如果他活到下半葉，鬥起趙太爺一定特別起勁，因為藉此可以把貧窮的責任推到趙家身上。這種「移罪」現象是一種極卑污的心理與極卑污的行為。

【二二〇】

牢房不僅陰暗，而且髒兮兮。囚犯要在牢房裏生存下去，首先得接受牢房文化的同化，習慣髒兮兮。倘若囚犯偏偏想要乾淨，有別於其他囚犯，就沒有辦法過日子。一個嗜好清潔的人，一旦進入牢房，就得把自己也弄髒才能活下去。文化大革命中，所有的中國人其實都在牢房中，都得把自己弄髒，甚至把祖宗三代也弄髒才能活。當時流行的「抹黑術」，不僅是給對手抹黑，而且也給自己抹黑。自我抹黑，就是把自己弄髒，把自己抹得愈黑算是態度愈好，也就愈安全。

【二二一】

在平常的安定日子裏，知識分子生活在概念之中，顯得非常深刻，甚至可以「玉中求瑕，屎裏覓道」，可是到了歷史緊要關頭，卻常常非常怯懦，手足無措，對黑暗不置一詞，在權勢面前一點也抬不起頭，顯得很不「深刻」。而平民百姓，平時沒有大道理，彷彿很不深刻，可是在緊要時刻，卻敢於挺身而出，敢於立在危險之中，有真「行」又有真「言」，表現得異常深刻。

【二二二】

狀元會寫一手漂亮的八股文，但是八股文卻給狀元帶來幻覺，以為自己甚麼都會，於是就修橋，就辦案，就治理國家，結果呢?結果總是一團混亂。魯迅早已嘲笑過這種狀元。可是當今的一些作家文人也如此，文章一寫好，就給自己造成幻覺，以為自己是大師，是經典，是先知，是超人，完全生活在幻覺中，一點也不認識自己。自己被自己所寫的文章遮住了眼睛，這就是「高級知識分子」。

【二二三】

目睹許多發誓願當「傻子」、願當「老黃牛」、願當「螺絲釘」的知識分子仍然被批鬥得皮破血流，惶惶不可終日，真覺得做人太難。他們在恐怖之中，抗爭無法活，妥協無法活，連充當傻子牛馬機器也無法活。一個社會，到了人們按照白癡傻子牛馬的方式去生活也沒法活時，這個社會便是真牢獄。

【二二四】

被囚進牢裏，面對銅牆鐵壁和鋼鐵一樣堅硬的黑暗，該怎麼活下去？有沒有活的可能？我回答說：可能。因為我可以找到活的形式，這就是我的獨語。面對幽黑的四壁，可以自語，可以和過去的自己和將來的自己對話，可以和古往今來的偉大靈魂對話，他們的思想在天涯，但也在我身邊，一切尚存於記憶中的思想者，他們陪伴着我。所謂思想者，本就是面對黑暗思索的人，本就是在黑暗中獨坐獨語的人。儘管沒有路可以行走，但只要有一個坐處就夠了。

【二二五】

人性的弱點從「阿Q」這種「末人」的身上暴露，也從尼采這種「超人」的身上暴露。超人表面上十分強大，但他只有擴張力的強大，沒有抑制力的強大。所以超人在一定的語境下便化為大騷動與大破壞，展現為瘋狂和無限的佔有慾。這種弱點，不僅表現在希特勒等瘋人的身上，也往往表現在「替天行道」的革命者身上。他們跟着情緒走，並沒有力量駕馭自身的混亂。

【二二六】

作家的自由太有限。不僅政治權力剝奪作家的自由，大眾剝奪作家的自由，同行也常常剝奪作家的自由。同行的嫉妒，同行的排斥是很嚴酷的。還有，作家自身也剝奪自己的自由。許多詩人作家鼓動自由，可是他們的內心卻從來也沒有自由過。總是追逐功名利祿，哪能有自由？辛苦追逐中慾望充塞身體，撲滅靈感，堵住才華飛揚之路，自由因此喪失。

【二二七】

平常之心不是平庸之心，而是以平常的態度去對待業績與對待苦難。中國的精英們很難回到平常之心，因為他們很難越過「英雄」這個關口。一旦有了業績，便產生超人的幻覺，需要他人來唱讚歌。一旦戰勝苦難，則產生救世主的幻覺，需要社會來補償和敬奉。於是無論是苦難到來還是榮譽到來，都不能平靜對待，不能像往常那樣生活，也不能和往常那樣對待每一個朋友和每一個陌生人。

【二二八】

坐牢、受刑、放逐，可能使人生長，但也可能使人從此喪失健康心態。坐牢、受刑之後常常會把苦難當作資本，然後不斷向社會索債，甚至把苦難當作仇恨的理由。復仇的火燄總是從苦難中點燃起來的。基督的啟示是他經受大苦難之後沒有仇恨，從十字架走下來就像從山坡上走下來，之後仍然以平常之心做他該做的事，他想到的是天底下還有更多受難的兄弟。所謂健康心態，就是平常心態。

【二二九】

領袖狀態是國家狀態的一面鏡子，從領袖的水平、人格、作風、精神，大約可把握住一個國家的脈搏。從唐太宗的狀態可以了解盛唐的狀態，從唐玄宗則可了解中唐的狀態。康熙、乾隆、咸豐、光緒、溥儀，不僅是王朝的年號而且也是當時國家狀態的符號。康熙的狀態，是清代前期中國的狀態；光緒、溥儀個人的狀態則是清代末期中國的狀態，大致不差。想想華盛頓、傑弗遜，想想羅斯福，想想克林頓與布什，就知道不同時期美國的精神與心態，也大致不差。如果一個國家的領袖是一個流氓，那麼，這個國家的狀態決不會是嚴肅與健康的，恐怕也大致不差。

【二三〇】

英國思想家以賽亞·柏林說，他對斯大林最不能忍受的不是他的隨意殺人，而是把人放在手裏隨便揉捏。如果說有比死亡更可怕的東西，可能就是這種隨便揉捏。英國哲學家對此感到恐懼，大約是他看到二十世紀太多揉捏現象。把活生生的生命一會兒揉捏成貓，一會兒揉捏成狗，一會兒揉捏成「老黃牛」，一會兒揉捏成「千鈞棒」，一會兒揉捏成「螺絲釘」，一會兒揉捏成「身邊的定時炸彈」，再一會兒還可以揉捏成裝潢自己的面具。

【二三一】

《一個人的聖經》寫一個內心極度脆弱的青年知識分子，卻遇到人類歷史上未曾有過的最強大的革命風暴。此時，每個人都處於恐懼之中，互相難以了解。沒有人可信賴，也沒有人來幫助，個個像即將沉沒的小船只能自己照顧、護衛自己可憐的渺小的生命，苟活於當下。苟活，往往是生存個體的本能要求，並非自私。

【二三二】

《一個人的聖經》（高行健著）男主人公的妻子倩，在文化大革命的風暴中，躲到深山老林裏。那裏人煙稀少，連動物也很少，本可以過安靜的日子；但是，那個時代到處是政治，革命空氣籠罩着一切角落，連鄉野山野，氣壓也很高。在最平靜的地方，倩也發狂，硬說丈夫是階級敵人，對着他拿起刀子。政治一旦到了無處不在，人性便無處可以存放，親情也無處存放。親情是人性的本源，連本源也喪失，人性就變成狼性。

【一二三三】

少年時代的朋友攜手走在同一條路上，談抱負，談理想，談追求，後來出現了十字路口，朋友也分化出聰明的一群和笨拙的一群。聰明的順應時勢，腳下終於踏上紅地毯；笨拙的卻永遠在辛苦跋涉，或在書齋裏服苦役，或在荊棘路上走得滿身傷痕。最後和我在心靈上相通的，都是一些大笨人，別人不肯做的，他們去做；別人不肯吃的苦，他們去吞嚥；別人不肯入的地獄，他們去入；結果別人早已衣錦還鄉，他們卻還是如牛負軛，如馬負重，有時還被濺上一身污水。

【一二三四】

鼓動暴力的領袖們非常聰明，他們要的是英雄美名，不願意當妥協者。他們以崇高的名義把你推到屠刀之下，你死了，他還活着，他來主持你的追悼會，論證你的崇高和他的仁慈；然後，又把另一群人推到戰火上去化作灰燼。另一群人死了，他們依然站在光榮、安全的舞台上，論證你的崇高和他的仁慈，血腥的戰鬥離他們很遠，屍首的腐臭味他們從未聞到過。

【一二三五】

中國的俗話說，忠言逆耳利於行。其實所有的真話都是不好聽的。博大的胸懷之所以博大，就在於它能聽不好聽的話，容納不好受的語言。不好聽的話，社會不歡迎，同行不歡迎，權威不歡迎，但還是要說；不好聽的話，耳朵不舒服，臉上不舒服，心裏不舒服，但還是要聽。講真話的人終究是寂寞的。誰都愛聽悅耳的話，不愛聽逆耳的話。孔子把「耳順」看得比「知天命」還難，可見能聽不好聽的話，是人的真正成熟。

【二三六】

名人一旦成名，總覺得自己很重要，實際上很有限，很脆弱，但也覺得「很重要」，接着便試圖以自己的「重要性」去影響他人的生活和影響社會的道德秩序。倘若力量不足，至少得影響弟子的生活方式和道德方式。如果弟子不依不從，就把弟子開除出教門。這種行為語言就影響了社會走向獨斷與霸道。可見「重要性」不等於「真理性」。人間世界走下坡路，愈來愈不像樣，正是重要人物的「重要」影響。

【二三七】

以往只知道故國的物質底子薄，不知道人性的底子也很薄。物質底子薄，奮鬥幾十年就強盛起來了。人性底子薄，卻不是短期可以補救的。魯迅感慨中國人太健忘，常常一鬨而起，一鬨而散。鬥起自己的同胞兄弟異常殘忍，搞起物質建設，又容易貪污腐敗，沉湎於酒色。容易東歪西倒，就因內裏缺乏支撐。中國人常常自恨自己窮，其實是人性底子更貧窮。

【二三八】

專制制度令人憎恨，專制人格也讓人憎惡，而最叫人討厭的是專制空氣。這是專制對全社會的精神籠罩。專制空氣無時不在，無處不在，讓你感到無處可以逃遁。在專制空氣下，不僅語言、行為要非常謹慎，而且身體姿態也要非常謹慎。製造這種空氣的，不僅是專制者，還有被專制者；不僅是警察的眼光，還有街道里弄老太太們的眼光；還有各種奸狡的莫名其妙的眼光。這些眼光就是空氣中的細菌與病毒，它讓人感到窒息，感到自由的徹底滅亡。

【二三九】

理性主義以為理性可以控制一切、把握一切，可是有兩種東西他們往往控制不住：一是「性」，一是「死」。理性英雄未能闖過美人關，這是常見的事。至於死，理性主義者確知死亡無可逃遁，但何時死亡卻無法精密計算，全然不可知，於是他們就對死產生恐懼。我不是絕對理性主義者，但我也常常感到一種莫名的恐懼，這恐懼不是膽怯，也不是對死神的畏懼，而是從生命深處感到人的無助：人是如此脆弱，人性是如此脆弱，即使人性中注入許多理性，還是脆弱。

【二四〇】

人有生命，動物也有生命，但人的生命卻有動物所不能相比的潛能。動物的生命沒有開掘的可能，人的生命卻有無限開掘的可能性。人的生命的無比奇妙就在這裏，就在於它愈是開掘愈是豐富，奇思奇想奇蹟愈是層出無窮。倘若不是軀殼的自然限制，生命可以不斷打破時間與空間的疆界一直開掘下去。人的外部故事容易終結，但內心傳奇卻會連綿不斷。動物的軀體與人相等甚至於大於人，但其內在生命視野與內在潛能的比例，則是零比無限。擁有一個奇妙的內在生命，這是人真正值得驕傲的理由。

【二四一】

看到幾位老學者被社會寵壞了，被門徒寵壞了，看到他們眼睛真的花了，心也真的花了。花了的眼睛不僅認識不了歷史，也認識不了自己。一旦妄心，接着便生妄念，完全生活在幻覺與妄想之中，不斷作精神撒嬌，隨地撒嬌，隨時撒嬌。心理的優越變成言行的荒誕。這些老學者被幻覺堵住返回童心的路，結果就瘋癲起來。名聲地位的殘酷，就這樣把聰明絕頂的教授變瘋變醜，變得面目全非。

【二四二】

袁世凱一步一步走上權力的塔頂，最後當上了大總統。孫中山二次革命失敗後，國會變成花瓶，他更是為所欲為，成了實際上的皇帝，但還不滿足，還想穿龍袍坐金鑾殿，連皇帝的形式也不放過。人的慾望是個無底洞，說人是歷史的人質，不如說是慾望的人質。在亂世中，他算是一位梟雄。他闖過許多險關，戰勝許多強大的敵人，包括戰勝光緒皇帝與孫中山，但是，他最終沒有戰勝一個最難戰勝的敵人，這就是他自己。他沒有戰勝自己的帝王慾望，竟逆時代大潮流而動，結果不僅皇帝當不成，而且身敗名裂，留下一個千古笑柄。這個梟雄的生命史倒是證實一個道理：能戰勝自己，那才是最大的勝利。

【二四三】

如果借用《紅樓夢》的語言把世界分為泥濁世界與淨水世界，那麼，王國維肯定是屬於淨水世界。這位老實人是淨水世界裏的一條魚，他無法活在混水中，可是，清末民初之際，一直到他臨終之前，中國卻是一片混水。在此混水中，像王國維這種「魚」不能活，所以他只好自殺。自殺對他來說，是通過絕對手段實現從泥濁世界到淨水世界的跳躍與自救。污泥濁水中，有兩種魚類可以活得很好：一種是泥鰍；一種是鱷魚。惡質化了的社會也是一潭污泥濁水，能在這種社會裏活得好的，也只有兩種人：一種是像泥鰍一樣油滑的聰明人、伶俐人、流氓；一種則是長着堅嘴利牙的惡棍與惡霸。前者在社會中鑽營，後者在社會中稱霸。如果正常人要適應這種社會，就得像泥鰍滿身油滑或像鱷魚滿嘴利牙。

【二四四】

生命是多元形式的存在，所以不能在個體生命與個體生命之間去畫等號。有些人想當革命家，想在地上建立一個天堂般的樂園，這很好，但不能要求別人都去當革命家，和你畫等號。有的人想當雷鋒式的人物，這也很好，但不能要求別人都去當雷鋒，都去和一顆革命螺絲釘畫等號。你有學問，你有思想，你有才幹，但你不能要求別人和你的學問方式、思想方式、才幹方式畫等號。要求他人與你畫等號，就是消滅他人的個性，就是專制人格。

【二四五】

漂泊者對自身的內心呼喚是「走出去」和「走進去」。「走出去」是走出國界去拓展另一片天地。不是侵佔他人他族的領土，而是開拓永遠屬於自身的人文世界。於是，又要「走進去」，外邊是浮華世界，裏邊才是精神宇宙。內心深處，沒有東西方之分，沒有古今之分，沒有天地之分。走進去才能打破一切時空界限，才有存在的意義上的走出去——走出必然的時空，進入自由的時空；走出有限的時空，進入無限的時空。莊子《逍遙遊》中的大鵬，扶搖直上九萬里，大鵬的志向不在身外，而在身內。

【二四六】

不要說這裏是文化沙漠，那裏是文化沙漠。詛咒一萬次沙漠，不如去種一棵樹。一萬個詛咒者，每人都種一棵樹，就會在沙漠中創造出一片綠洲。夸父追日雖然失敗，但他扔下的拐杖卻化作一片桃林。我的筆就是當年夸父的拐杖。夸父並不嘲弄所謂沙漠，只知道必須撲滅炎熱與創造綠土地。《山海經》那遙遠的呼喚，是關於可能、關於意志、關於建設的偉大呼喚，這才是最美的呼喚。

【二四七】

人生一世總會經歷許多勝利與失敗，而最慘重的失敗並非是被他人打敗的失敗，而是自己打倒自己的失敗。自己把自己打倒在地，消極頹廢，久久爬不起來，失敗得最慘。人的勝利，最值得高興的勝利，也是自己戰勝自己的勝利，戰勝自身的悲觀，戰勝自身的絕望，戰勝自身的狂妄，戰勝自己的慾望，戰勝自身的沉淪，戰勝自己的世故，戰勝自己的幻覺，都是了不起的勝利，它們比戰勝事業的對手要難得多。三國時代的周瑜，他戰勝了來自北方的曹魏大軍，但戰勝不了自己的嫉妒之心，最後就死在自己的性格弱點之下。

【二四八】

六十歲生日的時候，非常高興。我發現自己內心仍有許多衝動，尤其是思想的衝動，而且仍然感到飢渴，感到閱讀的飢渴，提問的飢渴，與天、地、人對話的飢渴。這種飢渴的發現是一種很深的快樂。因為我知道，生命只要還有飢渴，還想吞嚥知識，還在尋找新穎，尋找神秘，尋找新起點，身心就沒有蒼老。一個在情感深處與精神深處保持着衝動的人是幸福的。有人說學者不應當有詩人氣質，其實，有詩人氣質，學問才有詩意。荷爾德林所說的詩意地棲居在大地上，應當包括學問家。學者難道應當變成詩意之鄉的「異鄉人」嗎？

【二四九】

有人說良知是先天的，有人說是後天的，有人說是神賜的，有人說是母親賦予的，有人說是歷史積澱成的。良知的來源儘管眾說紛紜，但都承認人必須有良知。良知就在人的本質深處，它不是法律和觀念的規範，而是人的內心呼喚。總之是看到別人的痛苦自己也會感到痛苦，看到別人的不幸自己也會感到不安。種種定義中，有兩種特別富有詩意。一種屬於有神論者，他們認為良知是對上帝的記憶（別爾嘉耶夫），那是關於慈悲、關於愛、關於責任的記憶。另一種屬於無神論者，他們認為良知是對大地母親的記憶。大地母親就是底層的工農，良知就是被母親的汗水所灌滿的精神生命，那也是關於愛、關於責任的記憶。

輯六：集體靈魂之傷

【二五〇】

以色列國建立之前，猶太人沒有國家，但也可以說有國家，是流浪的國家，漂泊的民族。他們分散於世界各地，但散而不散，像一篇巨大的生命散文。所以能如此，關鍵是他們有共同的內心律令，寫在《舊約》上也刻在心靈深處的絕對命令。民族凝聚力，不是靠權力，不是靠財富，不是靠語言，而是靠內心律令。阿拉伯國家都講阿拉伯語，但阿拉伯世界卻是四分五裂；中國儘管有統一的漢語，但內戰的烽火在二十世紀卻連綿不斷。

【二五一】

對於猶太人來說，歷史就是他們的故鄉，信仰就是他們的國家。他們把歷史、把信仰凝聚在心中，所以心不散，族不敗。儘管到處漂泊，到處被驅逐，但猶太種族總是存在健在。希特勒霸權的瘋狂炮彈炸毀了一個又一個國家機器，卻炸毀不了猶太人漂泊的國度。對於許多中國人來說，皇帝就是他們的國家，朝廷就是他們的國家，當下的領袖就是他們的國家。皇帝一倒塌，政權一變遷，人心就渙散。心靈凝聚在王者身上是最不可靠的，王權總是短暫的。中國王權不斷更換，老百姓則總是具有同樣的狀態：一盤散沙。

【二五二】

在金庸《鹿鼎記》中，宮廷和妓院是對稱的，兩者都是慾望之所。一邊買賣肉體，一邊買賣靈魂。韋小寶既是妓女的兒子，又是皇帝的知己，這並不衝突。歷來人們都以為妓院骯髒、下賤，宮廷乾淨、高貴，其實兩處都是濁泥世界。所不同的只是宮廷擁有刀槍、監獄、軍隊、典籍，而妓院卻只要金錢，不管其餘。以往有些書生看到皇帝走進妓院就大為驚訝，其實，許多皇帝本身就是慾望的化身，心思並不乾淨。

【二五三】

金庸的小說《鹿鼎記》創造了典型人物韋小寶。小說引起了震撼，因為中國從上到下處處都有韋小寶，處處都有成熟的圓滑與狡猾。韋小寶是個生存至上主義者，為了生存，他使出全部生存技巧。為了生存，他甚麼都可以賣，從身體到靈魂。一切都閹空了、賣空了，但又擁有一切。空空蕩蕩的靈魂卻贏得峨冠博帶、妻妾成群。韋小寶的母親是個妓女。而妓女的全部效應都在韋小寶身上發生。為了生存，妓女甚麼都賣，包括人的尊嚴。阿Q是精神的勝利，韋小寶是生存技巧的勝利。

【二五四】

魯迅當年探究國民性時，發現身處底層的農民，靈魂中也有皇帝的靈魂。像阿Q這樣的住在土穀祠裏的一貧二白的窮光蛋，也在做天翻地覆的皇帝夢。在夢中，他一旦做了皇帝，第一件事就是佔有，滿足慾望，然後就是論功行賞和處置反對派。平民、官僚、貴族、皇帝、主人、走狗都有同樣的性格，這就叫做國民性。植根於中國集體無意識深處的帝王魂，是最難改變的。所謂江山易改，本性難移，在這裏可解釋為，皇帝的寶座可以改變，但皇帝的靈魂在中國卻真的可能是萬歲萬歲萬萬歲。

【二五五】

金庸筆下的慕容復（《天龍八部》中的人物）一心想復國，日夜做着皇帝夢，野心未能得逞，最後自己戴上皇帝帽，穿上龍袍，發一些糖果給貪玩的孩子，讓他們跪拜，稱臣，喚他「陛下」，三呼「萬歲」，算是圓了一場大夢。中國一些志大才疏的政客與墨客，也常有慕容復的帝王情結。聚集幾個人，湊上七、八條槍，佔個山寨，號稱為王，開始做皇帝夢。儘管離宮廷十萬八千里，但能過把癮也就高興。許多「老子天下第一」者，都是慕容復。近年看到大陸、香港一些喪失創造力的學人教授，在他人的著作封面上，署上「主編」的大號字樣，也是圓了一次慕容復似的幻夢。

【二五六】

故國「非典」疫菌從發生、發展到終結，構成一大寓言。面前奇異的病症，醫學家給它命名為「非典型」，而作為文學寫作者，我卻覺得非典故事「很文學」，「很典型」，簡直就是中國國民性的隱喻。中國人至今仍以「面子」為精神總綱，為了面子，寧可層層隱瞞疫情。為了實利，寧可放縱恐怖魔鬼；面子、實利背後是血腥式的自私，官員為了保住烏紗帽，甚麼花言巧語、豪言壯語都說得出口，民眾為了自保，又是甚麼花樣絕招都有。人人都對病菌充滿恐懼，但每個人身上也都帶着病菌。卡繆在《鼠疫》中通過小說中的人物塔魯與里厄說：「每個人身上都帶着鼠疫，世界上沒有人是清白的。」這就是荒誕。

【二五七】

魯迅不僅看到中國有病，而且看到中國有大病，有浸入骨髓的大病，數千年積澱下來的集體大病。

阿Q病只是其中的一種。可是，嚴重的是中國人卻不知道自己有病，不知道自己有大病。紅腫之處，竟以為艷如桃花，這便是集體幻覺，集體無意識。所以必須吶喊，必須大叫，必須喚起對大病的意識，必須痛徹肺腑地告訴自己的父親和故國：你必須脱胎換骨，你必須來一番徹底的療治。魯迅的悲觀正是看到中國的集體大病病入膏肓，不僅有制度問題，而且有更為嚴重的文化心理大病的問題。文化——國民性變成黑染缸，甚麼好制度進來都會變得面目全非，連「教授」、「博士」這類好名詞也會變得一團糟。

【二五八】

阿Q被殺頭之前還要大喊一聲「二十年以後還是一條好漢」，至死還要面子，還要出風頭，還改不了自欺欺人的惡習。可見中國國民的劣根是死神也無法拔掉的。存在的意義固然會在死神面前充份展開，但存在者的無意義在死神面前也會充份展示。革命的烽火更換了政權，但人性的劣根卻照樣生長，這種根，就是深層文化。更換制度不容易，更新這種根更難。魯迅的悲觀就從這裏發生。

【二五九】

中國的男人多半具有專制人格，即使是反對專制制度、具有民主理念的男人，也往往具有專制人格。詩人顧城的詩反叛專制，可是他本身卻是揮動斧頭砍殺妻子的專制暴君，倘若他執政，也是不許有「異端」存在的。最有意思的中國血統的海內外自由主義學者，本是專制制度的「敵人」，可是他們也專制得很。他們總是以為自己和自己的洋老師掌握了絕對真理，不容討論。如果有人發表不同意見，他們就跳將起來，就發狠話，就暴跳如雷，語言文字裏也充滿專制味與血腥味。原來，自由主義也沒有自由人格，只有專制人格。

【二六〇】

中國人歷來只為勝利者鼓掌，不為失敗者鼓掌，所以魯迅才讚賞那些在競技場上跑在最後但堅持跑到終點的運動員，為這些堅韌的失敗者鼓掌。可惜魯迅沒有提醒，在精神運動場裏，有許多人不僅不為失敗者鼓掌，也不為成功者鼓掌。他們的一雙被嫉妒所刺激的雙腳，一腳踢開失敗者，一腳則把成功者踩在腳下。中國的大成功者，很少有不被同胞咒罵諷刺的幸運。

【二六一】

在中國，財主與權勢者常常兼任精神帝王，即一旦擁有巨大財富與權力，同時也就擁有真理。魯迅曾說：「我們的鄉下評定是非，常是這樣：『趙太爺說對的，還會錯麼？他田地就有二百畝！』」「他們對於鄉下的紳士有田三千畝，佩服得不得了，每每拿紳士的思想，做自己的思想。」這種現象在香港似乎也是如此，最大的財主說的話也往往成為權威話語。在美國，這兩者是分開的，星條旗下，億萬富翁有的是，但他們的話語價值往往不及象牙塔裏的教授，也不如媒體中的節目主持人。白宮中的總統，在民眾心目中並非聖人，領袖是不兼導師的。中國古人說的「侯之門，仁義存」，美國人是要大打問號的。這種不把權力、錢勢、名號、地位和出身門第當作衡量人的標準和依據，總是好的。

【二六二】

老舍《貓城記》中的貓城公民，特別熱中於內鬥。城外的敵軍已經兵臨城下，烽火連天，城內還在鬥個日夜不休。中國是個尚文的國家，近現代確實沒有對外窮兵黷武，但是內部卻十分尚武，內鬥起來總是格外兇狠格外慘烈。連文化大革命最後也幾乎演成武化大革命。新貓城的雙方，如北京大學、清華大學的雙方，均放下課堂，壘起碉堡，放下筆墨，拿起刀槍。今天的一些激進大小文人，語言均充滿殺氣與火藥味，他們「外戰外行，內戰內行」，承繼了貓城傳統。

【二六三】

父母與鄰居吵架，吵不過就回來打自家的孩子，藉以「出氣」，這是中國人的家常便飯。從「家」引伸到「國」，便是對付不了外國人的時候，就拿自己的同胞「出氣」。打不過金朝金兀朮，就拿岳飛出氣；打不了日本天皇和伊藤博文，就拿李鴻章出氣；打不了蘇修赫魯曉夫，就拿劉少奇出氣。這種「家裏出氣」的模式上升為現代的高級理論，便是「最危險的是內部敵人」，發展為社會實踐，便是一場又一場的政治運動。運動愈猛，氣出得愈足，心裏就愈舒坦。

【二六四】

中國的讀書人進入政治，為保持自身的道德形象，便形成所謂「清流」。清流總比濁流好。可是，清流們卻常常由此把道德標準定得太高太玄，要求他人道德絕對完善。一旦要求完善完美，就變成苛求，清官就變成酷吏。劉鶚的《老殘遊記》揭露清官的殘忍，道理就在於此。中國從古到今的清流，屬儒家的，要求他人是百分之百的「儒」；屬法家的，則要求他人「百分之百的法」；屬馬克思主義的，則要求他人「百分之百的馬列」；這種「百分之百」的道德標準不僅造成「水至清則無魚」的孤家寡人局面，而且形成極為殘酷的道德審判。

【二六五】

中國歷來只許皇帝與官僚擁有慾望的權利，而老百姓是沒有的。「存天理、滅人慾」是只對老百姓說的。不僅「刑」不上大夫，「滅慾」也輪不到大夫。對於皇帝，他不僅存有天理，而且代表天理。至於人慾，不僅不滅，三妻四妾粉黛六宮，都是天經地義的。現代中國，慾望釋放出來之後，官員們以各種名目都在享受慾望的權利，但老百姓一旦有所享受，總是受到道德的壓力、意識形態的壓力與心理的壓力。中國雖講平等，但即使在魔鬼（慾望）面前，也未必真有平等。

【二六六】

歷來皇帝的聖旨都是「一句頂一萬句」，可是老百姓的話卻是「一萬句頂不了一句」。僅此差異，就相去十萬八千里。知識分子了解這種差異，所以都追求話語權力和話語權力背後的政治權力。不能當上王者，便想當王者師；不能當王者師，也要說點王者言；不能「一句頂一萬句」也得一句頂上十句、一百句，爭取比老百姓強一些。都為權力費盡心思，哪裏還有心思去關心平民百姓一千句的伸冤，一萬句的哭訴。倘若他們的心底真能放下幾句老百姓的呼聲，老百姓就要稱他們為聖者了。

【二六七】

中國人的聰明，包括中國知識分子的聰明是少做實事。做實事總是吃力不討好，最討好的是讓別人去做實事，自己等着瞧。不做事的人不僅永遠正確，而且還可以享受「事後諸葛」評頭品足的快樂和自我沉醉。近代曾國藩、李鴻章都是做實事的人，但都承受許多恥辱、罪名。曾氏晚年到天津處理教案，這是苦差事，但又是倒霉事，最後把他累死了，還讓他揹上一身罵名。做了實事好像是做了壞事，哪能比得上不做實事的人，既清閒又清明。

【二六八】

中國當代作家周實寫了一部小說，名叫《刀俎之間》。隱喻專制的權力如同切刀，而民眾如同切板，沒有切板，切刀就無能為力。切板雖然一直被切刀剁着、摧殘着，卻偏偏又是切刀的共謀。在切刀與切板之間被剁碎的生命，固然死於切刀，但切板也有責任。具有奴才心態的知識人和民眾，一面受壓迫，一面又是專制的基礎。歷代類似秦始皇的暴君都是其臣民製造的。專制建立在人性的弱點之上，倘若暴君治下的臣民意識不到自己也是俎的一部份，是切刀的共犯，這切刀恐怕是要永遠切下去的。

【二六九】

包括帝王在內的中國強者，他們的「強大」，均表現在打擊對手與異端上，特別是在打擊域內的對手與異端，而不是表現在有足夠的內心力量承擔責任，特別是承擔重大的歷史恥辱與歷史罪責。中國政治歷來都是替罪羊政治。帝王不敢承擔歷史罪責，就拿替罪羊開刀。這種移罪行為的背後乃是怯懦。而比皇帝更為怯懦是文人，他們寫史作傳，不敢碰皇帝的權威，卻把歷史罪過推到弱者身上，特別是女人身上，於是便有「女人禍水」之論。魯迅早就批評歷史論客們「大抵將敗亡的大罪，推在女性身上」，所以才能編出「妲己亡殷、西施沼吳、楊妃亂唐的那些古老話」。中國人對帝王只有恐懼，沒有衷心敬佩，大約正是看穿他們也是一些沒有內在力量的人。

【二七〇】

中國人還是了解中國人的。中國的統治者自己愛面子也知道其他中國人都愛面子；於是，執刑時便給「犯人」來個遊街示眾，先剝下其臉皮。這種辦法一直沿襲到當代，所不同的是，被示眾者還可以站在卡車上，比古代的囚車文明得多，而看客則與百年千年前一樣，均是看熱鬧，興高采烈，略帶一點恐懼。就不知有多少人看到卡車上被示眾的老頭老太太而想到自己的父親母親倘若也有如此遭遇會怎樣？更不知有多少人看到被剝臉皮的年輕人會想到自己的兄弟。中國人是遊街示眾的永遠的好看客，永遠的好觀眾。從來如此這般，以後大約也是如此這般。

【二七一】

文死諫，武死戰，這是中國忠君志士的老傳統。儘管諫時均有安全系數的考慮，但敢諫總比不敢好，因此宮廷中的諫士還是受敬重的。中國現代文化本來應當是自由文化，但是因為沒有自由，所以諫文化仍然變個樣子存在着。一九五七年許多「右派分子」，其實是忠誠的大小諫士，但還是被打成階級敵人，於是諫士愈來愈稀罕，當下倘若出現諫士諫文，就會被炒作，被鼓噪，被拔高，甚至會被誇張為「大師」。如此現象，不能怪諫士，只能怪專制。

【二七二】

《一個人的聖經》寫出了人內心最隱秘的東西，羞恥，屈辱，卑微，脆弱，恐懼等，然後又昇華到對人的尊嚴的呼喚。在瘋狂的政治風暴中，一切都被摧毀了，不僅摧毀了文化，而且毀滅人性底層最後的基本原素，包括夫妻相互信賴的原素。最親密的人和不共戴天的仇敵，轉換只在一念之間，親情毀滅也只在一念之中。家庭，生存最後的一個避難所也毀滅了。這種生存困境不是一般的困境，而是絕對無法活下去的困境。在重壓之下，小說的主人公，一個脆弱、文雅、生長在溫柔之鄉的生命竟然跳了出來，跳到桌子上去造反，變成「跳樑小丑」。他的故事說明：人在恐懼中為了保持自己的生存，很快就會改變自己的身體，自己的語言，完全變成另一個連自己也不認識的陌生人。

【二七三】

在中國，誰有權勢，誰就門庭若市，忙得不得了。縣城、省城、京城權勢者的門庭尤其忙，沾親帶故或不沾親帶故的皆來求見拜訪。來訪者太多，權勢者能否親自「出面」便成了一件要事。門庭難以納眾，就不能不端起架子。一拿架子就招來許多是非物議。所以最好是乾脆當大官，混上大權勢者，住在宰相府裏或親王總督府裏，門庭變成兵勇守衛的大堡壘，既威風又寧靜。可是權勢者一旦失去了權勢，門庭的風景就會立即改觀，今天烏紗帽落地，明天門庭立即冷落冷清，其速度之快又讓權勢者們感到不習慣甚至寒心，因此他們也常有世態炎涼的感慨。

【二七四】

所有的人都死了，只有一個人活着；所有的頭腦都僵硬了，只有一個人的頭腦活動着；所有的故事都消失了，只剩下一個人的故事；所有的語言都變得多餘了，只剩下一個人的語言；所有的歌聲都被驅逐了，只剩下一個人的頌歌。我的青年時代就生活在這樣一個怪誕的時代。所以才渴望復活，渴望思想，渴望說自己的話和唱自己的歌，渴望擁有屬於自身生命的故事。

【二七五】

中國文化經歷過許多浩劫，但是，摧殘中國文化最厲害的並不是外國人，而是中國人。外國人也有八國聯軍火燒圓明園的記錄，但與文化大革命中中國人在「除四舊」的名義下大規模的自我掃蕩相比，真是小巫見大巫。從秦始皇焚書坑儒到項羽燒阿房宮一直到當代紅衛兵洗劫各地寺廟、古蹟以至把文化載體——知識分子統統趕進牛棚，都說明摧殘中國文化最烈的乃是中國自己的暴君、暴將與暴民。在文化上，中國似乎從來沒有感到外來力量的威脅，真正構成巨大威脅的，倒是自己。這真是驚人的錯位。

【二七六】

迷戀一種角色，刻意把自己打扮得很有知識學問，是當代一些華人作家所做的傻事。其實，文學是生命的事業，不是知識的事業。作家不是學問家，作家非學者化是正常的。非學者化即非頭腦化，用頭腦創作而不用生命創作絕不是一流作家。莊子寫出那麼漂亮的千古文章，並沒有讀太多的書。陶潛也說自己讀書總是「不求甚解」。賣弄知識的人，常常被觀念帶到「不知去向」的地方，這還不如用一份誠實去擁抱生活，感悟人生。

【二七七】

群眾，這個大概念一直伴隨着大陸幾代人的生活。群眾自然是應當尊重的，但依靠群眾卻有危險。群眾是最容易情緒化的大群體，他們通常只管「生氣」，不管辦成辦不成事。群眾運動也可稱「出氣運動」，雖是大氣磅礡，但磅礡過後卻甚麼事也辦不成。近代史上的義和團運動，其實只是出氣運動，真到戰場上與帝國主義作戰，卻一敗塗地。慈禧「依靠」了一回群眾，結果是狼狽逃竄，差些喪了老命。

【二七八】

中國知識者的文化，一面是道德文化，一面是功名文化。後一種又可稱為實利文化。「五四」批判了舊道德，這當然好，但新道德則一片混亂。功名實利文化在西方邏輯文化的支持下，走向精密與「理性」。於是中國知識者由此聰明到極點，對仕途、前途的算計絕對準確。怎樣炒作幾篇論文幾部集子，然後怎樣走上文壇，然後怎樣走上半文壇半政壇的創作機構和學術機構，然後怎樣讓作品拍上電影，讓論文登上龍門，並在中央政壇機構上掛個「委員」、「代表」名字，然後爬上社會塔尖，一步一步，都準確無誤，功名的計量化與準確化，是現代功名文化的特點。

【二七九】

「幸災樂禍」這四個字，最能説明中國人的文化心理。把他人的災難和痛苦作為觀賞對象，並從他人的苦難中得到快樂與心理滿足，這是怪異的，然而，在中國卻是平常事。文化大革命時一部份人被鞭打，被遊行示眾，痛苦得不得了，另一部份則在享受「盛大節日」，高興得不得了。這種心理缺乏一種機制：不會把他人的痛苦轉變成自己的痛苦。當年魯迅特別憎惡那些觀看同胞殺頭的中國人，他們覺得看槍斃不過癮，要看砍頭才有趣。倘若犯人臨行前有阿Q式的大喊一聲的表演，更要喝彩一番，這種血腥似的自私，也證明中國人缺少某種心理功能。

【二八〇】

人群固然有熱氣，但也有毒氣。人群相聚，總愛褒此抑彼，對他人評頭品足。在繁華城市的飯局上，一面有菜飯的香味，一面也有相互攀比的世俗臭味。聽到高升發財的故事，聽到飛黃騰達的傳說，飯菜頓時變味。其實，不是物質變味，而是心裏中了毒。處於大自然之中或孤獨狀態之中，其好處正是可以迴避人群功名利祿毒氣的薰染。所以，簡化人際關係，擴大和自然宇宙的關係，真有益於靈魂的健康。

【二八一】

關懷天下，對於一部份人是關懷權力，對於另一部份人是關懷蒼生。知識人天然地屬於後者。賈誼和皇帝會面後感慨王者「不問蒼生問鬼神」，皇帝關心鬼神其實是關心自己的權力。以「修身、齊家、治國、平天下」為己任的儒生，他們所關注的天下固然也有蒼生，可惜多半也是帝王的權力，並非老百姓的「生命個體」，所以總是不顧生靈塗炭支持帝王去打天下，充當所謂「王者師」。王者師的關懷，多半是權力關懷，少有蒼生關懷。

【二八二】

莎士比亞的《威尼斯商人》，刻劃了一個夏洛克。這個猶太族商人，極為精明，又極為刻薄，但他卻遵守商場遊戲規則。契約上規定贏了要割仇家腿上一磅肉，就是一磅肉。踐約時對手抓住他的特點，說割切時倘若你多一分或少一分都是違反契約，他就沒辦法了。中國人不是夏洛克，而是韋小寶。韋小寶沒有夏洛克的刻薄，卻比夏洛克精明。最致命的是他沒有夏洛克的契約觀念，卻滿身滿腹是生存小技巧。將來中國的商場，寧可要夏洛克，也不要韋小寶。這個小寶，肯定要瓦解掉商場的所有遊戲規則。

【二八三】

文化大革命的可怕，不在於它製造一個實際上的人間地獄，而在於它把每個人的心靈都變成一座地獄，這便是心獄。仇恨的大火，暴力的滾石，猜忌的洪水，編織謊言的焦灼，流氓痞子的細毒，充塞在心獄之中。那時代的人，手上揮舞的是紅色的旗子，心中卻是一片大黑暗。這個時候，整個民族面臨死亡深淵，每個生命個體也都面臨死亡深淵。正是在這個意義上，它才真正是一場浩劫，一場把心靈推向末日黑暗的浩劫。

【二八四】

大國不一定就大方，就大度，就大氣。大國擁有大江大河大草原，山川有大氣，但人卻未必有大氣。大氣是內在寬容度，是內在氣魄。文化大革命規模空前，表面上大氣磅礴，但那是外在幻象，內裏卻是心胸狹窄，每天都在計算他人的「罪惡」與「過失」，連一個字也不放過。許多將軍元帥立下豐功偉績，卻不容許他們有一點誤差。連彭德懷也活活屈死。器量之小，令人吃驚。國家一旦小氣，百姓就得吃盡苦頭，思想也就沒有存身之所。

【二八五】

高行健劇作《山海經》中的英雄后羿，開始被民眾捧為「大王」，十日當空、禾苗枯焦時，民眾需要他，就高呼「偉大的后羿呵，神聖的后羿」，「我們子子孫孫是你的奴僕，你的子孫」，捧后羿為神、為父、為偉大救星。一旦后羿射落九個太陽（還誅鑿齒、殺九嬰、繳大風、射猰貐、斷修蛇、禽封豨）之後，天庭震怒，準備懲罰他，民眾見大勢不妙，立即疏遠他。就在嫦娥奔月的夜晚，僅僅因為后羿的一聲埋怨，民眾就趁他不備用「亂棒將后羿打死」。此時后羿在眾人眼裏，頃刻從救星變為災星，從英雄變成仇敵，從頂天立地的大丈夫變為被天地人所不容的流浪漢。后羿的命運，是救星→孤獨者→罪人的命運，而民眾的命運則是永遠正確的英雄謳歌者與英雄審判者，需要英雄時，獻給英雄以頌歌；不需要英雄時，獻給英雄以亂棒。古往今來，英雄的悲劇與民眾的喜劇總是相連着的。

【二八六】

以往只知道有「佔山為王」者，後來又知道還有「佔心為王」者。現在的帝王比古代帝王更聰明，他們不但要佔領江山土地，而且還要佔領人的心靈與情感，所以便想出交心運動，對心靈實行專政。在故國的六、七十年代，我惶惶不可終日，雖未被專政，但內心空間全被堵塞，那時才意識到，心靈已被王者的各種觀念所佔據，心靈的自由早已被剝奪。王者的進化，是王者從對江山的佔有發展到對人的佔有，又從對人的局部佔有，發展到對人的整體佔有。佔有的徹底性，是現代帝王的統治極致。

【二八七】

人的脆弱，不僅在於易受權力、金錢所左右，還在於易受風氣、潮流、多數、組織、團夥所左右。權力、金錢都帶誘惑性，它的磁性能對人的慾望起致命作用。而風氣、潮流等也有磁性，也有誘惑力，歸根結柢，也是對慾望發生作用。無論是政治風氣還是市場風氣，都給人展示浮到社會上層的可能性。晚清出了和珅，驚動全國，但薛福成認為這只是風氣使然，不必大驚小怪，那時的風氣是無官不貪，能戰勝慾望的很少。卓越的人物總是站在風氣與潮流之外，也總是能從群體的有毒機體上剝離下來的生命。

【二八八】

當今社會有一種無形的瘟疫正在大陸蔓延，這就是流氓瘟疫。流氓正在發展成一種風氣，一種邏輯，一種爭得話語英雄的策略。流氓本是反正常的生活邏輯，現在卻變成生活中一種必須的邏輯，愈流氓，活得愈好。激進的流氓活得更好。現今的刊物太多，沒有銷路，它們就利用流氓激進派發狠話，踐踏卓越的作家學者。結果學術刊物也落入流氓邏輯。流氓沒有敬畏，沒有心靈原則。流氓對政府也批判，立場可能最為激烈，但其批判不是基於信仰和信念，而是基於生存策略。他們知道有「狠話」才有刺激，才有市場效應。

【二八九】

「人怕出名豬怕壯」，不在於人出了名就被媒體與大眾所包圍而失去時間。最可怕是，出名之後會中名聲的毒，使你產生各種幻覺。一旦生活在幻覺之中，就不知道自己的位置，也不知道如何繼續往前走。今天的名人多半生活在幻覺中，權威的幻覺，領袖的幻覺，經典的幻覺，不朽的幻覺，第一才子的幻覺，等等。魯迅當年發現了「商定的文豪」，商定的經典，今天卻有很多「自定的文豪」和「自定的經典」，這些自定者小有名氣，便生活在文豪的虛妄的幻覺之中，於是，名人變成了妄人。

【二九〇】

制度的黑暗與人心的黑暗是互動互補的。從古到今都是如此。制度的專橫使人不敢說真話，失去誠實；使人長滿心機，失去率真；使人只顧自保，失去善良。而人心的虛偽、兇殘、自私、貪婪，又使專制的黑暗加深加濃。專制就建立在人心的黑暗之上。人心愈是陷入自私，制度就愈是腐敗；制度愈是腐敗，人心就愈是失去制約力而更加為所欲為。反之，制度的透明會影響人心的透明，而人心的透明又會迫使制度透明。制度透明與人心透明也是互動互補的。

【二九一】

人是何等脆弱，只有誠實的人才能確認。因為脆弱，力量有限，所以救世主不可能由人承擔。人只能聽從內心的呼喚與神的感召，進行自救。有了這種認識，可減少很多虛妄，避免成為妄人；也可減少很多煩惱，避免絕望；人生的快樂與這種人性的認知關係極大。持久的真的快樂不可能從謊言與幻覺中獲得，只能從真實的內心中獲得。陶淵明的詩中有一種衷心的喜悅，一種得救得大自由的快樂，這全得益於他找到真實的處所和毫不誇大自己的真實的自身。

【二九二】

在慘烈的戰爭中，總是可以看到一些人英勇奮戰，身上佈滿刀痕與彈痕；一些人驚慌失措，眼裏充斥恐懼與絕望；還有一些人則溜進剛剛息火的戰場，拚命尋找戰士屍體上的錢財。最後這一沙場景象，讓人想到這世界總是一方在流血，一方在吸血；一方在埋頭苦幹，一方在巧取豪奪；一方在赴湯蹈火，一方在趁火打劫；一方在為真理上下求索，一方在為金錢與權力卑劣地翻雲覆雨，用盡心機。

【二九三】

知識分子不幸的是寫了一些文章和書籍便產生幻覺，以為自己是大師，是經典，是超人。而一旦產生大師經典幻覺，接着就進入權力系統，吆喝學生，揮斥同行，踐踏默默的修道者與修書者。武功強會使人走火入魔，文功強也會使人走火入魔。歐陽鋒煉功煉到最後是雙腳朝天用頭走路，完全神魂顛倒，不知天上地下，人文江湖中的歐陽鋒，也是如此不知天高地厚，一成文章強人，即成人間妄人。

【二一九四】

把所有的罪責都推到失敗者身上，這是中國人的一種非常陰暗的文化心理。所謂「成者為王，敗者為寇」，不僅是事實的描述，而且是心理的描述。凡失敗者皆為盜賊。六、七十年代，劉少奇一被打倒，舉國都把罪責推到他的身上，連六十年代初沒有飯吃也是他的罪惡。林彪在世時，舉國天天祝他「身體永遠健康」，一旦倒下，則是舉國詛咒他「永世不得翻身」。二十四史都是勝利者修編的史，所以那種短命的、來不及修史的失敗皇帝（如隋煬帝）便變成大壞蛋，所有的髒水都潑到他的身上。殷紂王也如此，他本是一個大力士，且又多情，但他失敗了，所以被罵了二、三千年。一代代的痛罵者，彷彿舉着光明火炬，實際上心裏卻很勢利。

【二一九五】

大愛者無須自衛。佛陀與基督無須自衛。他們沒有敵人，也相信自己不可能成為他者的敵人，甚至相信那些誤認為自己為敵人的人最終能發覺自己並非敵人。大愛者以「無為」與「時間」這兩樣看不見的力量化解敵人並拒絕一切暴力。他們理解天理天道，知道無謂的殺戮最後的結果是甚麼。倒是基督與佛陀的對手，天天緊繃一根弦。哪怕是幾乎一統天下的羅馬帝國，神經也很脆弱。

【二一九六】

賭場、妓院全都建立在人性的弱點之上，皇帝的專制權力也是建立在人性的弱點之上。人性普遍黑暗之後，誰也不敢仗義執言，專制一定固若金湯。財場有賭場慣性，愈贏愈想贏，愈輸愈想挽回敗局，結果是愈賭愈陷入危機。在賭場中最能看清自己有多少慾望，多少理性，有多少自制力，有怎樣的心態。宮廷也有宮廷慣性，寶座愈坐愈有滋味。所有的臣子都想升官封侯，皇帝就利用這一人性弱點把他們變成奴才，以建立自己的絕對權力與絕對威嚴。

【二九七】

古代著書立說必須用竹簡，很不方便。與此相應，在竹簡上說廢話也不方便。紙張和印刷術發明之後，寫文章方便得多，廢話也多了起來，但紙墨畢竟有限，人們還是注意言簡意賅。到了現代，電腦發明，排字印刷術飛速發展，話語立即可以化為文字，出版物便到處氾濫。可惜，以往是書籍少，但思想不少；而現在卻是言論文章如江河傾瀉，而思想卻十分蒼白。在汗牛充棟的出版物背後，我們可以發現今天恰恰是一個思想最少、廢話最多的淺薄時代。

【二九八】

文化大革命中，中國的青少年多半還不滿二十歲，但都對拉山頭特別感興趣。一拉起山頭，自己便是寨主，便可以吆喝一群「戰友」，指揮一群傀儡。倘若有幾十個或幾百個人，就稱「兵團」，領頭的就自封「司令」。上世紀六、七十年代的中國，恐怕有十萬個司令，青少年時代就有「寨主」心態，大小皇帝心態。難怪這些人一旦轉入「學術」，個個都想組織「協會」，並想當個「主席」或「秘書長」，沒有山頭，就活得不自在。可惜，領袖情結是學術與文學創作的致命敵人。領袖追逐的是多數的擁戴，思想者追求的則是突破多數的深度與發現，其命運注定是孤獨的。

【二九九】

人的眼睛，包括知識分子的眼睛，最大的盲點是只能看到別人身上的黑暗而看不到自己身上的黑暗。揭露人間地獄時，看到這一地獄的各個層面，這自然是明亮的，但總是看不清自己身上的地獄。許多名人自我作傳時，也露出眼睛的局限，他們對自己身上的亮色看得很清楚，美點開掘得很充份，但對黑點卻看不清，也是自身缺陷的色盲。

【三〇〇】

功名心是在社會中滋長的，它不可能在大自然中滋生。大自然天生屹立於名利場的彼岸。人類幸而有大自然的調節，否則早已被功名利祿的慾望毀了。人類對大自然的保護，實際上是自我保護，是防止人類社會被燒焦的自我保護。說大自然是人類最可靠的朋友，是指它只能把人類導向生命的本真與本然，不會導向爭名奪利的泥濁世界。

【三〇一】

中國人總是以「立功、立德、立言」為座右銘，這本不錯，畢竟是志向與抱負。但是，不能太刻意，太刻意去立功，就會走向好大喜功；太刻意去立德，則導致虛偽。孝敬父母本也是一種德，但有了「孝廉」這種官銜後，便刻意去孝敬，結果便出現「舉孝廉，父別居」的現象。學雷鋒，做好事本也是德，但太刻意，規定每天做幾件並有記錄，這好事就變質；立言也不可太刻意，一刻意，就有腔調，更為糟糕的是，刻意創造經典，總是想到人們崇奉，結果便很快地變成教條。

【三〇二】

沒有信仰的生命是不完整的生命。比沒有愛情的生命更不完整。契訶夫說：「信仰是精神上的能力；動物是沒有信仰的，野蠻人和沒有開化的人有的只是恐懼和疑惑。只有高度發達的生物才能有信仰。」動物、野蠻人、未開化的人都有心臟，人也有心臟，但人因為有信仰，使心臟變為心靈。信仰不僅有對神的信仰，還有對真對善對美的信仰。有信仰才有敬畏。流氓的根本特點是沒有任何敬畏，因此，它雖屬人類範疇，卻又是一種不發達不完整的智能生物。

【三〇三】

課堂上教師孜孜不倦地教導學生要如何求真求善，而社會運動與生存競爭卻教孩子如何作假、作態，玩弄權術心術。五十年過去了，我們發現地表上增加了許多高樓大廈，卻又發現丟失了一種看不見的價值無量的東西，這就是人的尊嚴和它派生出來的謙卑與誠實。當今的中國，不僅男人愛說大話，連女人也愛吹牛皮，而且吹牛時總是琅琅上口，抑揚頓挫，一點也沒有心理障礙與舌頭障礙。

【三〇四】

中國人形而下的恐懼感幾乎充斥每個日子，怕沒飯吃，怕沒前途，怕丟烏紗帽，怕得罪長官與同事，怕「犯錯誤」和吃官司等等，然而，形而上的恐懼感卻幾乎沒有。俄狄浦斯王式的命運恐懼感，馬克白殺了鄧肯王之後的良心恐懼感，杜斯妥也夫斯基《罪與罰》主人公殺了高利貸者之後徘徊在犯罪與贖罪之間的恐懼感，全是靈魂的責問呼告。中國小說常有「被迫害者」的苦難遭遇，少有「迫害者」造成他人苦難的良心掙扎。因為掙扎的背後正是形而上的恐懼感，中國人徹底唯物之後，形而上恐懼感更是全然消失了。

【三〇五】

中國知識分子埋頭苦讀，一心想當「王者師」，這既可為王盡忠，也可榮宗耀祖，並且可以滿足虛榮的野心。可惜一旦到了皇帝身邊，乃至當了宰相，卻總是不敢也不能批評皇帝。中國歷史上的王者謀士，阿諛奉承拍馬的居多，因此，多數王者師實際上是「王者奴」，只是高級的奴才而已。今天的中國沒有皇帝，但知識分子們仍有「王者師」的情結，可惜總是不敢直言，不敢批評最高指示，骨子裏仍然是王者奴。

【三〇六】

欺負活人已不道德，欺負死人更不道德。文化大革命中批鬥「名、洋、古」，許多古人洋人都是死人。古人不合時宜的思想可以批判，但人格不可污辱，雖然他們已進入墳墓，但仍有人格的尊嚴。卓越人物的偉大人格永遠在墳墓之外屹立着。批判孔子的思想，本無可非議，但批孔運動中，把孔子硬說成「大壞蛋」、「巧偽人」，則是欺負。死人開不了口，對任何攻擊都不能答辯，而活人藉着死人永遠的沉默而大加撻伐，羅列罪名，這就是欺負死人了。近年來讀了一些文章，欺負已經去世的錢穆等先生，竟然還得到「海內外」的捧場。

【三〇七】

流氓常常表現得很激烈，很激憤，常常要拔高腔，唱高調，甚至會表現得很義氣，很勇敢，可是骨子裏卻很怯弱。流氓一旦被送入牢房，多半經不住挨打，壓力一下，就會把五腑六臟全端出來，理由是「專制者無恥，我可以比他們更無恥」。這一理由，是所有流氓國的共同綱領。人的骨骼是靠心靈原則支撐的，毫無心靈原則的流氓自然是撐不住人的精神脊樑。

【三〇八】

知識者往往有一個大錯覺，以為歷史是語言寫成的。語言所建構的史書，只是史書作者所講述的故事，並非真的歷史。歷史是生命的鮮血、汗水、眼淚、智慧、情感和事件寫成的。無數創造歷史的偉大人物與平常百姓，都沒有留下語言文字，但是他們的生命修為與生命獻予卻是歷史的主幹與主流。生命重於語言，生命大於語言，這才是歷史的真實。當今學人熱中於寫思想史、文化史、小說史，互相抄襲，不斷重複，其原因也是誤認為歷史是筆下構成的。

【三〇九】

權勢者很熱中於顯耀權力，連砍頭也要用來「示眾」，以製造一種權力景觀。把血跡斑斑的人頭掛在城頭，對於權勢者是顯耀，對於老百姓是威懾，是警示，可是老百姓也喜歡欣賞城頭景觀。自私到骨子裏的觀眾雖讀不懂「權力話語」，卻懂得感官刺激和慶幸自己的安全。文化大革命中，到處都有遊街示眾的景觀，這是比監獄的權力景觀更有威懾性的「革命壯觀」。待到有一天，中國人能把這類權力景觀視為恥辱，中國就真有大進步。

【三一〇】

作文與做人的根本區別，大約是作文可講策略，而做人不可講策略。所謂「寫作技巧」、「文本策略」都是寫作者所必須的。文章中的曲說、隱喻、迂迴、通感等是理所當然的。但是，做人一講策略、技巧，就產生心機、心術、心計，就失去天真、正直與善良。年歲愈大，知識愈多，做人的技巧、策略也就愈多愈複雜，離人的本真本然就愈遠。有些老年人被稱為「老狐狸」，就是做人的策略發展到十分成熟精緻。中國的技術並不發達，許多先進技術是進口的，但心術卻是天下第一，而且正在不斷出口。

【三一一】

用頭腦去反思反省固然需要，但不如用眼睛實實在在地看一看自己。魯迅呼喚人們「睜開眼看」，是正視慘淡的人生，淋漓的鮮血，尚沒有呼喚人們睜開眼看看自己。如果用誠實的眼睛看看自己，就知道人性多麼脆弱，人性惡的根子多麼頑固。在平常的同質環境中，是一個好學生，一個乖孩子，可是一進入文化大革命的異質環境，就跟着發瘋發狂，都跟着說狠話，說鬼話，說大話。牙齒也磨得很犀利，時刻準備着吃「反動派」的肉，真像狼虎，不像人。眼睛才是致命的反省器。

【三一二】

中國急速城市化之後，社會與人也迅速變質，於是，便流傳起這樣的話：男人有錢就變壞，女人變壞就有錢。這是真的，男人一有錢，就胡來，就濫吃，就濫賭，就嫖娼，就破壞法律原則與心靈原則。而女人一旦敢於出賣色相，出賣身體，出賣做人的尊嚴就會富起來。社會一旦變成金錢開動的機器，所謂成功者，其命運既是變富的命運，也是變壞的命運。金錢對人的殘酷無情，就在這裏。

【三一三】

說人與人難以相通，並非說身體與身體難以相通，而是心靈與心靈難以相通。動物的身體可以相通，所以才有繁衍。但動物沒有心靈，更沒有心靈的交流。原始人早就能夠性交，這是身體的相通，並非心的交匯。現代人「同床異夢」者很多。「同床」乃是身體的相通，「異夢」，則是心靈難以相通。在性、情、靈三個生命層面上，性最易相通，情次之，靈最難。所謂知己，是在靈的層面上相通相惜的人。

【三一四】

文化大革命把中國變成瘋人院，從上到下，中國人全都變成瘋子，只是瘋狂的程度有所差別而已。文化大革命結束了，但在心理上並沒有結束，瘋狂的心態還在繼續。當年的紅衛兵的病毒性語言，還到處都是。當下的中國文化評論者，不僅很善於說大話，還很善於說狠話。除了眷戀自己，對誰都狠。今天偶讀幾本香港刊物，見到批判家們在批判高爾基、羅曼·羅蘭、巴金、冰心、錢鍾書、高行健，其狠話如同瘋話。仔細看看，方明白文化大革命要在心理上、語言上結束，還要許多年月。

【三一五】

為了滿足為王為帝的心態，當不了皇帝，就想當教主，當精神領袖，當無冕之王，當博士導師，讓民眾與學生視自己為另一類帝王。等而下之，就自立門戶、自樹旗幟，自造山頭，當「主編」、「主席」，再等而下之，就在家裏當老爺、當「婆婆」。中國俗話說，「十年媳婦熬成婆，無婆不苛。」這婆婆也是王。洪秀全開始只封「東王」、「西王」、「北王」、「翼王」等，到了後來是連管一個廚房的頭頭也稱為王，他自己當了皇帝，也滿足屬下的為王的虛榮心態。所有的人都是王。

【三一六】

曾走到苦難的最深處，這個深處，不是肉體受盡折磨，不是但丁地獄裏那種熱湯與冷雪的煎熬，而是心靈飽受語言的轟炸。語言骯髒而暴烈，人類發明的惡毒概念，全投入一顆未經世面的脆弱的心裏。顫慄着，呻吟着，但沒有人看見顫慄，沒有人聽到呻吟。那一時刻，我渴求捱打，渴求流放，渴求死亡，渴求逃離概念的襲擊。有了此次苦難深處的體驗，我再也不看重目標，而是看重手段。我不相信一切使用語言暴力的人所宣稱的偉大目的。

【三一七】

專制的感官都是有問題的，其聽覺、嗅覺、知覺都有問題。專制者不是通過自己的眼睛和自己的耳朵去發現社會和感知社會，而是靠秘密警察和包圍在身邊的親信了解社會。走狗的鼻子固然敏銳，但他們不會把聞到和見到的真情真相如實告訴主人，於是主人便變成瞎子與聾子。袁世凱以為洋人和國人都擁戴他當皇帝，心完全瞎了。而心瞎首先是因為眼瞎。他的兒子袁克定想當皇帝，排印假報紙給他看，他信以為真。袁世凱是感官系統先崩潰，然後才是建構一半的帝座的崩潰。

【三一八】

在《獨語天涯》中，我提到日本作家開高健先生寫了一篇老舍之死的小說，題為《玉碎》。近日又讀了趙復三先生悼念李慎之的文章，說李先生一生兩次「心碎」：一次是一九五七年，一次是一九八九年。老舍的自殺，表面上是身碎，實際上也是心碎。不是心碎，怎會走向絕望的深淵而憤然身碎？我看到過許多身碎者與心碎者，但不敢多想。想多了，倘若不會跟着心碎，也會從此心灰。有許多時刻，不免感到心灰。作為個人的性格與脾氣，要反抗心灰活下去的；但作為社會，是不是應當想想，你是怎樣粉碎那些正直的身軀與心靈的？面對那些身心的碎片，你真的感到心安理得嗎？

【三一九】

說人在進化，可是，人卻愈來愈不完整。除了過度的繁忙與緊張使人變形之外，政治的專制更是使人形神分裂，身心分裂，面孔與生命老是連不上。分裂的身心具有多副面孔，會上一副，會下一副；社會上一副，家庭裏一副；課堂內一副，課堂外一副；在中國一副，在美國一副。在中國罵美國，在美國罵中國；或口裏罵美國，而心裏又想美國。長此以往，就愈來愈見不到完整的人，只能見到人的一半，人的一角，人的一段；或只能見到人的一張皮，甚至幾張皮中的一小張。

【三二〇】

以往只知大罪有「株連」現象，或滅三族，或滅九族，或滅十族，均由皇帝定奪。生活在二十世紀，又知道現代社會還有黨派鬥爭的株連現象。中國國共兩黨的鬥爭就株連了許多無辜的站在中間立場的中國知識分子和只有文學立場的許多外國作家。文化大革命中兩個司令部的鬥爭，更是涉及無數書生。倘若不是黨派鬥爭，這些書生讀書、教書、寫文章，發表自己的看法，應當甚麼事也沒有，可是，大革命潮流卻牽連到所有的文字，所有的書籍。僅「人道主義」一項，被牽連的世界作家就有托爾斯泰、雨果、狄更斯等，批個人主義則牽連到拜倫、克爾凱郭爾、易卜生、愛默生等。

【三二一】

跟着大群體喊了大半輩子的「改造世界」和「解放全人類」，到頭來才知道連自己都改造不了和解放不了。人的本性根深蒂固，要改掉一點愛吃紅燒肉的壞習慣都很難，更不用說改造龐大的人世間。自己的身上有千捆萬縛，僅僅書上的概念就有數不清的鎖鏈和牢籠，跨出一步都要費盡心力。一個連自己都解放不了的人，怎麼去解放全人類。「偉大的空話」騙人，首先是騙自己。想到這一層，才知道啟蒙者不可居高臨下，只知憐憫與同情，不知謙卑與自審。

【三二二】

社會變質的徵象種種，最常見的是肩負人間最苦的重擔的工人農民沒法活，而流氓惡棍則活得特別自在。契訶夫手記中說：俄羅斯擁有廣闊的大平原，可是在原野上遊逛的卻是一群群壞蛋。另一常見的徵象是個人面對社會無法活，必須抱成團夥才能活，社會成了青幫紅幫黑幫的天堂。還有一種徵象更致命：講真話沒法活，講謊言才能活，於是，社會成了騙子的俱樂部和交易所。

【三二三】

人既經不起壓迫，也經不起誘惑；既經不起貧窮，也經不起富有；既經不起批評，也經不起讚揚；既經不起失敗，也經不起勝利；既經不起無愛的寂寞，也經不起愛的重擔。獅子、老虎、猩猩等野外居民，既經得起暴曬，又經得起雨打；沒有房屋帳篷，佳餚美食，卻長出強健的身軀；沒有任何盔甲劍戟，卻獨步於荒原大野之中。可是人受了一點苦，一點挫折，便呻吟，嘆息，撒嬌，怨怒，仇恨，甚至去跳河跳海。整部人類自殺史所宣示的真理，便是人是極為脆弱的生物，是最能享受又最怕艱苦的生物，又是最善於用各種面具包裹着恐懼的生物。

【三二四】

愛滋病到處都有，從非洲的南端到美洲的北端，從亞洲的泰國到歐洲的荷蘭，都有驚人的記錄。如今中國也有，而且蔓延得很快，所不同的是中國竟有一種特別的傳染方法，就是賣血。河南省揭露出來的賣血傳染事件讓人目瞪口呆。一天可賣兩三次血，針頭用過可以不換，縣官可以提出「若要奔小康，就去賣血漿」的口號，均是中國的特產。貧窮可怕，擺脫貧窮的手段、口號更加可怕。「全息論」從一滴血知全身，而我們從一個賣血的故事，真可知道大半個中原大地的整個血脈。

【三二五】

從黑暗的山洞裏走出來，自然更珍惜光明；從鐵牢與鐵窗裏走出來，自然也更了解自由的價值。但不是每個人都如此。知道山洞的黑暗與鐵牢的殘酷之後也可能因此而特別害怕黑暗與鐵牢，心有餘悸足以使人的肝膽癱瘓。鐵牢生產鐵漢，也生產膽小鬼。黑洞生產爭取光明的戰士，也生產被黑暗同化的黑暗生物。專制權力下的人性沉淪者與人心黑暗者特別多，便是黑暗同化力的明證。

【三二六】

讀完魯迅的《祝福》，不禁要問，是誰造成祥林嫂的死亡？是封建制度？是封建意識？是魯四老爺？是魯四嫂子？是告訴她死後會有「兩個死鬼男人爭」，閻羅大王只好「把你鋸開來，分給他們」的柳媽？

都是又都不是。沒有一個具體的兇手，但所有的人又都是兇手。柳媽也是個社會底層的奴隸，但她也造成祥林嫂的死亡，閻羅大王還沒有拿出鋸子，她觀念中的鋸子就先帶給祥林嫂致命的恐懼。身未死，心已先被消滅。中國人是專制制度、專制意識的受害者，又是這一制度永恆的共謀與共犯，可惜自己常常不知道。柳媽是好心人，又是把祥林嫂推向死亡的好事者，可惜她不知道。

【三二七】

「五四」新文化是在對傳統的造反中草創的，因此，一開始就帶着草莽味。近百年來，中國知識界充滿着草莽的衝動。創造社中的成仿吾，被稱為「李逵」。李逵的作風便是「不分皂白，一律砍去」的草莽作風，這種作風發展到六十年代便是「橫掃一切」。草莽中有俠義精神，也有流氓精神。「俠義」一旦不靈，便剩下流氓。「五四」時期，北京大學校園子多草莽精神，清華大學則沒有，他們除了留下「獨立之人格，自由之精神」外，還留下結結實實的精神遺產。可是，這個大時代只有草莽和半草莽才能活，純粹的學者卻很難活，結果王國維這種文雅的天才投湖自殺了。

【三二八】

人被閹了之後，心理必定不健康。許多太監酸勁特別大，一旦掌握了權力，慾望比正常人還強烈。政治運動閹割人的精神之後，總是要造成大量的精神病態。被迫害者往往變成「補償狂」，要求物色、女色來補償。中國當代作家張賢亮的小說《綠化樹》與《男人的一半是女人》，其男主角就是補償狂。這種狂人犯的是被迫害綜合症，人不僅失去社會性，而且失去生物性，雙重被閹也雙向尋求補償。尋求補償，把自己當作債主，常有高利貸者的貪婪。

【三二九】

一個國家不能侵犯另一個國家，這種國家主權觀念已經成為「常識」。但是一個人不能侵犯另一個人的精神主權和心靈主權，卻不能成為社會的「共識」。尤其是中國，這種侵犯是「常事」。因為是父親，就可以剝奪兒女選擇的權利；因為是師長，就可以侵犯學生思索的自由；因為是長官，就可以強制下屬匯報思想，打破其獨立的精神生活。所謂奴隸，就是放棄一切精神主權的人；所謂主子，就是隨意踐踏他人精神主權的人。當今的中國，到處都可見到心靈主權的侵略者與剝奪者。

【三三〇】

「槍打出頭鳥」，不僅是一種爭鬥策略，對於中國人來說，這又是一種心理病症。誰傑出，誰出類拔萃，誰是佼佼者，就打誰。這種行為背後是對傑出者、成功者的嫉妒心理。中國人並不認為嫉妒是罪惡，頂多只承認是缺點。其嫉妒心發展到今天，不僅舉世無雙，而且根深蒂固。中國的英雄許多是劫富濟貧的英雄。他們的「造反有理」，是與他們的「財富有罪」的觀念連在一起的。明目張膽搶劫他人的財富，還覺得是天經地義的好漢行為。劫富濟貧的造反者，其心理根源是對有錢人的嫉妒。把有錢人統統打倒，嫉妒心理便得到最大滿足。中國人不僅嫉妒有財者，而且嫉妒有才者。高行健獲得諾貝爾獎之前，誰也不得罪；獲獎之後，則幾乎得罪了所有名作家名學者。

【三三一】

古代儒者，本是學者，但一心想當王者師，忙於通過帝王（或依附帝王）建立他們的道德王國或直接為帝王出謀劃策，遊說於諸國之間，這就使學問進入權力鬥爭系統，學術變成權術，學士變成術士。當今儒者進入權力系統而成為謀士，而在權力系統門外的，除了自己著書立說之外，還很講究做人謀略策略，一面寫文章，一面攻擊前輩與同行，其大話與英雄氣概，貌似直率，其實是踐踏他人、抬高自身的一種「術」。生存策略一流行，「學術」就會變質為「術學」。

【三三二】

魯迅筆下的孔乙己，是一個無助的靈魂。他被社會拋棄，被社會嘲弄，還以自己從裏到外的傷痛被社會觀賞。他本是個知書識理的小知識者，只因為在人生路上，沒有穿過一道鬼門關（沒有考中舉人或秀才）而遭此下場。社會如果沒有別的出路，只有通過科舉做官這一條路，科舉就變成鬼門關。過關的是老爺，不能過關的就是孔乙己，被打斷了一條腿也沒有人理會的孔乙己。魯迅說祥林嫂是「被人們棄在塵芥堆中」的人，孔乙己就是這樣的人。能登上榜的是一條龍，不能登上榜的是一粒塵芥。塵芥的價值只是用自己的悲哀供大家去咀嚼。中國的名利場何等凶險，孔乙己告訴你一切。

【三三三】

清乾隆時代著名的貪官和珅，是個過目成誦、極端聰明的人，但他當了二十多年的大官，累積的財產竟有田產八十萬畝，當舖七十五座，銀號四十二座，赤金五百八十両，金元寶一千個，銀元寶一千個，古玩舖十三座，玉器庫、綢緞庫、洋貨庫各二間，估計財產總額達八億両，相當國家三十年稅收總額的半數。這個數字啟示我們：人的慾望是個無底的深淵。和珅被嘉慶賜死時年僅四十九歲，倘若他不被處置，繼續當官，貪污的數字還會更加龐大，這又說明：慾望的深淵不可能被填滿，只能等待新的權力與金錢繼續填充。這就是惡的無限。叔本華所說的人生悲劇，就是慾望永遠等待補充、等待新的注入的悲劇。

【三三四】

在中國，「假大空」是很容易成為英雄的。當年暢銷小說的主人公「高大全」，與其說是完美的英雄，不如說是空頭英雄。與此相反，做了實事的人卻很容易揹上罵名。在近代，外交史上，做了最多實事但又揹上最多罵名的是李鴻章。他到日本去講和，忍辱負重，直到子彈打在他身上，日本才肯妥協簽約，可是回國後，舉國都罵他。其實不是他的錯，而是國家的錯。他替國家承受恥辱。中國人太聰明，所有的人都不肯承擔恥辱，便把恥辱往一個倒霉的、做實事的人身上推。梁啟超寫數萬言的《李鴻章傳》，為一個倒霉的做實事的人仗義執言。梁啟超超越了黨派的眼光，用「做實事」的尺度評量歷史人物，這是正確的尺度。老子在《道德經》中說，君子應「受國之垢」——即承擔國家恥辱，李鴻章正是這樣的人。

【三三五】

政治家們面對成堆的社會問題會感慨「積重難返」，而思想家與文學家則會感慨中國文化心理的「積重難返」。兩千多年在中國人心中積澱的污垢太重，民族集體無意識受了太多的創傷，於是，形成賈母文化，形成阿Q性格，形成牛二潑皮脾氣，形成李逵「排頭砍去」的造反脾氣，形成把一切外來先進事物都變形變質的黑染缸，這種集體無意識世界的「積重」才是最難改變的。制度的更新，是幾年幾十年的事，但集體無意識的改變，則不知需要多少代人的時光。魯迅的悲觀，就是看到這一層的積重難返。

【三三六】

當今有些「反專制」的知識者，其專制人格真讓人害怕。他們使用的語言充滿暴力，其武斷、獨斷、專斷和不講理，令人目瞪口呆。對於他們，其實首先不應當是反專制，而應當是反其被專制所毒害的自身。或者說，首先不是去療治專制，而是療治專制在自己身上留下的病毒。現代的激進革命論者，往往都是專制制度的帶菌者，倘若他們革命成功，肯定也是暴君，肯定照樣是實行專制，只是口號與名目有所變更而已。幾千年連綿不斷的專制病菌，進入中華民族的骨髓，破壞了健康的集體無意識，使專制者與反專制者的文化心理竟然異形同構，內裏都是唯我獨尊的虐待狂。

【三三七】

暴力有簡單暴力與複雜暴力之分。殺戮、戰爭、用刀槍斧鉞消滅肉體，都屬簡單暴力。用語言摧殘人的心靈，則屬複雜暴力。這不是粗野的對罵，而是比刀槍還犀利的語言「攻心」。中國的政治運動與文化大革命，有簡單暴力，但主要的手段是複雜暴力。人類社會中出現過各種形式的「心靈專政」，從宗教法庭到政治法庭，形式不同，但都使用同一種武器，這就是複雜暴力。史學、哲學、詩、散文都曾進入過複雜暴力的共犯結構，參與過對人類心靈的無情打擊。許多中國詩人的詩歌力度，其實是詩歌的暴力度。

【三三八】

孫中山講「民族主義」時是有理想的，有信仰的，那是共和與自由的信仰。今日激進論者，講民族主義都是一種生存手段，其要義是通過一個大群體來放大自我，以掩飾自我的怯懦與卑微。愈是怯懦與自卑，愈是把群體放大。倘若把民族主義當成治療心理不平衡的藥方，那麼，心理愈是怯懦，愈是需要把民族群體放大的。有人說他們是民族自大狂，其實是自我放大狂，與那個被描述的「民族」、「國家」並無太大關係。

【三三九】

中國人在單獨存在的時候，還是很有力量的，尤其是想到自強不息即要靠自己的肩膀而不靠上帝的肩膀的時候。可是兩個人在一起時便開始彼此消耗口舌，到了三個人在一起的時候，往往就出問題，所謂「三個和尚沒水喝」，並非戲言。倘若十個人在一起，就更難辦，中國語言中的「扯皮」、「內耗」、「互相拆台」等現象就開始發生了。此時往往不是一加二等於三，而是一加二等於一，甚至等於零。善於內鬥，一直是中國人的長處。所以二十世紀在中國土地上的戰爭，最「壯觀」的還是打得天昏地黑血流成河的內戰。

輯七：浮華批判

【三四〇】

誰也不能給人類社會一個偉大的許諾。凡是這種許諾，都被證明是謊言。作出這種許諾的人都是企圖扮演上帝的人。上帝只有一個，它是否存在，尚有爭論，而第二個上帝肯定是假的。自從尼采宣佈上帝死了之後，二十世紀的人類社會便產生許多妄想狂，這些妄想狂不僅以為自己掌握了終極真理，而且還為人類設計終極社會。最致命的是設計之後又急於實現「終極社會」那種大而無當的藍圖。於是，妄想便化為妄行、妄為、妄動、妄進，許諾變成了災難。二十世紀可說是妄想狂欺騙人類折磨人類摧殘人類的瘋瘋癲癲的世紀。

【三四一】

誰料到，新世紀第二年的九月十一日，會有人搶奪客機撞碎舉世矚目的紐約摩天大樓；誰料到，這之前蘇聯與東歐的政權會如此雪崩似瓦解；誰料到，這之後又引發阿富汗戰爭與伊拉克戰爭；誰料到，一場薩斯的細菌弄到東方世界充滿恐慌。可見，科學家可以發現未發現的東西，但人文學者卻很難預知未來。以往對大同世界和其他烏托邦世界的預言，今天看來全是夢幻。預言家變成謊言家，先知變成騙子。夢幻消失之後，人們才意識到，一切對未來社會的總體設計均極不可靠，可靠的只有在當下實實在在地工作與生活。

【三四二】

紐約突然停電十幾個小時，世界最大的城市頓時一片漆黑，連一向燦爛奪目的時代廣場也一片漆黑。電影、電視、電梯、電冰箱、廚房、工廠、機場一律停頓，最可怕的是地鐵，除了黑暗，還有酷熱與恐慌，人們驚叫着，摸索着地鐵之門，那一刻，才悟到地鐵之門與地獄之門一樣沉重。電，是現代文明的標誌之一。它戲弄了一次現代人，讓他們知道，人對現代文明已經依賴到何等程度——人在現代文明面前是何等脆弱。停電揭示了人類的大悲劇：人用自己的雙手創造了現代文明，卻緊緊地被現代文明所掌握、所控制、所主宰。老是嘻嘻哈哈、天天觀賞肥皂喜劇的美國人，這回突然有了點悲劇感。

【三四三】

在紐約、洛杉磯、香港這些浮華城裏，看到了繁榮世界其實也是螞蟻世界。窮人與富人全是螞蟻，白領子與藍領子只是不同顏色的螞蟻。過去以為，資本主義社會對窮人殘酷，現在才知道它對富人也一樣殘酷。一念之差，億萬富翁就會變成乞丐，連房子也得立即拍賣。許多商場豪客，股災一來，便縱身一跳，碎屍於高樓之下。在財富競爭面前，富人與窮人一樣得不到喘息。把貧富懸殊描述成富人對窮人的剝削似乎過於簡單。懸殊不是倫理狀態，而是生存狀態。

【三四四】

人是世界的中心，這幾乎是不待論證的真理。但俄國的思想家別爾嘉耶夫作出特別的補正，說個性才是世界火熱的中心。他說得很好，的確，沒有個性，就沒有創造資源，就沒有世界的繁榮和燦爛。可是，今天這一命題正在被另一命題所取代，新命題是：「財富是世界的中心。」財富正在主宰人、支配人、統治人、壓迫人。現實的實利正在吞噬個性與良心。所有的人都在圍着「財富」這一絕對的中心旋轉。所有的智慧都消耗在製造財富的機器上。不服財富所統治的人也有，但很稀少，這些稀有生命就叫做精神貴族，可他們只在世界的邊緣。世界火熱中心的位移，可能是二十一世紀最重大、最基本的事件。

【三四五】

人類知識所創造的高級技術，把人推出地球，走上月球與宇宙空間，這確實是可以引為自豪的。但是，技術的發展，現代化的浪潮，卻又把人推出人文世界。人正在成為人文世界的陌生人，這卻是無法驕傲的。人一旦被推到人文世界的門外，就發生大變形，所謂「單面人」（馬爾庫塞）、「機器人」、「現代肉人」等，都是人文世界的門外人。當下正在激動美國的影片《黑客帝國》中的電腦人，也是門外人。這種門外人的特點，用史賓格勒的話來描述，是只有長度、寬度而沒有深度的人。

【三四六】

現代社會以財富為中心，人對物質對金錢愈來愈敏感，對心靈的感覺卻愈來愈遲鈍。善良不能贏得金錢，誠實不能贏得金錢，謙卑不能贏得金錢。於是，善良、誠實、謙卑不僅沒有市場，而且沒有立足之所。與此相關，對人類的信賴與愛，不僅不能贏得金錢，而且也常常被騙走金錢。於是社會以為善良人與謙卑者是傻子，人們紛紛都迴避崇高，迴避善良，迴避誠實，迴避謙卑，迴避對人的信賴。於是，以金錢為核心的社會就變成以騙子為核心的社會。

【三四七】

有人把美國投入廣島和長崎的兩個原子彈作為二戰的終點符號，有人則看作是一場世界性屠殺的延長符號。一顆炸死了七萬兩千人，一顆炸死了八萬人。但它不過是五千萬死者的零頭而已（二戰有一千五百萬軍人陣亡，三千五百萬平民死亡）。其實，大戰的「延長符號」不僅是兩顆原子彈和十五萬生命，還有其他炸彈包括生化炸彈造成的畸形胎兒，還有遍佈地球各個角落的傷兵與殘廢人，被迫充當軍妓的婦女，在恐怖中神經斷裂和失去記憶的孤兒，還有永遠抹不掉的仇恨與陰影，我在越南胡志明市的戰爭博物館裏看到了幾萬個中毒的畸形胎兒的樣本，才知道戰爭的延長符號，原來是長得不可思議。

【三四八】

無論是在紐約、芝加哥機場，還是在舊金山、丹佛機場，我都喜歡在候機室裏觀賞飛機的升天入地。幾乎每一分鐘都有一架飛機升起降落，再加上正在空中盤旋等待指令的「雄鷹」，真讓人目不暇接，這才想到既有活力又有秩序，是最難得的。不僅機場如此，恐怕一個國家也是如此。美國最難得的正是社會充滿活力又有秩序。為了保持活力，美國謝絕平均主義，允許貧富懸殊和激烈競爭，但是，在這個國度裏，富人可以活，窮人也可以活，所以這片土地很難發生暴力革命。

【三四九】

世界的眼睛被科學技術武裝之後，可看到千里之外萬里之外甚至於億萬光年之外。世界的眼睛明亮到驚天動地，可惜這雙眼睛在不斷仰望高樓大廈和萬里星空的時候，卻看不見社會的底層。中國似乎也是如此。此時中國大地高樓聳立，底層卻沒有人注視，到處都找不到反映底層的刊物與報紙。底層沒有通向世界瞳仁的渠道。記者的攝影機追蹤着領袖、富豪與名流，不屑把鏡頭轉向貧窮的山村與礦井。世界的眼睛固然明亮，可惜是雙勢利眼。

【三五〇】

「惡是歷史的槓桿」，是指慾望可刺激人的熱情和調動人的潛力，從而成為歷史發展的一種動力，並不是指惡是歷史的創造者。惡人惡行不可能推動歷史前進。如果「卑鄙」也是歷史的槓桿，社會仰仗「卑鄙」苟活着，人類還要這個「歷史」和「社會」幹甚麼？「造反有理」的命題如果變成造反所使用的一切卑鄙手段都合理的命題，那麼，這種造反還有甚麼意義？卑鄙，在任何層面上都不是好東西，在任何時代都不是歷史的正面角色。

【三五一】

美國是個喜歡做夢的民族，美國人喜歡說「夢真的來到了」（Dream comes true）。或中個彩，或當上明星，或變成億萬富翁，或找到美女做妻子，或找到英雄做丈夫，都是夢的實現。美國人的夢，其特點一是很實際，二是不傷人。人總得有點夢，否則人生就太沉悶。美國人的夢雖不壯麗但很快活。中國人也有夢，但喜歡做大夢，做豪夢，如皇帝夢，神仙夢，世界大同夢。這種夢不僅不實際，容易變成烏托邦，而且常常變成了強制人傷害人的名義和手段。為了實現大夢，權勢者剝奪人的一切小夢，所以想當明星與英雄的，均被指責為個人主義者。而對人實行全面專政，則說是為了未來的共產主義天堂。

【三五二】

整個地球向物質傾斜之後，世界爬滿經濟動物，這是早已預料到的。但是在中國急速城市化的浪潮中，卻產生兩個始所未料的階層：一是「花天酒地」階層，由官僚與暴發戶組成；一是行屍走肉階層，由追逐品牌和追求刺激的時髦年輕人組成。我在《人論二十五種》一書中曾描述過「肉人」，這兩個階層的人均屬肉人。所謂肉人，就是只有肉體而沒有靈魂的人，或者說，只知物質刺激、不知人生根本的人。美國的現代化，曾產生「垮掉的一代」，中國的現代化，很可能產生「垮掉的兩代」。

【三五三】

市場對知識分子的毀滅是把知識分子逼上「自售」之路。要自售，就得有廣告。廣告要做得好，就得誇張。於是，知識分子便忙了起來和誇張起來。或立山寨，自稱寨主；或編名人辭典，把自己放入典藏；或編文集、經典集、大師集，把自己拔高到文化山尖。這一面是製造形象以利推銷，提高價格；一面又製造幻覺，自我安慰或互相安慰。魯迅早就描述過「商定文豪」，商人為了市場效益，炒作出一批文豪；文人為了市場效應，也在把自己定為「文豪」。由於皇帝不靈，「欽定」已不值錢，便靠「商定」或「自定」。如今東方大地上到處是自定大師與自定經典。

【三五四】

在法國，也許是因為有羅浮宮，我們才覺得那裏離古希臘不遠，其實不僅是羅浮宮，還有它的整個人文傳統，都使我們覺得那裏鄰近希臘。而在美國，則常常感到這個技術高度發展的國家離古希臘很遠，而且離建國初期的惠特曼、梅爾維爾也很遠，甚至離五十年代的大戲劇家奧尼爾也很遠。北美的文化列車正在向粗俗的地帶奔馳。不知道甚麼時候，美國人才會恢復記憶，轉過身去擁抱一下自己的先賢。

【三五五】

一種文化精神的消失，需要時間才能發現出來。歐洲希臘精神的消失，直到十四世紀文藝復興時期才充份發現，也才有對希臘的重新呼喚。美國二百年來在文學上所產生的文化精神正在消失，但美國人尚未充份發現。梅爾維爾《白鯨記》裏的宗教精神；梭羅《湖濱散記》中的逍遙精神；奧尼爾戲劇中的悲劇精神；福克納的人性呼喚等等，似乎已成遙遠的故事。它們似乎已經不在新一代美國人的血脈中繼續。和他們談起這些故事，他們十分陌生，也不想再進入這些經典。牽動他們感官神經的是高科技的行動影片，只有感官刺激，沒有心靈訴求，讓人說不清此時美國的文化方向。

【三五六】

人有時會突然感到特別虛空，不知道要做甚麼，也不想做甚麼。這個瞬間就是缺乏創造的瞬間。虛空時並非甚麼都沒有，思想者在虛空中一定會產生焦慮與恐懼，而驅逐這恐懼與焦慮的，恐怕也只有神與魔。神即創造熱情，魔即感官刺激。倘若沒有創造熱情填充心靈，那就只能去尋找感官的刺激。創造與刺激，是虛空的兩條出路，重大的抉擇就從這裏開始。

【三五七】

《魯濱遜漂流記》寫一個人在汪洋大海的孤島中生活，在荒涼中重新創造一切。然而，正是在孤軍作戰的絕境中，人表現出生命的力度。而今天，現代文明發展到一切人的機能都可以由機器替代，人對現代文明的依賴愈來愈多，車輛的普及使人的雙腳不會走路，電腦的普及使人雙手不會寫字，人類生命顯得愈來愈脆弱。自然科學家忙於尋找其他星球的生命，不知有沒有發現人類生命正在萎縮這一大現象。

【三五八】

美國社會捧歌星，捧影星，捧球星，捧一切有金錢價值的明星，捧得天旋地轉，如果不是「九一一」劫難，他們就不會想到支撐美好世界的是一些默默無聞的消防隊員。不會想到真的英雄並不只是那些金光閃閃的「偶像」。「九一一」對於美國的意義，在於喚醒美國人對美國建國初期的基本價值的記憶，這是關於人的記憶，而不是關於金錢的記憶。

【三五九】

專制會壓迫人，可是自由卻會寵壞人。在美國就可以看到許多被自由寵壞的青年男女。當年所謂「垮掉的一代」，其實是被寵壞的一代。被自由所寵，便濫用自由的權利，正如被父母所寵，便濫用父母的錢財。於是，就玩樂，就吸毒，就過着沒有精神追求的生活。當今的美國少年，在充份自由的環境中，沒有約束，也沒有人告訴他們何為人生的根本，謀到一份職業之後，便無所用心，無所憧憬，生命失去光澤，靈魂失去了方向。自由給人歡樂，也帶給人蒼白。現代肉人，便是被自由寵壞的人。

【三六〇】

中國人的藝術品味原是很精緻的，畫有九品，詩有二十四品，但是，到了當代，卻被兩樣東西弄壞了品味，一是政治，二是市場。美國人的品味早已被市場弄得既粗糙又膚淺，所以他們寧可看「肥皂劇」，也不看奧尼爾。「百老滙」寧可要「阿依達」，也不要莎士比亞。而中國市場化之後也正在步美國的後塵，寧要「烏鴉」，也不要「金薔薇」。美國的許多肥皂劇，近乎垃圾，但許多美國人的鼻子似乎連垃圾的味道也聞不出來。

【三六一】

當解構主義者在解構一切的時候，他們是否想到：人類的基本價值觀念是不可以解構的。二十世紀曾經解構過「愛」。一提起「愛」，就說沒有無緣無故的愛，就說只有階級的愛沒有超階級的愛。愛消解後，剩下的便是仇恨，便是冷漠，便是猜忌，便是到處氾濫鬥爭哲學。真、善、美一經解構，精神便無處立足，心靈原則也全都消失，剩下的自然只有生理上的心跳。王朔說「玩的就是心跳」，相當準確地道破解構主義的邏輯結果。

【三六二】

高科技的發展，經濟競爭的空前劇烈，生活的高壓，正在把人類逐出精神家園。亞當與夏娃的子孫，誕生後不久就在電腦遊戲機面前度過他的童年，進入社會後就在物質中打滾。一百年來左翼知識分子一再嘲諷文人學者躲在象牙之塔，可是當今的現代城市卻連象牙之塔也找不到。市場覆蓋一切，機器佔領每一個角落。人類只有第一次被驅逐出伊甸園的記憶，忘了現在正在第二次被驅逐出伊甸園，這個伊甸園，就是創造精神價值的人文空間，包括象牙之塔。

【三六三】

說起平等，中國想到的是均田地，均房屋，均財富；是有福同享，有難同當；是大鍋飯，是鐵飯碗。而美國說的平等，則是「機會均等」，人格平等。只管在機會面前人人平等，不管在同等機會競爭後的不平等。於是，社會有了動力。美國如同大瀑布，承認落差，落差中便有力量產生。美國是個有動力的國家，其動力既是不平等，又是平等。

【三六四】

一個國家，只有當它是美好幸福令人留戀的國度時，它對國民的驅逐、放逐、開除國籍才有威懾意義。倘若國家如同牢房，活着如同囚犯，那麼，驅逐等於解放，開除等於給予被驅逐者以日夜渴求的自由。被開除出牢房的囚徒是真幸運，大約不會計較「開除」之名，而會樂於享受走出牢房的快樂。可見，國家的權威與國家的美好是緊密相連的。國家值得愛，國民才有對國家的眷戀，被放逐的國民才有遠離家園的哀傷。

【三六五】

李澤厚和我合著的《告別革命》並非否認以往革命的歷史合理性，只是在說，流血的暴力革命並非歷史的必由之路，人類不一定要在鮮血匯成的江河中把歷史的航船推向前方。這是在探討人類的基本生存方式，即人類可不可以通過協商、調和、妥協、改良等非暴力的方式來改變黑暗困境和爭取光明前程。十七世紀英國革命時代（查理一世時期）的貴族人文主義者，也是舊皇朝衛護者斯揣福特（Strafford）在斷頭台上轉過身來對着台下的革命群眾懇切地說出最後一句話：「我請每一位聽見我說話的人真誠地捫心自問一下：是否必須在血泊中才能開始新生？」（趙復三《歐洲思想史》中譯本，第四七零頁，香港中大出版社）英國在此次大流血之後的三個多世紀，沒有再發生暴力革命，也許這位思想者的呼籲已轉換成英國民眾的內心呼喚。《告別革命》面對歷史和面對今天所提出的問題，正是斯揣福特最後的提問。

【三六六】

雖沒有進過監獄，但熟悉監獄之外的人間大牢房。從一九六六年開始，我就體驗過十年的大牢房生活。在此廣闊牢房中，所有的人都在互相監視和互相揭發，每個人都在「請示彙報」，既自我彙報也彙報他人。十年後反思，才想清這種牢房的特點是：人人都是囚犯，人人又都是看守。或者說，互為囚犯，又互為看守。每個人都可能隨時出賣別人，也隨時都可能被別人出賣。牢房底層如此，牢房的高層也是如此，那些坐在國家尖頂的大人物，也互為囚犯又互為看守。儘管身為大看守，也沒有安全感。看看這種人間景觀，雖沒有進過監獄，卻也明白了監獄的真諦。

【三六七】

專制不僅使反對派轉入地下，也使人的真實心靈轉入地下。十六世紀中葉的西班牙，政府、宗教都黑暗，能表達抗議的途徑只有文學藝術，但抗議又不能公開，作家只好借妓女、乞丐、小偷、蠢人來說話，這些「罪人」成為掩蓋作家的面具，整個寫作手法就如動物寓言。千萬種面具構成一層地表，殘存的心靈就在地下呻吟與喘息，只有明白人能聽到內在的歌哭。

【三六八】

專制不僅使人的文字語言變得極端謹慎，而且使人的身體語言也變得極端謹慎。皇帝面前，高官們的身體姿態是一點也馬虎不得的。宮殿的地板堅硬得像鐵板，可是站立在鐵板上的大臣們個個如履薄冰。魯迅說，專制使人變成死相，這是真理。暴君的眼色可以決定一個官員的命運，官員們怎麼能不看眼色行事？怎麼能不戰戰兢兢？看看大臣們的一舉手一投足，就知道他們全身的各部位都帶着鐐銬，從外到裏都進入了一個金碧輝煌的牢獄，腦入獄，心入獄，眼入獄，鼻入獄，肝膽入獄，所有的姿勢都入獄。

【三六九】

生活充滿幻覺、幻相，「永恆」這一理念也可能成為幻覺、幻相，因此追求「永恆」的藝術家又時時在尋找瞬間，捕捉瞬間，深入瞬間，使永恆獲得實在性與具象性。沒有瞬間，就沒有永恆。生命就在深入瞬間中打破一剎那和一萬年的界限，讓時間失去屏障。天才與庸眾的區別就是前者有瞬間感，後者沒有。天才的生命，常在瞬間中顫慄、奔突、呼叫；天才的靈感，就是在瞬間中打破時間的疆界把握永恆，並把永恆化為美的形式。

【三七〇】

語言的變質是人變質的徵兆。由於意識形態的入侵與階級鬥爭硝煙的浸染，漢語變得愈來愈誇張，愈來愈不誠實。歐化只是改變漢語的形式，意識形態化則改變漢語的品質。當今有許多戰鬥文章，先不論立場是否正確，其語言首先不誠實，處處是大言欺世的文字。語言失去溫柔敦厚，不是語法語氣問題，而是人從「君子」滑向「騙子」的人性退化。

【三七一】

契訶夫講了一個故事：有一個名叫巴維爾的當了四十年的廚子，他討厭自己所燒的東西，而且從來不吃自己所燒的東西。中國的古聖賢似乎早已發現類似這位廚子的怪物大有人在，所以才有「己所不欲，勿施於人」的訓示。在當代理論界，則到處都發現有這樣的廚子。一位在理論雜誌當編輯的朋友，該雜誌發表幾篇批判我的文章，他竟不知道。我取笑時，他正經地說：我不讀我們那個刊物，只讀小說和戲劇。他還告訴我：有好些喜歡追逐女子的批評家一直在批判「人性論」。

【三七二】

自由與安全總是衝突。在惡劣的人文環境中寫作自由與安全也衝突。為了安全，為了不受批判和避免言論罪，作家變得世故，變得油滑。世故與油滑是安全的秘訣。除了掌握安全秘訣之外，還講究安全系數，可是，安全系數愈高，內心自由度就愈小，真誠的語言也隨之愈少。作家之所以需要傻一點，就是傻了才不會被安全秘訣與安全系數所牽制，反而保持了自由而真實的內心。

【三七三】

漂流海外後不久，我寫了〈逃避自由〉的散文，表述自己不再依靠群體而獨立面對世界時的恐懼。從那個時候起，我明白：不自由有壓迫感，自由也有壓迫感，而且是更沉重的壓迫感。自由意味着自身要承受各種重擔，沒有能力，就沒有自由。自由逼使人不斷作出抉擇，逼使人要長出三頭六臂對付各種挑戰。存在主義對虛無的焦慮，乃是擁有自由之後的焦慮。被囚的奴隸不會有這種焦慮。然而，正是這樣壓迫感與焦慮，推動我獲得廣闊的內心空間，此時，我所抒寫的正是焦慮的意義。

【三七四】

在美國認真看看經濟競爭，便看到競爭者在機會面前人人平等，而勝利者與成功者，通常都有兩項秘訣：（一）不重複同行習慣的思路，盡可能「原創」；（二）質量絕對優先。以第二條來說，在今日美國經濟處於低迷的時候，日本的汽車照樣通行無阻，它在美國已有兩個大廠，還準備再建立新的大廠。過去它佔有美國汽車市場的四分之一，現已達到五分之二了。美國本身生產「波音」大客機，也照樣訂單不斷。在這些勝利者的智慧表格上，數量等於零，質量等於一百，唯有質量能征服世界。這就是質的自覺。

【三七五】

該如何註解自由？闡釋的書籍那麼多，意見也歧異，但都承認自由與「不依附」相關。不依附任何勢力，不依附任何集團派別，包括不依附國家與家庭，甚至也不依附於友情與愛情。一依附就喪失自由。健康強大的人格靠思想、智慧、力量獨撐孤寂的靈魂。對人間充滿情感並不等於依附人間的各種關係。為了自由，常常不得不與社會拉開距離，包括與國家拉開距離，也與家庭朋友拉開距離。保持距離不是不要友情親情，而是不被這些友情親情所牽制而進行選擇與決斷，保持距離也不是沒有真誠，恰恰是不被他者牽制而獨立發出真誠的聲音。

【三七六】

對有錢人特別是對大富豪的憎恨似乎是人類的普遍情感。革命就是要打倒大富豪，所以革命是一種大快樂，它的確可產生大快感。馬克思說革命是無產者的盛大節日，確實如此。但現代社會是建立在複雜分工的基礎之上的，大富豪即大老闆的作用卻不可替代。在鄉村時代，殺了地主，農民可以照樣種地，這比較簡單；可是殺了富豪老闆，其市場、管理、技術、資源等卻不是一下子可以替代的，因此革命之後的無產者除了丟掉自己身上的鎖鏈之外，還可能丟掉手上的飯碗。

【三七七】

人類應當如何相處，應當選擇怎樣的基本方式活下去？人類的資源有限，慾望無窮，衝突總是會有的。衝突時是用「你死我活」的辦法解決好，還是用「你活我也活」的辦法解決好？換句話說，是用暴力與毀滅的方式解決好，還是用妥協與調和的方式好？生存的基本方式決定人類的基本命運。可惜，人們常常忘記，再苦的和平日子也比血腥戰爭的日子好。六十億人類的雙手至今還沒有力量給暴力革命和一切戰爭畫一個終點號。人類至今其實還很幼稚、很懦弱。

【三七八】

孤獨者安於孤獨甚至覺得在享受孤獨，才有自由。孤獨者倘若不安於孤獨，覺得孤獨乃是一種痛苦，由此怨天尤人，以為被世界所拋棄，那就沒有自由。反社會的人格，有的品行高尚，有的極端自私，自私者唱着誰也跟不上的高調，煢煢孑立，也標榜孤獨，其實這是把孤立當作孤獨。這種「孤獨者」並非自由人，倒往往是個踐踏他人的暴君。

【三七九】

權力對人的腐蝕是雙重的，它一面腐蝕當權者，使他們逐步被慾望所主宰，以慾望代替良心；在權力的腐蝕下，當權者的性情消失，最後異化成貪婪的政治生物。另一面，權力又腐蝕沒有權力的被統治者，權力的高壓使他們失去誠實，為了在強權下生存，就軟化自己的骨骼，矮化自己的人格，奴化自己的靈魂，變成只會適應環境的無能生物。

【三八〇】

「苦行僧」與「花花公子」是社會角色的兩極。社會自然是敬重苦行僧，鄙薄花花公子。歷來的苦行僧都是默默修煉，不干預社會；但是，如果有聖人般的苦行僧站出來，要求全社會以他為榜樣，人人都必須當苦行僧，那麼，這位苦行僧就會蛻變成專制主義者。儘管苦行是值得尊敬的，但用苦行主義統一社會的生存方式，卻專斷而荒誕。

【三八一】

良知只聽從內心的呼喚，不聽從權力的命令。良心最柔和，它在人間苦難面前，在孩子與女子的哭泣面前總是不安，煩惱，受不了；但它又最有力量，它不屈服於權力，不屈服於壓力，不屈服財色物色女色的誘惑力。世界上最殘忍的暴君與劊子手如希特勒等，他們殺掉了無數的頭顱，但征服不了人類的良知。老子說以天下之至柔克服天下之至剛，所謂至柔，便是良心與童心。這種至柔的東西都是最後的勝利者。

【三八二】

母親分娩時非常痛苦，但嬰兒很快就證明其痛苦的意義，並帶給母親陣痛後衷心的微笑。所以每個女子儘管都知道分娩的痛苦，但孩子還是一代一代降臨，母親分娩的痛苦便是有意義的痛苦。俄國卓越的哲學家別爾嘉耶夫在《人的使命》中說，人可以忍受痛苦，只是不能忍受痛苦的無意義。我在青年時代的大革命潮流中，幾乎每天都感受到痛苦的無意義，更不必說那些在「牛棚」裏辛苦寫交代材料把刀子插進自己心窩的人了。大潮流過後，也辛苦，但在辛苦中看到誕生，看到果實，看到靈魂常有新的萌動與新的生長，於是快樂，於是明白不同質的痛苦。

【三八三】

如果不因人廢言，那麼，應當說，文化大革命時的中國確實是一部絞肉機。這一意象比一百篇學術論文更深刻地描述了一場空前的歷史浩劫。然而，絞肉機不僅是權力造成的，也是知識分子自身造成的。知識分子在大運動中互相揭發、互相污辱、互相摧殘，尤其是青年知識分子，更是絞殺他人和自我絞殺的先鋒。所謂紅衛兵，就是絞殺的牙齒。每個人既歷經慘重的痛苦，也造成他人的痛苦。而在絞肉機形成之前，知識分子早就為這部機器準備了齒輪與螺絲釘，這就是奴顏與媚骨。

【三八四】

把人劃分為敵與我、革命與反動、敵我矛盾與人民內部矛盾，倘用數學語言表達，這都屬於簡單算式。可是人是最豐富、最複雜的生物，其心理，其情感，其選擇，其「表現」，均屬高級算式。中國當代文學的思維陷阱，就是陷入簡單算式之中，即極端本質化的算式，其結果是離人的實在很遠，離文學的本性也很遠。中國政治倘若不擺脱思維的簡單算式，也將是一種低級的政治。歷史不僅要嘲笑文學藝術上的簡單算式，也一定會嘲笑政治上的簡單數學。

【三八五】

東、西方的左派、右派模樣相似，左派激烈，右派保守；左派持大眾主義，右派持精英主義；左派重目標，右派重利益。但無論是西方的左派還是東方的左派，早期都有理想有天真，而後期則太多世故與心機。中國的左派，早期的「左」是理念或信念，而後期的「左」則是生存手段和生存策略。隨着生存競爭的日趨激烈，其生存策略也變得愈來愈激進。當今的左派，沒有思想，卻有許多「上綱上線」的大話和狠話，甚至還有殺機。連得諾貝爾文學獎的高行健，他們也打殺。

【三八六】

有兩樣東西對當代的世道人心影響特別大，一是美國的利益原則，一是東方的流氓政治。美國的利益原則裏還有講誠信的優點，還不至於導引人去當騙子，但它的一切都為了商業目的的原則，卻使許多人只知金錢不知其餘。至於東方的流氓政治，卻完全敗壞人類正直、善良的本性。世界如果要阻止自身的墮落，恐怕要對這兩樣東西加以警惕。

【三八七】

毛澤東確實有大才，甚麼都懂，懂政治、懂軍事、懂歷史、懂哲學、懂文學，僅最後這條，就讓詩人們佩服得五體投地。中國的高官重臣有幾個能像他那樣喜歡《紅樓夢》？有幾個像他那樣對這部偉大小說不斷閱讀？可惜他卻不懂得最要緊最要緊的經濟，他把中國的經濟引向崩潰，弄得民不聊生，人人得浮腫病。他讓幾個簡單的官僚頭腦去管理一個龐大國家的複雜經濟，結果是一片混亂，一片蕭條，一片怨聲載道。現在人慾横流，人人金錢掛帥，正是對當年經濟失敗的懲罰。

【三八八】

美國總統里根執政的時候，炮彈襲擊利比亞的總統卡扎菲，炸死了他的乾女兒，仇怨可謂深矣。可是，現在美國卻與卡扎菲握手言歡，交流情報。美國的好處正是沒有絕對的敵人。昨天是敵人，今天是朋友。此次不能合作，下一次可以合作，不結成永遠的仇敵。敵人的概念是流動的，變遷的，對待敵人也是自由的。中國則喜歡使用「死敵」的概念。死敵，便是永恆的仇敵。連自己的同胞兄弟，所謂持不同政見者，也視為死敵，幾十年不變。表面是立場堅定，內裏則是虛弱而狹窄。樹了絕對的敵人，也給自己帶來絕對的不自由。

【三八九】

賈植芳先生所譯的《契訶夫手記》中記載了一些趣事，其中有一則寫道：「有一個人，生平每逢選舉都投左派的票。」此人不管時勢如何變遷，左、右翼的綱領如何更改，就認定「左」便是好，壓寶就壓在激進派身上。契訶夫自然沒想到這種俄羅斯稀罕的人，在二十世紀中國卻遍佈江山大地。所有的伶俐人都必投左派的票。「寧左勿右」是學乖了的中國人的基本人生策略。當「右派」不僅危險甚至可能變成「階級敵人」，當「左派」則一定可以飛黃騰達，即使犯錯誤，也只是「左派幼稚病」。所以現在到處都是左撇子。

【三九〇】

二十世紀有多次巨大的文化泥石流。每次政治運動都是一次泥石流。文化大革命更是一次空前的泥石流。在其衝擊之下，一個國家元首為自己做不得一個人而痛哭，一個國家最優秀的詩人、作家、思想家都變成多餘人。泥石流的特點是泥沙俱下，聲勢俱厲，骯髒而有力量，猛不可擋，一切都被它所覆蓋。在泥石流中保存一塊淨土，是當代中國知識分子的理想，但理想主義者也常常被泥石流所吞沒。未被吞沒而幸存的，便是奇蹟。中國知識分子的寫作有一個文化泥石流的語境。

【三九一】

政治與文化陷入平庸的時代，人們就會盼望地上冒出一個英雄和救星。德國在第一次世界大戰戰敗之後，盼望英雄，結果是盼來盼去，盼來了一個希特勒。俄國人也盼來盼去，結果盼來了一個斯大林。走過二十世紀的路，人類應當不會再把自己的命運押在英雄與救星身上了。聰明的民族知道要靠自救，只有愚昧的種族和個人才盼救星。美國的長處是有自己崇仰的領袖（如崇仰華盛頓、傑弗遜、林肯等），但並不期待新的總統是個救星。投下一票，只是希望有個較好的總統，而不是期待一個奇蹟。

【三九二】

社會變質，就是社會變髒，變得到處是污泥濁水。曹雪芹看到男人世界是濁泥世界，少女世界是淨水世界。少女乾淨，説明社會的變質還有限。現代社會的變質卻很徹底，把少女也變了。六、七十年代，革命潮流把少女變成火辣辣、血口噴人的紅衛兵；九十年代，商業潮流則把許多少女變成妓女。連年輕女作家的筆下，也是一片肉體的尖叫。淨水世界也正在變成濁泥世界。

【三九三】

受難之後，如果形成「苦難情結」，就會不斷控訴、不斷嘮叨，甚至不斷標榜自己，從而變成永恆的受難者，把自己釘死在苦難上。受難者的自我角色化是自我停頓，這只能乞討同情與乞討榮譽，不能培育大悲憫的心腸。老是憶苦思甜的老太婆，與白頭宮女「閒坐說玄宗」的思路相通。只是前者是憶苦思甜，後者是憶甜思苦，前者是自我角色化的悲劇，後者是自我角色化的喜劇，雖然憶苦時都在落淚。

【三九四】

曹操愛才如命。他不僅愛自己的將領與謀士，而且愛關羽、愛趙雲。如果不是他下一道命令，不許傷害趙雲，趙雲怎能突破千軍萬馬的重圍救出阿斗？然而，「愛人才」的境界不同於「愛人類」的境界。愛人類是愛一切人，包括愛非人才的普通人。曹操多次殺害無辜。他借王垕之頭以定軍心，如果王垕是英雄之才，他是不會下此毒手的。基督、釋迦牟尼之所以偉大，在於他們不僅愛人才，而且愛非人才，平等對待一切，四海之內皆兄弟。

【三九五】

俄羅斯文學創造了一群被污辱、被損害的「小人物」，中國文化大革命卻創造了一群被污辱、被損害的「大人物」，從國家元首到將軍元帥到知識權威，都是大人物。「小人物」的故事曾激發人的悲憫感，「大人物」的故事則給人以荒誕感。哲學家通過「異化」的概念說明人被自身創造的東西所主宰的荒誕現象，可是他們只發現被現代社會的物質機器所異化，未說明被「國家機器」所異化。我看到的「大人物」正是被他們所創造的國家機器所控制、所損害、所污辱，這種大異化正是大荒誕。

【三九六】

甚麼都有一個底線。人類要活下去，就必須保衛道德底線，當醫生的應關懷病人，當法官的必須主持正義，當教師的必須把學生引向真引向善，當官員的必須拒絕貪贓枉法。如果一個醫生，看到病人在死亡線上掙扎卻無動於衷，只想敲詐病人一筆錢財，這就越過道德底線。美國社會有一個長處：各種職業人員都嚴守道德底線。他們的公德心，就在底線上。以往的劫機者往往還有「道德底線」，例如他們不殺老弱病殘。現在的劫機者已不顧這一切，要殺死所有的人，包括自己。他們濫殺無辜，把所有的地方都變成戰場，把槍口對準普通人甚至孩子。這種「越線」行為，預示着人類最深重的危機。

【三九七】

魯迅的〈論費厄潑賴應該緩行〉產生的負面影響是使中國現代的激進派找到一個「徹底」的藉口，一個置對手於死地的藉口。「費厄潑賴」不是道德原則，而是遊戲規則，它的中心精神是對對手的尊重，即使是敵人，也要尊重。有尊重，有規則，才有公平健康的競爭。可是中國現代激進派總是把對手極端化，以至動物化，把人與人的鬥爭視為人與狗的鬥爭，這樣，便贏得「痛打」的理由。文化大革命中激烈派把「痛打落水狗」作為基本口號與旗幟所造成的災難性結果，是一個深重的教訓。

【三九八】

財富太多會危害身心，知識太多也可能危害身心。知識固然會充實人的頭腦，但也會膨脹人的頭腦，以至使人產生幻覺，以為自己真的乃是洞察一切的「大師」，可以替代「上帝」的「救世主」。一些知識名流，滿身寒氣、霸氣、酸氣，貶斥排斥同行的功力大於學問的功力，這種人顯然有病，但自己不知道。與此相反，謙卑的智者與大慈悲者對知識總是有所警惕，他們不會發瘋，不會走火入魔。其不發瘋的秘密大約是在有了非常之名之後仍存有平常之心。也許他們還知道，財富具有物質性，知識也具有物質性。凡物質的東西都會點燃慾望。

【三九九】

曾有一位賢者對學生宣告他的師生關係原則，說：你們走進課堂，我是你的老師；你們走出課堂，則不是我的學生。他的意思是說，在課堂裏你們要受我約束，在課堂外你們可以獨立而思，自由而行，不要被師道窒息至死。這才是真正的大師境界。師生關係就是師生的傳授關係，它不是政治關係，不是等級關係，不是主奴關係。可惜中國當下的「大師」們，卻樂於經營山寨，把「弟子」當走狗與奴才，一旦有恩於學生，便定奪學生的生死前途。這很像金庸筆下那些江湖幫主，動不動就處死弟子或打斷弟子的一條腿。

【四〇〇】

魔鬼（慾望）的兩隻手臂，一隻把城市推向繁榮，一隻把人心推向深淵。於是，大地上一面是高樓疊起，一面是精神沉淪。一面是金錢把樓閣刷新得宛如天堂，一面則把一顆又一顆的人心變成一座地獄。看看醫院的樓房，一天比一天富麗堂皇，再看看醫院的門房，見死不救的故事一天比一天讓人驚心動魄。天堂是看得見的城市，地獄是看不見的城市。看不見的城市構築在人心中。

【四〇一】

世界上只有一個城市讓我「望洋興嘆」，紐約。這個城市就是滄海，就是汪洋，站在它的岸邊就不能不感慨感嘆。不是讚嘆它的刺破青天的高樓大廈和望不盡的大建築，而是驚訝它怎會如此包容，如此「萬物皆備於我」。全世界的各種膚色、各種宗教、各種理念，都在這裏相安無事。地球上的精英全都是這裏的主人或客人。正如海洋擁有各種魚類，這裏擁有各種人類。這裏有一個政治「聯合國」，更有一個地球有史以來所形成的各種文化的文化大聯邦。這聯邦包括對紐約自身進行質疑與攻擊的文化。正是這些內涵，紐約呈現了一個大陸上的海洋真理：開放的城市只是做生意的俗地，包容的都市才是偉大的存在。

【四〇二】

當今的政治批判、文化批判與學術論爭，都像作戲。戲雖有人看，有人捧，但看客與捧客又像逢場作戲。這原因是論爭者與批判者雖然激昂，說了很多狠話大話，但明眼人可看到他們的觀念雖有差別，卻有一種共同的基本立場，這就是一切都是生存策略。在謀生的前提下，一切都是手段，包括理念，也只是生存手段，並非信仰。說反專制，倡自由，本是可敬佩的，但倡導者本身卻是橫掃一切的暴君，連反專制的先行者也屬橫掃之列。這雖不合邏輯，卻合生存立場，目的都是為了抬高自身的生存層次，反專制可贏得利益，反被專制所壓迫的傑出同行，更可抬高自己和獲得市場效益。

【四〇三】

當年顧炎武滿腔愛國情懷，力倡經世之道，讚賞「清議」（談家國天下事）不許「清談」，認為永嘉之亡、大清之亂，完全是清談的流禍。可惜他太片面，只知「國」，不知「人」，只着眼家國興亡，不顧個體生命自由。其實，任何個體生命，既有參與社會的自由，也有不參與社會的自由，即逍遙的自由，這才算具有真的社會自由。赴湯蹈火往往比隱逸山林更具道德價值。但是，如果沒有隱逸山林的自由，就產生不了陶淵明、曹雪芹這樣的大詩人大作家。他們雖未赴湯蹈火，但精神則似山高海深。我們敬重赴湯蹈火的拯救者，也敬重在山水之間領悟宇宙人生的思想者；既尊重清議者，也尊重清談者；既尊重參與的權利，也尊重逍遙的權利。自由的前提大約需要這種「雙重結構」。

【四〇四】

二十世紀下半葉的中國，有兩件好事可能進入歷史的記憶：一是八十年代的思想解放，二是九十年代的慾望解放。有經歷過八十年代與沒有經歷過八十年代的人是不同的。在八十年代的集體大叩問中，中國知識分子和中國人經歷了一次人的尊嚴的重新呼喚，一次靈魂的重新站立，可惜僅是十年就中斷了。九十年代的中國經濟有了大發展，而整個的復甦是從開放慾望開始的。一百年來，中國第一次在最低的層面上對慾望進行呼喚，雖然沒有在意識形態上肯定慾望的權利，但慾望這一魔鬼已衝破潘多拉魔盒，「生活無罪」變成新的集體理念。於是中國變成一個有生活有動力的國家。歷史將證明壓制慾望沒有出路，開放慾望才是出路，也將證明，用精神調節慾望是必須的，但用道德和意識形態撲滅慾望是沒有出路的。

【四〇五】

愈是走向知識的高處，愈是感到往前走的艱難。所謂「高處不勝寒」，不僅是指知識高峰上的空氣格外稀薄，而且是指理解和支持的力量愈加稀少。師長友人溫暖的叮囑只是在山下。一旦你走入山頂，那就誰也看不見你，你也聽不見溫馨的祝福與暖和的目光。愈是站立於山頂，愈是要獨自擔當一切。

【四〇六】

有時也為自己的漂流而驕傲。漂流，既贏得自由，又保全了靈魂，而且還讓靈魂痛快地作了一番呼告。身處他鄉，心思雖然牽掛着故國故人，但與一個泥濁世界卻拉開了距離，而且是滄海汪洋的大距離。常常聽到花天酒地的故事，常常聽到爭名奪利的傳說，但都在遙迢的彼岸，離我很遠。在濁泥的世界中，連眼睛也會帶上泥水濁水，眼睛一旦混濁，且不說看不清真理，也辜負了人間的大好景色。

【四〇七】

語言暴力比行為暴力更可怕的一點是：它不僅打擊人，而且塑造人，形成人的心理結構。行為暴力通過刀槍、子彈打擊人，消滅人的軀體，而語言暴力則把人的內裏毀掉。對人進行人身攻擊時，語言不僅在傷害被打擊的對象，而且製造一群沒有心肝沒有善性的虐待狂。他們有流利的口舌，還有獅子般的兇心。表面上是暴力進入語言，實際上是暴力進入人心人性。

【四〇八】

盛世危言一則：如果今天的中國回到二十世紀上半葉的舊時代，一定要比舊時代更壞。因為那個時代還有未被掃滅的傳統道德律令在（傳統道德觀念是被「五四」潮流衝擊，但傳統道德行為模式還在），人慾橫流時還有父輩留下的河岸。今天中國洶湧而起的慾望巨流，一沒有西方那種宗教情操的約束，二沒有傳統理念的規範，既沒有「天父」（神）的壓力，也沒有地上父親（道德）的壓力。沒有壓力便可隨心所欲，為所欲為，做甚麼壞事都是天經地義。新中國的前景不可能回到舊中國，但可能變成比舊中國更壞的濁泥中國。

【四〇九】

「放逐概念」不是取消概念，而是拒絕概念對人的壓迫與控制。人不是概念，不是數字，不是邏輯，而是活的生命。當代中國人被概念簡化時生命便被歪曲、被摧殘。一串「地、富、反、壞」的概念就是一座人間地獄。地獄不是建築在街道與樓房中，而是建築在方塊字概念中。概念與對人的分類就是地獄判官的權力操作。反抗概念對人的規定和對人的歪曲，反對一種無所不在的壓迫，不是語言學者的職業，而是人的使命。

輯八：心靈事業

【四一〇】

文學是柔和的，又是殘酷的。未經痛苦的磨煉，筆頭總是輕的。正如未經過磨難的骨頭總是輕的。我不相信那些時髦的、把文學當作「玩物」的作家其作品是重的。文學之殘酷，還有一層意思是它要求作家全生命投入，以至最後全部心血都被文學吸乾。「蠟炬成灰淚始乾」，這一苦戀的詩句用於文學是很合適的，執着的作家最後只剩下生命灰燼，崇拜者最好不要瞻仰他們的遺容，那副皮包骨的形態與他們創造的精神金字塔是完全兩副不同的景觀。看看魯迅的遺體，完全是一副皮包骨的樣子，體重只有七、八十斤。

【四一一】

論才氣，論性情，李漁有可能成為曹雪芹，但他終於沒有成為曹雪芹，也遠遜於曹雪芹。這原因很多，但最根本的一點，是他的生活太安逸，太精緻（讀讀他的《閒情偶寄》就明白），未經歷過曹雪芹那種家道中衰、大起大落的苦難，心靈未受過大震盪與大折磨。磨難可以把作家推向內心，推向生命深處。文學的「殘酷性」常常表現在要求作家要吃盡苦頭然後才能大徹大悟。在此意義上，真作家正像孫悟空，必須經歷煉丹爐的殘酷，才有超凡脱俗的大本領。

【四一二】

江山丢失了，有人心疼；財產丢失了，有人心疼；親朋丢失了，有人心疼；但不知有多少人為丢失藝術天才與藝術精粹而心疼。想到伯牙與鍾子期的《高山流水》沒有流傳下來，想到《廣陵散》與嵇康的生命同時消失，想到馬思聰流亡海外之後許多用眼淚與熱血譜成的曲子隨着歲月漂散，想到聶耳、冼星海、施光南均屬「英年早逝」，便使我們非常難過，一想就感到心的疼痛。

【四一三】

囚徒在牢房裏的理想恐怕不會是「飛升」——向天堂飛升，而是「擺脱」——趕緊擺脱鐵壁與鎖鏈。一旦走出牢門，恐怕也不會「好高」，而會是「鶩遠」——離開牢房愈遠愈好。想想那些在極權專制的國度下的偉大思想者，他們的思想與言論多半並非是對天堂的設計，而是教人如何進行精神越獄。高行健的《靈山》，表面上是在尋找「靈山」，實際上是一個囚徒在尋找精神的越獄之路。他認為，最難穿越的牢獄是自我的牢獄，他的靈山之旅，包括不再作自我的囚徒。

【四一四】

白居易的《長恨歌》，馬致遠的《漢宮秋》，還有《水滸傳》中宋徽宗和李師師的故事——挖地道去幽會名妓李師師的故事，説明在中國，連帝王都沒有情愛的自由。皇帝尚且沒有愛的自由，何況平民百姓，更不用説祥林嫂這樣的寡婦。中國有一種籠罩一切的倫理審判所，它本來是監視不道德的行為，可惜它總是扮演自由人性的劊子手。在中國，道德謀殺比政治謀殺還可怕。「五四」運動的偉大功勳，是對道德謀殺作一次空前的富有智慧力度的總抗議。

【四一五】

杜斯妥也夫斯基從斷頭台上幸存下來，從暗無天日的地下室走出來，因此靈魂充滿動盪與不安，而那些被損害的窮人更是使他難以安生。而托爾斯泰是個大莊園主，日子過得很舒服，很平靜，完全可以好好「享受生活」，可是他的靈魂也充滿動盪與不安，也難以安生。一個作家的靈魂總是和其他生命息息相關的，身邊的靈魂發出的呻吟總是要深深地刺激他的靈魂。他們天生的感覺器官注定要被人間的苦難緊緊抓住。俄羅斯這一對天才，其靈魂的故事最富有大詩意。

【四一六】

可以研究魯迅，學習魯迅，但不可扮演魯迅。六、七十年代的中國革命者，個個都在扮演魯迅，於是，人人「橫眉冷對」，「痛打落水狗」。魯迅是個豐富的生命，可是扮演者卻只帶着魯迅的簡單面具。結果扮演者有的變成兇神惡煞，有的變成專制衛士，有的變成偽君子，更多是變成暴君和暴民。魯迅是偉人，但也有弱點，他往往把論戰的對方極端化，從而造成毀滅性效果。魯迅的扮演者忘記魯迅是個深廣的人道主義者，只知把對方極端化，於是，便變成暴虐主義者。今天的魯迅研究者仍有人繼續扮演魯迅，仍然一副激進的面孔，一副掌握「絕對精神」的革命導師模樣，很有喜劇性。

【四一七】

作家通過寫作創造精神價值，也通過寫作自我修煉，因此，好作家總是愈寫愈自由，愈寫愈深地邁入自由王國。但當代中國作家卻不是愈寫愈自由，而是愈寫愈自大，出了幾部集子就步入自大王國，就以為自己是天下第一，別人都不行。自吹自擂的聲音比作品的聲音給人更深的印象。是愈寫愈自由，還是愈寫愈自大，可作一面鏡子，一把尺子，觀照作家們的優劣高低。

【四一八】

李後主（李煜）的詞達到那麼高的境界，是他善的內心的結果。他當過帝王，但他成為囚徒之後並不留戀舊時的生活，更不自戀。自戀的壞處是放不下過去的自己，甚至放大過去的自己。李後主不自戀，只把個人悲傷與人間悲傷連結一起，從而產生大慈悲。有了慈悲心，眼界就從宮廷移向人間。與勾踐相比，兩人都是從帝王變成囚徒，都產生地位的巨大落差，但前者產生仇恨，後者產生愛。產生仇恨容易，產生愛很難，產生大悲憫更難。與屈原相比，屈原總是放不下那個宮廷，但李後主放下了。放下之後才有天地人間大境界。

【四一九】

《他鄉：以撒·柏林傳》中記載帕斯捷爾納克（《日瓦戈醫生》的作者）一個發自肺腑的呼籲：「我懇求你們，不要組織起來！」這一呼籲不是面對前蘇聯的專制權力，而是一九三五年面對在巴黎召開的抵抗法西斯的國際保衛文化代表大會。這就是說，即使機構的性質是「進步」的，他也反對把作家組織起來。文學寫作是個人化的心靈活動，心靈決不可置於某種「局」中，一旦落入「局」中，一定會死掉或爛掉。不論這個「局」是國家的「局」、集團的「局」，還是商場的「局」，也不管這個「局」是插着甚麼旗幟，有組織的文學決不可能是真文學。養牛養馬，尚須給牛馬創設一片自由奔馳的場地，更何況作家所從事的海闊天空的心靈創造。局限，局限，文學藝術最致命的事是被「組織」所局限。組織起來與「捆綁起來」並無實質性差別。

【四二〇】

以往只覺得故國是太上老君的煉丹爐，走出爐門之後來到美國，本以為可以過悠閒日子，沒想到，生命再次被扔進煉丹爐中。第二次火煉雖不像第一次那樣左衝右撞，肝膽分裂，卻也是一番實實在在的煎熬。另一片土地所設置的種種關口和規範，也有飛沙走石，滾湯烈火。經過十幾年的體驗之後，我喜歡對剛到美國深造的年輕人說：與其把美國看作理想國，還不如看作煉丹爐，準備作新一輪的命運的顛簸。如果說在國內需要韌性，在海外則需要雙倍的韌性。

【四二一】

賀知章詩云：「少小離家老大回，鄉音無改鬢毛衰，兒童相見不相識，笑問客從何處來。」詩人在自己家門口被當着異鄉人，這就是荒誕。德國的哲學家兼詩人荷爾德林也描述過：「看到你們的詩人和藝術家，看看所有仍尊崇天才並且熱愛和保護美的人，也令人心碎。善良的人，他們在世上，就像在自己家中的陌生人，就像忍者奧德賽，他乞丐模樣坐在自家門前，那些無恥的求婚者在廳堂裏喧嘩並且問：是誰把流浪漢帶到我們這兒來的？」（《荷爾德林文集》，第一四六頁，商務印書館）英雄奧德賽在自家門口被當作要飯的乞丐，這也是荒誕。當高行健獲得諾貝爾獎而遭到故國的權勢者與評論家們嘲笑攻擊的時候，我想到為故國贏得巨大光榮、遠征歸來的奧德賽。高行健為方塊字打天下，卻被拒絕進入方塊字家園的門口，這就是荒誕。

【四二二】

托爾斯泰是一個寫作極為勤奮的大作家，他的著作量真是驚人。俄文版的《托爾斯泰》全集接近一百卷。但他卻常常告誡自己「不要寫，不要寫」，他的自我告誡不是要放棄寫作，而是強迫自己停一停。只有停頓一段時間想一想，感覺才不會停留在老地方，也才不會在已經習慣和熟悉的思路上走不出來。也只有停下來思索，才能從內心深處走向更深處。停筆之時，靈魂注入活水，寫作又會獲得新的昇華。作家最忌諱的正是對自己的重複。

【四二三】

近、現代中國的一些優秀人物，如陳天華、王國維、老舍等，他們選擇自殺的方式是自沉海底或自沉湖底，隨着時間的推移，我們才發覺，他們的屍體通過海水與湖水，卻沉入歷史的底層，也沉入我們心靈的底層。幾百年過去之後我們的後人將會感到心的底部還躺着他們的身體，而且還會常常聽到他們的聲音。人的良知難以死滅，常常是心底有許多偉大死者的呼吸。從這個意義說，靈魂真的不會死。而這種沉澱與毀滅，最終又化作這樣一個永遠解不開的提問：為甚麼？為甚麼昆明湖、太平湖湖邊的廣闊土地，容不下這些赤子？卻只能讓湖水的濁泥來關閉他們乾淨的眼睛。為甚麼九百六十萬平方公里的土地容不下一個七尺之軀？是自沉的赤子有病，還是湖邊的廣闊大地有病？面對亡靈，我們該對湖邊的花花樹樹、男男女女發出一聲叩問。

【四二四】

魯迅翻譯過日本廚川白村的文論著作《苦悶的象徵》，這也是廚川先生對文學的定義。如果以此定義魯迅，魯迅正是中華民族苦悶的總象徵。一面是民族生存的大苦悶：故國從大國變成弱國，受盡恥辱，國民又麻木沉睡，奴性等劣根長入骨髓深處。在集體無意識中，無論甚麼好制度、好名詞，一到中國就變得一團糟，怎麼辦？吶喊顯得空洞，徬徨也沒有立足之所，似乎只能與黑暗同歸於盡。另一面則是個體存在的大苦悶：啟蒙無望，回到自身，雖說躲進小樓，但畢竟面對現代鬧市。海派歡迎聲光化電，京派照樣談龍說虎，唯有魯迅感到不安，像個「過客」，只見到地獄邊上的野草，不知自己從哪裏來，又該到哪裏去？人為甚麼活着，該怎麼活？偌大的中國，似乎只有他在叩問存在的意義，只有他，負載生存層面的大苦悶又負載存在層面的大苦悶。雙層的焦灼，終於過早地把魯迅的身體燒成灰燼，但正是他，才是真正的文學家。

【四二五】

人的永恆悲劇是人自身對命運的無可奈何。《俄狄浦斯王》的悲劇是人類共同的悲劇：許多人為的努力不能奏效，生命只能讓命運推着走。彷彿人生來就是命運的人質，誰也擺脫不了冥冥之中的那隻無形之手。可是，明知努力的結果十分渺茫，但還是要努力前行，向命運挑戰，知其不可為而為之，人類的偉大性又正是從這裏誕生。文學不可能像科學技術也不可能像社會學、歷史學那樣做些量的準確描述，就因為文學從古到今都面對着命運這個巨大的混沌。

【四二六】

一到歐洲觀賞繪畫，就不能不傾倒，不能不驚嘆。中國也有自己的燦爛藝術，商朝時代的銅器那麼古雅，可是，與歐洲藝術相比，我們就會覺得故國藝術還是單薄粗糙。文藝復興時期米開朗基羅、達·芬奇的畫至今如同太陽明月，光芒萬丈，照耀的不僅是意大利和歐洲，而是全世界。偉大的繪畫的產生，需要財富、技術，還需要信仰。信仰是文化之核，偉大的畫家因為有信仰，所以不追求實用，而追求永恆。信仰最難動搖，因為它植根於心的深處，因為它涉及到人的永生。梵高沒有財富，也沒有宗教信仰，但他信仰美，美也是永恆的。

【四二七】

政治極權可以把作家變成黨派工具，而市場極權則會把作家變成大眾玩偶，如今政治極權已經疲軟，但市場的極權卻方興未艾。以往在政治專制下，有些乖巧作家使用動物語言包括用狼虎語言（吼叫與牙齒）和狗的語言（夾着尾巴或搖着尾巴），各人情況不同。如今在市場極權下，動物語言已貶值，人只好在自己的身體上想辦法，於是，女作家們便想到身體語言。上半身語言用完之後又使用下半身語言，於是，便有下半身文學的暢銷。只要市場需要，也不妨讓身體也發出動物似的尖叫。市場統治下的文壇，有點身體魅力的女作家，往往是寫作先鋒。

【四二八】

托爾斯泰在《戰爭與和平》中除了塑造出精彩的生命形象之外，還有許多思索。安德烈親王臨終之前關於生命與死亡的思索非常精彩，而小說最後關於歷史的思索卻有些乏味，幾乎可以說是「畫蛇添足」。這大約是前者的思索用的是心靈，後者用的是頭腦。大文學家畢竟不是歷史學者，他們的特長是眼睛與心靈，而不是用大腦。所以我一直主張作家應多讀書多些文化素養，但千萬不要學者化。學者化即頭腦化，其結果便是畫活蛇時添了一分理念的僵死的尾巴。

【四二九】

二十世紀有一奇怪現象，無數最美好的語言都獻給暴力。把暴力打扮成美女，打扮成救星，打扮成法寶。不僅詩人作家歌頌暴力，歌星舞星也歌吟暴力。魯迅當年所憎惡的「打打打、殺殺殺」的詩歌，到了文化大革命期間，則到處都是。最讓我感到震撼的是在幼兒園的文藝晚會上，小姑娘也都穿上軍裝拿着刀槍不斷地唱着「打打打、殺殺殺」。從小到大，數十年歌舞的薰陶，造成幾代人的一種幻覺，以為刀劍才是打開天堂的鑰匙，放下刀劍來是本要立地成佛的，這回卻以為只有拿起刀劍才能上天成神了。

【四三〇】

寫作的尊嚴是寫作者只接受自己內心的絕對命令，此時作家只知「我是我」，不接受任何外部力量強加的東西。既不接受敵人強加的東西，也不接受朋友強加的東西；既不接受當下權力強加的東西，也不接受過去祖先強加的東西。徹底的文學立場，沒有任何圓滑，沒有任何世故，也沒有任何遷就，包括不遷就親者與愛者。所謂得大自在，就是超越一切外部力量的干預而作充份的自由表述，特別是超越權力的控制而作自由表述。

【四三一】

回到闊別幾十年的故鄉，看到兒時的朋友閏土原先那張紅潤的臉變成一張樹皮似的麻木的臉，還叫一聲「老爺」。這一聲老爺震撼了魯迅的整個身心。才幾十年，童年時代的朋友就和自己相隔如此之遠，兩個階層，兩個階級，中間隔着高山大海。這聲「老爺」是從中華民族集體無意識的深處喊出來的，這種聲音只有像魯迅這種有靈魂的人才感到顫慄，才知道這是怎樣的悲哀。也只有像魯迅這樣的人，才知道不是幾十年，而是幾千年的等級文化吸乾了閏土的生命活力與活氣，讓他只剩下一張樹皮似的麻木的臉。

【四三二】

我喜歡拉伯雷的一句話：「人有權利從瘋狂的教條桎梏下解放自己。」他這樣說，也這樣做，所以才有《巨人傳》的誕生。《巨人傳》向歷史宣告：人有慾望的權利。他還說過一句激憤之詞：寧與醉漢、花柳病人為伍，也不願意廁身文人雅士之間。拉伯雷時代的文人雅士不僅被瘋狂的教條吸乾了靈性，而且被吸乾了人性。醉漢與花柳病人的人性底層還有生命火光，而只會用舌頭去舔着乾枯教條的文人，卻連最後的人氣也被概念蒸發掉了。

【四三三】

人類的大智慧常常保留在政治家、軍事家、思想家的行為與著作中，其眼光、魄力、理性、邏輯、選擇、決斷、謀略、術數、思辨等都有智慧在。但人類最純正的情感，最偉大的心靈，則保存在文學作品中，保存在音樂與繪畫中。天真、正直、善良、誠實、無私、同情心、大慈悲，獻身精神等等，一切超勢利的最優秀的品性，都蘊藏在詩中、歌中、畫中。對文學藝術的信仰，不僅是對智慧的信仰，而且是對真情感的信仰。

【四三四】

從荷馬史詩到莎士比亞戲劇，從但丁到托爾斯泰、杜斯妥也夫斯基，從《史記》到《紅樓夢》，所有經過歷史篩選下來的經典，都是偉大作者在生命深處潛心創造的結果。因為是在生命深處產生，所以時間無法蒸發掉其血肉的蒸氣，所以真的經典永遠具有活力。經典不朽，其實是生命不朽。沒有一部經典是靠社會組織拔高或靠一些沽名釣譽之徒相互吹捧形成的。假經典被捧得愈高，就摔得愈碎，也被拋棄得愈快。

【四三五】

屠格涅夫作《父與子》，表現兩代人的心靈衝突。父與子的矛盾好像是永恆的矛盾。道路在前，父輩總是選擇習慣性的路，子輩總是想走他人沒有走過的路。走老路，是因為眼睛未能改變習慣性視野。不管是民族還是個人，改變習慣性視野是最難的。在習慣性視野之下，常覺得無路可走。可是一旦打破習慣性視野，眼界一旦拓寬，便覺得到處都是路。世上最大的路障，不是別的，正是自己固執的眼睛。

【四三六】

高行健的《週末四重奏》使我們聯想到自己，人生常常會出現一種瞬間，感到生命特別蒼白，沒有悲，沒有喜，沒有哀傷，沒有憤怒，不想讀書，不想寫作，不想工作，不想交往，甚至不想做愛，心中只有一個「煩」字。在蒼白的瞬間中不得不和妻子、朋友聊天，本想排遣這個「煩」字，結果連煩也蒼白。這種生存狀態，每個人都經歷過，但不容易捕捉。高行健的本事恰恰是善於捕捉難以捕捉的內心狀態，把肉眼看不見的狀態變成看得見的舞台形象，激發人對存在意義的思索。

【四三七】

古希臘史詩中所展現的波瀾壯闊的戰爭，不是正與邪的戰爭，無所謂正義與非正義，其勝利者與失敗者都是英雄。這些英雄為美人為尊嚴而戰，被命運推着走，而命運的背後是性格。如果荷馬也落入中國人的「成者為王，敗者為寇」的觀念，就沒有這部偉大史詩。命運、性格屬於人，正邪之分則屬於一政治理念與道德理念。希臘史詩的大詩意來自生命，不是來自觀念。中國當代文學有許多描述戰事的作品，可惜沒有《伊利亞特》的大浪漫與大詩意。

【四三八】

從僵死的教條中走出來，從權力的陰影中走出來，從社會、市場的各種牢房中走出來，這些早已意識到了；但還必須從他人的目光中走出來，包括朋友的目光，這點則是最近的覺醒。他人的目光也是一種鎖鏈，太在乎他人的目光，太在乎他人欣賞，就會變成他人的戲子，受制於他們的評語，這便被他人剝奪了自由。從他人的目光中解放出來，這是我的「曠野的呼號」。因有這呼號，所以我才說：重要的不是他人的評語，而是自身內在真實的聲音。

【四三九】

張愛玲對於人世滄桑特別敏感，因此寫起城市的家庭婚姻便十分精彩。可是她一踏入鄉村，寫起農民就不行了。與趙樹理相比，趙筆下的農民是真的農民，個個活生生，個個有血有肉地在田野農舍裏爭吵歌哭，連婚姻戀愛都有十足的泥土味和民間趣味；可是，張愛玲《秧歌》裏的農民，卻是觀念的傀倫，全然沒有血色。兩家相比，一家筆下是真人，一家筆下是假人；一家筆下是有機體，一家筆下是無機體。可是，有些文學史寫作者，卻認定張愛玲是大才，趙樹理是小丑。由此可見人間的不公平到處都有，對於種種文學史的著作，千萬不要妄信。

【四四〇】

「曲高和寡」的過失不是「曲高」，而是「和寡」。音樂家不必迎合大眾而降低自己的品格。所謂知音難求，是高雅的歌聲難以找到共鳴者，尤其是發自生命深處的歌音更難找到相通者；至於在媚俗的歌台上，則到處都有捧場者和追隨者。俗調和者眾，從來如此。「高處不勝寒」是指高處必定孤獨，不要指望高處的聲音會有世俗的回響，只能以自己的靈魂獨撐孤獨。

【四四一】

說文學具有時間性，不如說文學沒有時間性，只有空間性。偉大的文學作品如同星辰，不知歲月，不知時序，不知季節，它永恆地懸掛於人類靈魂的天空。希臘史詩既屬於古代，也屬於今天，中間沒有時間的門檻。荷馬創造史詩的瞬間，深入瞬間，並從瞬間踏入永恆的走廊。走廊裏空間還在，但時間消失了。文學家的寫作，不僅在締造比自身的生命更久遠的東西，也締造比時代更久遠的東西。為現實服務的作品，雖有歲月，卻不識永恆。

【四四二】

曹操的詩，讓人感覺到其中恢宏的大氣。「對酒當歌，人生幾何」，這種對存在意義的叩問，不僅是他的兒子曹丕、曹植所不能比，也是中國詩人群中少有的。可是，讀《三國演義》，則感到曹操是另一種人，霸氣、奸氣、邪氣全有。歷史上的真曹操雖然沒有小說裏的曹操那麼壞，但也絕對沒有作為詩人的曹操那麼令人欽佩。許多卓越人物，其最美好的本性只能保存在詩中，而在充滿搏殺的現實生活中則不得不選擇另一種方式，一進入權力沙場，就不能不變質變形，失去棲居於大地的詩意。

【四四三】

作家詩人處於文學狀態之中，可稱為「狀態中人」。狀態中人寫作時是文學狀態，非寫作時即平常時也是文學狀態。總是天真，總是仁厚，總是好奇，總是性情，總是遠離世故，總是拒絕心機心術，總是以生命閱讀、擁抱人間、宇宙。有些人並非作家，但性格很有詩意，也屬文學狀態。反之，有些詩人作家雖然不斷寫作，卻沒有文學狀態。文學對於他們只是生存策略，名利手段，談起爭鬥與生意，興致很濃，談起文學，卻無真知真愛。許多詩人不像詩人，倒是很像商人，因為他們並非狀態中人。

【四四四】

中國文學中，《西遊記》是隱喻性最強的作品。每一個人的人生，其實都是一部《西遊記》。每個人的身上都有豬八戒的世俗性，孫悟空的英雄性，沙僧的平實性，還有唐僧的神性。生命的開發具有無窮的可能性，但最好還是要不斷超越豬八戒而往唐僧境界飛升。孫悟空的生命過程是不斷打破各種魔鬼圍牆，也是不斷靠近唐僧心靈的過程。人生也許可概括為三個階段：豬八戒階段（世俗人生）→孫悟空階段（奮鬥人生）→唐僧階段（徹悟人生）。

【四四五】

周氏兄弟都不喜歡舊上海的習氣。周作人寫過「上海的流氓氣」，魯迅則寫了更多鞭撻上海文人的文章。他説，京派文人近官，海派文人近商。也許受官、商影響，京派文人總是好當霸主寨主，好拉山頭而統治一方；而海派文人則無當霸主的野心，但好鑽營，好拍馬屁。論氣魄，海派文人往往不如京派文人；論生存小技巧，京派文人往往不如海派文人。這種差異，使末流的京派文人變成惡棍，使海派文人變成流氓。但也有例外，如京派的流氓文學如今也很發達，海派的文人學士，也在謀求話語權力中心。

【四四六】

王國維所説的「隔」，是指詩詞表達中的「語障」。而人文領域中的觀念之障則到處都有。只有在生命深處，才能消解人為的「隔」與「障」。生命深處沒有東西方之分，沒有貴賤之分，沒有內外之分；人類文化的一切精華都是內在生命的一部份，也沒有宏觀、微觀之分。所謂「宏觀」、「微觀」，一進入生命底層，便沒有界線，一滴眼淚與一顆星球在血脈深處，份量是一樣的。生命深處沒有勢利眼，所以最美的東西都在心靈的深海中。莊子所説的「齊物」，在地表中難以實現，在心坎裏則完全可以建構一個齊物理想國。

【四四七】

魯迅曾稱讚俄羅斯的「大曠野精神」，我喜歡托爾斯泰、杜斯妥也夫斯基等俄羅斯作家，覺得他們真有「大曠野手筆」。這種手筆灌注着博大精神，又灌注着大慈悲。史賓格勒在《西方的沒落》中以平原的意象來形容俄國的文化，那是擁有大森林與大雪原的遼闊與博大。文學自然必須講究文采，但是決定它的成功的，卻是心靈的深度與廣度。小作家尋章摘句，大作家則進入生命的大曠野。可惜，具有「大曠野手筆」的作家很少，具備小聰明的作家卻很多。

【四四八】

高行健不斷尋找「靈山」，最後他感悟到，世上並沒有靈山，靈山就在自己身上，就在自己當下不屈不撓的努力之中。此刻胸中還燃燒着一盞生命之燈，此刻思想還像列車滾動着車輪，沿着生命的軌道繼續運行，就是幸福，就該充份表述。表述不是為了救世，而是為了自救，為了在一個樊籠般的世界中得大自在，悟到這點，就「出道」了，也就找到靈山了。

【四四九】

魯迅的《狂人日記》用狂人的眼睛看世界；福克納的《喧嘩與騷動》用白癡（昆丁）的眼睛看世界；曹雪芹在《紅樓夢》中用空空道人的眼睛看世界。眼睛似乎很不同，但都帶有孩子——赤子的眼睛。這種眼睛放下流行的大理念、大概念。看世界不用理念和製造理念的頭腦，而用眼睛，特別是未被概念堵塞的孩子眼睛。君特·格拉斯的《鐵皮鼓》的主角奧斯卡·馬策拉特，三歲時自行決定不再生長，便自我摔傷，保持玩鐵皮鼓的孩子狀態。他的智力雖比成年人高出三倍，但始終有一雙兒童的藍眼睛。人們以為他是孩子，一切隱私都不迴避他，於是，他看到納粹極權下德國國民性的種種醜態，也看到種種面具掩蓋下的一個最真實的荒誕時代。

【四五〇】

文學的終極理由是文學自身的理由，也就是人的理由，心靈的理由。生命自由了，需要歌吟；生命壓抑了，需要歌哭；心靈乾涸了，需要筆墨滋潤；靈魂恐懼了，需要文字調節。不是皇帝需要歌哭才寫，而是自己需要歌哭才着筆。所以不能聽從皇帝的命令而寫作，而是聽從內心的命令而寫作；也不是為了給社會設計改革方案而寫作，而是為自己的心思心願而寫作。自身的理由大於政治理由，大於社會理由，大於道德理由。

【四五一】

魯迅在《狂人日記》的結尾是「救救孩子」，當時他的拯救是無條件的，為孩子而犧牲也是無條件的。到了《鑄劍》，他還是要援助孩子，要為孩子們赴湯蹈火，但他的援助是有條件的，這一條件就是孩子們（青少年）也要參與搏鬥，也要付出代價，在要求別人為他犧牲的時候自己也應不惜獻出生命。父輩肩住黑暗的閘門，盡了責任，孩子也需挑起重擔，盡自己的責任。如果孩子不盡義務，父輩「救救孩子」的口號等於空喊。

【四五二】

當下的知識人醉心於「地下文物」，一旦從古墓中發現一具略帶古珠古寶的屍體，便舉國報道歡呼；但是對於地上剛剛過去的劫難以及在劫難中死亡的生命，則麻木不仁，遺忘得很快。出土文物當然有價值，但發生在現代活人身上的苦難，卻具有最高的人文價值，對他們的研究分析才是大學問。這種學問無處可以複製，不像寫文化史思想史，可以抄襲前人的已有著作，可以拼拼湊湊；也不像發現古文物，只要有技術，有工具就行；它是一項以生命發現生命的大事業。

【四五三】

林崗與我合著的《罪與文學》借用俄國思想家舍斯托夫「曠野呼告」這一意象說明，中國文學從古到今多數是「鄉村情懷」，缺少「曠野呼告」。所謂曠野，不是外在原野，而是內心曠野。真正的大曠野乃是靈魂大曠野。在此大曠野中，時間的邊界消失了，空間的邊界也消失了。偉大的文學都是在這一遼闊無邊的曠野上展開的。而所謂呼告，乃是對靈魂進行深度的叩問。文學寫作的成功，最後取決於內功，不取決於外功，即取決於靈魂的內在力量，不取決於外在文本策略。

【四五四】

李漁的散文把世俗生活推向尖頂，把洗澡也寫成如夢如幻。這雖有人情味，但過於閒適。明末小品具有「閒適」與「人情味」這兩個特點，可惜內容過於蒼白。如果把李漁視為世俗的代表，曹雪芹則是精神的代表，他的故事背後有大慈悲、大思索。人要在地球上詩意地存在着，需要有一種大精神，這種精神可在《紅樓夢》中尋找，但在李漁那裏找不到，他的快樂雖愜意，卻非真詩意。

【四五五】

「地球繞着太陽轉」，現在是常識，可是一千年前提出這個論點，卻是異端邪說，要處死的。發現真理的人是以後才被當作英雄，而發現的時候卻被當作魔鬼。可見今天的常識也來自不易。但常識也不等於就是理性，有些常識並不可靠，老百姓認為有鬼神在，這也是常識，但不是真理。有學人著書立說講常識理性，總是講不通，就是看不到常識的多面性，也看不到常識的非理性。

【四五六】

中國文學從古到今，寫了很多黑暗的故事，譴責了罪惡，但卻缺乏對罪惡的形而上拷問。罪與刑連在一起，惡人一旦繩之以法，人們便皆大歡喜，沒有想到自己與罪相關，沒有懺悔的情思，沒有深度的質疑。西方的經典作品，尤其莎士比亞、杜斯妥也夫斯基的作品，則把罪與罰連在一起，即把罪與恐懼連在一起，靈魂在罪與恐懼中掙扎，罪有多深，恐懼就有多深。《馬克白》寫的不是被迫害者、被殺戮者（鄧肯王）的恐懼，而是迫害者、殺戮者（馬克白）的恐懼，於恐懼中才有深度的叩問。

【四五七】

文化固然體現在文字上、書籍上、音樂、繪畫與雕塑上，但更重要的是體現在活人身上。文化的基本形態是人的生命。動物是沒有文化的生命，人是有文化的生命。文化最精彩的形態是生命形態。禪宗不立文字，但它很有文化，它的高水平文化是通過閱讀生命和開掘生命而直達生命深處。許多大部頭著作，說不清的真理，禪宗卻一語道破。禪向知識界作出這樣的大哉問：是人跟着文化走，還是文化跟着人走？

【四五八】

九十年代初，大陸報刊對我進行口誅筆伐的文章很多，他們談些甚麼，我完全記不得，但有一點使我難忘的，是他們在批判我的《論文學主體性》時竟株連到我所崇敬的卡夫卡與克爾凱郭爾。至今我還記得邢賁思〈關於主體性問題的幾點思考〉中說「卡夫卡把克爾凱郭爾視為知己，把他的作品奉為圭臬」以及我受其毒害的話。討伐文章對卡夫卡那種蔑視的口吻讓我非常驚訝也讓我非常難過。卡夫卡是我心靈中的文學英雄，這不僅是他告別了十九世紀寫實、浪漫舊傳統，開闢了二十世紀荒誕文學新傳統，而且還在於他遠離功利計較，遠離名利場的寫作境界，其偉大如同星辰日月，褻瀆和攻擊這位人類聖者，使我日夜不安，每次想起都非常難過。

【四五九】

孤獨感是詩人走進內心世界的第一步，深邃的詩篇也從這裏產生。李後主成為卓越的詩人，得益於他成為囚犯之後的孤獨感。他的前期處於宮廷的浮囂榮耀之中，沒有孤獨感，所作的詩詞雖華麗，卻只有皮膚感覺，那時他的內心是蒼白的。被俘之後，從皇帝變成囚犯，巨大的地位落差使他獲得空前的寂寞。刻骨銘心的孤獨感把他推向內心，使他進入生命深處與人間深處，最終生長出與人間世界相通的大悲情。

【四六〇】

儘管嚴復、梁啟超等思想家在「五四」之前就介紹歐美各種學說，儘管林琴南早已翻譯了一百多部外國小說，但真正確立西方文化在中國的地位的是「五四」新文化運動。這個運動，打開了閘門，讓地球另一方的人類智慧滾滾流入中國。從此之後，中國這一大生命機體，多了一條大文化血脈。不管西方文化的進入帶來多少負面的東西，但不可否認的是，中國人的內心空間從此更為廣闊、更為豐富了。這不是一次量的擴展，而是一次質的擴展；這不是一加一等於二的相加，而是「一」的無窮伸延與飛躍。以「五四」這個時間點為起點，中國的億萬生命獲得擁有自由的可能，也獲得打通東、西兩大文化血脈的可能。儘管可能尚未完全變成可行，但中國未來的形象與「五四」文化先驅者所呼喚和期望的形象大約相去不遠。

【四六一】

六、七十年代，曾多次到閩西山區，那裏是太平天國革命的根據地之一。我發現，那裏的房屋形狀很奇怪，每座都有個圓頂，四周牆壁用堅硬的石頭壘成，窗戶又高又小，看上去極像堡壘。實際上他們正是把房屋當作堡壘。他們生活在「官軍」與「匪軍」之間，一會兒官來，一會兒匪來，隨時都會受到騷擾，只能自我保護。沒有任何一方會尊重他們不參與鬥爭的權利，你死我活的雙方都不能允許中間狀態的存在。儘管他們只是一些男耕女織過普通日子的小老百姓，但也不得安寧。中國現代知識分子的處境很像這些老百姓。革命時代兩大營壘生死對峙，佔據一切地方，沒有留下第三地帶即第三空間：這個地帶的人們既不革命也不反革命。中國現代文化史上有一部份知識分子想當逍遙派與第三種人，就希望生活在這個地帶，但他們始終得不到中性立場的權利，而自由就從這裏開始喪失。

【四六二】

許多詩人寫過「夜頌」，歌吟夜晚，覺得夜裏有更多的平靜與安寧，而且並不比白天具有更多的黑暗。他們知道人間的交易、陰謀、爭奪、殺戮主要是在白天進行的，但詩人們似乎沒有看清，這個世界的黑暗完全是黑在人心上。沒有希特勒那顆黑色的野心，哪有第二次世界大戰的血流成河屍臥千里？而希特勒的心無論是白天還是夜晚都絕對黑暗。專制的教廷、政府有些還會寬容異端，而黑暗的人心是絕不會放過一個他們所嫉妒的人才的。權力的卑鄙常被世界的眼睛所限制，人心的卑鄙卻可以放肆到沒有任何邊際。

【四六三】

寫作，倘若是為了開掘生命與提高生命，那是快樂的事，即使寫得身累了，心也不會累。寫作，倘若是為了填塞生命和兜售生命，那是很苦的事。然而，寫作者們總是很難擺脫「著書都為稻粱謀」的命運，尤其是今天，市場覆蓋一切，也覆蓋了生命。詩、戲劇、小說全進入世界的貨櫃。此後的真作家，只能走出世界貨櫃之外，退出市場。然而，退出市場可能就要掉入清貧的苦海。下海下海，聰明人下的是富貴的海，傻子下的是苦海。

【四六四】

俄羅斯文化、俄羅斯文學根底雄厚，很有底氣。這種底氣埋在民族的生命深處，它成為冥冥之中的無形之手。即使在最惡劣的人文環境中，這隻手仍然在深淵中推着民族命運往前走。二十世紀上半葉，俄國經歷大革命、世界大戰和專制的摧殘，但仍然出現《日瓦戈醫生》這部文學巨著。這說明文化底氣沒有滅亡。這部小說是人性的絕唱，其主角日瓦戈醫生的悲劇不僅是知識分子的悲劇，而且是人類優秀人性的悲劇。救人者被推出人類社會之外，成為雪野上一個身心顫抖的孤獨者，一個最無助的靈魂。這是為甚麼？在難以呻吟與喘息的地底，竟然還有這種深度的大提問，這說明，俄羅斯大曠野的文化根子深進最堅硬的岩層，時代的風暴很難把它捲走。

【四六五】

從事文學，也深深感謝文學。所以感謝，不是因為文學給予職業和給予名聲，而是感謝它讓我不斷向生命回歸，向人性回歸，向人的本真本然回歸。自古以來的文學，其對人類的功勳，恐怕正是幫助人類保存了人性底層的真情感。因為有文學在，世界上無論發生甚麼戰爭風暴還是自然風暴，都無法把人性底層的人性顆粒全部掃滅，人類的神經也終於沒有斷裂。

【四六六】

當年魯迅在喧囂鬧市中徬徨不安，便「躲進小樓成一統，管他冬夏與春秋」。這小樓便是象牙之塔，而他則是精神貴族。貴族也可以戰鬥，寶塔也可以成為堡壘。象牙之塔的消失，是現代社會的一大現象。美國的象牙之塔已消失了一部份，中國則幾乎全部消失。以往革命大潮再加上當下的商業大潮，把中國的象牙之塔衝擊得蕩然無存。總是聽到嘲笑、批判象牙之塔的聲音。實際上在沸騰的大社會中有象牙之塔的存在並不壞。有一些知識分子躲在象牙塔裏面壁思索，抵抗資本勢力，保持自身的尊嚴，既可以讓心靈有存放之所，又可以進行精神創造，這又有甚麼不好呢？倘若社會有遠見，沒有象牙之塔也要再造一些象牙之塔，至少得讓個人自造的象牙之塔得以安寧。也許，真正的精英就保存在塔裏。

【四六七】

俄國思想家舍斯托夫的名著《曠野呼告》，論說靈魂的呼喚比理性判斷更為重要。蒼茫的大曠野中好像沒有人，其實不是沒有人，而是沒有市儈氣的人。傾聽曠野呼喚的人是地球上一些有思想有靈魂的人。他們的內心一直聽到遠方的聲音。無論站立在甚麼地方，總會聽到一種超越現實之上的神秘力量在提醒他和敦促他，使他做了壞事感到不安；而當他對世界冷漠甚至絕望時，又是這種聲音，重新喚起他生命的激情，讓他的心靈重新被良知灌滿。中國文學有的是「鄉村情懷」，缺少的正是這種曠野的呼號。

【四六八】

中國的現代文學史作者，常常在自己的「史書」中明目張膽地刪掉最有代表性的作家，活埋最重要的詩人。胡適、林語堂、梁實秋、艾青、沈從文、張愛玲都曾是「活埋」對象。當今又有一些各類二十世紀文學史、文論史編選者又在重複以往的活埋動作，也是明目張膽。其動機的複雜先不說，有一個誤解是他們以為億萬中國讀者會很快喪失歷史記憶。他們錯以為記憶是在幾個聰明人的頭腦裏，不知道記憶是在活的所有生命中。人類可能蒙受不幸，但整體人類卻不可欺負，其記憶也不可抹煞。活埋他人的人很快會被歷史所活埋。

【四六九】

「五四」文化改革者對孔子的批判，在爭取心靈自由的文學意義上永遠是合理的。孔子所創設的道德烏托邦雖然有利於調節外部的人際關係，卻也帶來極大的危害，這就是堵塞人的內心空間。它用許諾的方式和服從群體原則剝奪人的自由想像。從古到今，中國作家最大的桎梏是必須把個體生命納入倫理體系的專制結構中，是要作家詩人把自己交出來，服從群體的道德命令。古希臘柏拉圖要把詩人逐出理想國，固然獨斷，但他沒有像孔子如此要求把詩人的生命交給道德王國處置。放逐詩人，比把詩人窒息於群體牢籠中顯得更符合人性一些。

【四七〇】

昆德拉小說名曰《生命中不能承受之輕》。輕，就是丟失了生命的瞬間感，即丟掉生命的時間份量。有意義的生命總是敏銳地感到每一瞬間的區別，如果有一瞬間，覺得生命特別蒼白，就會產生輕的焦慮。因此，它總是捕捉瞬間和深入瞬間，往瞬間中呼喚自己的生命和其他生命。哪怕這瞬間是痛苦，是折磨。天才與庸人的區別就在於，天才有瞬間感，庸人沒有瞬間感。時間對於庸人來說，每時每日每月每年都是一樣的，沒有永恆感覺，也沒有此時此刻的緊迫感覺，得過且過，做一天和尚撞一天鐘。他們的手只會捕住色，不能捕住空。

【四七一】

蕭紅去世時才三十一歲。短暫的生命卻留下中國現代文學史一部不朽的中篇《生死場》，一部長篇《呼蘭河傳》。前者有力度，如魯迅所說：力透紙背。但我更喜歡後者。後者寫她童年時代的體驗，是成熟生命對幼嫩生命的自我擁抱。《生死場》用的是「第二手」素材，《呼蘭河傳》用的則是「第一手」素材。《呼蘭河傳》退出當代時間，但不是在自然環境下寫童年，而是在抗日戰爭的時代壓力下和氛圍下平靜地抒寫童年，這就使童年的故事獲得一種昇華。奇怪，一個三十歲的女子，怎麼會如此看透世態的炎涼，飽嚐人世的滄桑，又怎麼會如此淋漓盡致地把它表現出來？想來想去，不能不歸結為文學需要天才。

【四七二】

九十年代大陸最流行的小說是王朔的小說。小說中的角色均沒有壓迫感與焦慮感。不自由是一種壓迫，這種壓迫，產生渴望自由的焦慮；自由也是一種壓迫，這種壓迫產生對責任的焦慮。王朔沒有這兩種焦慮。存在主義者有對虛無的焦慮，昆德拉有對輕的焦慮。有虛無的壓迫感和輕的壓迫感，才有存在意義的叩問與感悟。犬儒主義抹去一切存在意義的叩問，活得很過癮。

【四七三】

現代文學史上，一部份作家追求深刻，一部份追求和諧。前者如魯迅、茅盾；後者如沈從文。魯迅深刻但未被意識形態化；茅盾深刻而意識形態化，幸而他的文學知識豐富，寫作功底深厚，留下了許多精彩細節。沈從文抒寫人性，沒有大愛大仇，但有人性的掙扎、衝突與溫馨。他在一九四九年之後被迫停筆。筆停得住，是一種力量。毅然而「止」，止於沉默，一直沉默到死。在撒謊的時代，沉默可避免沉淪，並顯示出堅毅的美。

【四七四】

「先鋒」與「頹廢」是現代派的兩極。現代派是反對現代工業化商業化的流派。因此，現代派文學藝術乃是一種反現代的現代藝術。十九世紀中葉之後中產階級的生活變得愈來愈庸俗化、市儈化，藝術家們便看不起並不滿於這種外在的現實，於是內轉，轉向內心世界，與庸俗世界對立。「先鋒」與「頹廢」都採取走向內心時間的辦法與時代保持距離，但先鋒派更喜歡將來，而頹廢派則覺得時間走得太快，趕不上，既然趕不上就留在家裏，躲在屋裏，雕琢家具服飾，欣賞鏡花水月。骨子裏是更喜歡過去。

【四七五】

無名氏的《野獸，野獸，野獸》，這部作品倒開創了對革命的直接質疑。它展示：知識分子加入革命，作出人生重大選擇，相信存在先於本質並能改變他人眼中的「本質」，但同一隊伍的人則固執地堅守「本質先於存在」的眼光，於是，其被假定的「本質」總是被懷疑、被審判、被嘲弄，最後便絕望地回到非革命的此岸。無名氏固然埋名隱姓，被人們誤以為早已了卻塵緣，偏又異軍突起，令世人皆驚。他有思考，但筆下的語言常過於滾燙，一點也不冷靜。

【四七六】

魯迅在《阿Q正傳》中表現出來的時間觀並不是現實的時間觀，也不是歷史的時間觀，而是一種存在的時間觀，寓言的時間觀，所以不能把它視為辛亥革命經驗教訓的總結，而應視為它在揭示存在的荒謬，包括個人的荒謬、民族的荒謬、人類的荒謬。晚清小說的時間觀則是現實的時間觀，所以作者敍述時與角色便缺乏距離。魯迅常常悄悄地退出現實時間，「狡猾」地找到敍述的中介地位，用另一種敍述者來取代自己，從而超越了啟蒙。巴金的《家》、茅盾的《子夜》、郁達夫的《沉淪》，與作品中的角色都沒有距離。

【四七七】

中國有些詩人作家一邊寫詩，一邊則被詩所殺；一面作文，一面則被文所殺。詩名文名愈來愈大，人也愈來愈自大，愈世故。身體隨着名聲膨脹，頭腦也隨着名聲膨脹，最後身心俱裂。中國當代詩人顧城就是一個例子，顧城的悲劇看得見，而看不見的悲劇是寫作者變成自大狂、自戀狂，渾身兇氣、冷氣、流氓氣。心靈被名聲所殺，詩人不像詩人，倒像沒有人氣的陰人。陰人便是鬼。

【四七八】

人本來就很難認識自己，當了哲學家以後就更難認識自己。哲學家比作家、政治家更容易狂妄，因為他們的眼睛最容易被自己構築的體系所遮蔽。倘若沒有體系，他們也最容易被他們自己所設立的命題所左右。體系與命題使他們產生幻覺，以為自己已經踏進真理的門檻，並且掌握了世界的「絕對精神」。宇宙、世界、人生極為豐富複雜，哲學家唯心唯物的劃分卻極為簡單，極為「本質化」，可是，他們卻以為自己是掌握了世界本質和宇宙「絕對精神」的形上聖者。

【四七九】

從一九八九年至今，不斷寫作《漂流手記》，寫到此時，已經是第九冊了。漂流手記，也可以說是修煉手記。寫作過程是一個提高生命質量的修煉過程。愈是寫，愈是走出往日的陰影，愈是走到光明之處。以往雖常說光明二字，但不知光明在哪裏，如今深知光明就在自己的生命深處。作品可以把人帶入名利場，但也可以粉碎名利場。所謂修煉，正是粉碎名利場而開掘生命本來蘊藏的詩意。過去以為修煉者都在佛門之內，今天才知道佛門之外是更艱苦也是更真實的修煉場。

【四八〇】

禪詩難寫。即使是王維的山林詩，雖有些禪意，終究讓人覺得是表面吟哦。禪確認世界的本體是空無，因此，真正的禪性是在人的內心深處，並不在山林深處。在山林裏悟到的空，是淺層的空寂，在繁華的塵世鬧市中和人們攀登的宮廷台閣中悟到的空，才是深層的大空無，也才是禪的深功夫。王維在山林裏還可撐住禪的門面，一回到宮廷塵世，禪心就頃刻瓦解。細讀他晚年的詩，就知道他的內心塞滿不得志的煩惱與焦慮，一點也不空。

【四八一】

書是人寫的，不是神寫的，即使佛經，也是人寫的。佛祖的理念變成人的記錄，精粹可能減半；記錄化為書本，精粹可能再減其半；經書從印度傳到中國，經過翻譯，又可能減其半。所以閱讀經書典籍，不應尋章摘句，也不應糾纏於考證某些片斷的真偽，而應走進經典深處，把握其精神之核。慧能大約看穿經典本本，所以他不迷信文字也不立文字，而直接擁抱佛祖的大心靈。然而，正是他使佛教在中國更燦爛地開花結果。

【四八二】

靈魂是半透明的存在，無論是集體的靈魂還是個體的靈魂，都是半透明的存在。這種特殊的存在，肉體的眼睛看不見，但心靈的眼睛可以看得見。魯迅的心靈眼睛格外明亮，就看清了中國人靈魂的病態。他勾畫出「阿Q」這一靈魂的意象和「精神勝利」這一靈魂的形式，全靠心靈的眼睛。心靈的瞎子甚麼也看不見，倒是好過日子。心靈眼睛一旦明亮，連人的靈魂中的蛀蟲、細菌、毒液、腫瘤都看見了，脾氣就會變「壞」。魯迅無法「閒適」，老是「感憤」，實在是他的心靈眼睛過於明亮。

【四八三】

自己常常是自己的旁觀者。拉開距離看看自己，有時對自己很滿意，有時卻對自己很厭惡。托爾斯泰曾拉開一段時間距離看看自己的作品，見到精彩處便會心一笑：這傢伙，寫得不錯。但有時又非常厭惡自己，甚至想去自殺，只好把可能做上吊用的繩子藏起來。莊子夢蝴蝶，是對生命實在性的懷疑，但又是一種自我觀照。蝴蝶是另一個莊周，另一個自我。另一個自我成為一個旁觀者，帶着自然的眼睛來審視自己。蝴蝶的眼睛是中性的，本真的，素樸的。這種眼睛才能看到人生的悲劇，看到神為形所役、心為物所役的悲劇。

【四八四】

對於一個歷史事件，政治家關注的是輸贏、成敗；哲學家關注的是是非、必然、偶然；道德家關注的是善惡、好壞；歷史家關注的是真假、始末。唯有文學家不在乎成敗、是非、好壞，而是關注事件中那些活生生的生命，是這些生命的命運、情感、靈魂，是政治家、哲學家們全然看不見的潛意識，是在事件覆蓋下人性底層那些無盡的波瀾。

【四八五】

老子所講的「大音希聲」，乃是對語言的終極性叩問。真正卓越的聲音是謙卑的，低調的，甚至是無言的。中國的詩句：此時無聲勝有聲，乃是真理。最美的音樂往往是在兩個音符之間的過渡，此時沉靜的瞬間可以聽到萬籟的共鳴。與此道理相反，心靈一旦蒼白就得靠大話來支撐，把語言加以膨脹、誇張。

【四八六】

歷史上有些思想者，不求道而得道，不學道而在道中，這是令人羨慕的幸福。他們天性中有善根，在歲月的煙埃中顛簸又未失正直的品格，因此就天然地接近真理和把握真理。「朝聞道，夕死可矣」，聞道就是目的，聞道就快樂。聞道之後不佔有道，不做道的權威，更不想當道主、救主，於是倒可自由自在地出入於大道中。

【四八七】

卡夫卡的作品是死後才發表的，因此，他的聲音彷彿是從另一世界傳來的聲音，好像是上帝的呻吟：該怎麼辦呢？人間世界如此荒誕，人類在吞食智慧果之後變成了甲蟲，一切創造物變成迷宮似的冰冷冷的城堡，最後的審判尚未到來，人類已經處在相互審判的怪圈之中。

【四八八】

在中國當代文學中，殘雪是一個奇特的現象。她改變傳統的「寫實」、「抒情」等寫法，而創造一種「荒誕」的寫作文體。她的文學語言是中國作家中獨一無二的。殘雪的傑作《天堂裏的對話》、《黃泥街》等，一問世就震動中國文壇。這些作品的創作主體告別傳統的審美眼睛，而用現代的、「荒誕」的眼睛穿透現實，從而展示出世界的變形、變態、變質以及中國社會和人類社會的生存困境。殘雪的感覺，不是一般作家的感覺，而是「鬼才」般的感覺。這種感覺，使她充份地看到世界的古怪與荒謬，正常邏輯中的混亂邏輯。殘雪的名字是一個標誌，她標誌着中國現代文學習慣性的思維秩序和語言秩序已經終結，另一種思維秩序、語言秩序和情感方式已經出現了。二十世紀由卡夫卡開闢的新文學傳統，結束了於十九世紀的以「寫實」與「抒情」為主要特徵的基本文學方式，開始創立「荒誕」的、叩問存在意義的文學方式，並取得了巨大的成就。而中國由於人文環境的限制，二十世紀前八十年的基本寫作方式仍然屬於十九世紀，只有到了殘雪的小説和高行健的戲劇，才創立了與卡夫卡相連接的寫作格局。這是一項從概念認知、現實認知轉變為存在認知的突破，又是寫作方式從寫實轉向荒誕的突破。

【四八九】

尼采和瓦格納原先是好朋友，後來決裂。他們倆都具有典型的德國氣質，十分傲慢。兩個人的眼睛都只看天上，不看地下，只看廣漠的宇宙，不看底層的芸芸眾生。於是，一個鼓吹「超人」，一個宣揚「日爾曼人優越」。希特勒以瓦格納的音樂伴隨一生，死前還播放他的曲子。眼睛只是朝上，不知平民百姓的個體價值，會帶來甚麼災難，他們兩人的歷史可供借鑒。

【四九〇】

《紅樓夢》的文學方式，不是「聖人言」的方式，而是「石頭言」和所謂「滿紙荒唐言」的方式。作者把自己嘔心瀝血寫成的絕世文章，稱為荒唐之言，不是自虐，而是為了解構聖人權威與自我權威，揚棄濟世色彩與訓誡色彩，使小説滿紙全是個人的聲音，內心的聲音。《紅樓夢》是偉大的文學，又是低調的文學。

【四九一】

尤三姐和鴛鴦，把死亡看得很輕，不怕死。一旦受辱，便不顧一切守護人格，或用一把劍，或用一條繩子，斷然把自己了結。很像《山海經》時代的英雄，沒有死亡恐懼，或撲向太陽，或撲向大海，決不猶豫。生可以生得很美，死也可以死得很美。

【四九二】

伯夷、叔齊逃亡到首陽山時，赤手空拳，但他們把非暴力文化帶到首陽山。重要的不是《採薇歌》，而是他們以行為語言寫下了歷史性大詩篇。他們反對周武王「以暴易暴」，拒絕一代雄主的勝利，這不是書生意氣，而是反對以暴力的方式更換政權的理念。首陽山的文化，乃是非暴力的詩意文化。離開這種文化，歷史便充斥血腥味。韓愈所作的《伯夷頌》，禮讚的是忠貞，而不是賢者對暴力方式的徹底拒絕。

【四九三】

讀書人最容易忘記自己的生命是最基本、最重要的書籍。讀好寫好這部份，不是刻意去創造自身的傳記，而是不斷感悟，不斷修煉，不斷向精神天國靠攏。人的精彩不等於文的精彩，但人的精彩一定會推動文的精彩。作家詩人的「後勁」，不是取決於語言技巧，而是取決於自身的生命形態；或者說，是取決於生命的內功。

【四九四】

敢於「冒險」的英雄時代消失之後，聰明的人類便忙於「保險」事業。一切都納入保險公司，車子、房子保險之後，是壽命保險。壽命保險之後是精神保險，拜上帝並非真信上帝，而是要在上帝那裏先掛個號，以便死後讓上帝保證他們繼續過着安樂幸福的日子。一切都安排就緒，連進天堂的保票也已買好。現代人真是精明到極點的人。

【四九五】

文化可視為以人為起點向着天國不斷飛升而留下的痕跡。這個天國，不在雲空之巔，而在心靈深處，即不在身外，而在身內。因此，當我們不斷往裏走並走到精神最深處時，便和天國相逢，便和各類偉大的天才相逢，便享受到相逢的大喜悅。

【四九六】

一個歷史漫長、讓同胞引為驕傲的中國偉大文化，卻產生了「阿Q」這樣的醜兒，一點也不爭氣的醜兒。這個醜兒自大、自負、自悲、自踐、自虐。父親那麼偉大，兒子那麼渺小；父親那麼燦爛，兒子的頭上卻長着癩瘡疤。「五四」啟蒙者讓父輩文化睜開眼睛看看自己的醜兒。正視醜，才有反省。

【四九七】

面對黑暗，當然要反抗黑暗。和黑暗肉搏，與之同歸於盡，自然是悲壯之路。但最好的辦法是把自己變成光明，或化為一根火柴，或化為一盞油燈，或化為一支蠟燭，能化為一縷星光更好。光明一點亮，黑暗就消失了。

【四九八】

自己往往是自己人生路上的攔路人，自己會堵塞自己的路。愚昧會堵塞通往智慧之路，這是容易明白的，但太聰明也會堵塞道路卻不易了解。太聰明伶俐，就難免世故。這就堵塞了「返回童心」之路。在專制的語境下必須張揚個性，但是誇張的個性也會堵塞自己的心胸與眼光。一旦走向剛愎自用，就不知道天地有多寬，天底下的道路有多廣闊。

【四九九】

孫悟空退一步就會變成牛魔王。他本來就和牛魔王結拜過兄弟。他所以沒有成為魔王而成為見義勇為的英雄，只因為有一個唐僧在身邊限制與導引他。任何英雄都需要有善的導引，失去導引的橫掃一切的英雄，轉眼間就會落入魔道，走向瘋狂。英雄不怕艱險風險，卻有走火入魔的危險。

【五〇〇】

到海外漂泊，原來的許多東西都丟失了。朋友的信件，名家的字畫，搜集了二三十年的資料與書籍，伴我走南闖北的少年時代的照片與記憶，統統丟失了。連居住的房子都被端走了，哪裏還會有牆壁上的祝福與光榮榜？更可惜的是丟失了故鄉的小溪和北京的油條、豆漿與大街。甚麼都丟失了，還留下甚麼？有，還留下我身上的一份驕傲，一份隨着歲月光波不斷生長的堅實的驕傲。有了這份人的尊嚴與驕傲，就很富足，就有這面壁時的縷縷思緒。

後記

離開香港返回美國已整整一年。這一年的主要收穫就是繼續面壁並完成了《面壁沉思錄》的寫作。去年秋天離港前夕，我把已寫下的七十則交給馬家輝和陳義芝、田新彬諸兄陸續發表於《明報》、《聯合報》和《世界日報》副刊，從編者到讀者，反應都十分熱情。《明報》的「世紀副刊」，兩次加了編者按語，評介毫無保留。

《明報》以為那時書已完成，其實並未完成。回美國後，也回到大寧靜，正是面壁的好時光，倒真的完成了。在書齋裏，我一面沉浸於閱讀，一面沉浸於冥想。在香港時，我把整個香港當作一座高牆，面對它沉思，到美國後，我更是把洛磯山乃至整個天空宇宙當作高牆沉思。面壁沉思狀態，實際上是一種思想雲遊與逍遙遊狀態，身在牆內，心則在萬里長空之外，也在千秋萬年之前與之後。雲遊中時間與空間的邊界全然消失，面壁也正是面對大自由。莊子當年所說的「大鵬扶搖直上九萬里」，在現實的時空中只是夢，但在雲遊中，卻是常態。范曾兄大約知道我的心思，特畫了一幅達摩像贈我，此次他不畫具象的山洞，也許他知道，不僅書齋是我的山洞，而且整個美國整個穹廬都是我的山洞。身在洞穴之中，有靜才有動，有面壁的沉浸狀態，才有思索的翻捲狀態，也才有創作一發而不可收的傾瀉狀態。二十世紀的知識分子，無論是中國還是在世界其他國家，能有幸生活在這種狀態中的人極少，戰爭、政治運動和激烈的經濟競爭，幾乎把「象牙之塔」從地平面上鏟除，能夠生活在形上地帶的「精神貴族」也瀕臨絕跡。可是，漂流海外的幾位中國知識分子卻幸運地躲進一統小樓，創造自己的精神洞穴，埋頭閱讀與書寫，感悟宇宙人生，實在是幸運得很。高行健也常為自己慶幸，慶賀的不是獲得諾貝爾文學獎，而是獲得立足於自己的洞穴進行充份表述的幸運。所以我們都覺得，漂流海外，並非反抗，而是自救。逃離各種陰影與噩夢，贏得時間的空曠與空間的空曠，就是自救，就是得大自在。

《面壁沉思錄》的寫法類似《獨語天涯》，但自己覺得沉思錄更厚實一些。這本書從寫作上說，我用心處在於「立意」與「文體」，力求每一則都有一點新的意思，在文體上則避免格言式的空洞，力求每篇都言之有物有思想，不失為詩意的思索。

美國科羅拉多大學校園．二零零三年十二月三十日

劉再復簡介

一九四一年農曆九月初七生於福建省南安縣劉林鄉。一九六三年畢業於廈門大學中文系，被分配到中國科學院《新建設》編輯部。一九七八年轉入中國社會科學院文學研究所，先後擔任該所的助理研究員、研究員、所長。一九八九年移居美國，先後在美國芝加哥大學、科羅拉多大學，瑞典斯德哥爾摩大學，加拿大卑詩大學，香港城市大學、科技大學，台灣中央大學、東海大學等高等院校裏擔任客座教授、訪問學者和講座教授。現任香港科技大學人文學部客座教授。著作甚豐，已出版的中文論著和散文集有《讀滄海》、《性格組合論》等六十多部，一百三十多種（包括不同版本）。中文譯為英文出版的有《雙典批判》、《紅樓夢悟》。韓文出版的有《師友紀事》、《人性諸相》、《告別革命》、《傳統與中國人》、《面壁沉思錄》、《雙典批判》等七種。還有許多文章被譯為日、法、德、瑞典、意大利等國文字。由於劉再復的廣泛影響，冰心稱讚他是「我們八閩的一個才子」；錢鍾書稱讚他的文章「有目共賞」；金庸則宣稱與劉「志同道合」。

「劉再復文集」

① 《性格組合論》 劉再復

② 《罪與文學》 劉再復、林 崗

③ 《文學四十講》 劉再復

④ 《文學主體論》 劉再復

⑤ 《告別革命》 李澤厚、劉再復

⑥ 《傳統與中國人》 劉再復、林 崗

⑦ 《教育論語》 劉再復、劉劍梅

⑧ 《思想者十八題》 劉再復

⑨ 《人論二十五種》 劉再復

⑩ 《紅樓夢悟》 劉再復、劉劍梅

⑪ 《紅樓人三十種解讀》 劉再復

⑫ 《賈寶玉論》 劉再復

⑬ 《雙典批判》 劉再復

⑭ 《高行健論》 劉再復

⑮ 《魯迅論》 劉再復

⑯《魯迅美學思想論稿》 劉再復

⑰《魯迅和自然科學》 劉再復、金秋鵬、汪子春

⑱《共鑒「五四」》 劉再復

⑲《現代文學諸子論》 劉再復

⑳《走向人生深處》 劉再復、吳小攀

㉑《科羅拉多答客問》 劉再復

㉒《序跋集》 劉再復

㉓《三讀滄海》 劉再復

㉔ 《漂流手記》 劉再復

㉕ 《西尋故鄉》 劉再復

㉖ 《獨語天涯》 劉再復

㉗ 《共悟人間》 劉再復、劉劍梅

㉘ 《閱讀美國》 劉再復

㉙ 《五史自傳》（上） 劉再復

㉚ 《五史自傳》（下） 劉再復

www.cosmosbooks.com.hk

書　　名　獨語天涯（「劉再復文集」㉖）
作　　者　劉再復
責任編輯　王穎嫻
封面題字　屠新時
美術編輯　Dawn Kwok
出　　版　天地圖書有限公司
香港黃竹坑道46號
新興工業大廈11樓（總寫字樓）
電話：2528 3671　傳真：2865 2609
香港灣仔莊士敦道30號地庫（門市部）
電話：2865 0708　傳真：2861 1541
印　　刷　亨泰印刷有限公司
香港柴灣利眾街德景工業大廈10字樓
電話：2896 3687　傳真：2558 1902
發　　行　聯合新零售（香港）有限公司
香港新界荃灣德士古道220-248號荃灣工業中心16樓
電話：2150 2100　傳真：2407 3062
出版日期　2023年11月／初版

ISBN：978-988-8550-75-3